Gloria Murphy wird nicht zu Unrecht als Erbin von Mary Higgins Clark bezeichnet. Die Autorin zahlloser Romane lebt heute in Oakland, New Jersey.

Von Gloria Murphy sind außerdem erschienen:

Verlassene Väter (Band 60545)
Dachbodengeflüster (Band 60546, Band 67015)
Sommeralptraum (Band 60547)
Stimme des Blutes (Band 60548)
Das Tunnellabyrinth (Band 60549)
Ein perfektes Opfer (Band 60550, Band 7003)

Deutsche Erstausgabe September 1997

Titel der Originalausgabe »Simon Says«

Originalverlag Signet/Dutton Signet, New Yotk/Penguin Books, New York
Umschlaggestaltung Angela Dobrick, Hamburg
Satz MPM, Wasserburg
Druck und Bindung brodard & taupin, La Flèche
Printed in France
ISBN 3-426-60630-5

2 4 5 3 1

Gloria Murphy

In Simons Bann

Psychothriller

Aus dem Amerikanischen
von Gabriela Schönberger-Klar

Knaur

In liebender Erinnerung
an Rose Sherry Greenblatt

Mein Dank gilt:
Alice Martell für ihre leidenschaftliche Anteilnahme,
Audrey LaFehr für ihre ruhige Kompetenz,
Laurie und Bill Gitelman für ihre anfeuernde Kritik,
und wie immer und für immer – Joe.

1

Es war jedes Jahr dasselbe Ritual – am ersten Freitag nach Beginn der Sommerferien packten Cat, Lucas und die Kinder ihre Siebensachen und starteten Richtung Strandhaus. Aber dieses Jahr schien einfach nichts zu klappen. Zum einen kamen sie schon spät weg: Lucas, der immer gerne rechtzeitig an ihrem Ferienort ankam, um das Auto noch bei Tageslicht zu entladen, war wegen eines falschen Bombenalarms in der Arbeit aufgehalten worden. So war es schon kurz nach sieben, als der schwarze Bronco, Baujahr '94, endlich beladen und abfahrbereit war und zu guter Letzt noch rasch jemand einen Karton mit Snapple-Soft-Drinks ins Auto warf. Zudem wurde die übliche Vorfreude auf den bevorstehenden Urlaub erheblich durch die beleidigte Miene der dreizehnjährigen Haley getrübt, der in den vergangenen Tagen immer wieder ein neuer Grund eingefallen war, warum sie lieber nicht ans Meer wollte. Obwohl sie jetzt stumm neben ihrem Bruder auf dem Rücksitz saß, machte sie ein Gesicht, als würde sie gleich standrechtlich erschossen.
Als sie in die Auffahrt zur Interstate 91 in Richtung Süden und Küste von Connecticut einbogen, die gute zwei Stunden Fahrzeit entfernt lag, bewölkte sich der Himmel. Hatte der Wetterbericht Regen vorhergesagt? Mit einem Blick in den Rückspiegel versuchte Lucas, Haleys Aufmerksamkeit auf sich zu ziehen. »Sobald wir uns häuslich eingerichtet haben, könntest du dir doch für ein paar Tage eine Freundin einladen. Was hältst du davon?« fragte er.

»Das ist nicht dasselbe«, schmollte Haley.
»Das habe ich auch gar nicht behauptet. Ich mache dir den Vorschlag auch nur deswegen, weil ich mir denke, daß es dir vielleicht Spaß machen könnte. Aber okay, wenn das für dich nicht so verlockend klingt, vergessen wir's. Vielleicht möchtest du mir auch lieber bei meiner Arbeit am Bootssteg helfen.«
Er war felsenfest davon überzeugt, ihr mit diesem Vorschlag eine positive Reaktion zu entlocken: Den über fünf Meter langen Bootssteg wieder herzurichten war eine der vielen Arbeiten, die er sich für diesen Sommer vorgenommen hatte. Es hatte schließlich mal eine Zeit gegeben, da hatte Haley alles, was auch nur im entferntesten mit ihrem Vater zu tun hatte, spannend und aufregend gefunden, aber die Zeit war endgültig vorbei. Deswegen konnte er mit seinem Vorschlag auch keinen Blumentopf mehr bei ihr gewinnen.
»He, wo bleibt deine Begeisterung? Bist du denn nicht mehr mein Mädchen, die früher mal um fünf Uhr morgens aufgestanden ist, um mit ihrem alten Herrn zum Hochseefischen zu gehen? Hast du schon ganz die viereinhalb Pfund schwere Makrele vergessen, die du letztes Jahr völlig allein aus dem Wasser geholt hast? Wer weiß, vielleicht schlägst du mich heuer sogar –«
»Daddy, bitte, hör auf.«
»Womit?«
»Du brauchst nicht versuchen, mich weiter so zu beschwatzen. Als ob ich noch zwei Jahre alt wäre.«
Nein, mit schönen Worten kam man in ihrem Fall nicht mehr sehr weit, dachte Cat. Das hatte sie auch schon versucht und war kläglich gescheitert. Haley würde erst dann wieder aus ihrem Schmollwinkel hervorkommen, wenn es

ihrer Meinung nach Zeit dafür wäre. Eigentlich eine recht wirkungsvolle Form der Elternbestrafung, wie Cat meinte. Auf jeden Fall stellte sie mit Erleichterung fest, daß sich ihr ansonsten eher aufbrausender Ehemann gerade noch rechtzeitig bremste, bevor er vollends die Geduld verlor und es wieder einmal fertigbrachte, die Dinge noch schlimmer zu machen.

Haley war früher immer liebend gerne nach Kelsy Point gefahren, aber in diesem Sommer hatte sich die Lage entscheidend geändert. Greenfield zu verlassen bedeutete nun für sie, ihre Freundinnen eine ganze Weile nicht mehr zu sehen – was wiederum hieß: keine Nachmittage mit ausgiebigen Streifzügen in irgendwelchen Einkaufszentren und Boutiquen; keine Treffen auf eine Cola und einen ausgiebigen Schwatz; keine stundenlangen Telefongespräche über ihr liebstes und einziges Thema – Jungen. Der unmittelbare Auslöser für Haleys Qualen war schließlich die Einladung einer Freundin zu einer gemischten Pool-Party gewesen, die am folgenden Abend stattfinden sollte und die sie nun ebenso versäumen würde wie alle anderen Sommerfeste auch, die noch folgten.

Lucas vergötterte Haley, die er und Cat im Alter von vierzehn Monaten adoptiert hatten, als die beiden gerade zwei Jahre verheiratet waren. Nach verzweifelten Versuchen, ein eigenes Baby zu bekommen, hatten die zwei Haley mit offenen Armen in ihrem Leben willkommen geheißen. Deren Eltern, Lucas' jüngere Schwester und ihr Mann – ein in England stationierter Lieutenant der Army –, waren kurz zuvor während der Ferien in Schottland bei einem Autounfall ums Leben gekommen. Haley, ein knuddeliger, blauäugiger Kobold, war ihrem neuen Vater in kürzester Zeit auf

Schritt und Tritt gefolgt. Doch jetzt verwandelte sich der kleine Wildfang – sehr zu Lucas' Mißfallen – auf einmal in eine junge Frau.

»Willst du mit meinem Gameboy spielen?« Der siebenjährige Zack bot seiner Schwester seinen taschengroßen Computer an. Entweder war ihm ihre Stimmung entgangen, oder er versuchte auf seine Weise, etwas dagegen zu unternehmen – wobei ersteres am wahrscheinlichsten war. Der sommersprossige Zack, der von seiner Mutter deren dickes, kastanienbraunes Haar geerbt hatte, war drei Jahre nach Haleys Adoption zur Welt gekommen, gerade als sie den letzten Funken Hoffnung aufgegeben hatten, daß Cat doch noch ein eigenes Kind bekommen könnte. Zack, eine sehr eigenbrötlerische kleine Persönlichkeit, erinnerte Cat manchmal an einen ihrer Professoren, den sie im ersten Jahr am College gehabt hatte: Er war nachdenklich, umsichtig, ein unglaublich heller und pointierter Kopf – nur daß er sich nicht immer in demselben Universum aufhielt wie alle anderen um ihn herum.

Cat empfand Zacks Eigenbrötelei als eine seiner liebenswertesten Eigenschaften. Sie war nämlich der Ansicht, daß jedes Kind von klein an bereits eine vollkommen fertige Persönlichkeit in sich hatte – ungeachtet dessen, was die Eltern gerne aus ihm machen würden. Lucas hingegen trug schwer an seiner Rolle als Vater dieses Jungen. Von Haley ließ er sich zwar des öfteren um den Finger wickeln, doch bei seinem Sohn war er wesentlich strenger und kritischer. »Es ist immer dasselbe, ich habe das Gefühl, einfach nicht an den Jungen heranzukommen«, beklagte Lucas sich oft. Und damit hatte er sicher recht. Aber wäre das auch der Fall gewesen, wenn er nicht ständig versucht hätte, sein eigenes Spiegelbild in Zack wiederzufinden?

So war Lucas ein sehr sportbegeisterter Mensch – er ging für sein Leben gern zum Fischen und liebte alles, was mit Booten zu tun hatte. Zack hingegen zog es vor, am Strand herumzuwandern und dort das flache Wasser und die Höhlen zu erkunden; von seinen Streifzügen brachte er oft fremdartige Pflanzen oder kleine Tiere mit nach Hause. Aber zwang man ihn, sich auf einem Boot weiter als fünfzig Meter vom Ufer zu entfernen, nahm sein Gesicht bald jede erdenkliche Grünschattierung an. Auf Lucas' Drängen hin hatte er sogar zweimal von der Mole aus sein Anglerglück versucht, aber es hatte ihm nicht gefallen.
Lucas war der Prototyp des erfolgreichen Geschäftsmannes: selbstsicher und von aggressiver physischer Präsenz. Er war es gewohnt, schnelle Entscheidungen zu treffen und seiner Umgebung seinen Willen aufzuzwingen. Falls Ähnlichkeiten zwischen Vater und Sohn bestanden, so waren sie bisher noch nicht zutage getreten.
Zack, der von seiner Schwester keine Antwort bekommen hatte, konzentrierte sich wieder auf das Spiel mit seinem Gameboy. Haley, die krumm wie ein Fragezeichen auf der Rückbank hing und ihre üppige Unterlippe zu einer schmollenden Schnute verzogen hatte, wandte ihre Aufmerksamkeit der hinter den Autoscheiben vorbeiziehenden Landschaft zu.
Als es draußen langsam dunkler wurde, legte Cat ihre Hand auf Lucas' Knie und ließ sie genüßlich und voller Hintergedanken langsam seinen Schenkel hinaufwandern. Aus den Augenwinkeln heraus beobachtete sie die Reaktion ihres Mannes. Obwohl er die Augen nicht von der Straße nahm, fing an seinem Hals eine dicke Ader zu pochen an.
Cat fragte sich, ob es wohl ein Gesetz gab, das dem Beifahrer verbot, den Fahrer absichtlich aus der Fassung zu bringen

und zu erregen. Sie durfte nicht vergessen, Lucas später im Bett danach zu fragen. Mit Sicherheit wäre das ein sehr vernünftiges Gesetz – schließlich bekam man ja auch einen Strafzettel, wenn man ohne Sicherheitsgurt erwischt wurde. Würde sie eigentlich jemals erwachsen werden? Doch ob Lucas das so gut gefiele? Sie zog ihre Hand zurück und registrierte befriedigt die Mischung aus Erleichterung und Enttäuschung, die sich auf seinem Gesicht spiegelte. Wenn sie später im Bett wären, dachte sie – der Gedanke daran schickte ihr bereits einen köstlichen Schauer der Vorfreude den Nacken hinunter.

Einige Zeit später – der vorher drohend am Himmel hängende Regen hatte sich nicht über sie ergossen – erreichten sie die Route 79, die vierzehn Meilen lange Strecke, die zwischen dem See und Chatfield Hollow, dem Staatspark, verlief. Die Straße führte anschließend weiter nach Clinton und von dort aus nach Kelsy Point. Als der Wagen wegen einer engen Haarnadelkurve seine Fahrt verlangsamte, machte Haley, seit sie Massachusetts verlassen hatten, zum erstenmal den Mund auf.

»Was will der denn?«

Zuerst wußte Cat nicht, wen sie damit meinte. Er – wer? Und Lucas' Miene nach zu schließen, hatte auch er keine Ahnung, wovon sie sprach. Doch dann sah sie den Mann, der aus der Dunkelheit zwischen den Bäumen gerannt kam. Erst als er schon fast auf der Motorhaube ihres Wagens hockte, trat Lucas auf die Bremse.

Der Wagen blieb abrupt stehen, und sie wurden alle nach vorn geschleudert. In Sekundenschnelle hatte ein gewaltiger Mann mit langen, fettigen gelben Haaren und einem aufgedunsenen, pickeligen Gesicht die Fahrertür aufgerissen und

Lucas' Sicherheitsgurt mit einer Stahlklinge durchtrennt. Noch während der Gurt zurückschnellte, preßte der Mann Lucas das Messer an den Hals und zerrte ihn aus dem Wagen.

* * *

Cat sah Münder, die sich hastig öffneten und schlossen, sie sah Gesichter und verzerrte Züge, die im selben Rhythmus auf und ab hüpften. Aber der Klang der Stimmen war gedämpft und abgehackt, als wäre sie Zuschauerin einer Aufführung, bei der die Tonübertragung andauernd von einem Wackelkontakt unterbrochen wird. Schließlich wurde sie von rauhen, ungeduldigen Händen aus dem Auto gerissen.

Jetzt waren die Stimmen lauter und deutlicher zu verstehen – die von Haley, ihre eigene, die von Lucas und von Zack ... dann andere Stimmen, die sie noch nie zuvor gehört hatte. Sie konnte den schalen Gestank von kaltem Tabak riechen, wandte den Kopf nach rechts und zuckte erschrocken zusammen. Neben ihr stand ein magerer Bursche mit olivbrauner Haut, einem struppigen, schwarzen Bart und kalten, tiefliegenden Augen, die auf sie gerichtet waren. Er war zwar nicht annähernd so groß wie der Mann, der Lucas festhielt, aber mindestens genauso abstoßend, genauso furchteinflößend.

»Tun Sie ihr nicht weh«, hörte sie Lucas flehen. Nie zuvor hatte sie gehört, daß ihr Mann einen Menschen um etwas gebeten hätte, und diese Erfahrung löste eine so heftige Übelkeit in ihr aus, daß sie einen starken Drang verspürte, sich zu übergeben.

Mit der einen Hand das Schnappmesser umklammernd, dirigierte der Mann, der sie bedrohte, mit der anderen Hand die Kinder aus dem Wagen heraus. Die Beifahrertür blieb offenstehen, und die Scheinwerfer des Wagens wiesen ihnen den Weg, während sie seinen Anweisungen Folge leisteten und von der Straße zurücktraten.

Sobald sie im Wald waren, zwangen die Männer Lucas mit gezücktem Messer, sich auf allen vieren niederzulassen. Cat bekam einen Stoß in den Rücken versetzt, so daß sie wenige Meter neben Lucas auf ihren nackten Knien landete. Der dunkelhaarige der beiden Männer trieb die Kinder zu ein paar Bäumen mit dicken Stämmen, wo er sie mit Stricken fesselte.

»Hören Sie, Sie können den Wagen haben«, sagte Lucas. »Die Wagenpapiere und die Zulassung sind im Handschuhfach. Geben Sie mir die Papiere, und ich unterschreibe sie Ihnen. Sie können sich selbst überzeugen, der Wagen ist in einem Topzustand. Der hat noch keine fünftausend Meilen drauf. Den können Sie teuer verkaufen. Da ist kein Haken dran.«

»Hab ich dich vielleicht was gefragt?« schnauzte ihn der blonde Mann an und entblößte dabei einen schwarzen, verfaulten Schneidezahn. Dabei fuhr er mit der Klinge ein paar Zentimeter an Lucas' Hals entlang, bis ein roter Streifen auf der Haut sichtbar wurde.

Cat stieß ein Keuchen aus, und der dunkle Mann kam zu ihr und stellte sich neben sie. Lucas schüttelte den Kopf.

»Dann halt deine Klappe, okay?«

»Okay.«

»Okay, Sir.«

Cat schloß die Augen und wünschte sich, sie könnte auch ihre Ohren verschließen. Aber das ging nicht, und so hörte sie, wie Lucas die gewünschten Worte wiederholte.

»Wie heißt du, Mann?«
»Lucas.«
»Schön, dich kennenzulernen, Lucas. Ich heiße Warren, und der Typ da drüben ist Earl.« Mit dem Kopf deutete er in Richtung von Cats Bewacher. »Wo wollt ihr denn hin?«
Lucas erwiderte achselzuckend: »Wir wollten nur mal kurz ans Meer.«
»So spät? Seht ihr denn nicht, daß es schon stockdunkel ist?«
Als Lucas ihm keine Antwort gab, warf Warren Earl einen langen Blick zu. »Vielleicht erzählt uns der gute Lucas aber nicht die ganze Wahrheit. Hast du nicht auch so 'n Gefühl, Kumpel?«
Ehe Earl darauf antworten konnte, tischte Lucas ihm noch mehr Lügen auf. »Warum sollte ich Ihnen die Unwahrheit sagen? In Clinton gibt es ein Hotel, das Seacliff. Wir haben dort reserviert. Das können Sie nachprüfen.«
Die Antwort schien Warren offensichtlich zufriedenzustellen, denn er wandte seine Aufmerksamkeit nun Cat zu. »Na, dann sag mir doch mal, wer dieser rassige kleine Rotschopf hier ist. Deine Tochter?«
Der Altersunterschied, der zwischen Cat und Lucas bestand, fiel den beiden schon lange nicht mehr auf – sie dachten eigentlich fast nie daran. Doch jetzt sah Cat, wie die Wut in Lucas' Augen aufflackerte. Aber er sagte kein Wort, sondern hielt weiterhin den Kopf in einem unnatürlichen Winkel geneigt, um der scharfen Messerklinge an seinem Hals zu entgehen. Warren kniete sich hin, legte den Mund an Lucas' Ohr und brüllte mit aller Kraft: »He, du Ho-sen-schei-ßer! Ich hab dich was gefragt. Bist du noch da?«
Lucas zuckte mit schmerzlich verzerrten Gesichtszügen zurück; vor Wut knirschte er mit den Zähnen. Dann schloß er

die Augen, schluckte. »Meine Frau«, erwiderte er schließlich.
Beide Männer fingen zu lachen an, ein lautes, gemeines Lachen. Jetzt nahm Earl Cat genauer in Augenschein. »He, wie kommt es, daß sich eine so hübsche kleine Lady wie du mit solchem Schrott abgibt? Und das bei den erstklassigen Typen, die hier neben dir sitzen. Oder sollte ich besser sagen – stehen?«
Earl kicherte über seinen eigenen Witz und griff sich an die Hose. Cat hörte, wie ein Reißverschluß heruntergezogen wurde. Sie kniete immer noch am Boden und kam sich merkwürdig losgetrennt von ihrem Körper vor, als Earl sich über sie beugte und seine Finger ihre Bluse entlangwandern ließ. Als er beim obersten Knopf angelangt war, zerrte seine Hand brutal an dem Stoff, bis dieser nachgab und riß. Die Knöpfe flogen nach rechts und links davon, und in dem Moment hatte Cat ein Gefühl, als bekäme sie keine Luft mehr.
Ihre Hände, ihre Füße, ihr ganzer Körper fingen zu zittern an. Ein leiser, unterdrückter Schrei war zu hören. War sie das? Earl packte sie mit der Hand am Kinn, und seine Finger gruben sich brutal in ihre Wangen. Er riß ihren Kopf nach vorn und zwang sie, sich seinen erigierten Penis anzusehen. »Siehst du das?« fragte er grinsend. »Das ist alles für dich.« Dann legte er ihr bleischwer die Hände auf beide Schultern und zog sie an sich.
Jetzt konnte sich Lucas nicht mehr länger beherrschen. Trotz des gezückten Messers, das ihm jederzeit die Kehle durchschneiden konnte, holte er mit dem Arm weit aus, was Warren so überraschte, daß er sein Gleichgewicht verlor. Lucas sprang rasch auf und rammte Earl die geballte Faust ins Gesicht.
Aber mittlerweile hatte Warren seine Balance wiedergefunden. Er griff von hinten an und stieß Lucas, mit dem Gesicht

voran, zu Boden. Dann fielen sie beide über ihn her und bearbeiteten ihn mit Fäusten, Stiefeln, Stöcken und Steinen – mit allem, was ihnen in die Finger fiel. Sogar die Kleider rissen sie ihm vom Leib. Da mochte Lucas noch so stark sein, gegen diese Angreifer hatte er keine Chance.

Cat merkte, daß sie schrie – in ihren Ohren pochte das Blut, ihre Gliedmaßen waren stocksteif, und irgendwo in ihrem Hinterkopf wußte sie, daß sie zu den Kindern und sie losbinden mußte, um sie in Sicherheit zu bringen. Aber sie konnte sich nicht bewegen! Sie saßen in der Falle, irgendwo draußen in der Wildnis, und eine Schlagzeile schoß ihr durch den Kopf: VIERKÖPFIGE FAMILIE IM WALD ERMORDET!

Plötzlich hörte sie ein lautes Pfeifen, dann eine Stimme, die das Knurren und Fluchen ihrer Peiniger übertönte. Sie preßte sich die Hand vor den Mund, damit ihr ja kein Laut entschlüpfte und sie besser hören konnte. »He, was, zum Teufel, ist da vorne los?« rief die Stimme. Sie wußte weder, wessen Stimme das war, noch, woher sie kam, aber das machte nichts. Es war die Stimme eines menschlichen Wesens, und dieses Wesen war gekommen, um ihnen zu helfen.

Ein breiter Lichtstrahl tauchte aus der Dunkelheit des Waldes auf. Jetzt klang die Stimme bereits lauter, wütender und auch entschlossener. »Okay, ihr Gauner, ich habe hier eine Halbautomatik im Anschlag, Munition satt! Na, wie gefällt euch das?«

Warren und Earl richteten sich auf und schauten einander schweigend und nervös an. Wer würde die Entscheidung treffen? Schließlich rasten sie wie auf Kommando zu dem Bronco, sprangen hinein und knallten die Türen zu. In Sekundenschnelle hatten sie den Wagen zurückgesetzt und waren in entgegengesetzter Richtung davongebraust.

Noch während der Bronco sich mit heulendem Motor entfernte, hatte der Fremde sie bereits erreicht. Er legte seine Taschenlampe auf den Boden, beugte sich über Lucas und ergriff dessen Handgelenke. Schließlich sah er zu Cat hinüber. »Sein Puls schlägt noch recht kräftig. Ich denke, er wird durchkommen. Was ist mit Ihnen?«
Sagte er ihr die Unwahrheit? Aber warum sollte er sie anlügen? »Ich bin in Ordnung«, entgegnete sie, obwohl sie noch immer nicht zu zittern aufhören konnte. »Bitte, die Kinder«, flehte sie und deutete in ihre Richtung. Er beeilte sich, sie loszubinden, und gleich darauf lagen Haley und Zack in Cats Armen und weinten und drückten sich fest an sie, wesentlich mehr Stärke und Trost von ihr einfordernd, als sie ihnen in dem Augenblick geben konnte.
»Ich möchte nicht riskieren, noch mehr Schaden anzurichten, indem ich ihn allein bewege, deswegen werde ich jetzt Hilfe holen. Ist das in Ordnung für Sie?« Jetzt erst schaute Cat sich an, wer da vor ihr stand und mit ihr sprach. Es war ein großer und noch sehr junger Mann, der jedoch genau zu wissen schien, was er tat. Sie nickte.
»Alles in Ordnung mit dir, Kumpel?«
Die Frage war an Zack gerichtet, der alles andere als in Ordnung zu sein schien. Aber der Kleine nickte, und plötzlich war der junge Mann verschwunden. Cat und Haley rückten ganz nahe an Lucas heran in dem Bestreben, ihm durch die Nähe ihrer Körper Trost und Energie zu übermitteln. Zack hielt sich abseits, blieb weiter mit dem Rücken zu dem Baumstamm stehen und spähte hektisch mal in die eine, mal in die andere Richtung, als erwartete er, daß jeden Moment jemand aus dem Wald gesprungen käme.
Cat strich über Lucas' Gesicht, seine Arme, seine Hände. Mit

schmutzigen, bebenden Händen machte sie sich an seinem Hemd zu schaffen und säuberte es von Erde und Blättern. Es war eine dumme Beschäftigung, völlig sinnlos, aber sie mußte ihren Händen unbedingt etwas zu tun geben.

»Beeil dich, bitte, beeil dich«, flüsterte sie und wünschte sich, der junge Mann möge so schnell wie möglich zu ihnen zurückkommen. Lucas atmete noch, sie konnte es hören. Dann spürte sie, wie er sich bewegte; erst seine Finger, dann seine Hände, seine Arme . . . und als der junge Mann zurückkam – dem kurz darauf ein Rettungswagen folgte –, hatte Lucas bereits das Bewußtsein wiedererlangt.

Zwei Stunden vergingen, die ihr wie Minuten erschienen, und erst als Lucas versorgt und in einem Privatzimmer im Krankenhaus untergebracht war, kam eine Schwester auch zu Cat; sie deutete auf deren zerrissene, kurzärmelige Bluse und reichte ihr eine Handvoll Sicherheitsnadeln. Cat holte sich ein Papiertaschentuch aus der Schachtel an Lucas' Bett und putzte sich die Nase. Lucas würde überleben, der Notarzt hatte es ihr versprochen, trotz der vielen Prellungen, Schnittwunden und des gebrochenen Beines – Gott sei Dank ein glatter Bruch –, das nun in einem schenkelhohen Gips steckte. Zum Glück gab es keine Anzeichen einer Gehirnerschütterung oder irgendwelcher innerer Verletzungen. Dr. Robbins, der Orthopäde, hatte ihm eine Morphiumspritze gegen die Schmerzen und zum Einschlafen gegeben, und wenn alles glattlief, würde er bereits am nächsten Morgen wieder entlassen werden und könnte sich anschließend in ihrem Haus am Strand erholen.

Cat betrachtete liebevoll Lucas' Gesicht: die gerade, schlanke Nase, das kräftige, ausgeprägte Kinn, die vollen Lippen, die so schmal werden konnten, wenn seine Unnachgiebigkeit in ihm durchbrach. Nur wenige Zentimeter hatten sie davor getrennt, den einzigen Mann zu verlieren, den sie je geliebt hatte, und ihr Körper schmerzte immer noch von den Nachwehen der entsetzlichen Ereignisse. Als sie ihn nun schlafend in diesem sterilen Krankenzimmer vor sich liegen sah, wurde ihr wieder einmal bewußt, wie lieb und teuer er ihr war.

Die wertvollen Geschenke, die er ihr zu Beginn ihrer Beziehung gekauft hatte, als er ihr den Hof machte, hatten sie im Grunde genommen immer in Verlegenheit gebracht, obwohl es viele Leute gab, die glaubten, daß sie ihn genau aus diesem Grund heiraten wolle. Das hatte sie nie begriffen: Für die meisten neunzehnjährigen Teenager – so alt war sie gewesen, als sie Lucas Marshall kennenlernte – war Geld im Vergleich zu Liebe etwas Zweitrangiges; zumindest war es so in Calden, New Hampshire, der kleinen Stadt, in der sie aufgewachsen war.

Weitaus mehr hatten Cat da schon diese unglaublich blauen Augen beeindruckt, die sie auf eine Weise ansahen, wie sie noch nie zuvor ein Junge ihre Alters angesehen hatte; und dann sein Lächeln, als ob er Dinge wüßte, die sonst jedem anderen verborgen waren. Eines Tages kam Lucas in den kleinen 7-Eleven-Supermarkt, in dem Cat abends arbeitete, während sie tagsüber ihre Kurse am College besuchte. Da er einen sehr muskulösen und durchtrainierten Körper hatte, war die Tatsache, daß er bereits doppelt so alt war wie sie, nur von nebensächlichem Interesse.

Sie erfuhr bald, daß er zweimal die Woche aus geschäftlichen Gründen nach Calden kam – mit einem Hubschrauber: Als Miteigentümer der Center Construction and Engineering Company aus Northampton, Massachusetts – die, wie Cat später erfahren sollte, eine der größten Baugesellschaften an der ganzen Ostküste war – besuchte er die Stadt, um die Reparaturarbeiten an der Ralantano Bridge zu überwachen, an der größere bauliche Schäden aufgetreten waren.

Sechs Wochen später war sie nur allzu bereit und willens, ihr zweites Jahr im College sausen zu lassen und ihm bis ans Ende der Welt zu folgen – respektive drei Autostunden weiter südwestlich nach Massachusetts. Es war ihr egal, daß ihre Vermieterin ihr unterstellte, sie sei nur hinter seinem Geld her; daß ihre beste Freundin Monica sie davor warnte, sein jahrelanges Junggesellendasein würde mit Sicherheit einen besitzergreifenden und herrschsüchtigen Ehemann aus ihm machen; daß ihre Mutter ihr zu verstehen gab, Cat würde damit den Vater heiraten, den sie sich immer gewünscht, aber nie gehabt hatte, während ihre Lieblingstante mit etwas taktvolleren Worten meinte: »Du bist ein kluges und hübsches Mädchen, Catherine Ann Demsey. Du könntest jeden Jungen deines Alters haben.«

Doch junge Männer ihres Alters, Lucas' Geld oder selbst seine bewegte Vergangenheit waren ihr egal. Und, ja, ein Körnchen Wahrheit lag in dem, was Monica gesagt hatte: Lucas war wirklich immer gerne der Boß – na und? Monica machte Cat wegen dieses Geständnisses zwar heftige Vorwürfe, aber im Grunde fand sie Lucas' arrogante Art sogar recht charmant. Sie wollte ihn einfach haben, diesen Lucas Marshall.

Und jetzt, zwölf Jahre später, wollte sie ihn immer noch haben. Zwar hatte sich bereits hier und da das erste Grau in seine vollen Haare geschlichen, und er war fünfzehn Pfund schwerer geworden, aber er war immer noch genauso gutaussehend und aufregend und männlich ... Cat setzte sich auf den Bettrand und nahm seine Hand. Der Kloß, der ihr vorher schon einmal die Luft abgeschnürt hatte, war wieder da. Wie lange hätten diese Ungeheuer wohl noch auf ihn eingeprügelt?

Ihr Retter hieß Simon Bower. Und wie es sich herausstellte, hatte er gar keine Feuerwaffe gehabt, weder eine halbautomatische noch sonst eine. Er hatte nur so getan, um den Burschen Angst einzujagen. Und zum Glück hatte seine Drohung ihre Wirkung nicht verfehlt. Das erfuhr Cat allerdings erst, nachdem sie im Medical Center des nahegelegenen Essex angekommen waren. Cat war mit Lucas im Krankenwagen vorausgefahren; da die Polizei zu dem Zeitpunkt noch nicht am Tatort eingetroffen war, hatte Simon sich erbeten, mit Haley und Zack in seinem Kleinbus nachzukommen.

Cat schreckte bei der Erinnerung daran, wie der ganze Alptraum begonnen hatte, nervös zusammen; das war in dem Moment gewesen, als sie um die enge Haarnadelkurve gebogen waren ... Doch damit mußte sie unbedingt aufhören: Die Übeltäter waren schließlich fort, das durfte sie nicht vergessen. Verschwunden, weg, verjagt. Und sie würde sich nie mehr Sorgen machen müssen, daß sie ihr oder ihrer Familie Schaden zufügen könnten.

2

»Mrs. Marshall?«

Cat blickte hoch; Lucas' Tür war offen, und draußen auf dem Korridor des Krankenhauses stand ein untersetzter, schon kahl werdender Mann mit einer faßrunden Brust. An seinem kurzärmeligen Khakihemd war eine Polizeimarke befestigt. Er tippte sich an seinen breitkrempigen Hut.

»Chief Leroy Cooper«, stellte er sich vor.

Sie hatte ihn zwar nie persönlich kennengelernt, erkannte ihn aber sofort wieder, da sie ihn oft genug am Clinton Square gesehen hatte. In der kleinen Stadt, in der es eine Leihbibliothek, ein kombiniertes Rathaus-Polizeirevier, einen Stop&Shop-Supermarkt, eine Apotheke, eine Reparaturwerkstätte, einen Honda-Händler und ein gutes Dutzend Läden für Bekleidung und sonstigen Krimskrams gab, tätigte Cat in den Sommerwochen regelmäßig ihre Einkäufe.

Der öffentliche Strand von Clinton verfügte zwar über seine eigene private Polizeitruppe, aber wenn in den Sommermonaten die Bevölkerung der Stadt – einschließlich der nur spärlich besiedelten Gegend von Kelsy Point – von zwölftausend auf über sechzehntausend anstieg, dann reichte, eigentlich unnötig zu sagen, die normale Winterbesatzung der örtlichen Polizei – ein Chief zwei Innendienstleute und neun Streifenbeamte – bei weitem nicht aus, sobald das erste Ferienwochenende am Memorial Day in Sicht war.

Cat beugte sich vor und preßte ihre Lippen auf Lucas' Stirn, nahm dann ihre Handtasche und folgte dem Polizeichef hinaus auf den Korridor. »Tut mir leid, daß es so lange gedauert hat«, sagte er und reichte ihr ein in braunes Papier eingeschlagenes Päckchen, das mit einer Schnur umwickelt war. »Die Kleider Ihres Mannes. Einer meiner Männer hat sie eingesammelt, als sie den Tatort sicherten. Wie geht es Mr. Marshall?«

Sie nickte. »Soweit ganz gut.«

Er warf einen Blick auf das Klemmbrett in seiner Hand und fuhr erklärend fort: »Ich war gerade wegen eines Feueralarms unterwegs – zwei kleine Kinder saßen im ersten Stock eines Hauses fest. Aber wir haben sie da herausgeholt. Ich kam gerade zurück, als Ihre Meldung einging.« Er schüttelte voller Abscheu und Mitgefühl den Kopf. »Bis jetzt hatten wir hier in der Gegend ziemlich viel Glück, was Gewaltverbrechen angeht; so etwas kam hier nicht oft vor. Den meisten Ärger bereiten uns den Sommer über Betrunkene und Randalierer; hier und da kommt es auch zu Handgreiflichkeiten innerhalb der Familie, diese Art von Rowdytum eben. Aber nichts, was man als wirklich brutales Gewaltverbrechen bezeichnen könnte. Da Sie und Ihr Mann ja seit Jahren hierherkommen, dürfte Ihnen das bekannt sein, nehme ich an.«

Es war ihr bekannt, und offensichtlich kannte auch er sie vom Sehen. Er ließ sein Klemmbrett sinken und führte sie zu einer Bank am Ende des Korridors.

»Einer meiner Männer, Rudy, der junge Bursche, der vor einiger Zeit hier im Krankenhaus vorbeigekommen ist und versucht hat, mit Ihnen zu reden ...?« Er hielt mitten im Satz inne, als wartete er auf eine Bestätigung von ihr; also nickte sie, und er fuhr fort: »Also, er hat sich den Tatort daraufhin noch einmal angeschaut, ob vielleicht etwas übersehen wurde. Aber er hat nichts mehr entdeckt ... außer den Kleidern

Ihres Mannes natürlich. Die Marke und Autonummer Ihres Wagens wird mittlerweile über Radio durchgegeben. Vielleicht haben wir ja Glück damit.«

»Wo haben Sie denn die Nummer her?« wollte Cat wissen. Sie hatte Lucas nicht einen Augenblick lang allein gelassen und bisher auch mit keinem der Streifenbeamten gesprochen. Außerdem hätte sie die Autonummer gar nicht gewußt.

»Ihr Sohn wußte sie. Ein wirklich aufgewecktes kleines Kerlchen, das Sie da haben. Laut Rudy hat er sehr genau beobachtet und war imstande, uns eine detaillierte Beschreibung der beiden Männer zu geben, die Sie terrorisiert haben. Wenn Sie vielleicht so freundlich wären, mal einen Blick auf die Aufzeichnungen hier zu werfen und sie auf ihre Korrektheit zu überprüfen. Vielleicht möchten Sie auch noch etwas hinzufügen.« Jetzt endlich gab er ihr das Klemmbrett, auf dem vier handbeschriebene Seiten befestigt waren.

Sie hatte eben zu lesen begonnen, als er mit dem Daumen auf den Warteraum neben der Schwesternstation deutete. »Ach übrigens, mir sind die Kinder gar nicht aufgefallen, als ich vorbeikam –«

»Nein, ich habe sie bereits vor einer Welle abholen lassen. Von unserer Haushälterin. Möglicherweise kennen Sie sie, sie lebt seit Jahren hier in der Gegend. Winnie Rawson.«

Während Lucas im Operationssaal war, wo man seinen Beinbruch versorgte, hatte Cat kurz mit den Kindern gesprochen und ihnen versichert, daß ihr Vater wieder in Ordnung käme. Dann hatte sie Winnie angerufen, die eigentlich erst am Montag in das Strandhaus hätte kommen sollen. Winnie war seit Jahren der gute Geist des Hauses, seit Lucas es vierundzwanzig Jahre zuvor erworben hatte.

»Klar kenne ich Winnie«, sagte er. »Eine wirklich nette Frau.«
Cat nickte. »Sie hat sich sofort bereit erklärt, die Kinder abzuholen und bei ihnen im Strandhaus zu übernachten. Der Arzt wird Lucas wahrscheinlich morgen früh entlassen.«
Der Polizeichef lenkte Cats Aufmerksamkeit wieder auf die Seiten auf dem Klemmbrett, die sie zu Ende durchlas und ihm anschließend zurückgab. »Das einzige, was ich noch hinzufügen kann, ist die Tatsache, daß der größere, schwerere von beiden, der, der sagte, sein Namen sei Warren, einen völlig kaputten linken Schneidezahn hatte. Sie wissen schon, ganz schwarz verfärbt.«
Chief Cooper notierte sich diese Information am unteren Rand des obersten Blattes.
»Kam Ihnen einer der beiden Männer bekannt vor?«
»Bekannt? Nein, wieso sollten sie das?«
Er zuckte die Schultern. »Ach, ich frage mich nur, ob hinter dem Überfall vielleicht etwas Persönliches steckt. Sie wissen schon – Leute, die aus irgendwelchen Gründen wütend auf Sie sind. Die sich rächen wollen.«
Sie schüttelte den Kopf. »Nein, das war bestimmt nicht der Grund. Ich habe die beiden noch nie zuvor gesehen, und wenn Lucas sie gekannt hätte, wäre mir das sofort aufgefallen. Wir haben keine Feinde ... enge Freunde haben wir eigentlich auch nicht viele. Wir sind keine sehr geselligen Menschen. Ich bin überzeugt, daß die meisten Nachbarn bei uns im Ort uns als schreckliche Langweiler bezeichnen würden.« Sie lächelte, das erste Mal seit dem Überfall; ihr Mund fühlte sich steif und völlig aus der Übung an. »Außerdem dürfen Sie nicht vergessen, daß diese beiden Männer uns aufs Geratewohl angehalten ha-

ben. Sie konnten doch unmöglich wissen, wer da die Straße entlangkam.«

»Nein, wahrscheinlich nicht. Aber Sie müssen verstehen, daß wir hier in der Gegend keine große Erfahrung mit derartigen Überfällen auf Autos haben. Nicht, daß ich mich darüber beschweren möchte, verstehen Sie mich nicht falsch.«

»Nun, wir auch nicht. Aber es wird uns nie mehr passieren, daß wir noch einmal mit unverriegelten Türen herumfahren. Wenn dieser junge Mann nicht gewesen wäre –« Sie hielt inne, da sie den Gedanken lieber nicht laut aussprechen wollte.

»Sie sprechen von Simon Bower, dem Jungen, der die Polizei verständigt hat?«

»Ja. Kennen Sie ihn?«

»Ich weiß nur das, was hier in meinen Unterlagen steht und was Rudy mir gesagt hat. Bower ist weggefahren, gleich nachdem er befragt wurde. Nicht, daß er viel gewußt hätte – offensichtlich sind die zwei Kerle sofort abgehauen, als er ihnen mit seiner Waffe drohte. Das war ein kluger Schachzug von ihm. Zum Glück für alle Beteiligten ist der Schuß aber nicht nach hinten losgegangen.«

Sie nickte, und ihr fiel die Szene wieder ein. »Können Sie mir vielleicht sagen, wo ich ihn erreichen kann? Ich würde mich gerne bei ihm bedanken, wie es sich gehört.«

»Das dürfte schwierig werden – ich habe nämlich keine Adresse von ihm«, erwiderte er und stand auf. »Sieht so aus, als habe er die letzten paar Tage drüben in Chatfield Hollow kampiert und dort gefischt. Aber soweit ich weiß, hat er seine Sachen schon wieder zusammengepackt und ist weitergezogen. Er stammt ursprünglich aus Arizona und ist einer von denen, die das College sausen lassen und losziehen, um sich

selbst zu finden. Ich schätze, wenn man sich schon unbedingt selbst finden muß, dann tut man das am besten, solange man noch jung und ungebunden ist.«
Cat tat es dem Polizeichef nach und stand ebenfalls auf. Sie wünschte sich, Simon hätte es nicht gar so eilig gehabt, wieder von hier zu verschwinden. Oder daß sie sich vorher wenigstens ein paar Minuten Zeit genommen hätte, um mit ihm zu sprechen.
Leroy Cooper tippte an seinen Hut. »Ach ja, noch etwas, Mrs. Marshall. Waren irgendwelche Papiere im Wagen, aus denen diese Burschen schließen könnten, wo Sie wohnen? Ich meine damit Ihre hiesige Adresse.«
Die Vorstellung, daß diese Ungeheuer in den Besitz ihrer Adresse gelangen könnten, traf sie wie ein Schock, und so ging sie in Gedanken rasch alle Papiere durch, die sie normalerweise im Handschuhfach aufbewahrten. Nach sorgfältiger Überlegung war sie sich jedoch sicher, daß der Wagen nicht auf sie, sondern auf die Center Construction and Engineering Company in Northampton zugelassen war.
»Nein«, meinte sie schließlich. »Nichts.«
»Gut.«
»Wollen Sie damit andeuten, daß die beiden vielleicht zurückkommen könnten, um uns zu suchen?«
»Das will ich damit nicht sagen, aber man weiß ja nie, was in derartig kranken Köpfen vor sich geht. Ich versuche nur, alle Möglichkeiten auszuschließen, daß wir eine weitere böse Überraschung erleben. Stehen Sie und Mr. Marshall eigentlich im Telefonbuch?«
»Nein. Wir hatten schon immer eine Geheimnummer. Sie steht in keinem Telefonbuch.«
»Das ist ein weiterer Pluspunkt. Hören Sie, ich wollte Sie

noch bitten, daß Sie vielleicht mal zu uns aufs Revier kommen und sich ein paar Schnappschüsse aus der Verbrecherkartei anschauen, wenn Sie ein paar Minuten Zeit haben. Wer weiß, möglicherweise haben wir Glück. Dann würde ich natürlich auch noch gerne mit Mr. Marshall sprechen, bevor er das Krankenhaus verläßt.«
Der Gedanke gefiel ihr gar nicht, und er hob beschwichtigend die Hand. »Keine Angst, Sie müssen nicht glauben, daß ich ihn aufregen oder ermüden will. Ich werde ihn nicht länger als fünf Minuten belästigen. Nur lange genug, damit er mir das bestätigen kann, was ich ohnehin schon in Händen halte. Und wenn das alles mit seiner Aussage übereinstimmt, wovon ich ausgehe, nun, dann wage ich zu sagen, daß Sie sich keine weiteren Sorgen zu machen brauchen.«
Aber wieso wurde sie doch plötzlich wieder von Angst ergriffen? Sie kehrte in Lucas' Zimmer zurück und schloß leise die Tür, um ihn nicht aufzuwecken. Dann legte sie das Päckchen mit den Kleidungsstücken und ihre Handtasche auf den Boden neben das Bett und ging hinüber zum Fenster. Sie sah hinaus und schob das Fenster ein Stück weiter nach oben, um frische Luft hereinzulassen. Es war nichts weiter als ein Überfall gewesen, ein Überfall auf ihr Auto, verübt von ein paar Verrückten, die sich auf ihre Kosten hatten amüsieren wollen.
Schließlich kehrte sie an das Bett zurück, setzte sich ganz vorn auf die Kante des mit Kunstleder bezogenen Sessels und betrachtete Lucas: Sein Gesicht war dick verquollen und unter den Augen blau angelaufen; eine Lippe war aufgeplatzt und mehrmals genäht; auf der Stirn hatte er eine Beule, so groß wie ein Hühnerei, und die Wunde am Hals war mit zwölf Stichen genäht worden. Unter seinem dünnen Kran-

kenhausnachthemd verbargen sich noch Dutzende weiterer Prellungen und Blessuren.

Wieder stiegen ihr Tränen in die Augen, und sie holte tief Luft, um sie zurückzudrängen. Irgendwann lehnte sie ihren Kopf an die Rückenlehne des Sessels und schlief ein. Die ganze Nacht über verbrachte sie in einer Art Dämmerzustand, aus dem sie zum letztenmal gegen Morgen erwachte, voller Panik, als sich eine Hand um ihr Kinn legte und sich Finger in ihre Wangen gruben.

Sie sprang hoch, zog scharf die Luft ein und sah sich um: Da war niemand im Zimmer, keiner, der sie berührt hätte. Sie strich sich mit beiden Händen über die Wangen, die immer noch gerötet und empfindlich waren. Seufzend beugte sie sich über Lucas, um sich zu vergewissern, daß es ihm gutging.

Sie hörte, daß er stark und regelmäßig atmete, stand auf, verschränkte die Arme vor der Brust und versuchte, durch diese tröstende Berührung das fröstelnde Gefühl in ihren Knochen loszuwerden. Als sie im Geist noch einmal die Unterhaltung mit dem Polizeichef durchging, fiel ihr auf, daß eine ihrer Aussagen nicht völlig der Wahrheit entsprochen hatte; es hätte durchaus jemand wissen können, daß es ihr Wagen war, der zu dieser Zeit die Straße herunterkam. Das war natürlich keine großartige Erkenntnis, denn sie brachen immer am ersten Freitag nach Ferienbeginn zu ihrem Strandhaus auf, und das regelmäßig wie ein Uhrwerk, seit Haley in den Kindergarten gekommen war. Und doch war die Route 79 so verlassen wie selten zuvor gewesen – was wiederum nichts Außergewöhnliches war, da sie sonst immer bei Tageslicht unterwegs gewesen waren. Aber ausgerechnet dieses Mal waren sie ein paar Stunden später als gewöhnlich aufgebrochen. Wegen dieses falschen Bombenalarms.

Geradezu albern war das, wie ihre Phantasie mit ihr durchging; das sah ihr gar nicht ähnlich. Und das nur wegen dieser vielen Fragen, die ihr der Polizeichef gestellt hatte. Die mächtige Kraft der Suggestion. Feinde? Kaum.

Winnie hatte das leere Zimmer im ersten Stock für sich selbst hergerichtet, und obwohl sie gleich nach den Kindern ins Bett ging, konnte sie nicht gut schlafen. Zuerst war da dieser Anruf gegen ein Uhr – irgend jemand hatte sich verwählt –, und dann gingen ihr der arme Lucas und das, was der Familie laut Cats Beschreibung draußen in Chatfield Hollow widerfahren war, nicht mehr aus dem Kopf.

Auch die Kinder waren schrecklich verstört gewesen. Haley hatte wie immer, wenn sie nervös oder aufgeregt war, mit hundert Meilen in der Minute losgerattert wie ein Maschinengewehr, und Zack hatte unbedingt allein am dunklen Strand spazierengehen wollen. Wäre Cat dagewesen, hätte sie es ihm erlaubt, aber Winnie war nicht so nachgiebig wie Cat. Nach Einbruch der Dunkelheit hatten Kinder draußen nichts mehr verloren, selbst auf dem eigenen Grundstück nicht.

Um sie zu zerstreuen und von den entsetzlichen Ereignissen abzulenken, deren Zeugen sie geworden waren, hatte sie deshalb eine Ladung Schokoladenkekse – Lucas' Lieblingssorte – auf einen Teller getan, eine CD mit Melodien aus den Fünfzigern aufgelegt und – während die Kinder sich die Bäuche mit Keksen vollschlugen – ein paar Tanzschritte aus der Zeit improvisiert. Als Winnie ihre Vorführung beendete, waren die Kinder zufrieden und lachten, und ihr tat gehörig der Rücken weh.

Winnie Rawson wirkte mit ihren sechsundfünfzig Jahren

immer noch gesund und fit: bei einer Körpergröße von einssechzig brachte sie gerade mal sechsundfünfzig Kilo auf die Waage, und an ihrem ganzen Körper war nicht die Spur von Cellulitis festzustellen. Nur ihr Rücken, der gab ihr das Gefühl, alt wie Methusalem zu sein. Ein Bandscheibenvorfall vor einigen Jahren hatte sie außer Gefecht gesetzt – zumindest, was ihren Job als Kellnerin betraf, die einzige Arbeit, die sie je gekannt hatte. Außer der als Haushälterin natürlich. Aber das war etwas anderes. Das tat sie nur für die Marshalls, und diese Stellung würde sie auch erst dann aufgeben, wenn sie im Leichenschauhaus lag.

Sie arbeitete im Sommer ohnehin nur drei Tage in der Woche, und dann auch nur leichte Tätigkeiten; Cat Marshall war kein pingeliger Typ und, was den Haushalt betraf, sogar noch lockerer, als Lucas es vor seiner Ehe mit ihr gewesen war. Und als Cat dann erfahren hatte, in welchem Zustand Winnies Rücken war, hatte sie zusätzlich noch einen Putzservice damit beauftragt, vor Beginn der Saison die schweren Arbeiten im Haus zu erledigen. Cat erwähnte diesen Putzservice Winnie gegenüber mit keinem Wort; Winnie erfuhr erst durch eine Bekannte davon. Cat war nicht der Typ, der auf Applaus aus war.

Mit Ausnahme von Winnies Cousine Audrey, deren Mann und vier Kinder war Winnies Familie in alle Winde zerstreut – sowohl emotional als auch geographisch. So wuchsen ihr die Marshalls bald wie eine Familie ans Herz. Winnie kannte sie natürlich auch schon lange genug. Als sie vor dreiundzwanzig Jahren für Lucas zu arbeiten angefangen hatte, war es ihr einziges Sinnen und Trachten gewesen, ihm nahe zu sein.

Sie hatten sich im Ocean Haven Diner kennengelernt; normalerweise saß er immer in ihrem Service, wenn er zum Frühstücken oder Mittagessen kam. Aber ihm wäre nie in den Sinn gekommen, sich mit ihr zu verabreden. Und sie, der man bestimmt nicht hätte nachsagen können, daß sie besonders schüchtern gewesen wäre – sie hatte sich schon mit vielen Männern aus dem Diner getroffen –, auch sie bekam den Mund nicht auf, wenn es um Lucas ging und darum, ihm zu sagen, wie verrückt sie nach ihm war.

Als er sie jedoch eines Tages fragte, ob sie ihm jemanden aus dem Ort empfehlen könnte, der ihm den Haushalt führen würde, da sagte sie Hals über Kopf zu. Er war im ersten Moment zwar etwas überrascht, erholte sich aber rasch wieder und gab ihr seinen Reserveschlüssel für das Strandhaus. Da er unter der Woche die meiste Zeit über unterwegs sei, wie er ihr sagte, könne sie an jedem Wochentag, der ihr genehm war, zur Arbeit kommen.

Das war die Phase, in der sie sich zum erstenmal ihrem unerfüllbaren Tagtraum hingab: Er begann immer damit, daß Lucas aufwachte, sich umdrehte und sie splitterfasernackt neben sich im Bett fand. In der einen Version war er so überwältigt und voller Leidenschaft, daß er gar nicht mehr genug von ihr bekommen konnte: im Bett, unter der Dusche, dann noch zweimal in der Küche, gleich auf der Geschirrspülmaschine – unermüdlich wie Herkules, aber mit viel Einfühlungsvermögen. In der anderen Version hingegen wies er sie zurück unter Aufbietung aller möglichen Ausreden: Sie sei zu alt für ihn, er wolle nicht Geschäft und Vergnügen miteinander vermengen, er fände sie nicht attraktiv genug . . .

Eines Samstagabends, nachdem sie wochenlang ihren ganzen Mut zusammengenommen hatte, benützte sie ihren Schlüssel für das Strandhaus, sperrte auf und schlich sich auf Zehenspitzen in Lucas' Schlafzimmer. Er war im Bett, aber er schlief nicht, und allein war er auch nicht.

Sie machte auf dem Absatz kehrt und stolperte im Hinauslaufen über die Türschwelle. Falls er etwas gesehen oder gehört haben sollte – er ließ es sich nie anmerken. Sie überlegte kurz, ob sie kündigen sollte, beschloß aber dann, nicht überstürzt zu handeln. Lucas war zwar anspruchsvoll, zahlte aber gut für seine Extrawünsche. Außerdem, was konnte es schon schaden, den Kontakt aufrechtzuerhalten? *Laß es gut sein, Winnie, er ist schließlich nicht der einzige Mann in der Stadt.*

All das lag für Winnie viele Jahre und eine Armee von Männern zurück; und auch bei Lucas waren die Frauen gekommen und gegangen. Während dieser ganzen Zeit war Winnie geblieben, hatte Überstunden gemacht, wenn Lucas sie benötigte, hatte gekocht und bedient, wenn er Einladungen gab. Hin und wieder stolperte sie beim Aufräumen auch über verräterische Hinterlassenschaften: vergessene Spitzenhöschen unter dem Bett; einen Büstenhalter und eine Strumpfhose, die in eine Ecke geworfen waren; verschmierte Wimperntusche und Nagellackspuren auf dem Toilettentisch im Bad.

Oft erhaschte sie dabei auch einen Blick auf die jeweils aktuelle Dame, die unter der Woche bei Lucas im Strandhaus übernachtete. Oder sie mußte gelegentlich am Telefon für ihn mit einer Ausrede einspringen, wenn er besonders hartnäckige Fälle wieder loswerden wollte. Sie haßte selbstverständlich alle diese Frauen, hatte an jeder etwas auszusetzen, und jedes neue Gesicht versetzte ihr einen Stich ins Herz.

Als sie merkte, wie ernst es Lucas mit Cat war, war sie darauf vorbereitet gewesen, ähnliches zu empfinden – sie sogar noch mehr zu hassen, als sie sah, wie jung und schön sie war. Aber Cat war keine, die man so leicht hassen konnte.

Das Telefon klingelte, und sie sprang aus dem Bett, wobei sie völlig ihren Rücken vergaß, bis der Schmerz sie wieder daran erinnerte. Als sie endlich zum Telefon kam, hatte Haley bereits abgenommen.

»Wie geht es Daddy?«

Sie lauschte ein paar Minuten, nickte. Als sie genug gehört hatte, reichte sie den Hörer an Winnie weiter.

»Gute Neuigkeiten«, sagte Cat. »Ich bringe Lucas nach Hause.«

Zwischen den diversen Visiten der Ärzte, den Besuchen der Schwestern und der üblichen Morgenroutine im Krankenhaus hatte Cat nicht eine Sekunde Gelegenheit, mit Lucas allein zu sein, als er am nächsten Morgen erwachte. Aber seiner schroffen Art nach zu schließen, mit der er jeden behandelte, der sich ihm näherte, schien er keinesfalls die Absicht zu haben, sich wie ein braver Kranker zu benehmen. Natürlich hatte er jeden Grund, schlecht gelaunt zu sein, aber Cat hoffte dennoch, daß sich seine Stimmung wieder bessern würde, sobald er erst einmal im Strandhaus wäre.

Cat hatte in Lucas Badezimmer ihre schmutzigen und zerschrammten Knie gewaschen und sich, so gut es ging, zurechtgemacht, ehe sie zuerst Winnie und die Kinder und anschließend Jack Reardon, Lucas' langjährigen Geschäftspartner, anrief. Ihr erstes Treffen mit Jack und seiner Frau war schrecklich steif und gezwungen gewesen – schließlich hatten die beiden bereits drei erwachsene Kinder, darunter einen Sohn fast in Cats Alter. Aber im Lauf der Jahre war der Altersunterschied immer mehr in den Hintergrund getreten, und sie waren die besten Freunde geworden.

»Möchtest du, daß ich zu euch komme, Cat?« wollte Jack wissen, nachdem sie ihm eine verkürzte Version der Ereignisse erzählt und er entsprechend reagiert hatte mit dem üblichen Abscheu, dem Entsetzen und der Wut über eine innerlich verfaulte Gesellschaft, die derartige Gewaltausbrüche duldete.

»Nein, es ist soweit alles in Ordnung mit uns. Trotzdem vielen Dank. Nur eines gibt es, Jack, der Bronco läuft doch auf die Firma. Vielleicht könnte Shirley die Versicherung benachrichtigen.« Shirley war die Büroleiterin, seit den Anfangsjahren bei der Firma und nach Aussage beider Partner einfach unersetzlich.

»Wird erledigt. Ach übrigens, falls du dazu kommst, könntest du eine Liste der Gegenstände erstellen, die euch abhanden gekommen sind, dann, was es kostet, sie zu ersetzen, und mir diese Liste schicken. Das hat aber keine Eile.«

»Okay. Dann ist da noch etwas –«

»Sprich, nur zu.«

»Was war eigentlich mit der Bombendrohung gestern?«

Er antwortete nicht gleich, sondern fragte: »Wieso, glaubst du, daß ein Zusammenhang mit dem Überfall auf euch besteht?«

»Nein, im Grunde nicht. Es ist nur so, daß mir die Polizei jede Menge Fragen gestellt hat. Und du weißt doch, wie es dann so geht; man sitzt herum, hat nichts zu tun, stellt alle möglichen Überlegungen an und kombiniert dieses und jenes, obwohl es vielleicht gar nichts mit der Sache zu tun hat.«

»Ich kann dazu nur sagen, daß bereits früher hin und wieder Bombendrohungen bei uns eingingen. Wie bei vielen anderen Firmen übrigens auch – erst vor ein paar Wochen gab es drüben im Gerichtsgebäude von Hampshire eine Bombendrohung. Und wie du ja genau weißt, hat nie etwas Ernstes dahintergesteckt. Außerdem hört sich das für mich so an, als seid ihr aus purem Zufall Opfer dieses Überfalls geworden, jedenfalls nach dem zu schließen, was du mir erzählt hast.«

»Ja, natürlich. Aber dann habe ich mir gedacht, na ja, wir fahren immer am Freitag nachmittag weg, sobald die Schule schließt –« Sie stieß ein kurzes, nervöses Lachen aus und sagte dann: »Irgendwie ist das verrückt. Abgesehen davon, daß kaum jemand darüber Bescheid wissen konnte, wer sollte sich auch schon dafür interessieren? Bitte, Jack, wenn du mit Lucas sprichst, sag ihm nicht, daß ich dich danach gefragt habe. Ich will nicht, daß er glaubt, ich mache mir Sorgen.«

»Versprochen – ich schweige wie ein Grab. Was mag er denn für Blumen? Ich schick ihm ein paar Dutzend.«

»Vergiß die Blumen. Schick ihm lieber eine Angelrute, mit der er vom Hafendamm oder vom Anlegeplatz aus angeln und sich in aller Ruhe erholen kann. Das ist ihm bestimmt lieber.«

Cat kehrte gerade rechtzeitig in sein Zimmer zurück, um einen von Lucas' Temperamentsausbrüchen mitzubekommen. Chief Cooper hatte ihm erzählt, daß der junge Bower bereits wieder unterwegs und unerreichbar sei. Woraufhin Lucas hatte wissen wollen, wieso die Polizei – bei all den nutzlosen Fragen, die offensichtlich für die üblichen Berichte sonst nötig waren – weder die Automarke noch die Nummer des Wagens in ihren Unterlagen habe. Er wolle Simon Bower

schließlich unbedingt erreichen und sich persönlich bei ihm bedanken.
Als der Chief sich nicht einschüchtern ließ und weiter seinen Beamten verteidigte, daß dieser sich haargenau an die übliche Vorgehensweise der Polizei in einem solchen Fall gehalten habe, schoß Lucas zurück: »Da scheint mir aber einiges ziemlich im argen zu liegen bei eurer Vorgehensweise.«
Cat legte ihrem Mann beschwichtigend eine Hand auf die Schulter. »Komm, Lucas, laß es gut sein«, bat sie ihn; sie verstand seinen Frust, wollte aber, daß er sich wieder beruhigte.
»Hören Sie, Mr. Marshall«, erwiderte der Polizeichef, »mir ist durchaus klar, was Sie in den letzten fünfzehn Stunden alles durchgemacht haben, ich nehme Ihnen Ihre Reaktion deshalb auch nicht übel. Aber vielleicht sollten Sie sich einmal die Finanzen unserer kleinen Stadt ansehen, und mit welchen Mitteln wir das alles hier am Laufen halten. Und angesichts des rasanten Wachstums unserer Einwohnerzahlen in den Sommermonaten – das wir im übrigen Urlaubern wie Ihnen zu verdanken haben –, erledigen wir unsere Arbeit gar nicht so schlecht.«
Ein Urlauber, der auf seinen Zweitwohnsitz immerhin ziemlich hohe Steuern zahlt, dachte Cat und wußte, daß Lucas wahrscheinlich dasselbe durch den Kopf ging. Aber er hielt sich zurück und sagte nichts. Statt dessen meinte er: »Wie stehen denn die Chancen, daß sich der Junge immer noch in Chatfield Hollow aufhält?«
Der Ärger des Polizeichefs schien allmählich nachzulassen, während er überlegte. »Na ja, kann durchaus sein. Aber ich habe ja nicht einmal seine Automarke –«
»Ich kann mich zwar auch nicht an die Farbe oder die Marke

erinnern«, warf Cat ein, »aber ich weiß noch, daß er einen Kleinbus fährt. Wenn Ihnen das weiterhilft?«

»Nun, das ist doch immerhin etwas«, entgegnete er. »Wissen Sie was, ich werde heute nachmittag einen meiner Männer nach Chatfield Hollow hinausschicken, damit er sich dort etwas umsieht. Und wenn das nichts bringt, legen wir noch einen Zahn zu, und ich rufe die Zulassungsstelle in Tucson an, wo der Junge herstammt. Wenn wir seine Autonummer haben, können wir nach ihm fahnden. Und wenn er noch in unserem County ist, besteht auch eine Chance, ihn zu finden. Aber Sie müssen wissen, daß wir eigentlich nur ungern zu solchen Maßnahmen greifen, wenn keine wirklich dringende polizeiliche Notwendigkeit besteht.«

Lucas streckte dem Mann die Hand entgegen, die dieser auch ergriff. »Tut mir leid, daß ich vorhin so schroff zu Ihnen war«, entschuldigte Lucas sich. »Ich zweifle nicht, daß Sie mit wenigen Leuten gute Arbeit leisten. Aber ich bin diesem Jungen etwas schuldig – ich möchte etwas für ihn tun.«

Bevor Leroy Cooper ging, versprach er noch, daß er sich in ein paar Tagen wieder bei ihnen melden würde. Als er draußen war, schaute Lucas Cat fragend an. »Alles in Ordnung, Liebes?«

Sie nickte, beugte sich zu ihm, und sie küßten einander sanft. »Es ist so ein wunderschöner Tag, Lucas, warm, sonnig, nicht eine Wolke am Himmel –«

»Wie lange war ich bewußtlos, Cat?«

»Wann?«

»Gestern abend. Cooper hat mir davon erzählt.«

»Nicht sehr lange. Liebling, bitte ... Können wir nicht einfach nur dankbar sein, daß alles vorbei und vorüber ist? Und wäre es nicht wunderbar, wenn der Chief den jungen Bower tatsächlich finden würde?«

»Ja, das wäre es«, erwiderte er, legte seine Hand an ihre Wange und streichelte sie. Dann streckte er mit einem Seufzer die Hand nach dem Nachttisch neben seinem Bett aus und öffnete ihn. »Wie wäre es, wenn du mir etwas Anständiges zum Anziehen besorgen und mich so schnell wie möglich hier rausbringen würdest?«

Cat hatte zuvor in der Geschenkboutique des Krankenhauses ein T-Shirt für ihn besorgt und den Schmutz aus seinen Hosen gebürstet; das würde einstweilen genügen müssen. Die Tatsache, daß sie nicht einmal einen Wagen hatten, um damit heimzufahren, wurde ihr erst bewußt, als Lucas den jungen Pfleger, der seinen Rollstuhl schob, bat, kurz am Empfang in der Halle anzuhalten. Lucas nannte der Schwester seinen Namen, woraufhin sie ihm einen kleinen, braunen Umschlag gab, dem er drei Schlüssel entnahm – einen befestigte er an seinem Schlüsselbund und einen reichte er Cat. Den dritten steckte er in seine Brieftasche.

»Ein 95er Cherokee-Jeep«, sagte er. »Metallicblau. Das Mädchen, mit dem ich gesprochen habe, sagte, er würde gleich in der rechten Reihe stehen, wenn man das Gebäude durch den Haupteingang verläßt.«

»Ein Leihwagen?« fragte sie. Er nickte. »Wann, um alles in der Welt, hast du die Zeit dafür gefunden?«

»Vorher. Als du mit deinen Erledigungen beschäftigt warst.«

»Woher wußtest du, daß ich mich nicht bereits darum gekümmert hatte?«

»Ich dachte mir, daß du bestimmt genügend andere Dinge zu tun hast. Wieso?«

»Nichts, ich wünschte mir nur, du hättest mich –« Selbst in

ihren Ohren klang ihr Einwand reichlich albern, da sie den Wagen wirklich vergessen hatte. Vielleicht hatte es mit ihrem Wunsch zu tun, zur Abwechslung einmal Lucas etwas abzunehmen, wozu sie sonst nur selten in der Lage war. So beugte sie sich vor und gab ihm einen Kuß. »Mach dir keine Gedanken, Liebling, ich bin nur sauer auf mich selbst.«

Gemeinsam mit dem Pfleger half sie Lucas auf den Rücksitz des Jeeps, wo er seine Beine ausstrecken konnte. Die Krükken, die sie im Krankenhaus gekauft hatten, legte sie neben ihn auf den Boden. Dann fuhren sie zu der Apotheke, die einen Block weiter unten in derselben Straße lag, um die Medikamente abzuholen, die Dr. Robbins ihm verschrieben hatte: Tylenol mit Codein und Valium, die er beide aber nur nehmen sollte, wenn es unbedingt nötig war. Lucas, der in der Zwischenzeit im Wagen geblieben war, suchte gerade angestrengt den Parkplatz ab, als Cat ein paar Minuten später wieder zurückkam.

Sie stieg in den Wagen, steckte den Schlüssel in den Anlasser und wollte losfahren. »Was ist los, Lucas?«

»Cat, tu mir bitte einen Gefallen«, sagte er mit leiser und beherrschter Stimme. »Fahr den Wagen auf die andere Seite des Parkplatzes.«

Sie setzte zurück und überquerte den Platz vor dem Einkaufszentrum; sie wartete immer noch auf eine Erklärung. Als keine kam, fragte sie schließlich: »Willst du mir nicht sagen, was wir hier suchen?«

»Ich habe sie gesehen, Cat. Es ist noch keine zwei Minuten her. Sie haben neben dem Radiogeschäft geparkt.«

»Wer?«

»Diese Schweine. Sie fuhren den Bronco.«

Vielleicht war sie ja etwas begriffsstutzig, aber damit hatte sie am allerwenigsten gerechnet. Sie spürte, wie sich alles in ihr zusammenzog, und hielt gespannt den Atem an, als sie neben dem Radiogeschäft zum Stehen kam. Ohne ein Wort zu wechseln, suchten sie beide die geparkten Wagenreihen ab, bis ihre Blicke schließlich an einem alten Bronco mit Nummernschildern aus Connecticut hängenblieben. Sie wandte sich an Lucas.

»War das der Wagen, den du vorhin gesehen hast?«

Er warf noch einmal einen prüfenden Blick über alle Wagen in der Reihe und kehrte wieder zu dem alten Bronco zurück. Schließlich schaute er Cat entschuldigend an, zuckte die Schultern und deutete auf die Straße nach Kelsy Point. »Nichts wie raus hier. Okay?«

Er hatte also einen ähnlichen Wagen gesehen und den falschen Schluß daraus gezogen. Nach allem, was sie beide durchgemacht hatten, war das nur verständlich. Aber wenn sie darüber nachdachte, konnte Cat es sich nicht vorstellen, daß diese beiden Gauner den Nerv hatten, sich bei hellichtem Tag in der Gegend sehen zu lassen. Und dann noch in dem gestohlenen Wagen? So unverfroren waren sie wohl doch nicht. Oder so dumm. Nicht, wenn die Polizei sie suchte.

Lucas war während der Fahrt ungewöhnlich schweigsam, so daß Cat das Reden übernahm. Sie plapperte über alles – angefangen beim Wetterbericht bis hin zu dem neuesten Strandklatsch, den sie in der Ausgabe von *Shore Weekly* aus dem Wartezimmer des Krankenhauses gelesen hatte, aber er bekam den Mund nicht auf.

»Nun, über diese Roßkur wird Haley ihre Freunde zu Hause mit Sicherheit eine Weile vergessen«, sagte sie schließlich in einem letzten Versuch, mit dieser Bemerkung ein Lächeln auf sein Gesicht zu zaubern.

Sie spürte, wie sich seine Augen in ihren Rücken bohrten, ehe er sagte: »Okay, du meinst also, wir könnten Witze darüber reißen, alles, nur um nicht ernsthaft miteinander reden zu müssen, oder? Habe ich das richtig verstanden?«
»Was soll das heißen?«
»Seit heute morgen versuchst du nichts anderes, als krampfhaft gute Laune zu verbreiten. Ständig redest du um den heißen Brei herum und bemühst dich, ja nicht an das zu rühren, was gestern abend passiert ist. Ich schließe daraus, daß du nicht darüber reden willst.«
»Das ist nicht fair, Lucas. Ich denke dauernd daran, rede darüber, ja, ich träume sogar davon. Wenn es mir nun lieber ist, mich auf etwas Angenehmeres zu konzentrieren, dann versuche doch bitte, das zu verstehen. Das soll aber nicht heißen, daß wir dieses Thema vermeiden müssen.«
»Nein, wahrscheinlich hast du recht, Cat«, erwiderte er in versöhnlicherem Tonfall. »Das war nicht sehr vernünftig von mir. Ich komme mir einfach nur so vor, als hätte mich eine Riesenfaust gepackt und durchgeschüttelt. Und bisher hat das Schlottern noch nicht aufgehört.«
Wieso hatte sie nur den Eindruck, daß sie die Hälfte der Zeit damit verbrachten, sich voreinander zu entschuldigen? »Lucas, ich fürchte nur, wenn wir einmal anfangen ... nun, ich will einfach nicht, daß wir uns zu sehr in dieses Thema verbeißen.« Sie verstummte und holte tief Luft. »Du hast keinen von den beiden Kerlen gekannt, oder?«
»Nein. Hast du gedacht, ich hätte?«
Sie schüttelte den Kopf. »Als der Polizeichef mich danach gefragt hat, habe ich nein gesagt. Meinst du, daß die Männer ihre richtigen Namen benutzt haben?«
»Ich weiß es nicht.« Danach schwiegen sie eine lange Zeit,

ehe Lucas sagte: »Cat, ich will, daß diese widerlichen Mistkerle gefunden werden. Aber ich fürchte, wenn wir die Sache der örtlichen Polizei überlassen, wird sie irgendwann einmal unerledigt zu den Akten gelegt.«

Natürlich, sie wollte auch, daß die Männer bestraft wurden. Wenn sie nur einigermaßen hätte sicher sein können, daß es rasch ginge und man die beiden für lange Zeit hinter Gitter steckte. Aber angesichts der Tatsache, daß der Schaden nicht größer ausgefallen war, und bei all dem, was sie über das Strafrechtssystem gehört und gelesen hatte, wären sie wahrscheinlich innerhalb weniger Monate wieder aus dem Gefängnis, falls sie überhaupt hineinkämen. Es hätte sie weitaus mehr erleichtert, zu wissen, daß Warren und Earl, oder wie immer sie auch hießen, mittlerweile Hunderte von Meilen weit weg gewesen wären. Und daß sie ihr und ihrer Familie nie mehr wieder unter die Augen treten würden.

»Ich denke nicht, daß es unbedingt so kommen muß«, meinte sie schließlich und bezog sich damit auf seine zweifelnde Bemerkung über die Polizei vor Ort. »Wieso gibst du ihnen nicht wenigstens eine Chance?« Lucas erwiderte nichts, und obwohl er das Thema nicht ansprach, wußte sie, daß er darüber nachdachte, einen Privatdetektiv damit zu beauftragen, die beiden Männer zu finden. Und das hieße dann, daß jede Minute ihres Tages damit ausgefüllt wäre, an nichts anderes zu denken und über nichts anderes zu reden.

»Weißt du, was ich mir mehr als alles andere wünsche?« sagte sie. Hinter ihr auf dem Rücksitz blieb es still; er wartete, daß sie weitersprach. »Ich möchte, daß wir versuchen, die schrecklichen Ereignisse von gestern abend zu vergessen und mit unserem Leben wie bisher fortzufahren. Ich weiß, daß es nicht leicht werden wird – es war ein verheerendes, niederschmetterndes Erlebnis. Aber laß die Polizei ihren Job machen. Wir sollten uns lieber darauf konzentrieren, unsere emotionalen Verletzungen zu heilen. Bitte, Lucas, ja?«

3

Alles war möglich in Kelsy Point – zumindest schien es so, als sie endlich in die Sackgasse einbogen, wo ihnen Winnie und die Kinder bereits zur Begrüßung entgegengerannt kamen. Cat hatte Winnie schon darauf vorbereitet, wie schwer Lucas zusammengeschlagen worden war, und so gab es keine überraschten Gesichter. Nur über den Vollgips am Bein mit der stählernen Laufschiene wurde gesprochen, und alle machten ihre Witze darüber, ehe sie sich mit kunstvollen Zeichnungen und ihrer Unterschrift darauf verewigten.

Lucas hatte das große solide Holzhaus, das völlig einsam am nördlichen Rand von Kelsy Point stand, bereits lange bevor er und Cat sich kennenlernten, erworben. Aber gleich bei ihrem ersten Besuch dort verliebte sie sich in das Haus. Und so kam zu den anderen Hochzeitsgeschenken – dem Segelboot und den Segelstunden – noch das Versprechen hinzu, alle zukünftigen Sommer in ihrem Strandhaus zu verbringen. Seine geschäftlichen Telefonate konnte er dort ebensogut wie in Greenfield erledigen, und auf dem kleinen Privatflughafen außerhalb von Clinton konnte man jederzeit einen Hubschrauber mieten.

Von dem riesigen Wohnraum mit der kirchenhohen Balkendecke, in die Oberlichte eingelassen waren, dem nahtlos sich daran anschließenden Eßbereich und der erst kürzlich neu gestalteten Küche führten dreieinhalb Meter breite Schiebetüren auf eine prachtvolle Terrasse aus Kiefernholz hinaus,

die sich drei Meter über dem Sandstrand erhob und auf den Ozean blickte.
Unterhalb dieser Veranda befand sich der Keller, in dem außer den Anschlüssen für Waschmaschine und Wäschetrockner auch noch ein Badezimmer mit Dusche und Umkleideraum untergebracht waren, den die ganze Familie nur allzugern benutzte, wenn sie voller Sand vom Strand zurückkamen; im hinteren Teil des Kellers lag außerdem noch ein separater Raum für das Werkzeug.
Cat hatte eigentlich die Absicht gehabt, Lucas nach ihrer Heimkehr zunächst einmal stilvoll auf der Veranda unterzubringen und ihn dort auf einen der Liegestühle mit den dicken Polstern zu betten, aber er sah müde aus und schien Schmerzen zu haben; als sie ihn fragte, was ihm lieber wäre, beschloß er, sich fürs erste eine Weile zurückzuziehen.
Da das Elternschlafzimmer im ersten Stock lag, hatte Cat Winnie gebeten, das Gästezimmer im Parterre für Lucas herzurichten. Dort brachte sie ihn nun unter, zusammen mit ein paar Dutzend Kissen, einem Tablett mit Saft, Papiertüchern, der Fernbedienung für den Fernsehapparat und den Schmerzmitteln, die er jedoch nicht sofort nehmen wollte.
»Es wäre mir aber lieber, du würdest sie jetzt gleich nehmen«, sagte sie.
»Wenn ich sie brauche, dann nehme ich sie schon.«
Geschäftig fing sie an, in dem Zimmer herumzuräumen und alles so zu arrangieren, daß es in seiner Reichweite war.
»Sag mal, hast du denn nichts anderes zu tun?«
»Was soll das?« fragte sie, hielt in ihrer Bewegung inne und lächelte ihn unsicher an. »Versuchst du etwa, mich loszuwerden?«
»Hör mal, du mußt wirklich nicht so um mich herum-

glucken, mir geht es gut. Geh lieber und kümmere dich um deine eigenen Sachen.«
»Herumglucken? Seit wann bin ich eine Glucke?«
»Wieso ziehst du dir eigentlich keine andere Bluse an?«
Sie blickte an sich hinunter und stellte überrascht fest, daß sie noch immer dieselbe schmutzige Bluse ohne Knöpfe trug, die jetzt von Sicherheitsnadeln zusammengehalten wurde. Bei diesem Anblick spürte sie wieder, wie sich diese Finger in ihre Wangen gruben, aber sie schüttelte das Gefühl schnell ab und ging zu einer der Kommoden, aus der sie saubere Shorts, ein T-Shirt und frische Unterwäsche herausholte.
Sie bewahrten zwar immer eine minimale Ausstattung an Kleidungsstücken im Strandhaus auf, aber der Großteil ihrer Garderobe und viele andere Dinge, die sie gebraucht hätten, befanden sich, in Schachteln verstaut, immer noch in ihrem Bronco. Wenn der Wagen nicht bald gefunden wurde, würde sie alles neu kaufen müssen. »Ich glaube, eine Dusche würde mir jetzt guttun«, sagte sie. »Winnie hat zwar gestern abend noch für uns eingekauft, aber ein paar Lebensmittel muß ich trotzdem noch holen. Ich habe mir gerade überlegt –« Sie wollte noch hinzufügen, daß sie überlege, deswegen im Queens Market, einem großen Supermarkt, dessen hohe Preise auch eine Lieferung ins Haus einschlossen, anzurufen, aber Lucas ließ ihr keine Chance.
»Gute Idee«, unterbrach er sie und ergriff die Gelegenheit, sie aus dem Zimmer zu schicken. »Winnie ist ja hier und kann auf mich aufpassen. Könntest du mir vielleicht eine von diesen leckeren kleinen Salamis mitbringen?«
Sie stutzte kurz und meinte dann lächelnd: »Okay. Was sonst noch?«
»Überrasch mich.«

»Möchtest du etwas zum Lesen?«
»Einen *Playboy* könntest du mir mitbringen.«
»Tut mir leid«, erwiderte sie und warf sich in Positur. »Aber den mußt du dir schon selber kaufen.«
Sie drückte sich die sauberen Kleidungsstücke vor die Brust, kniete sich auf die Matratze, beugte sich vor und küßte ihn. »Ich liebe dich, Lucas.«

Winnie war einverstanden, noch so lange zu bleiben und aufzupassen, bis sie wieder zurückkam, und Zack, der Einkaufen normalerweise haßte, bot sich an, sie zu begleiten. War es Cat bis dahin noch relativ gut gelungen, jeden Gedanken an den Überfall zu vermeiden, so änderte sich das jetzt abrupt. Zack, der eine Melodie vor sich hin pfiff, die sie nicht kannte, warf in jeder Straße, durch die sie fuhren, hastige Blicke nach rechts und links.
»Sie kommen bestimmt nicht wieder zurück«, sagte sie schließlich.
»Wer sagt das?«
»Ich sage das. Was diese Männer getan haben, nennt man einen bewaffneten Überfall auf einen Wagen. Darüber hat man gerade in der letzten Zeit viel in den Nachrichten gehört. Ein Verbrecher hält einen Autofahrer an, wirft ihn aus dem Wagen und macht sich damit aus dem Staub.«
Zack warf einen raschen Blick auf die Türen des Jeeps, die nicht verriegelt waren. Trotz ihrer gestrigen Aussage dem Polizeichef gegenüber, daß sie von nun an die Türen immer verriegeln würde, sah für Cat im milden Sommerlicht dieses Tages alles gänzlich anders aus. Wie groß konnte das Risiko schon sein, daß ihr in diesem Leben so etwas noch einmal zustieß? Sie durfte sich außerdem nicht so gehenlassen, denn

wenn sie das tat, dann würde sie den Kindern vielleicht niemals mehr erlauben, auch nur einen Schritt vor das Haus zu setzen. Trotzdem drückte Zack den Knopf auf seiner Seite hinunter, kniete sich auf seinen Sitz und tat dasselbe bei ihrer Tür.

»Du kennst doch das Sprichwort: ›Der Blitz schlägt nie zweimal in dasselbe Haus ein‹, oder?« fragte sie ihn.

»Schon.«

»Tja, ich denke, das gilt auch in diesem Fall. Wir haben schließlich nichts Unvorsichtiges getan und uns dadurch selbst in Gefahr gebracht. Es war schlicht und einfach Pech; wir waren eben zur falschen Zeit am falschen Ort. Uns ist zufälligerweise etwas ganz Gräßliches und Sinnloses zugestoßen, wie es hin und wieder im Leben passiert. Aber das ist jetzt vorbei. Wir haben es hinter uns, und es wird uns nie, nie wieder passieren.«

Es folgte eine längere Pause, ehe er wissen wollte: »Wenn diese Diebe nur das Auto haben wollten, warum haben sie dann Daddy so fest zusammengeschlagen?«

Sie verspürte eigentlich nur wenig Drang, darüber zu sprechen, was geschah, wenn ein kranker Geist außer Kontrolle geriet und der ursprüngliche Plan eskalierte. Welchen Sinn hatte das schon? Schließlich hatten sie noch Glück gehabt.

»Das war meinetwegen«, sagte sie zögernd. »Daddy glaubte, daß die Männer mir weh tun wollten, und ist deshalb auf einen von ihnen losgegangen.«

»Das war der Mann mit dem schwarzen Bart, der Earl hieß, richtig?«

»Ja.«

»Wollte er Sex mit dir machen?«

Sie warf ihm einen überraschten Blick zu. Sie hatte mit Zack noch nie über Sex gesprochen, was sie vielleicht hätte tun sollen. Mit Haley hatte sie bereits über dieses Thema geredet, als diese noch jünger gewesen war als Zack jetzt. Aber Haley war damit angekommen und hatte ihr Fragen gestellt. Zack bisher noch nicht.

»Was weißt du über Sex?«

Achselzuckend meinte er: »Ich weiß, was der Mann von dir wollte.«

»So? Und wer hat dir davon erzählt?«

»Die Kinder in der Schule reden andauernd über so etwas. Das war es doch, was Earl von dir wollte?«

Sie nickte ruhig. Aber ganz langsam kroch das altbekannte Gefühl der Beklemmung wieder ihren Nacken hinauf, dieselbe Panik wie letzte Nacht ... Sie holte tief Luft, bis sie wieder klar im Kopf war; sie konnte es sich nicht erlauben, hier draußen allein mit Zack Opfer einer Angstattacke zu werden.

Sie zwang sich, an andere Dinge zu denken: an den Einkauf, der vor ihr lag, an die Überraschung, die sie Lucas mitbringen wollte ... Sie würde ihm doch einen *Playboy* besorgen. Sie versuchte, sich laue Mondscheinnächte vorzustellen, versuchte an den Klang von Wellen zu denken, die an den Sand schwappten; sie malte sich aus, wie sie und Lucas allein auf der Veranda lagen, lange Spaziergänge am Strand unternahmen oder am Wasser entlangliefen, wie sie ihr Sunfish-Boot herausholten ...

Ach ja, und sie durfte nicht vergessen, Lucas zu bitten, mit Zack einmal ein Gespräch über Sex zu führen – von Mann zu Mann.

* * *

Sie hatte bereits ein paar Hefte mit Kreuzworträtseln für sich und ein halbes Dutzend Sport- und Wirtschaftsmagazine für Lucas gekauft. Den *Playboy* würde sie in der Apotheke besorgen müssen. Aber dazu sollte sie nicht mehr kommen. Denn als Zack ihr gerade dabei half, die Einkaufstüten hinten im Wagen zu verstauen, blickte er plötzlich hoch und deutete ganz aufgeregt in eine Richtung.

»Schau, Ma, da ist Simon.«

Sie hielt in ihrer Tätigkeit inne und schaute ebenfalls in die Richtung; ob sie Simon jedoch ohne Zacks Hilfe bei hellem Tageslicht erkannt hätte, war sie sich nicht sicher. Doch er war es. Ein große Tüte mit Lebensmitteln auf dem Arm, steuerte er auf einen grünen Kleinbus zu.

»Du bleibst hier. Okay?« Schnell lief sie über den Parkplatz und war gerade in Rufweite, als Simon den Wagen zurücksetzte. »Halt, nicht wegfahren!« rief sie.

Er hörte sie rufen und wandte ihr sein Gesicht zu; ein rotes Schweißband hielt sein volles, sonnengebleichtes Haar aus der Stirn zurück. Er hatte blaue Augen, schmale blonde Augenbrauen und ein breites, sympathisches Lächeln. Er trug eine graue Jacke aus Sweatshirtstoff mit Kapuze; die Jacke war vorn offen, und die Kapuze hing locker über seinen Rücken.

»Wie geht es Ihrem Mann? Wie heißt er gleich noch mal?« fragte er mit rauher, sonorer Stimme.

Sie nickte. »Er heißt Lucas. Er hat Prellungen, Platzwunden, ein gebrochenes Bein. Aber er wird wieder gesund. Ich habe ihn heute nach Hause geholt.«

»Schön.«

»Na ja, so besonders geht es ihm auch wieder nicht –«

Er runzelte die Stirn und wartete ab.

»Er macht sich ziemlich viel Sorgen, weil er dich nicht mehr zu Gesicht bekommen hat. Um sich bei dir zu bedanken.«
Er schüttelte den Kopf. »Richten Sie ihm aus, daß das nicht nötig ist. Ich habe ja nicht viel mehr getan, als meine Klappe aufzureißen.«
»Du hast riskiert, selbst verletzt zu werden.«
»Habe ich das? Na, dann sollte ich vielleicht in Zukunft besser auf mich aufpassen und nicht so schnell mit dem Finger am Abzug sein.«
Er machte sich über sie lustig, aber so leicht wollte sie nicht lockerlassen. »Bitte. Es ist wichtig für ihn.«
Er seufzte und warf einen flehenden Blick Richtung Himmel. »Lieber Gott, mach bitte, daß diese nette Dame mich in Ruhe läßt.« Aber als seine Augen wieder zu Cat zurückkehrten, zwinkerte er ihr zu. »Wo soll's denn hingehen?« fragte er.
Sie deutete auf den Cherokee-Jeep; Zack war mittlerweile auf den Beifahrersitz geklettert und wartete bereits ungeduldig. »Ich stehe gleich da drüben«, sagte sie. »Fahr mir einfach nach.«

Simon gingen die Augen über, als er aus seinem Kleinbus stieg und sich die Gegend um Kelsy Point ansah: das Haus, ihr Sunfish-Boot, Haleys Katamaran und den zehn Meter langen Kabinenkreuzer von Lucas, die alle am Bootssteg lagen, dazu meilenweit nichts als Sandstrand. Eine Viertelmeile die Küste aufwärts lag eine Mole, die sich über sechzig Meter ins Meer hinaus erstreckte. Cat konnte sich gut vorstellen, was Simon bei diesem Anblick empfand – sie war auch kaum aus dem Staunen herausgekommen, als Lucas sie vor vielen Jahren das erstemal mit hierhergenommen hatte.

Schließlich schüttelte Simon heftig den Kopf, als wolle er seine Benommenheit loswerden.
»Mann o Mann, ich bin in der Wüste groß geworden«, meinte er bewundernd. »Und von den Stränden im Westen habe ich auch nicht viel gesehen. Hier an der Ostküste war ich natürlich ein paarmal am Meer, aber nie an einem Ort wie diesen. Kommen hier viele Leute zum Sonnenbaden her?«
»Na ja, unsere Ecke ist eigentlich ziemlich abgelegen. Aber hin und wieder lassen sich schon mal ein paar Jogger und jüngere Leute bei uns blicken.«
Simon trug gleich vier ihrer Einkaufstüten auf einmal ins Haus und hätte auch noch alle anderen geholt, wenn Cat nicht darauf bestanden hätte, den Rest Haley und Zack zu überlassen. Sie hatte es eilig, Simon zu Lucas zu bringen, und hätte sich auch gar nicht lange damit aufgehalten, ihn Winnie vorzustellen, wenn diese sich nicht vor ihm aufgebaut hätte, sich die Hände an dem Geschirrtuch abtrocknend, das an ihrer Hüfte hing, und ihn mit einer Miene beäugend, als wäre ihr noch nie zuvor im Leben ein so gut aussehender, junger Mann begegnet.
»Stammst du hier aus der Gegend?« fragte sie, nachdem Cat ihn ihr vorgestellt hatte.
»Nein, Ma'am.«
»Und deine Familie?« Als er verneinend den Kopf schüttelte, meinte sie: »Seltsam, du kommst mir so bekannt vor.«
»Kann schon sein. Ich bin jetzt seit ungefähr zehn Tagen in der Stadt, zelte allerdings die meiste Zeit draußen im Staatspark.«
Widerwillig trat Winnie schließlich doch noch zur Seite, und Cat führte Simon zu dem kleinen Schlafzimmer; sie öffnete

die Tür, ohne anzuklopfen. »Du wolltest doch, daß ich dir eine –«

Aber sie war diejenige, die eine Überraschung erleben sollte. Natürlich wußte sie über den Revolver Bescheid, den Lucas im unteren Schlafzimmerschrank in einer Holzkiste aufbewahrte, aber den hatte er noch nie herausgenommen. Jetzt saß er auf der Bettkante, den Revolver in der einen, einen alten Lappen in der anderen Hand.

»Was machst du da?«

»Wonach sieht das deiner Meinung nach aus?« erwiderte er; dann sah er hinter ihr den jungen Mann und legte die Waffe in die Kiste zurück, die auf seinem Nachttisch stand. »Und, möchtest du uns nicht miteinander bekanntmachen?« Er war etwas überrascht, schien sich aber sehr zu freuen.

Sie legte die Hand auf Simons Arm. »Aber natürlich«, beeilte sie sich zu sagen. »Lucas Marshall, Simon Bower.«

»Schön, dich endlich kennenzulernen, Simon«, sagte er.

Simon ging um Cat herum, stellte sich vor Lucas hin und gab ihm die Hand. »Sie sehen ja ziemlich übel zugerichtet aus, Mann.«

Lucas grinste. »Na, so was, fällt offensichtlich doch jemandem auf! Hier scheint nämlich keiner zu bemerken, wie ich aussehe. Ich fing schon an zu glauben, daß mit meinem Spiegel etwas nicht in Ordnung ist.«

Diese Bemerkung war eindeutig auf Cat gemünzt. Jedesmal, wenn er sie daran erinnerte, wie übel zugerichtet er aussah, wich sie aus und versuchte, ihn auf bessere Zeiten zu vertrösten. Aber Cat war mit ihren Gedanken ganz bei dem Revolver. »Lucas, so gib mir doch bitte eine Antwort. Was hast du mit dem Ding da vor?«

»Cat, bitte, wir haben einen Gast. Wenn du etwas mit mir

besprechen möchtest, dann später.« Er hob sein Glas und schwenkte leicht die blasse Flüssigkeit darin. Dann wandte er sich an Simon. »Was möchtest du denn trinken, mein Junge?«

Der junge Mann zuckte die Schultern.

»Ein Bier?«

»Ja, gerne.« Simon warf einen Blick zu Cat hinüber. »Wenn es Ihnen keine Umstände macht.«

»Selbstverständlich nicht«, entgegnete Cat und griff nach Lucas' Glas. Der arme Junge war verlegen, und das war ihre Schuld. Sie hätte ihn nicht mitbringen sollen. Sie schaute kurz auf die Uhr und meinte: »Es ist schon fast eins, wie wär's mit einem Happen zum Mittagessen?«

Haley hatte mittlerweile ungefragt die Lebensmittel weggeräumt und leerte gerade die letzte Tüte, als Cat in die Küche kam. »Danke für deine Hilfe, Schätzchen«, sagte sie.

»Kein Problem.«

»Wo ist Winnie?« Cat holte frisches Gemüse aus dem Kühlschrank und legte es auf die Küchentheke.

»Die ist unten im Keller und versucht den Wäschetrockner festzuhalten. Du weißt doch, daß er manchmal Schüttelanfälle bekommt.«

»Ja, richtig.« Eine der Arbeiten, die Lucas erledigen wollte. »Wir werden jemanden kommen lassen müssen, der ihn repariert«, antwortete sie und wandte sich dann zu Haley um. »Wieso haben wir eigentlich schon wieder eine Trommel voll dreckiger Wäsche?«

»Zack hat letzte Nacht ins Bett gemacht. Aber das darf außer Winnie eigentlich keiner wissen.«

»Oh«, meinte Cat überrascht. Das war Zack seit seinem fünften Lebensjahr nicht mehr passiert, aber bei den Ereignissen vom Abend zuvor war es wahrscheinlich nur natürlich ... Da genügte schon der geringste Auslöser. Cat wandte sich wieder der Küchentheke zu, holte eine Schüssel heraus und fing an, den Salat zu waschen. Als sie jedoch die Augen ihrer Tochter auf sich spürte, hörte sie damit auf und fragte schließlich: »Möchtest du über gestern abend reden?«

Haley schüttelte den Kopf und zuckte dann die Schultern. »Was gibt es da zu reden?«

»Ich weiß nicht, das wollte ich eigentlich von dir hören. Wie du dich dabei gefühlt hast, vielleicht.«

»Ich hatte natürlich Angst. Du nicht?«

»Natürlich.«

»Aber jetzt ist alles ausgestanden. Das ist es doch, oder?«

Cat ließ fallen, was sie gerade in der Hand hatte, ging zu Haley, beugte sich über sie und nahm sie in den Arm. »Klar ist es das. Und Daddy geht es auch wieder gut. Ich weiß, er sieht zwar noch nicht so aus, aber –«

Haley entzog sich ihrer Umarmung. »Eigentlich möchte ich lieber doch nicht darüber sprechen. Okay?«

Cat richtete sich wieder auf und sah ihrer Tochter nach, die hinaus auf die Veranda und dann zum Strand hinunter lief. Jeder von ihnen schien seine eigene private Hölle zu durchleiden. Cats Hölle bestand darin, daß sie hatte mit ansehen müssen, wie man ihren Mann zusammenschlug, ohne dabei einen Finger rühren und ihm helfen zu können. Woraus bestand Haleys Hölle?

* * *

Lucas deutete Simon an, sich neben ihn auf das Bett zu setzen. Obwohl es am Abend zuvor schon fast zu dunkel gewesen war, um die Gesichtszüge des Jungen deutlich sehen zu können, hatte er Simon gleich im ersten Moment erkannt, als er in das Zimmer gekommen war. »Wo hat sie dich denn aufgegabelt?«

»Im Einkaufszentrum in Clinton, neben dem Stop&Shop-Markt. Ich war wegen eines Ersatzteils für mein Motorrad in der Stadt. Und weil ich schon dort war, dachte ich mir, daß ich bei der Gelegenheit auch gleich noch meine Lebensmittelvorräte aufstocken könnte.«

»Was hast du denn für ein Motorrad?«

»Oh, nichts Besonderes – eine Yamaha XJ600. Ein 85er Baujahr. Ich habe sie recht billig bekommen. Ich mußte zwar noch ziemlich viel an ihr machen, aber ich bin handwerklich recht geschickt. Sie läuft –« Er grinste. »Jedenfalls die meiste Zeit. Und wie geht es Ihnen so?« fragte er, geschickt das Thema wechselnd.

»Ich bin soweit in Ordnung. Und dafür muß ich mich bei dir bedanken. Du hast dich richtig heldenhaft verhalten.«

Der junge Mann steckte verlegen beide Hände in die Taschen seines Sweatshirts und schüttelte den Kopf. »Sie machen mehr aus der Sache, als dahintersteckt. Wie ich schon Ihrer Frau zu erklären versucht habe, habe ich eigentlich nichts anderes getan, als meine Klappe weit aufzureißen. Die Typen waren ja bereits abgehauen, als ich zu Ihnen kam. Ich habe die zwei gar nicht mehr zu Gesicht bekommen.«

»Du solltest nicht so bescheiden sein. Du hast es nämlich ganz richtig gemacht und dein Köpfchen benutzt. Mit einer Waffe zu drohen ... Woher wußtest du eigentlich, daß die beiden kein Gewehr oder etwas Ähnliches hatten?«

»Das wußte ich nicht, ich habe es einfach geraten. Oder vielmehr gehofft. Dem Geschrei nach zu schließen ... Na ja, da habe ich mir gedacht, daß es mehr als einer sein muß und daß es einfacher sein dürfte, den beiden einen Schrecken einzujagen, als es allein mit zwei Männern aufzunehmen.«

Lucas fiel es nicht schwer, sich die imposante Erscheinung von Warren wieder ins Gedächtnis zu rufen, der ihn aus dem Wagen gezerrt hatte. Lucas war schon über einsachtzig groß und wog fünfundachtzig Kilo, aber dieser Warren hatte ihn bestimmt noch um zehn Zentimeter und um dreißig Kilo übertroffen. Auch Simon konnte man nicht gerade als schmächtig bezeichnen, und er war mit Sicherheit auch in besserer Form als Lucas ... Trotzdem wäre es auch für ihn kein leichtes gewesen, es mit diesem Kraftpaket aufzunehmen.

»Zum Glück war das ja auch nicht notwendig«, sagte Lucas. »Aber die Tatsache, daß du dazu bereit gewesen wärst, die zählt.« Simon preßte die Lippen zusammen und schaute verlegen auf seine Turnschuhe hinunter, so daß Lucas ihn fragte: »Wie alt bist du eigentlich?«

»Neunzehn. Wieso?«

»Nur so, aus Neugierde«, erwiderte Lucas und dachte sich, daß der Junge für sein Alter bereits reichlich Wagemut bewiesen hatte. »Aber sag mir lieber mal, Simon, was ich jetzt für dich tun kann?«

Der junge Mann blickte überrascht hoch. »Wie meinen Sie das?«

»Ich meine, gestern abend, da hast du für mich und meine Familie dein Leben riskiert. Das kann ich dir natürlich nicht ebenbürtig vergelten, aber irgend etwas würde ich schon gerne für dich tun.«

Simon schüttelte heftig den Kopf, zog die Schultern hoch und machte den Eindruck, als wäre er sich nicht sicher, ob er nun auf den Arm genommen wurde oder nicht. »Hören Sie, Mr. Marshall –«

»Nenn mich doch Lucas.«
»Okay. Hören Sie, Lucas, ich will wirklich nichts dafür haben. Können wir es nicht dabei belassen?«
»Womit verdienst du dir eigentlich dein Geld?«
»Ach, ich jobbe mal hier, mal da, wenn gerade Ebbe in meiner Kasse ist. Aber viel brauche ich auch nicht zum Leben.«
Lucas lehnte sich zurück; der Junge machte es ihm wirklich nicht leicht, und das in einer Zeit, in der einen viele seiner Altersgenossen nur aus dem einen Grund überfallen würden, weil man Turnschuhe trug, die sie selber haben wollten. Da es sogar auf den Baustellen seiner Firma häufig zu Diebstählen und Akten von Vandalismus gekommen war, war man bereits dazu übergegangen, nachts scharfe Wachhunde frei laufen zu lassen.
»Der hiesige Polizeichef hat mir erzählt, daß du draußen in Chatfield Hollow kampierst.« Simon nickte. »Hast du auch schon was geangelt?«
»Na klar. Tolle Barsche gibt es da.«
»Hast du es schon mal im Salzwasser probiert?«
»Nein, nie, nur im Süßwasser. Ich habe vorhin auch zu Ihrer Frau gesagt, daß ich so etwas wie das hier noch nie gesehen habe. Ich meine, dieses große Haus und alles, und dazu ein Privatstrand. Fast wie im Kino. Einfach umwerfend.«
»Ja, uns gefällt es hier auch sehr gut. Hast du schon mal ein Boot gelenkt, Simon?«
»Ja, ein paarmal. Ein Kumpel von mir aus Detroit hat mich seines auf dem See ausprobieren lassen.«
Lucas deutet mit dem Kopf zum Fenster. »Geh mal da rüber und schau hinaus. Da draußen liegt mein zehn Meter langer Kabinenkreuzer vor Anker.« Lucas brachte die Boote den

Winter über in einem Jachthafen in der Nähe unter, ließ sie aber im Sommer bereits einige Tage vor ihrem Eintreffen zum Haus herüberbringen.

»Ja, das Schiffchen ist mir schon beim Herfahren aufgefallen«, meinte Simon und ging zum Fenster. Er stand da, die Hände tief in den Taschen seines Sweatshirts vergraben, und starrte hinaus. »Ein wirklich schönes Boot.«

»Meinst du, daß du damit umgehen könntest?«

Er nickte. »Na klar.« Er drehte sich zu Lucas um. »Wieso?«

»Ich dachte mir, du würdest es vielleicht gerne mal ausprobieren.«

Simon schaute wieder zu dem Boot, dann zu Lucas zurück. »Meinen Sie das im Ernst?«

»Ich mache keine Angebote, die ich nicht ernst meine.«

Es folgte eine lange Pause, ehe der Junge fragte: »Wann?«

»Wann immer du möchtest. Wie wäre es mit morgen?«

Simon nickte heftig und grinste. »Okay, ich bin dabei.«

»Und mach dir keine Gedanken wegen der Ausrüstung. Ich habe jede Menge Ruten, anderes Angelgerät und Köder draußen im Schuppen. Haley wird es dir zeigen. Sie ist selbst ein ganz guter Angler.«

»Sie meinen – Anglerin.«

»Wie bitte?«

»Ich sagte, Sie meinen Anglerin.«

Lucas nickte. »Okay, ich korrigiere mich. Haley hackt auch immer auf mir herum, was dieses feministische Zeug angeht. Ich bin wahrscheinlich zur falschen Zeit geboren. Zum Glück für mich sieht Cat über solche Dinge großzügig hinweg.«

Simons Miene wurde plötzlich ernster, als sein Blick auf die Holzkiste mit dem Smith-&-Wesson-Revolver, Kaliber 38,

fiel. »Haben Sie Angst, daß es diese Gauner noch einmal bei Ihnen probieren?«
Hatte er tatsächlich Angst davor? Und würde er soweit gehen, sich das auch einzugestehen? Das war eine gute Frage von Simon. Wenn er die Sache rational betrachtete, konnte es darauf nur eine Antwort geben: Kriminelle wie diese zogen normalerweise einfach zu ihrem nächsten Opfer weiter. Und diese Antwort gab er auch Simon.
Obwohl Chief Cooper angedeutet hatte, es könne sich bei dem Überfall auch um einen persönlichen Racheakt gehandelt haben, war dies doch eher unwahrscheinlich. So kompliziert war sein Leben auch wieder nicht. Es drehte sich eigentlich nur noch um Cat und die Kinder, während er den Rest der Welt links liegen ließ, seit er vor vielen Jahren diesen 7-Eleven-Supermarkt betreten hatte. Seitdem gab es keine Frauengeschichten mehr, keine nächtelangen Pokerpartien, keine Trips nach Las Vegas und auch keine langen Nächte mehr auf Achse.
Das lag nicht allein an den großen braunen Augen, der schmalen Stupsnase und an den vielen Sommersprossen, die sie im Gegensatz zu anderen Frauen nie unter einer Lage Make-up versteckt hätte; oder vielleicht an ihren langen Beinen und ihrem sensationellen Körper. Es war vielmehr Cats natürliche, vertrauensvolle und überschwengliche Art, mit der sie an das Leben heranging.
Wenn, dann könnte schon eher ein geschäftlicher Grund dahinterstecken, da Center Construction sich im permanenten Wettbewerb um Ausschreibungen mit anderen Gesellschaften befand. Aber wahrscheinlich schleppte keiner seiner Mitbewerber einen derartigen Groll mit sich herum, daß er sich in einem Überfall wie dem von gestern abend entladen würde.

Seit Lucas danach wieder zu sich gekommen war, spürte er ein Kribbeln auf seiner Haut. Als ob diese Hundesöhne immer noch irgendwo in seiner Nähe wären. Man hatte seine Frau bedroht und ihn in Anwesenheit seiner ganzen Familie gedemütigt – man hatte ihn herumgeschubst und getreten wie einen armseligen Basketball.

Winnie, die gute Seele, die keinen Erfolg mit der Zähmung des Wäschetrockners hatte, half schließlich Cat, die Platte mit Antipasti zum Thunfischsalat vorzubereiten, ehe sie ging. Eigentlich wollte Cat das Mittagessen im Schlafzimmer servieren, aber Lucas schlug vor, daß er und Simon mit hinaus auf die Veranda kämen, da er bisher noch keine Gelegenheit gehabt hatte, mit den Kindern zusammenzusein.

»Bist du dir sicher?« fragte sie und dachte sich, daß er schlechter als zuvor aussah.

»Kein Problem.«

»Wie wär's mit einem Mittel gegen die Schmerzen?«

»Mir geht es gut.«

Die Kinder schienen Simon zu mögen, und auch er ging ein wenig aus sich heraus, was vor allem daran lag, daß Zack ihm jede Menge neugieriger und indiskreter Fragen stellte. Dabei kam heraus, daß Simon bei einer Tante aufgewachsen war und sich auf ihren Wunsch hin – obwohl er noch gar nicht recht gewußt hatte, was er mit seiner Zukunft anfangen wollte – an der University of Arizona mit einem Stipendium eingeschrieben hatte. Doch noch im zweiten Jahr hatte er die Universität bereits wieder verlassen, um eine Weile durchs Land zu reisen, immer noch unsicher, ob ein Studium wirklich das Richtige für ihn wäre. Seitdem war er von Staat zu

Staat gezogen und hatte sich – wenn man ihm so zuhörte – überall prächtig amüsiert.
»Simon wird morgen mit dem Kabinenkreuzer zum Fischen hinausfahren«, kündigte Lucas an und überraschte damit nicht nur die Kinder, sondern vor allem Cat. Lucas vertraute selbst ihr das Boot nur ungern allein an.
»Oh, geil. Kann ich mitkommen?« fragte Haley.
Lucas schmunzelte; es gelang ihm nur mit Mühe, seine Zufriedenheit über ihr wiedererwachtes Interesse am Bootsfahren und am Fischen zu verbergen. Hätte er seine Tochter jedoch genauer betrachtet, wäre ihm bestimmt aufgefallen, mit welchen Augen Haley Simon ansah. Sie flirtete ganz eindeutig mit ihm. Aber man mußte Simon zugute halten, daß er nicht darauf einging.
»Ich denke, dieses Mal noch nicht«, erwiderte Cat.
»Wieso nicht, was ist denn schon dabei? Wenn Daddy mich nur lassen würde, könnte ich das Boot auch ganz allein fahren. Schließlich habe ich mein großes Lebensretterabzeichen gemacht, ganz wie ihr wolltet. Wieso habe ich mir dann eigentlich die Mühe gemacht, wenn ihr mir das allein nicht zutraut?«
»Ich traue es dir doch zu. Du darfst schließlich mit deinem eigenen Boot hinaussegeln, oder etwa nicht?«
»Aber dabei muß ich immer in Ufernähe bleiben«, erwiderte Haley schmollend.
»Schau, Schätzchen, es werden noch viele andere Tage kommen, an denen du zum Fischen hinausfahren kannst. Wieso willst du nicht von der Mole aus angeln?«
»Igitt.«
»Hören Sie«, meldete sich Simon zu Wort, »ich möchte mich ja nicht einmischen. Aber wenn Ihre Tochter unbedingt mitkommen will – ich habe nichts dagegen.«

»Ich denke nicht –«, setzte Cat erneut an, aber Lucas schnitt ihr das Wort ab. »Haley weiß ganz genau, was sie da draußen zu tun hat. Sie könnte vielleicht sogar mal das Steuer übernehmen.«

Haley war im siebten Himmel, küßte ihren Vater und sicherheitshalber auch ihre Mutter, obwohl sie wußte, daß diese eigentlich nicht so recht einverstanden war. Dann setzte sie zu einem Redeschwall an und plapperte in bester Teenie-Manier auf Simon ein, der leicht überfordert wirkte. Cat fing heftig zu lachen an.

»Weshalb lachen Sie?« wollte Simon wissen.

»Du machst gerade ein Gesicht, als würdest du dir überlegen, daß es vielleicht doch keine so gute Idee war.«

Haley warf Simon einen besorgten Blick zu, den er aber mit einem beruhigenden Nicken erwiderte. »Keine Angst, ich mache keinen Rückzieher. Aber könntest du vielleicht ein bißchen langsamer reden, wie wär's damit?«

Cats Gelächter verebbte schlagartig, als Lucas plötzlich aufstand. »Geht es dir nicht gut?« fragte sie.

Er hob die Hand, um ihr anzudeuten, daß sie sitzen bleiben sollte, aber plötzlich fing er zu schwanken an. Simon stand ebenfalls auf, packte ihn am Ellbogen, und Cat schob Lucas die Hand in den Rücken. Dann halfen sie ihm beide ins Schlafzimmer, ohne auf seine Bitten einzugehen, ihn doch in Ruhe zu lassen. Sobald er im Bett lag, zog sich Simon jedoch taktvoll aus dem Zimmer zurück.

»Du hast Schmerzen, nicht wahr?« sagte Cat besorgt.

»Ein wenig. Aber in erster Linie bin ich müde.«

Müde war wohl kaum der richtige Ausdruck dafür. Fünf Minuten, nachdem Lucas die Schmerztabletten genommen hatte, war er schon fest eingeschlafen. Nicht einmal das

Telefon auf seinem Nachttisch konnte ihn aufwecken. Eines der Kinder meldete sich noch vor dem zweiten Läuten, und Cat schaltete den Anschluß in Lucas' Zimmer ab. Dann nahm sie die Holzkiste mit dem Revolver aus dem Schrank und verließ leise das Zimmer. Die Kinder waren mit Simon draußen auf der Veranda und unterhielten sich; als Simon sie kommen sah, stand er auf und sah sie fragend und mit ernstem Gesicht an.

»Was fehlt ihm?«

Sie schüttelte den Kopf. »Nichts. Er ist nur müde und hat Schmerzen. Ich habe ihm seine Medikamente gegeben, die haben ihn regelrecht von den Füßen geholt. Lucas ist nämlich einer von diesen Macho-Männern, die man nur mit Gewalt davon überzeugen kann, mal etwas kürzer zu treten.«

»Aber Mommy!« meinte Haley vorwurfsvoll, die überrascht war, so etwas aus dem Mund ihrer Mutter zu hören, noch dazu in Gegenwart eines Fremden wie Simon.

Cat lächelte. »Ist schon gut, wer war es denn?«

»Was?« fragte Haley.

»Das Telefon hat doch vor ein paar Minuten geläutet. Wer war es?«

Haley zuckte die Achseln. »Oh, das, der hat wieder eingehängt, ohne was zu sagen. Falsche Nummer, schätze ich.«

Kurz danach ging Simon, nicht ohne Haley zu versprechen, am nächsten Morgen gegen acht wiederzukommen. Während Cat die Küche aufräumte, fragte sie sich, was sie wohl getan hätte, wenn Lucas vorhin wirklich gestürzt wäre. Winnie kam zwar drei Tage in der Woche ins Haus, aber bei ihrem angeknacksten Rücken wäre sie keine große Hilfe, einen schweren Mann wie Lucas wieder auf die Beine zu stellen. Und in dem Moment kam ihr spontan die Idee: Im

Strandhaus selbst und in der näheren Umgebung gab es so viele Dinge zu tun, die Lucas eigentlich hatte wegarbeiten wollen, die er bei seinem Bein aber trotz aller guten Absichten gleich wieder vergessen konnte.
So fragte sie sich, ob Simon nicht vielleicht Lust haben könnte, diese Arbeiten für sie zu übernehmen.

Lucas schlief bis acht Uhr abends, so daß Cat draußen auf der Veranda ein spätes Abendessen für sie beide servierte, nachdem die Kinder bereits im Bett waren. Als sie gegen halb zwölf zusammen ins Bett gingen, beschloß sie, über den Revolver zu sprechen.
»Lucas, ich möchte lieber keine geladene Waffe im Haus haben. Ich habe kein gutes Gefühl dabei.«
»Sie ist geladen, und dabei bleibt es.«
»Habe ich denn bei dieser Entscheidung gar nicht mitzureden?«
»Da gibt es nichts mehr zu reden. Wir leben in gefährlichen Zeiten. Da draußen treibt sich ein Haufen kranker Gehirne herum, die dir liebend gerne die Kehle durchschneiden, wenn du ihnen im Weg bist. Du brauchst doch bloß die Zeitung in die Hand zu nehmen und zu lesen, Cat; es gibt jede Menge anständiger und ganz normaler Leute, die ihre Häuser, ja ganze Viertel hinter Mauern verschanzen.«
»Verdammt, wieso versuchst du eigentlich, mir solche Angst zu machen? Es ist vorbei, Lucas, oder etwa nicht? Bitte! Wenn wir es einfach dabei belassen könnten –«
Ihre Augen füllten sich mit Tränen, so daß er seine Arme um sie legte. »Tut mir leid, Kleines. Das letzte, was ich will, ist, dir Angst einzujagen. Das weißt du doch. Aber nur, weil man sich wünscht, daß etwas so ist, muß es noch lange nicht so

sein. Wir müssen unbedingt vorbereitet sein auf das nächste Mal, falls es ein nächstes Mal gibt.«

Cat ließ ihren Kopf an seine Brust sinken und versuchte, sich mit dem guten Gefühl zu trösten, das sie normalerweise spürte, wenn sie in seinen Armen lag. Vierundzwanzig Stunden zuvor war ihre Welt noch in Ordnung gewesen. Natürlich hatte sie auch da schon gewußt, da es gewalttätig zuging auf dieser Welt – und das nicht zu knapp –, aber das schien nie etwas mit ihnen zu tun gehabt zu haben. Nicht, bis ihre Familie selbst zum Opfer dieser Gewalt geworden war.

Die Nacht war jedoch noch nicht vorbei. Gegen ein Uhr morgens wurde sie von einer plärrenden Hupe geweckt. Verwirrt schreckte sie hoch und versuchte sich zu orientieren. Lucas, der das Geräusch offensichtlich als erster gehört hatte, war bereits aus dem Bett und auf dem Weg in die Küche.

»Warte, Lucas«, sagte sie, griff nach ihrem dünnen Morgenmantel und verließ das Bett, aber sie holte ihn erst ein, als er schon am Küchenfenster stand und hinaus in die Nacht lauschte, wo die Hupe inzwischen wieder verstummt war. Lucas hielt den Oberkörper nach vorn gebeugt und spähte in die Dunkelheit hinaus, eine Hand krampfhaft in die Tasche seines weißen Frotteebademantels gesteckt. Sie spähte über seine Schulter. Mitten in der Sackgasse war ein Fahrzeug geparkt, aber da die hellen Scheinwerfer direkt auf sie gerichtet waren, konnte sie nicht viel erkennen.

»Was meinst du, Lucas?«

»Keine Ahnung.«

»Das könnten ein paar junge Leute sein, die sich einen Scherz erlauben«, sagte sie und sah Lucas um Bestätigung heischend an.

Aber er reagierte nicht. Doch endlich konnte sie sehen, wie alle Anspannung aus Lucas' Gesicht wich, als der Wagen langsam zurücksetzte. Als er ungefähr hundertfünfzig Meter vom Haus entfernt war, wendete er und fuhr davon. Es sah so aus, als sei es ein Bronco gewesen.

4

Die Klippen lagen einen fünfzehnminütigen Fußmarsch vom Strandhaus entfernt. An einem über sechzig Meter langen Abschnitt des Strandes, an dem die Wellen gigantische Felsbrocken ausgespült hatten, hausten Schildkröten und sonstige Kriechtiere, und Geschöpfe des Meeres klammerten sich mit ihren Schalen an den nassen Stein, während in den Zwischenräumen geheimnisvolle Untiefen anschwollen und wieder abebbten. Doch am besten von allem war eine zwei auf drei Meter große, ovale Höhle, die die Brandung aus dem Fels gewaschen hatte und die nur Zack kannte und die ihm als Versteck diente. Im Jahr zuvor hatte Zack zur Abschreckung für Eindringlinge zwei Felsblöcke vor den Eingang gerollt, um ihn dahinter zu verstecken.

Als er früh am nächsten Morgen dorthin kam und über den rutschigen Fels kletterte, lagen die Steine noch an ihrem Platz. Er rollte sie beiseite, kroch in die Höhle und sah sich um – sie war noch genauso düster, wie er sie aus dem Jahr zuvor in Erinnerung hatte. Zwar war sie nicht einmal so groß wie Mommys und Daddys Bad zu Hause mit dem Jacuzzi-Whirlpool, dafür aber viel geheimnisvoller.

Hier war der Ort, an dem er seine Fundstücke unterbringen, sich mit ihnen beschäftigen und sie untersuchen konnte. Hier konnte er auch allein sein und in aller Ruhe nachdenken.

Lucas wachte bereits früh durch das Klingeln des Telefons in der Küche auf. Er schaltete rasch auf seinen Anschluß um, ehe alle im Haus davon geweckt wurden. Aber wer immer es auch gewesen war – entweder hatte er sich verwählt oder seine Meinung geändert und wieder eingehängt. Lucas richtete sich langsam auf, wobei er merklich zusammenzuckte, denn jeder Muskel seines Körpers machte sich schmerzhaft bemerkbar. Statt das Tylenol und das Codein zu nehmen, das ihm der Arzt verschrieben hatte, ging er lieber zum Medizinschrank im Bad und holte sich ein Aspirin. Er haßte es, irgendwelche Drogen zu nehmen – zumindest alles, was über ein paar Bier oder ein Aspirin hinausging.

Sein Vater war Alkoholiker gewesen – mit allen schaurigen Exzessen, die dazugehörten; irgendwann einmal, als Lucas elf Jahre alt gewesen war, hatte er sich von dieser Gesellschaft verabschiedet und seinen Sohn allein zurückgelassen, so daß Lucas von diesem Zeitpunkt an der Mann im Haus war. Und von dem Moment an hatte der Junge beschlossen, daß er immer fest mit beiden Beinen auf der Erde bleiben würde. Diese Einstellung machte sich nie deutlicher bemerkbar als damals in den sechziger Jahren, als er auf einer Party zum erstenmal Marihuana ausprobierte. Als die betäubende Wirkung einsetzte, verließ er in heller Panik fluchtartig die Party und rannte ungefähr fünf Meilen durch die Januarkälte, bis er seinen Kopf endlich wieder frei hatte. Lucas mochte es, wenn er seine Welt unter Kontrolle hatte, etwas, das in den vergangenen sechsunddreißig Stunden nicht der Fall gewesen war, wie er zugeben mußte.

Hatte er in der vergangenen Nacht überreagiert? Möglicherweise. Als die Hupe ertönte, war er schon einige Zeit wach gewesen und hatte den Überfall in seinem Kopf hin und her gewälzt; und je länger er über diese beiden Bastarde nachgedacht hatte, desto größer war sein Zorn auf sie geworden.

Deshalb war es nicht überraschend, daß ihm beim Geräusch der Hupe gleich als erstes die beiden in den Kopf kamen und er sofort nach seiner Waffe griff. Zum Glück hatte Cat nicht gesehen, daß er sie in der Tasche seines Bademantels hatte, wenigstens hatte sie nichts gesagt.

Jetzt kippte er drei Aspirin auf seine Handfläche. Dann schloß er die Tür des Medizinschranks, trat näher an den Spiegel heran und betrachtete sein Gesicht. Er sah müde und alt aus. Die Prellungen und blauen Flecken unterstrichen noch zusätzlich seine schweren Augenlider, die welke Haut und die Falten, die ihm zuvor noch nie aufgefallen waren. Er schluckte die Aspirintabletten, spritzte sich kaltes Wasser ins Gesicht und trocknete sich ab. Dann klemmte er sich die Krücken wieder unter den Arm und humpelte in Richtung Küche.

Ein paar Minuten später war er auf dem Weg hinaus auf die Veranda, unter einem Arm trug er eine Tüte mit Orangensaft. Er schaute den Strand entlang, wo er in der Ferne ein paar Jogger laufen sah. Sobald sein Bein wieder geheilt war, würde er auch zu joggen anfangen, um wieder in Form zu kommen.

Er hatte gerade die Tüte mit dem Saft geöffnet und den ersten Schluck getrunken, als er eine Stimme hörte: »Was machst du da?« Lucas zuckte so heftig zusammen, daß der Saft herausspritzte. Er stellte die Tüte auf den Tisch und schüttelte die Flüssigkeit von seiner Hand. Mittlerweile war Zack links neben ihm aufgetaucht. Er trug ein Sweatshirt, Badehose und Turnschuhe, außerdem einen Eimer. »Tut mir leid«, sagte der Junge, »ich wollte dich nicht erschrekken.«

»Das hast du auch nicht«, erwiderte Lucas. »Ich würde aber

gerne wissen, was du schon so früh hier draußen zu suchen hast.«

»Ich war draußen bei den Klippen«, antwortete Zack und deutete auf den Eimer. »Ich habe eine Krabbe gefangen. Willst du sie sehen?« Die Klippen, die mehr als eine halbe Meile entfernt waren, gehörten mit ihren messerscharfen, unregelmäßigen Felsen, den zerbrochenen Bierflaschen und dem stinkenden Seetang nicht unbedingt zu Lucas' Lieblingsplätzen. Tagsüber war die Gegend noch relativ unbelebt, aber nachts war sie ein bevorzugter Treffpunkt für junge Leute.

»Ich mag es eigentlich nicht, wenn du dich dort herumtreibst, ohne daß deine Mutter oder ich Bescheid wissen.«

»Mommy sagt aber, daß ich dorthin darf, solange ich Turnschuhe trage und auf die Scherben aufpasse.«

»Ohne ihr Bescheid zu geben?«

Wortlos starrte Zack eine Weile auf den Sand. »Davon hat sie nichts gesagt.«

»Na, dann sage ich es dir jetzt. Und ich möchte nicht, daß so etwas noch einmal vorkommt. Hast du schon gefrühstückt?«

»Nein.«

Lucas deutete auf den Eimer. »Sieh zu, daß du dieses Ding los wirst, und hol dir was zu essen.«

Zack erwiderte, er sei nicht hungrig. Immer wieder dieselbe alte Leier, dachte Lucas verärgert.

Haley stand vor lauter Aufregung, mit dem Boot hinauszufahren, bereits vor sieben Uhr auf; der erste Ausflug im Sommer war immer der beste. Dieses Mal wäre es sogar noch besser – sie würde mit Simon zum Fischen hinausfahren. Neunzehn Jahre alt und zum Verlieben schön! Haley brachte allein eine halbe Stunde damit zu, mit ihren langen, aschblonden Haaren alles Mögliche auszuprobieren, ehe sie sich entschied, sie zu einem extravaganten Zopf geflochten zu tragen. Als sie damit fertig war, trug sie Wimperntusche und Lidschatten auf. Make-up war eigentlich nicht erlaubt; diese Regel hatte Daddy aufgestellt, und in diesem Punkt war sogar Mom seiner Meinung.

»Um Himmels willen, Haley«, pflegte sie zu sagen, »warum etwas verschönern, das ohnehin schon perfekt ist?«

Ja, klar, sie hatte gut reden, dachte Haley. Mom sah auch ohne Make-up umwerfend aus, und wenn ihre Augen auch so groß und dunkel gewesen wären, hätte sie wahrscheinlich auch keines gebraucht.

Als Haley endlich fertig war, stolzierte sie prüfend vor dem Spiegel auf und ab. Nach vier Anläufen hatte sie sich endlich für einen pinkfarben und weiß karierten Bikini entschieden und – um Daddys Ansprüchen zu genügen – für ein langes, marineblaues Sweatshirt und eine Sonnenbrille. Sie warf einen raschen Blick um die Ecke auf die Wanduhr im großem Zimmer: schon zehn vor acht.

Schnell lief sie in die Küche, nahm eine Thermoskanne aus dem Schrank und füllte sie mit Gatorade und Eis. Dann nahm sie den Picknickkorb und warf Servietten, Plastikgeschirr und alle möglichen Lebensmittel hinein, die sie wahllos aus dem Kühlschrank holte.

Fix und fertig angezogen, saß sie bereits ungeduldig auf einem Hocker vor der Küchentheke, als Simon endlich an die Küchentür klopfte. Sie sprang zu Boden, rannte zur Tür und öffnete sie voller Elan. Und da stand er nun vor ihr in seinen abgeschnittenen Jeans, einem Sweatshirt und Turnschuhen; außerdem trug er wieder eines dieser Schweißbän-

der um den Kopf. »Ich dachte schon, du würdest nicht mehr kommen«, sagte sie.
»Ich sagte doch, daß ich dich abhole.«
Sie deutete auf die Uhr. »Du kommst mehr als eine Viertelstunde zu spät.«
Er überging ihre Bemerkung mit einem Achselzucken. »Willst du nun mitfahren oder nicht?«
Sie mußte sich zusammenreißen, sonst hätte sie vor lauter Freude am liebsten lauthals gejubelt ... und dann? Sie gab ihm keine Antwort, sondern ergriff wortlos ihren Picknickkorb und ging voraus zu der Angelausrüstung draußen im Schuppen. Sie konnte es kaum erwarten, ihren Freundinnen davon zu erzählen ...

Nachdem sie mehrere Male von einem Alptraum – sie träumte von dem fremden Wagen und dessen gleißenden Scheinwerfern vom Abend zuvor – aus dem Schlaf gerissen worden war, stand Cat erst um halb zehn auf, und das auch nur, weil es an der Tür läutete. Rasch schlüpfte sie in ihre Shorts und ein T-Shirt und wollte öffnen. Aber Lucas war bereits an der Haustür, wo er sich auf einer Krücke aufstützte, während ihm ein Bote ein großes, blühendes Pflanzenarrangement mit bunten Kieselsteinen und winzigen Figuren überreichte.
Als er sie hinter sich hörte, drehte er sich um. »Morgen, Liebling«, sagte er und deutete auf ihren Geldbeutel auf der Küchentheke. »Würdest du mir bitte mal ein paar Scheine rübergeben?«
Sie holte das Trinkgeld für den Boten heraus und gab es ihm. Dann nahm sie Lucas den Topf mit den Pflanzen ab und trug ihn zum Eßzimmertisch hinüber.

»Das ist ein sogenannter europäischer Garten, Lucas. Ist der nicht prachtvoll?«

»Diese Mühe hättest du dir wirklich nicht zu machen brauchen. Du weißt doch, daß ich mir nicht so viel aus –«

»Aber das ist doch nicht von mir«, erwiderte sie in der Annahme, daß Jack und Linda die Pflanze geschickt hätten. Wer sonst konnte denn schon von dem Vorfall wissen? Lucas hatte keine nennenswerte Verwandtschaft mehr, und sie hatte keine Notwendigkeit darin gesehen, ihre Mutter oder andere Verwandte in New Hampshire mit ihrer Geschichte zu ängstigen. Sie pflückte die kleine Karte von der Pflanze und hielt sie Lucas hin.

»Nein«, sagte er mit barscher Stimme. »Lies du mir vor.«

Cat nahm die Karte aus dem Umschlag. »›Gute Besserung‹, steht darauf. Unterschrift: ›Die Jungs‹.«

»Die Jungs in der Arbeit wissen davon? Was hast du getan, Cat, ein Rundschreiben an alle rausgeschickt?«

»Nun, Jack mußte ich es wenigstens sagen ...« Sie hatte jedoch nicht daran gedacht, Jack zu bitten, den anderen gegenüber den Vorfall nicht zu erwähnen. Sie hatte nicht gewußt, daß es für Lucas ein Problem darstellen würde. Aber offensichtlich was das so.

Haley dirigierte Simon an einen Platz in der Nähe von Mirra's Island, eine winzige Insel, die ungefähr zwei Meilen vor der Küste lag. Es war ein guter Platz zum Fischen; manchmal waren die Makrelen so reichlich und so hungrig, daß sie fast von selbst an den Haken sprangen. Na ja, mit eigenen Augen hatte sie das zwar noch nicht gesehen, aber Daddy erzählte es immer wieder. Heute jedenfalls ließen die Fische auf sich warten – um elf Uhr hatte weder bei Simon noch bei ihr einer angebissen.

Ein warme Brise kräuselte das Wasser, aber die Sonne brannte heiß und stark vom Himmel; den ganzen Vormittag über hätte Haley am liebsten ihr Sweatshirt ausgezogen, hatte aber bisher noch nicht den Mut dazu aufgebracht. Sie war doch wirklich eine dumme Kuh – zu Hause am Swimmingpool stolzierte sie schließlich auch im Bikini vor Dutzenden von Jungen herum, ohne deswegen gleich rot zu werden! Aber mit Simon war das irgendwie anders. Nicht, daß sie sich deswegen Gedanken hätte machen müssen, im Gegenteil, seit sie ausgelaufen waren, hatte er sie noch nicht ein einziges Mal richtig angesehen. Als sie vorhin versucht hatte, etwas Small talk zu machen, hatte er ihr sogar mit der Bemerkung das Wort abgeschnitten, daß sie mit ihrem Geplapper nur die Fische vertreiben würde.

So war sie sehr überrascht, als er sich nun zu ihr umdrehte, auf den Picknickkorb deutete und fragte: »Was hast du denn da mitgebracht?«

»Was zu essen«, erwiderte sie so kühl wie möglich und beschloß, von nun an ebenso cool und desinteressiert zu tun wie er.

Er grinste. »Es ist dir wirklich schwer gefallen, die ganze Zeit über so wenig zu sagen, habe ich recht?«

Sie gab ihm keine Antwort – das war genau die Art von demütigender Frage, die keine Antwort verdiente.

»Siehst du? Aber ich möchte wetten, je mehr du üben würdest, desto besser würdest du darin werden, deinen Mund zu halten.«

»Vielleicht will ich ja gar nicht besser darin werden.«

Er zuckte die Schultern. »Du willst doch, daß die Jungs dich mögen, oder nicht?« Klar wollte sie das, aber sie haßte die Art, mit der er versuchte, sie dazu zu bringen, daß sie sich wie ein kleines Kind fühlte. Er deutete hinüber auf die Insel.

»Warst du schon mal drüben?«

»Nein, nie.«

»Willst du rüber? Wir könnten vielleicht dort unser Picknick machen, was meinst du?«

Obwohl ihr sein Benehmen immer noch gewaltig gegen den Strich ging, erschien ihr die Idee gar nicht so übel. Im Gegenteil, verlockend, geradezu romantisch. Sie fragte sich, wie lange er wohl schon überlegte, sie dort hinüber zu lotsen. Wer weiß, vielleicht hatte er die ganze Zeit über daran gedacht. Vielleicht hatte er die ganze Nacht lang wach gelegen und nicht schlafen können. *Na klar, Haley, träum schön weiter.* Sie mußte trotzdem grinsen, und mit einem wesentlich besseren Gefühl als zuvor begann sie den Anker zu lichten.

Während Lucas sich auf der Veranda sonnte, bereitete Cat ein paar Sandwiches zum Mittagessen vor. Als das Telefon läutete, nahm sie ab. Es war Linda, und die beiden unterhielten sich erst einmal angeregt eine halbe Stunde, ehe Jack an den Apparat kam. »Cat, wie geht es Lucas?«

»Hallo, Jack, ganz gut soweit. Er ist noch immer etwas gereizt, aber das habe ich bereits Linda erzählt. Wahrscheinlich sind wir das beide.«

»Das war zu erwarten. Die Praxen der Psychologen sind doch voll mit Leuten, die ähnlich traumatische Erfahrungen hinter sich haben. Ihr müßt nur geduldig sein. Hat sich eigentlich schon etwas ergeben, was diese beiden Männer angeht?«

»Bis jetzt haben wir noch nichts gehört, und deswegen nehme ich an, daß es auch nichts Neues gibt.«

»Aha. Hör mal, ist Lucas zufällig in der Nähe? Ich würde ihm gerne hallo sagen.«

»Warte, ich sage ihm, daß er auf der Veranda abnehmen soll.« Sie wollte bereits den Hörer beiseite legen, aber dann fiel ihr wieder Lucas' beleidigte Bemerkung von vorhin ein, und sie fügte noch rasch hinzu: »Tu mir doch bitte einen Gefallen, Jack. Sprich bitte nicht diese Pflanzen an, die eure Angestellten ihm geschickt haben.«

»Wird mir nicht schwerfallen, ich wußte ja nicht einmal, daß sie euch etwas geschickt haben. Wieso, wo liegt das Problem?«

»Es gibt kein Problem, mit der Pflanze ist alles in Ordnung. Es ist Lucas. Es stört ihn, wenn die Leute wissen, was ihm zugestoßen ist.«

»Er hat wohl Angst, zu zeigen, daß auch er nicht unbesiegbar ist, unser Lucas, schon klar. Wahrscheinlich hätte ich besser meinen Mund halten sollen, aber ich habe mich richtig aufgeregt, als du mich deswegen angerufen hast. Greg Fielding ist es natürlich aufgefallen, wie durcheinander ich danach war, und er hat mich gefragt, was denn los sei. Ich habe nicht daran gedacht –«

»Du brauchst dich doch nicht zu entschuldigen, Jack. Aber jetzt weißt du wenigstens, wie schwer Lucas diese Sache getroffen hat. Warte, ich gebe ihn dir.«

Als sie ein paar Minuten später den Imbiß auf die Veranda hinausbrachte, hatte Lucas das Gespräch bereits beendet. Sie stellte die Teller mit den mit kaltem Huhn belegten Sandwiches und die Gläser mit Eistee auf den Tisch und setzte sich. »Und, was hat Jack so alles erzählt?«

»Nicht viel. Im Geschäft ist soweit alles in Ordnung.«

Da gab es etwas, das ihr wirklich immer seltsam erschienen

war – denn ganz gleich, wie nahe Männer sich auch stehen mochten, abgesehen von Gesprächen über ihren Beruf, über Sport oder irgendwelche technischen Dinge, schienen sie sich nur wenig zu sagen zu haben. Nicht so wie Frauen, die immer ein Thema fanden, über das sie endlos reden konnten. Cat biß von ihrem Sandwich ab, und dabei fiel ihr der Wortwechsel mit Zack vom Tag zuvor wieder ein. »Lucas, ich denke, du solltest mit Zack einmal ein ernsthaftes Gespräch über Sex führen.«

»So, und warum?«

»Weil sein einziges Wissen darüber nur aus irgendwelchen Bemerkungen anderer Kinder besteht. Es wird Zeit, daß endlich mal ein Erwachsener mit ihm darüber redet, und ich halte es für angebracht, wenn dieser Jemand sein Vater ist. Meinst du nicht auch?«

Er stimmte ihr zu ... wenn auch nur zögernd. »Was soll ich ihm denn deiner Meinung nach sagen?«

»Das überlasse ich ganz dir.«

»Wo ist er eigentlich?«

»Er hat sich mit einem Jungen getroffen – Andy Canter. Offensichtlich haben die Lansings ihr Haus heuer vermietet.« Die Lansings waren ihr nächsten Nachbarn, und es war das erstemal, daß sich den Sommer über auch andere Kinder in unmittelbarer Nähe ihres Strandhauses aufhielten, was sie für Zack sehr freute. »Soviel ich weiß«, fuhr sie fort, »haben sich die Jungen etwas zum Essen mit hinaus auf die Mole genommen.«

Lucas runzelte die Stirn. »Meinst du nicht, du solltest ihn etwas besser im Auge behalten?«

»Wieso, was ist los?«

»Er muß ja bereits in aller Herrgottsfrüh wach, fix und fertig

angezogen und aus dem Haus gewesen sein. Er kam nämlich gerade wieder von den Klippen zurück, als ich um sieben Uhr auf die Veranda hinaus bin. Keine Ahnung übrigens, was er an diesem schrecklichen Ort so toll findet.«
»Jetzt komm aber, Lucas, kannst du dich denn nicht mehr daran erinnern, wie du als kleiner Junge warst? Bestimmt bist du auch gerne auf Entdeckungsjagd gegangen.«
»Weiß ich nicht mehr, so weit kann ich mich nicht zurückerinnern.«
Er sagte das so schelmisch, daß sie lachen mußte. Sie stand auf und kniete sich vor ihn hin. »So? Also ich kann mich schon noch erinnern.« Mit geschickten Fingern knöpfte sie seine Shorts auf, schob langsam ihre Hand hinein und streichelte ihn. »Außerdem hätte ich nichts dagegen, jetzt ein wenig auf Entdeckungsreise zu gehen.«
Er seufzte, und sein Penis wurde hart in ihrer Hand, was wiederum ihre Erregung steigerte. »Gott, Cat, hier draußen?« Als Antwort ließ sie ihre Zungenspitze über seine Lippen gleiten. Er stöhnte, und dann war es ihm plötzlich egal, wo sie waren; mit beiden Händen umfaßte er ihr Gesicht und drückte es zu sich hinunter. Doch genauso schnell wie sie gekommen war, war es auch schon wieder vorbei mit seiner Erektion.
Sie wollte es zwar noch mal versuchen, aber er ließ es nicht zu. Statt dessen beendete er abrupt ihre Bemühungen, knöpfte seine Hose wieder zu, stand auf und griff nach einer seiner Krücken, die am Geländer lehnte.
»Tut mir leid, Cat, ich bin zu müde, schätze ich. Himmel, schließlich bin ich schon vor sieben aufgestanden ... sogar der Arzt hat zu mir gesagt, daß ich mir genug Ruhe gönnen soll. Aber was bist du eigentlich für ein wollüstiges Weib, daß du einen Mann in meinem Zustand verführen willst?«

Es war ein lahmer Scherz, und keiner von beiden lachte darüber. Schon wieder war es diesen Mistkerlen gelungen, sich in ihr Leben zu drängen; sie mußte Lucas nicht erst fragen, um zu wissen, was seine Erregung hatte schrumpfen lassen.

Sie gingen mit dem Boot ein Stück vom Ufer entfernt vor Anker, und Simon vertäute es an einem Felsen, der in der Nähe aus dem Wasser ragte. Als Haley aus dem Boot stieg, reichte ihr das Wasser fast bis zur Taille. Sie trug den Krug, Simon den Picknickkorb, und gemeinsam wateten sie ans Ufer.

Nachdem sie ihre Last abgestellt hatten, sah Haley sich an, wo sie gelandet waren; die Insel war klein und vollkommen unberührt, der Sand warm und weich wie Seide. Aber irgendwie machte es sie verlegen und schüchtern, so ganz allein mit Simon hier zu sein. Vielleicht ging es ihm ja ebenso, da er auch nicht viel sagte.

»Oh, weißt du, was? Ich habe ganz vergessen, eine Decke mitzunehmen«, sagte sie, das Schweigen brechend.

»Macht doch nichts.« Simon ließ sich in den Sand fallen, schloß die Augen und streckte seine Gesicht der Sonne entgegen. Gott, sieht der gut aus, dachte sie, und folgte mit den Augen den Linien seines starken Kinns und der ausgeprägten Kieferpartie. Aber in dem Moment drehte er sich zu ihr um und bemerkte ihren Blick; hastig zog sie den Korb mit dem Proviant zu sich heran und machte sich darin zu schaffen. »Ich habe nur schnell ein paar Kleinigkeiten hineingeworfen –«, setzte sie an, aber er legte seine Hand auf die ihre und stoppte sie.

»Halt, warte«, sagte er. »Das hat doch keine Eile. Oder doch?«

»Nein, natürlich nicht.«
Er hob sein Sweatshirt ein Stück in die Höhe; darunter trug er eine Gürteltasche, deren Reißverschluß er öffnete und der er einen durchsichtigen Beutel entnahm, in dem ein paar zigarettenähnliche Stäbchen und andere Utensilien waren.
»Was ist das?« fragte sie.
»Schon mal Gras gesehen?«
Sie schüttelte den Kopf. Sie wußte zwar alles über Marihuana, hatte es aber noch nie mit eigenen Augen gesehen. An ihrer Junior-High-School wagte keiner, auf dem Schulgelände irgendwelche Drogen zu nehmen. Zwei Jahre zuvor war ein Junge vom Unterricht suspendiert worden, weil er Gras bei sich hatte; obwohl die Eltern sofort beim Schulausschuß dagegen Beschwerde einlegten und auch gewannen, versäumte der Junge drei ganze Monate Unterricht und mußte die achte Klasse wiederholen.
Klar gab es Kids, von denen sie wußte, daß sie Marihuana rauchten, aber die waren nicht an ihrer Schule und gehörten auch nicht zu ihrem Freundeskreis. Nächstes Jahr an der richtigen High-School würde natürlich alles anders werden – das sagte ihr jeder.
»Keine Angst, das beißt dich schon nicht«, sagte Simon und lachte.
»Ich habe auch keine Angst.« Sie schaute sich die Sache etwas näher an. »Es sieht aus wie Heu«, meinte sie. »Was sind das für Fasern?«
»Knospen.« Er fuhr mit der Hand in den Beutel, holte ein paar Stengel und Blätter heraus, schüttelte sie und brach mit den Fingern die Knospen auf. Dann legte er den Kopf schief, kniff die Augen zusammen und sah sie scharf an. »Hallo, das ist doch kein Problem für dich, oder?«

»Nein, selbstverständlich nicht«, erwiderte sie. Schließlich war er bereits neunzehn Jahre alt und nicht irgendein kleiner Junge von der High-School, der von der Schule fliegen konnte, wenn man ihn dabei erwischte. Schließlich war er sogar schon auf dem College gewesen! Er konnte tun und lassen, wozu er Lust hatte, und mußte niemanden um Erlaubnis bitten. Am allerwenigsten sie.
»Gut. Ich war nämlich eine Sekunde lang unsicher. Als ich dich das erstemal sah, war mir nämlich nicht klar, daß du noch so jung bist. Aber da habe ich mich getäuscht. Ist auch gar nicht so einfach heutzutage, da viele Mädchen älter aussehen und sich auch erwachsener benehmen, als sie sind.«
»Ich werde vierzehn im Oktober«, beeilte sie sich zu sagen, obwohl er sie gar nicht danach gefragte hatte.
»Tatsächlich? Wenn ich hätte raten sollen, hätte ich dich auf sechzehn, bestimmt aber auf fünfzehn geschätzt.«
Viele ihrer Freunde hatten ihr schon gesagt, daß sie älter aussah, einen richtig erfahrenen Eindruck machte. Einmal hatte sogar einer von der Junior-High-School versucht, sie vor dem Kino anzumachen. Sie war überzeugt, daß das nur an ihrem langen Hals lag; so ein langer Schwanenhals war schon ziemlich elegant. Aber sie hatte diesen Jungen selbstverständlich links liegenlassen, obwohl es durchaus ein gutes Gefühl war, so begehrt zu sein. Im Moment hatte sie auch ein ganz gutes Gefühl, kein Wunder, bei einem Jungen wie Simon. Sie wollte ihm eine passende Antwort geben, aber welche? Danke?
Sie beobachtete ihn, wie er ein dünnes weißes Papierchen herausnahm, es am unteren Ende wie eine Tüte einknickte und dann etwas von dem grünlichen Tabakzeug hineinbröselte. Er schüttelte den Inhalt, verteilte ihn regelmäßig und

rollte das Papierchen zusammen. Schließlich glitt er mit der Zunge am Rand des Papierchens entlang, um es zu verschließen, und steckte zum Schluß noch mal beide Enden der Zigarette in den Mund, um sie anzufeuchten.

»Geil. Wieso machst du das?«

»Damit der Joint nicht auseinanderfällt.«

»Aha.« Sie war eine Weile still, ehe sie sagte: »Meine Familie ist absolut dagegen, daß man Drogen nimmt.«

»Gras ist doch keine große Sache – das heißt natürlich nur, wenn man alt genug ist und weiß, was man tut. Die meisten Kids sind das natürlich nicht, jedenfalls nicht die, die ich kenne. Man muß eben damit umgehen können und es nicht mißbrauchen. Hier, schau her.« Er steckte sich den Joint in den Mund, sog den Rauch ein, behielt ihn eine Weile in der Lunge und stieß ihn wieder aus. Er hatte einen merkwürdig süßlichen Geruch. »Du weißt doch, wie man inhaliert? Wie man den Rauch in die Lunge zieht, Haley?« fragte er, nachdem sie ihm eine Weile dabei zugesehen hatte.

»Keine Ahnung, ich habe es noch nicht ausprobiert.«

»Nicht einmal eine Zigarette?« Sie schüttelte den Kopf und hoffte, daß er sich nicht über sie lustig machen würde, was er auch nicht tat. »Hier, versuch's mal«, sagte er statt dessen und reichte ihr den Joint.

»Nein, lieber nicht«, erwiderte sie.

»Ein Zug wird dich schon nicht umbringen. Schau mich an, mach ich vielleicht einen toten Eindruck auf dich?« Er ließ sich mit dramatischer Geste rückwärts in den Sand fallen, Arme und Beine gespreizt. Das lockerte die Stimmung merklich auf und brachte sie beide zum Lachen. Schließlich richtete er sich wieder auf. »Hallo, tut mir leid. Ich wollte dir keine Angst einjagen.«

»Wer sagt denn, daß ich Angst habe?«
»Na ja, wie auch immer. Das Kiffen soll auf jeden Fall Spaß machen und keinen Streß. Außerdem mag ich dich, Haley, ich will nicht, daß du dich in meiner Gegenwart unwohl fühlst.«
»Tue ich auch nicht«, sagte sie, obwohl das nicht ganz ehrlich war. Und ein wenig in Versuchung geführt hatte er sie auch – zumindest, es mal auszuprobieren. Aber sie mußte dauernd an ihre Eltern denken. Und so wich sie seinem Blick aus und tat so, als sei sie intensivst in die Betrachtung der Landschaft vertieft, doch irgendwann hielt sie es nicht mehr aus und drehte sich wieder zu ihm um. »Wenn meine Eltern das jemals herausfinden –«
»Keine Panik«, sagte er und legte seine Hand auf ihren Arm. »Ich habe nicht die Absicht, es ihnen zu erzählen. Du vielleicht?«
Sie klopfte sich auf ihre Brust. »Ich ... ich soll es ihnen sagen? Willst du mich veralbern?«
Sie fingen beide gleichzeitig zu lachen an, und er reichte ihr den Joint. Sie bemühte sich, nachzumachen, was sie bei ihm gesehen hatte, schaffte es aber nicht, den Rauch zu inhalieren. Sie probierte es noch einmal ... und dann noch einmal. Schließlich nahm er ihr den Joint wieder aus der Hand. »Du mußt lockerer werden, du bist viel zu angespannt. Bist du schon mal mit einem Stethoskop untersucht worden?«
»Klar«, antwortete sie, obwohl sie keine Ahnung hatte, was er damit meinte. Ihr Interesse galt einzig und allein seiner zum Niederknien tiefen und heiseren Stimme, und sie schaute ihm ganz tief in seine unglaublich blauen Augen. Aber er blieb weiterhin völlig neutral.

»Okay, gut«, fuhr er fort und griff nach einer Muschelschale, die neben ihm im Sand lag. »Du sollst dir jetzt vorstellen, daß das hier ein Stethoskop ist, okay? Ich werde dir den Joint an den Mund halten, und wenn ich die Schale an deine Brust drücke, dann holst du ganz tief Luft.«

5

Lucas hatte sich in sein Schlafzimmer zurückgezogen, und Cat folgte ihm in der Hoffnung, ihn davon überzeugen zu können, daß er sich unnötige Sorgen wegen seiner momentanen Impotenz machte – nur allzu verständlich bei dem, was er mitgemacht hatte –, aber er wollte nicht auf sie hören. Also ließ sie ihn wieder allein und ging hinunter in den Waschkeller.

Am Tag zuvor hatte sie eine Wäscheleine quer durch den ganzen Keller gespannt, um Zacks Bettwäsche und seine Schlafanzüge aufhängen zu können, die sie jetzt trocken und steif von der Leine nahm und zusammenlegte. Dann trug sie die Sachen hinauf ins Erdgeschoß, ging zum Telefon und schlug das Telefonbuch auf. Sie mußte unbedingt jemanden finden, der den Wäschetrockner reparierte.

Aber noch ehe sie Gelegenheit hatte, die erste Nummer zu wählen, rief Chief Cooper an, um ihr mitzuteilen, daß seine Streifenbeamten Simon in Chatfield Hollow zwar noch nicht ausfindig gemacht hätten, er aber mittlerweile wenigstens über die Information verfüge, um die Lucas ihn gebeten hatte. Sie notierte sich Simons Auto- und Zulassungsnummer und steckte den Zettel in die Taschen ihrer Shorts.

»Es paßt alles zusammen, wie der Junge gesagt hat. Die Tante heißt Hazel Bower, und die Adresse in Tucson lautet auf Welmont Road 225. Wenn Ihr Mann möchte, dann könnte ich veranlassen –«

»Hören Sie, Chief«, unterbrach sie ihn. »Wir wissen Ihre

Hilfe wirklich zu schätzen – vielen Dank. Aber es ist gar nicht mehr nötig. Ich habe Simon gestern zufällig im Einkaufszentrum wiedergetroffen und konnte ihn überreden, anschließend gleich mit mir nach Hause zu kommen, damit er Lucas kennenlernt. Nun, um es kurz zu machen, während wir uns hier unterhalten, ist er mit unserer Tochter und einem unserer Boote draußen zum Fischen unterwegs. Ich hätte Sie wahrscheinlich gleich anrufen sollen, tut mir leid.«

»Das macht doch nichts. Ich bin sicher, Sie hatten noch ein paar andere Dinge zu tun. Aber es freut mich, zu hören, daß Mr. Marshall nun zufrieden ist. Ich wollte Ihnen aber auch noch sagen, daß wir in der Nähe des Sees im Straßengraben einen verlassenen Wagen gefunden haben. Sieht ziemlich ramponiert aus, er hat keine Nummernschilder mehr, Papiere fehlen auch. Es wäre möglich, daß unsere Strauchdiebe damit hierher in unsere Gegend gekommen sind.«

»So? Dann können Sie ja vielleicht ihre Spuren zurückverfolgen …«

»Leider nicht. Wie ich schon sagte, haben sie den Wagen gründlich ausgeräumt. Das soll aber nicht heißen, daß wir so leicht aufgeben.«

»Was ist mit dem Bronco? Was meinen Sie – wie stehen die Chancen, daß er wieder auftaucht?«

»Das ist schwer zu sagen. Manche dieser gestohlenen Wagen werden umgespritzt, andere zerlegt und in Einzelteilen verkauft und ähnliches.«

Auch wenn sie nicht die geringste Lust dazu hatte, erklärte sie sich bereit, am nächsten Tag zum Polizeirevier zu fahren und sich die Verbrecherkartei anzuschauen. Sie hatte sich fest vorgenommen, mit der Polizei zusammenzuarbeiten, und sie hätte sich nicht mehr im Spiegel betrachten können,

hätte sie jetzt einen Rückzieher gemacht. Und was den Haushalt betraf – da war schließlich auch noch Winnie, die sich um Lucas und die Kinder kümmern konnte.
Später würde sie einen Einkaufsbummel machen, Haley brauchte dringend ein paar Sachen zum Anziehen. Sie hatte nicht nur einiges bei dem Überfall eingebüßt, sondern war auch noch aus den meisten Kleidungsstücken vom letzten Jahr herausgewachsen. Lucas, Zack, sie selbst – alle brauchten sie neue Badesachen. Lucas würde sie zudem noch ein, zwei Paar Shorts kaufen müssen – eine Nummer größer als normal und mit weiteren Beinen, damit er sie leichter über den Gips ziehen konnte.
Die folgende halbe Stunde verwandte sie ihre ganze Energie darauf, einen Reparaturservice für den Wäschetrockner aufzutreiben. Nach fünf erfolglosen Versuchen erreichte sie endlich einen Handwerker in der nächsten Stadt, der jedoch frühestens in acht Tagen kommen konnte. Das war zwar nicht der Expreßdienst, den sie sich vorgestellt hatte, aber sie vereinbarte trotzdem einen Termin mit ihm und legte auf. Dann ging sie zu der gläsernen Schiebetür und blickte hinaus. Von ihrem Platz aus konnte sie Zack und seinen jungen Freund draußen auf der Mole sehen.
Sie schaute auf den Ozean hinaus. Irgendwo da draußen war Haley mit Simon unterwegs und holte hoffentlich einen Fisch nach dem anderen aus dem Meer. Na, wenigstens die Kinder hatten ihren Spaß.
Lucas erwachte gegen zwei Uhr, als das Knurren in seinem Magen ihm zu verstehen gab, daß er nichts zu Mittag gegessen hatte. Als ihm der Grund dafür wieder einfiel, stiegen aufs neue Wut und Frustration in ihm hoch. Wie sehr er Cat vorhin auch begehrt hatte – er konnte sich gar nicht mehr

erinnern, wann er sie einmal nicht begehrt hatte –, aber in dem Moment war ihm wieder in den Sinn gekommen, wie Earl versucht hatte, Cats Kopf in seinen Schoß zu drükken ...

Aber er hatte Earl schließlich davon abgehalten, oder etwa nicht? Sicher, eine Weile schon. Aber wie lange hätte es noch gedauert, bis diese Hurensöhne ihn vollends fertiggemacht und sich wieder dem zugewandt hätten, was sie zuvor begonnen hatten? Earl hätte Cat vergewaltigt, und der andere wäre mit Sicherheit auch auf seine Kosten gekommen. Und Haley, was wäre mit ihr gewesen? Wer weiß, was ohne Simon sonst noch alles passiert wäre?

Auf eine Krücke aufgestützt, humpelte er ins Bad, urinierte, spritzte sich kaltes Wasser ins Gesicht, trocknete sich ab und ging ins große Zimmer, wo er sich räusperte und suchend umsah. Wo, zum Teufel, steckten sie nur alle? Schließlich ging er in die Küche, machte den Kühlschrank auf und durchsuchte die Fächer nach der Salami, die Cat ihm hatte mitbringen wollen. Da er sie nirgends finden konnte, gab er sich schließlich mit einer tiefgefrorenen Pizza zufrieden, die er in die Mikrowelle schob.

Als sie fertig war, trug er sie zum Sofa, stellte sie auf den Couchtisch und schaltete den Fernseher an. Die Pizza war teigig und geschmacklos, aber er aß sie trotzdem – das heißt, bis die Küchentür zugeknallt wurde und Zack pfeifend die Treppe hinaufstürmte.

»He, warte, wo willst du hin?«

Zack blieb auf der obersten Stufe stehen. »Oh, hallo, Dad. Ich wollte gerade mein Vergrößerungsglas holen.«

»Wozu?«

»Andy und ich wollen uns das schaumige Zeug auf den

Felsen näher anschauen. Ich wollte ihn mitnehmen und ihm die Klippen zeigen. Andy ist der neue Junge –«

»Ich weiß, Mommy hat es mir gesagt. Hast du vielleicht ein paar Minuten Zeit für mich?«

»Klar, schon.«

Zögernd kam er näher, und Lucas betrachtete seinen Sohn: eine blauweiße Baseballkappe thronte schief auf seinem Kopf und beschattete seine großen, fragenden braunen Augen. Diese Augen schauten Lucas oft an, als wüßten sie nicht, wer er war. Wie sollte ein Vater einem Kind näherkommen, von dem er nicht im mindesten behaupten konnte, es zu verstehen? »Mommy sagt mir, daß du ein paar Fragen über Sex hast«, sagte er schließlich.

»Nö«, meinte Zack.

»Dann hat sie sich also getäuscht?«

Er zuckte die Schultern.

»Hast du dich mit den Kindern an deiner Schule über dieses Thema unterhalten?«

»Ein paarmal.«

»Dann weißt du also, daß das, was beim Sex passiert, Geschlechtsverkehr, manchmal auch Koitus genannt wird. Und daß das die Art ist, wie ein Mann und eine Frau ihre Liebe zueinander zeigen?«

»Und was heißt dann ficken?«

Toll, großartig. Weshalb, zum Teufel, hatte Cat ihm das nicht abnehmen können? »Wo hast du denn das her?« fragte er, in erster Linie, um sich mehr Zeit für eine plausible Antwort zu verschaffen.

»Aus der Schule.«

»Nun, wie du ja schon weißt, ist das ein Wort, von dem weder deine Mom noch ich möchten, daß du es benutzt.

Aber du willst wissen, was es mit diesem Wort auf sich hat ... richtig?« Zack nickte, und Lucas mühte sich weiter redlich ab. »Tja, also, das nimmt man auch her, um den Geschlechtsakt zu bezeichnen, aber das ist eine, nun ja, wie soll ich sagen – etwas derbe Art. Vielleicht will man damit auch eine andere Einstellung zum Sex ausdrücken – so in der Art etwa, wie die Jungen in den Umkleidekabinen immer großkotzig darüber reden.«

So ein Schwachsinn, eine andere Einstellung zum Sex – hatte er das wirklich gesagt? Oder glaubte er es vielleicht sogar? Noch besser – wie konnte er erwarten, daß ein Junge in Zacks Alter wußte, was in einer Männerumkleidekabine vor sich ging? Da er jedoch keine Ahnung hatte, wie er nun weitermachen sollte, fragte er: »Hast du das verstanden?«

»Ich schätze schon«, erwiderte Zack achselzuckend. Und fügte hinzu, als sei ihm gerade ein neuer Gedanke gekommen: »Und was war mit Earl?«

»Was meinst du damit?«

»Earl wollte doch Geschlechtsverkehr mit Mommy haben. Soll das heißen, daß er sie lieb hat?«

Lucas spürte, wie die Muskeln in seinem Nacken steinhart wurden. Wieso mußte der Junge ausgerechnet jetzt damit anfangen? »Nein«, antwortete er und versuchte krampfhaft, sich nicht von seinem Ärger überwältigen zu lassen. »Das war etwas anderes.«

Zack verstummte, aber plötzlich, als wäre ihm noch etwas eingefallen, verengten sich seine Augen zu Schlitzen, und er senkte seine Stimme zu einem Flüstern. »Ich glaube, jetzt habe ich kapiert, was du meinst, Daddy. Earl wollte keinen Geschlechtsverkehr mit Mommy – er wollte sie ficken.«

Lucas schlug mit der flachen Hand auf den Couchtisch, so

fest er konnte. »Verdammt, ich will nie mehr hören, daß du dieses Wort in den Mund nimmst!«
Zack zuckte zusammen, als hätte Lucas ihn geschlagen. Und obwohl dieser sich verzweifelt anstrengte, sich irgend etwas Versöhnliches einfallen zu lassen, kam nichts von ihm, und auch Zack sagte kein Wort.
»Warum gehst du nicht nach oben und holst dein Vergrößerungsglas? Du solltest deinen Freund nicht warten lassen.«
Als Cat zurück ins Haus kam – sie war draußen gewesen und hatte ihr Segelboot geputzt –, empfing Lucas sie sofort mit dem Vorwurf: »Wo, zum Teufel, ist eigentlich die Salami, um die ich dich gebeten habe?«
Wortlos ging sie zum Kühlschrank und sah hinein. Erstaunt drehte sie sich um. »Ich kann sie nirgends finden, Lucas. Irgend jemand muß sie herausgenommen haben.«
»Da bitte ich dich einmal um einen Gefallen –«
Ihre Miene verdüsterte sich. »Was ist los mit dir? Es ist doch nur eine Salami. Aber wenn sie dir so viel bedeutet, dann macht es mir nichts aus, noch mal loszugehen und dir eine neue zu holen.« Sie griff nach ihrer Handtasche.
»Nein, laß.«
»Lucas, ich brauche keine zwanzig –«
»Verdammt, Cat, ich habe nein gesagt!« In dem Moment haßte er sich dafür, daß er sie so anschnauzte. Er mußte sich unbedingt beruhigen, und so ging er auf die Veranda, lehnte sich an das Geländer aus Kiefernholz und starrte hinaus auf das Wasser. Was trieb ihn nur dazu, ihr so weh zu tun? Sicher, die Ereignisse jenes Abends, aber das war aus und vorbei, und sie hatten – wie Cat ganz richtig sagte – noch Glück gehabt; sie hatten auf eigenen Beinen davongehen

können, wenn auch, wie in seinem Fall, mit einem Gips daran. Also was war es, das ihn gar so ausrasten ließ?
Der Bronco vielleicht, den er auf seinem Rückweg vom Medical Center gesehen hatte? Aber das war gar nicht sein Bronco gewesen, wie sich herausgestellt hatte. Und was hatte es mit dem Wagen auf sich gehabt, der letzte Nacht vor dem Haus geparkt war ... Hatte er auch in dem Fall wieder aus einer Mücke einen Elefanten gemacht?

Nach mehreren Hustenanfällen und drei kräftigen Schlägen auf den Rücken zog Haley schließlich doch ihr Sweatshirt aus, nicht im geringsten verlegen, als Simon sie von Kopf bis Fuß in ihrem Bikini betrachtete. Sie fand es sogar lustig. Während sie vor sich hinkicherte, machte Simon es sich auf seinem eigenen Sweatshirt bequem, das er zusammengerollt und sich als Kissen unter den Kopf geschoben hatte.
»Was ist denn los mit dir?« fragte sie ironisch und fuhr ihm mit einem Büschel Seetang immer wieder über das Gesicht; sie klang so selbstsicher, sie konnte kaum glauben, daß sie das war.
»Nichts, ich döse nur vor mich hin.«
»Rede mit mir, ich möchte mich unterhalten.«
»Klar, worüber?«
»Über irgend etwas. Was ist deine Lieblingsfarbe?«
»Weiß.«
»Unsinn, Weiß ist doch gar keine Farbe. Das weiß ich noch aus dem Kunstunterricht. In der sechsten Klasse hatten wir eine Zeichenlehrerin, die uns wöchentliche Aufgaben stellte. Kannst du dir so was vorstellen – Aufgaben in Kunst? Viel konnte sie uns ja nicht fragen, nur nach dem Motto: Welche Farben mischt man, um Blau zu erhalten?«

»Und, welche Farben mischt man?«
»Hm, laß mich überlegen. Rot und Purpur? Nein, nein, Rot und Grün.« Wieder kicherte sie los, und er schüttelte den Kopf. »Ich benehme mich doch wirklich wie eine Idiotin, oder?« Sie wußte, daß es so war, konnte aber einfach nicht aufhören – und er war höflich genug, ihr nicht zuzustimmen.
»Magst du Spiele?« fragte er.
Sie nickte heftig. »Klar. Ich habe früher oft mit Freunden gespielt, aber die meisten von ihnen halten das jetzt für kindisch; du weißt schon, als ob man noch mit Puppen und Autos spielen würde. Meine Mom und mein Dad spielen aber gern, und das machen wir auch oft, vor allem hier im Strandhaus. Wieso, du vielleicht?«
Er nickte. »Ja, ich mag alle Arten von Spielen. Ich habe früher immer allein gespielt. Monopoly auf dem Fußboden im Keller, schon mal ausprobiert?«
»Wieso ausgerechnet im Keller?«
»Weil ich kein Monopoly-Brett hatte. Deshalb habe ich es mit Kreide auf den Boden gezeichnet.«
»Tja, das erscheint mir logisch.« Wieder fing sie zu kichern an. »Okay, aber eine Frage muß ich dir stellen – wer hat gewonnen?«
Er machte ein überlegenes Gesicht. »Ich natürlich. Ich hatte eine richtige Glückssträhne, und keiner konnte mich mehr aufhalten. Je schneller ich gewann, desto eher saß die Bank auf dem Trockenen. Also mußte ich improvisieren und mein eigenes Geld ausgeben. Dazu schnitt ich altes Zeitungspapier in Streifen: die Comics waren Fünfhunderter, Kleinanzeigen Hunderter, das Kinoprogramm Zehner, die Börsenkurse Fünfer und die Todesanzeigen Einer.«

»Du spinnst doch. Wieso hast du nicht mit anderen Kindern gespielt?«

»Es gab niemanden, der so gut war wie ich.«

»Meinst du das im Ernst?«

»Wer weiß«, erwiderte er grinsend. Sie wußte nicht, ob er sie auf den Arm nahm oder nicht. Er rollte sich auf den Bauch und fing an, mit den Fingern merkwürdige Figuren in den Sand zu zeichnen. »Im Grund genommen bin ich doch nichts anderes als ein Irrtum, ein Scherz, eine wild wuchernde Vorstellung, die sich in deinem Kopf breitmacht.«

»Ich habe nicht den blassesten Schimmer, wovon du sprichst, Simon.«

»Hast du schon mal was von der philosophischen Theorie über den Baum gehört, der im Wald umfällt?«

»Nein, nie.«

»Also, die Frage lautet ungefähr folgendermaßen: ›Wenn ein Baum im Wald umfällt und niemand da ist, um es zu hören, gibt es dann ein Geräusch, wenn er auf den Boden fällt?‹«

»Natürlich.«

»Woher weißt du das?«

Sie mußte ihn wohl ziemlich verwirrt angesehen haben, was sie auch war, denn hilflos mit den Armen rudernd, meinte sie: »Tja, wissen tue ich es eigentlich nicht. Ich meine, ich habe nie gesehen, wie ein Baum umfiel. Aber andere waren dabei. Außerdem macht doch alles Krach, wenn es umfällt – wenigstens alles, was schwer ist.«

»Kann sein. Aber die eigentliche Frage lautet doch, ob wir uns wirklich darauf verlassen können, daß unsere Sinne uns die Wahrheit sagen. Wer kann schon beurteilen, ob gewisse Dinge nicht nur in der Vorstellung anderer existieren? Mit anderen Worten, existiere ich wirklich in der Realität ohne einen Menschen wie dich, der eine bestimmte Vorstellung von mir hat?«

»So einen Unsinn habe ich ja noch nie gehört.«

»Ja? So dumm ist das auch wieder nicht. Schon als Kind hatte ich das Gefühl, nicht wirklich real zu sein.«

»Also, das bist du aber. Ich sehe dich. Und ich höre dich.«

»Nur, weil du das willst. Wenn ich da draußen im Wasser einen großen weißen Hai sehen wollte«, sagte er und deutete hinaus auf den Ozean, »könnte ich das im Handumdrehen haben.«

»Was, wenn du ihn nicht sehen wolltest, wenn du dich vor ihm fürchten, ihn aber trotzdem sehen würdest?«

»Die Menschen sehen nicht, was sie nicht sehen wollen.«

»Mal angenommen, der Hai beißt dich? Das würde doch mit Sicherheit beweisen, daß er real existiert.«

»Verstehst du denn nicht? Das würde es nicht. Die Menschen können mit ihrem Kopf alles mögliche anstellen; sie können die Dinge so hinbiegen, daß sie ihren Ängsten, Hoffnungen und Bedürfnissen entsprechen. Zuallererst mußt du glauben, daß die Realität in deinem Kopf ihren Ursprung hat – dort entsteht und dort stirbt sie.«

Haley saß stumm neben ihm, hörte fasziniert zu und bemühte sich, alles mitzubekommen, was er zu ihr sagte.

»Hast du schon mal was von Halitose des Gehirns gehört?«

Wollte er sie veralbern? »Ich glaube, ich habe schon mal was von Halitose gehört«, erwiderte sie vorsichtig.

»Gut. Dann wende das Konzept einfach auf das Gehirn an. So etwas passiert immer dann, wenn das Fleisch verfault, weil es nicht mehr gebraucht wird. Dann fangen die Maden in deinem Hirn zu wimmeln an und verursachen diesen fauligen Mundgeruch.«

Angeekelt schoß sie in die Höhe, das Gesicht verziehend. »Simon!«

Ohne ein weiteres Wort der Erklärung stand er plötzlich auf und lief zum Wasser, stürzte sich hinein und schwamm los. Sie rief ihm nach, aber er kehrte nicht um; das heißt, erst sehr viel später, nachdem er ziemlich weit hinausgeschwommen war. Irgendwann hörte sie schließlich auf, seinen Namen zu rufen, und ließ sich auf einem Felsen nieder. Als er endlich wieder zurückkam, kochte sie immer noch vor Wut. »Wieso hast du das getan?« fauchte sie und stand auf.

»Wieso nicht?«

»Du hast nicht ein einziges Wort gesagt. Du bist einfach davongelaufen.«

»Na und?«

»Und wenn du einen Krampf bekommen hättest?«

»Wer bist du, meine Mutter?«

Hatte sie sich wirklich wie eine Mutter angehört? Plötzlich kam sie sich unendlich dumm vor, so, als müßte sie sich bei ihm entschuldigen. »Tut mir leid«, sagte sie. »Ich wollte nicht an dir herumnörgeln. Ich hatte einfach nur Angst, Simon. Ich befürchtete schon, ich müßte hinaus und dich retten. Als du da draußen herumschwammst, dachte ich mir –«

»Was hältst du davon, wenn wir uns jetzt was zu essen machen?« fragte er und schnitt ihr einfach das Wort ab.

Bis zu dem Zeitpunkt hatte sie es gar nicht bemerkt, aber jetzt, da er die Rede darauf brachte, merkte sie, daß sie fast am Verhungern war. Gemeinsam stürzten sie sich auf den Korb und dessen Inhalt: Käse, Joghurt, eingelegtes Gemüse, Granola-Riegel, Rosinenbrötchen, Bananen, Tacos, Winnies berühmte Schokoladenkekse und eine kleine Salami. Auf Simons Anregung hin wurde alles ausprobiert und hinterher

bewertet – mit einer möglichen Punktzahl von eins bis zehn. Sie amüsierten sich köstlich.
Die Salami verputzte Simon fast ganz allein, sie bekam nur einen einzigen Bissen ab.

Es war vier Uhr nachmittags; Cat und Lucas waren draußen auf der Veranda und spielten Gin Rommé. Obwohl auch sie ganz gerne gewann, war sie doch noch lange keine so verbissene Spielerin wie Lucas, der einfach kein guter Verlierer sein konnte, beziehungsweise nicht verlieren wollte. Wäre er in seiner normalen Verfassung gewesen, hätte er schamlos mit seinen Karten geblufft, um sie auf die Palme zu bringen – was ihm jedesmal unweigerlich ein sicheres Spiel einbrachte. Vielleicht lag dies aber auch eher an seiner Entschlossenheit, um jeden Preis zu gewinnen.
Aber an diesem Nachmittag war er nicht bei der Sache; ständig schweiften seine Augen in Richtung Wasser. »Haley ist eine tüchtige Seglerin, Liebling«, beruhigte sie ihn. »Und Simon weiß sich auch zu helfen. Ich bin sicher, daß es den beiden gutgeht. Ach ja, übrigens«, fuhr sie fort, zog den Zettel heraus, auf dem sie sich die Angaben des Polizeichefs notiert hatte, und gab ihn Lucas. »Wir brauchen die Information zwar nicht mehr, aber das hier sind die Zulassungs- und Autonummern von Simons Bus. Chief Cooper meinte, daß er alles überprüft habe.«
Lucas schaute weiterhin aufs Meer hinaus, ehe er zu Cat sagte: »Geh doch mal hinaus zu seinem Bus und schau nach, ob die Nummern übereinstimmen.«
»Aber wieso, Lucas?«
»Ohne besonderen Grund. Aber irgendwie würde ich mich dann besser fühlen.«

»Das werde ich ganz bestimmt nicht tun. Ich kann doch nicht in seinem Wagen herumschnüffeln.«

Er rappelte sich hoch. »Okay, dann werde ich gehen.«

Sie tat es dann doch. Sie benötigte nur ein paar Minuten, da der Bus erstaunlich übersichtlich und ordentlich eingerichtet war. Kleidungsstücke, ein Zelt, ein Seil, ein paar Töpfe und Pfannen, weitere Küchenutensilien, ein Dutzend Videobänder und Tonbandkassetten und mehrere Umschläge mit Fotos waren auf unter der Decke entlanglaufenden Regalen untergebracht; in einer Ecke auf dem Boden standen außerdem ein Werkzeugkasten und zwei große, geschlossene Pappkartons.

Die Zulassung und die Versicherungsunterlagen steckten in einer Plastikhülle, die im Handschuhfach lag. Alles stimmte genau überein, selbst der Name der Tante und die Adresse in Tucson, die der Chief ebenfalls erwähnt hatte. Cat legte rasch die Papiere wieder zurück; sie empfand großes Unbehagen, Simon auf diese Weise hinterherzuschnüffeln, und stellte sich vor, er würde plötzlich auftauchen und sie dabei erwischen.

Gerade als sie das Handschuhfach schloß, glaubte sie ein Geräusch hinten im Bus zu hören; sie schreckte hoch und stieß sich den Kopf an. Das war eindeutig ihr schlechtes Gewissen – als Detektivin hätte sie wahrscheinlich keine große Zukunft vor sich. Aber wenigstens Lucas' Anfall von Paranoia war befriedigt worden.

Eine Viertelstunde später entdeckte sie draußen auf dem Meer das Boot, wie es langsam näher kam. Sie und Lucas sahen von der Veranda aus zu, wie die beiden jungen Leute den Anker warfen und das Boot festmachten: Haley ließ sich bereitwillig von Simon helfen, obwohl ihr diese Arbeit seit ihrem vierten Lebensjahr bestens vertraut war. Sonnenverbrannt und mit einem glücklichen Lächeln auf den Lippen – Simon trug den Picknickkorb und die Thermoskanne, Haley ihre beiden Sweatshirts und die Sonnenbrillen – kamen sie vom Strand zum Haus hoch.

»Was gibt's zum Abendessen?« rief ihnen Lucas herausfordernd zu, obwohl es mehr als offensichtlich war, daß sie keinen Fisch bei sich trugen. »Den ganzen Nachmittag über läuft mir schon das Wasser im Mund zusammen, wenn ich an frischen Lachs denke.«

Simon ging auf Lucas' Frotzelei ein und tat so, als hätte er ein schlechtes Gewissen. »Ah, so ein Mist, Lucas, ich komme mir wirklich wie ein Spielverderber vor. Aber ich könnte noch schnell etwas Fisch holen, wenn Sie möchten. Ich bin erst kürzlich drüben auf der Route 80 an einem Fischstand vorbeigekommen –«

»Ich fürchte, ich muß euch jetzt alle miteinander enttäuschen, aber bei mir gibt es zum Abendessen Flunder«, meldete Cat sich zu Wort. »Außerdem gegrillte Maiskolben, Simon, aber du kannst gerne zum Essen bleiben, wenn du möchtest.«

Simon jammerte zwar, daß er von dem üppigen Picknick, das Haley eingepackt hatte, noch satt sei, aber Cat konnte ihn beruhigen, daß sie vor sieben Uhr auch gar nichts zu essen bekämen. Und sie brauchte auch gar nicht lange zu fragen, sondern nur zwei und zwei zusammenzählen, um zu wissen, daß sie in den beiden ihre Salamidiebe gefunden hatte. Außerdem schickte sie Haley gleich unter die Dusche, damit sie sich die verschmierte Schminke aus dem Gesicht wusch, ehe sie Lucas unangenehm auffiel.

Erst nach dem Abendessen, als Simon sich gerade mit Lucas

über das Thema Motorradreparaturen unterhielt, fiel Cat wieder ein, was sie sich am Vormittag überlegt hatte. Sie war zuvor noch ans Telefon gegangen – wieder hatte jemand die falsche Nummer erwischt –, aber als sie zurückkam, fragte sie Simon: »Simon, wie geschickt bist du, kaputte Dinge wieder herzurichten?«

Er zuckte die Schultern. »Ich zerlege alles, was mir in die Finger kommt, und baue es dann wieder zusammen. Wieso?«

»Tja, ich habe da einen Wäschetrockner im Keller, der schreckliche Anfälle von Schüttellähmung hat –«

Da war er bereits aufgestanden. »Zeigen Sie ihn mir.«

Aber Lucas wollte ihn nicht gehen lassen, wenigstens nicht sofort. Zuerst mußte er hoch und heilig versprechen, daß er sich für seine Arbeit bezahlen ließe. Außerdem sei morgen auch noch ein Tag, meinte Lucas, ein geschickter Schachzug, um sich die Rückkehr des Jungen zu sichern. Cat verstand seine Beweggründe ziemlich genau; da er zur Zeit außer Gefecht gesetzt war, wäre es durchaus ein beruhigendes Gefühl, jemanden wie Simon im Haus zu haben.

Simon verließ sie kurz nach dem Abendessen, und Cat und die Kinder setzten sich zu einer Partie Scrabble zusammen. Lucas, der sich nicht so recht konzentrieren konnte, spielte nicht mit, sondern sah nur zu, stand jedoch hin und wieder mal auf und wanderte ziellos durch das Haus. Hätte ihn hinterher jemand gefragt, hätte er bestimmt geantwortet, daß es reiner Zufall gewesen war, daß er genau in dem Moment an die Verandatüren trat, als draußen jemand am Strand entlanglief. Aber rückblickend war es vielleicht doch ein Geräusch gewesen, daß seine Neugierde geweckt hatte. Auf jeden Fall war es schon fast neun Uhr und bereits dunkel, so daß Lucas nur einen kurzen Blick auf den Rücken des Mannes werfen konnte, der über den Sand lief. Es war ein stämmiger, großer Kerl, zu schwer für einen richtigen Läufer, und ... bildete er sich das jetzt ein, oder hatte er tatsächlich dasselbe dünne, lange Haar wie Warren?

Lucas humpelte auf die Veranda hinaus. Als er an das Geländer trat, war der Läufer bereits auf die Straße eingebogen und lief in Richtung der Dünen, die sich daran anschlossen. Er war schon lange weg, als Lucas ihm immer noch wie gebannt hinterherstarrte.

Als er dann endlich wegsah, fiel sein Blick auf die Veranda, auf eine kleine leere Flasche. Er ging hinaus, hob die Flasche auf und sah sich das Etikett an: Snapple-Kiwi-Erdbeer-Getränk. Schlagartig fiel ihm der Karton mit den verschiedenen Fruchtsaftgetränken wieder ein, den er als letztes in den Bronco geladen hatte; es war einer von mehreren Kartons gewesen, die der Manager von Snapple-Getränke an Lucas und Zack geschickt hatte: als kleine Anerkennung für eine Arbeit, die Lucas' Firma für ihn erledigt hatte.

Obwohl die Nacht recht kühl war, spürte Lucas, wie ihm der Schweiß auf die Stirn trat. Das eine mußte nicht unbedingt etwas mit dem anderen zu tun haben, wahrscheinlich bestand nicht die geringste Verbindung. Die leere Flasche stammte vielleicht von ein paar Kindern, die am Haus vorbeigekommen waren und – in Ermangelung eines Abfalleimers – in Lucas' Veranda eine gute Möglichkeit gesehen hatten, ihren Müll loszuwerden, ohne den Strand zu verschmutzen. Aber es hätte ja auch eine Flasche Coca-Cola ... oder eine Pepsi-Flasche sein können, doch dem war nicht so. Es war eine Flasche von Snapple. Aber warum auch nicht? Dieser Softdrink war bei jungen Leuten schließlich sehr beliebt.

Hatte sich Lucas vielleicht etwas eingebildet, hatte sein überreizter Verstand sich in der Größe des Läufers verschätzt oder die Länge und Farbe seiner Haare verzerrt gesehen? Hatte überhaupt eine Ähnlichkeit mit Warren bestanden?
Cat wäre bestimmt der Meinung, daß er überreagiert hatte.
»Lucas.«
Erschrocken wirbelte er herum wie ein kleiner Junge, den man dabei erwischt hatte, wie er auf der Toilette eine Kippe rauchte. Cat stand an der Schiebetür. »Alles in Ordnung mit dir?« Er nickte, und sie wollte wissen: »Kommst du?« Erst als er bereits vor ihr stand, fiel ihr auf, daß er etwas in der Hand hielt, und sie fragte: »Was ist das?«
»Das hat irgend jemand draußen gelassen.« Kaum daß er im Haus war, ging Lucas sofort zum Abfalleimer in der Küche und warf die Flasche hinein.

6

Obwohl Cat am nächsten Morgen darauf bestand, Lucas erst dann allein zu lassen, wenn Winnie gekommen war, schickte er sie ohne lange Diskussion einfach weg. Zack ging ebenfalls aus dem Haus, um sich mit seinem neuen Freund zu treffen, und Haley schloß sich Cat an, ganz aus dem Häuschen vor Vorfreude, sich neu einkleiden zu können. Lucas, dem der Sinn nicht nach Sonne stand, kehrte in sein Schlafzimmer zurück, und kurz danach kam Simon. Er ging einfach ins Haus, steckte den Kopf zu Lucas ins Zimmer und begrüßte ihn.

»Das Werkzeug, die Muttern und die Schrauben, das ist alles in dem kleinen Raum hinten im Keller«, erklärte ihm Lucas. »Schau dich einfach um und nimm dir, was du brauchst.«

»Ich habe den Jeep gar nicht gesehen. Wo ist denn Ihre Frau?«

»Die ist in der Stadt und schaut sich die Verbrecherkartei an.«

Simon nickte und ging hinunter in den Keller. Eine Zeitlang vergnügte Lucas sich mit der Fernbedienung des Fernsehapparats und schaltete hin und her zwischen einer Talkshow mit Schwulen-Klatschern und einer Spielshow mit albern kichernden Teilnehmern. Schließlich schaltete er ganz aus und holte sich die Morgenzeitung vom Nachttisch. Als Winnie gegen zehn kam, blieb sie kurz an der offenen Tür stehen.

»Wo ist Cat?«

»Ja, hallo, guten Morgen. Sie schaut sich die Verbrecherkartei an und macht anschließend einen Einkaufsbummel.«

»Wo sind die Kinder?«
»Haley ist mit Cat unterwegs, und Zack ist mit dem Jungen zusammen, dessen Familie das Haus der Lansings gemietet hat.«
»Haben Sie schon die Kekse probiert?«
»Sie sind großartig, Winnie«, flunkerte er; er hatte sie zwar gesehen, aber keine Lust auf sie gehabt.
»Ich habe draußen den grünen Bus gesehen«, sagte sie. »Was macht der denn noch hier?«
Lucas mochte Winnie ebensogern wie der Rest der Familie, aber manchmal schien sie wirklich zu glauben, die Tatsache, daß sie drei Tage in der Woche ihren Haushalt führte, ermächtige sie auch dazu, gleich den ganzen Laden zu schmeißen. Er persönlich hatte nicht das geringste Problem damit, Winnie hin und wieder in ihre Schranken zu verweisen, aber Cat war jedesmal ziemlich sauer auf ihn, wenn er das tat.
»Der ist nicht immer *noch*, sondern schon *wieder* da«, erklärte er. »Er ist nur deswegen zurückgekommen, um unseren Wäschetrockner zu reparieren. Haben Sie dagegen etwas einzuwenden, Winnie?«
»Was sollte ich dagegen haben? Was mich viel mehr interessiert, ist die Frage, weshalb Sie sich in dieses dunkle Loch verkriechen, wo es draußen doch so schön ist.« Sie marschierte ans Fenster und zog entschlossen die Rollos hoch, um die Sonne hereinzulassen. »Raus mit Ihnen«, kommandierte sie, »ich muß hier putzen.«
Lucas richtete sich, widerwillig murrend, im Bett auf und überlegte kurz, ob er nicht darauf bestehen sollte, daß sie im oberen Stockwerk anfinge, kam aber zu dem Schluß, daß es die Auseinandersetzung nicht wert war. »Wissen Sie, Win-

nie, je länger ich Sie kenne, desto mehr nörgeln und keifen Sie. Wieso schwingen Sie Ihren Hintern nicht endlich hier raus, damit ich mich anziehen kann?«
Es war schon fast Mittag, ehe Simon sich wieder blicken ließ.
»Wie ist es dir ergangen?« fragte Lucas.
»Das war das reinste Kinderspiel. Ich habe aus dem Gebläse eine alte Socke herausgeholt. Jetzt dürften Sie keinen Ärger mehr damit haben. Und, ach ja, da ich gerade dabei war, habe ich auch noch festgestellt, daß das Lüftungsventil völlig mit Fusseln verstopft war. Alle weiteren Fusseln wären postwendend wieder in den Keller hinausgeblasen worden. Also habe ich es auseinandergenommen und gesäubert.«
Lucas nickte nachdenklich; ein mit Fusseln verstopftes Lüftungsventil war genau die Art von Defekt, der – wenn man ihn nicht behob – einen Brand auslösen konnte. Der Junge war nicht nur intelligent und aufgeweckt, sondern zeigte auch noch Eigeninitiative. Lucas, der seit vielen Jahren mit allen möglichen Mitarbeitern zu tun hatte, wußte, daß diese Kombination heutzutage nicht gerade häufig vorkam. »Setz dich doch«, sagte er und deutete auf einen der Stühle.
Simon nahm Platz und bewunderte schweigend die Aussicht.
»Ich wette, Sie würden am liebsten immer hierbleiben«, meinte er schließlich.
»Im Winter kann es hier aber ganz schön kalt werden.«
»Ja, das habe ich gehört«, erwiderte Simon.
»Und, wie gefällt es dir hier im Nordosten des Landes?«
Simon nickte. »Ganz gut. Einen Winter habe ich bisher natürlich noch nicht mitgemacht. Das könnte meine Meinung vielleicht noch ändern.«
»Aber da kann man dann Ski fahren, mit dem Snowmobil herumziehen, Schlitten fahren, Eishockey spielen und am

Strand segeln. Das würde dir bestimmt gut gefallen.« Lucas beugte sich auf seinem Stuhl etwas nach vorn und fügte hinzu: »Simon, du hast gestern erwähnt, daß du dir immer erst dann Arbeit suchst, wenn du knapp bei Kasse bist. Nun, ich weiß natürlich nicht, wie es im Moment um deine Finanzen steht, aber ich könnte in dem Punkt vielleicht etwas für dich tun. Überleg dir doch mal, ob du nicht für mich arbeiten möchtest.«

Simon wirkte überrascht, aber der vorherrschende Eindruck, den er erweckte, war der großer Vorsicht. »Wo?« fragte er.

»Hier im Haus.«

»Und was soll ich tun?«

»Alles mögliche, was so anfällt. Mehr oder weniger das, was du heute auch schon getan hast. Normalerweise halte ich zwar das Haus und das Grundstück allein ganz gut in Schuß, aber ich muß gestehen, daß ich in den letzten ein, zwei Jahren ziemlich nachlässig gewesen bin. Für dieses Jahr habe ich mir zwar jede Menge vorgenommen, aber« – er klopfte mit der Hand auf den Gips – »du siehst ja selbst, wie wenig vielversprechend das aussieht.«

Simon machte ein mitfühlendes Gesicht und zuckte die Schultern. »Wissen Sie, ich plane nie lange Zeit im voraus. Manchmal wache ich am Morgen auf, und wenn es mich packt, bin ich auch schon fort – auf dem Weg in eine andere Stadt.«

»Ich verstehe, und ich würde von dir auch gar nicht erwarten, daß du das änderst. Falls es dich packen sollte, dann gib mir einfach eine Viertelstunde vorher Bescheid; das reicht mir, damit ich dir entweder deinen Plan ausreden oder aber dir dein Geld geben kann.« Simon machte immer noch keinen sehr überzeugten Eindruck, und Lucas beeilte sich, hinzuzufügen: »Ehe du nein sagst, solltest du dir mein Angebot vielleicht noch zu Ende anhören.«

Simon lächelte und nickte. »Okay, fahren Sie fort.«

»Also, hinter dieser Vorstellung, frei wie ein Vogel in der Gegend herumzuziehen, steckt doch der Gedanke, sich mit sich selbst auseinanderzusetzen und sich selbst zu finden – so hat man mir das jedenfalls erklärt. Aber dabei sollte man doch nicht nur an sich arbeiten, sondern seine Zeit auch genießen. Habe ich recht?«

Simon lachte. »Ja, ich schätze schon.«

»Und damit dir das Genießen leichter fällt, habe ich mir vorgestellt, daß du nur einen halben Tag lang arbeitest – mit dem Rest des Tages kannst du anstellen, was du willst. Ich werde dir zu Anfang eine Liste mit allen Arbeiten, die erledigt werden müssen, zusammenstellen, und du überlegst dir dann, wie und wann die Arbeit am besten in dein Konzept paßt. In der Zwischenzeit kannst du dich am Strand vergnügen, die Boote benutzen und das Haus genießen. Von mir aus kannst du auch am Strand übernachten, wenn dir das Spaß macht. Wenn nicht, dann gibt es oben noch ein leeres Schlafzimmer, das dir zur Verfügung steht. Mit anderen Werten, genieße, was du hier siehst.« Bei diesen Worten breitete Lucas die Arme in einer die ganze Umgebung umfassenden Geste aus.

Lucas konnte dem Jungen von den Augen ablesen, daß er allmählich weich wurde. »Das ist wirklich ein verlockendes Angebot«, erwiderte er dann auch.

»So war das auch gemeint. Während du dir das in aller Ruhe durch den Kopf gehen läßt, möchte ich dich bitten, in mein Schlafzimmer hinüberzugehen und meine Brieftasche aus der obersten Schublade in der Kommode zu holen. Und dann sei doch so nett und sag Winnie gleich noch, daß sie uns etwas zum Mittagessen herrichten soll.«

Cat hatte ihrer Pflicht genügt, mehr als eine Stunde lang auf einen Monitor gestarrt und sich Hunderte von fremden leeren Gesichtern und die dazugehörigen Beschreibungen wie Körpergröße und Gewicht angesehen. Sie entdeckte dabei weder Earl noch Warren; fast hätte sie gesagt, Gott sei Dank, denn die Vorstellung, diese beiden Gesichter leibhaftig auf dem Schirm auftauchen zu sehen, verursachte ihr bereits im voraus Magenschmerzen.

Am Abend zuvor hatte sie die Liste für die Versicherung zusammengestellt, um die Jack sie gebeten hatte, und jetzt machte sie auf ihrem Weg zum Einkaufszentrum kurz am Postamt halt, um sie abzuschicken. Haley hatte drei Briefe zum Versenden. »Sieht ja so aus, als seist du gestern abend spät ins Bett gekommen«, meinte Cat.

»Ja, ziemlich. Ich konnte nicht schlafen, der Sonnenbrand auf meinem Rücken hat mich fast umgebracht.«

»Dann creme dich doch das nächste Mal ein. In der Kabine ist eine noch fast volle Flasche Sonnenmilch; bei deiner hellen Haut mußt du aufpassen. Aber erinnere mich daran, daß ich nachher noch etwas gegen deinen Sonnenbrand kaufe. Also los, erzähl mir schon von eurem gestrigen Angelausflug.«

»Na ja, wie du ja selbst gesehen hast, haben wir nichts gefangen. Aber wir sind Mirra's Island angelaufen und haben dort gepicknickt.«

»Tatsächlich? Das klingt ja richtig nett.«

»Das war es auch. Wir waren beide fast am Verhungern, als wir dort ankamen, und so hättest du uns mal sehen sollen, wie wir uns auf das Essen gestürzt haben. Wir haben gefressen wie die Schweine; Simon hat einmal aus Versehen sogar gegrunzt, und wir haben uns fast krank gelacht.« Dabei fiel Cat wieder ein, daß sie unbedingt eine neue Salami für Lucas mitnehmen mußte. Vielleicht sogar zwei. »Oh, da fällt mir etwas ein«, fuhr Haley fort, »kann ich mir einen neuen Fotoapparat kaufen?«

»Aber du hast doch schon einen, Haley.«

»Ich hatte einen. Er war im Bronco.«

Noch etwas, das ersetzt werden mußte. Zum Glück war die Videokamera nicht im Wagen gewesen, denn als sie im vergangenen Frühjahr ein Wochenende im Strandhaus verbracht hatten, hatten sie sie gleich dort gelassen. »In Ordnung. Und kauf genügend Filme. Wir müssen unbedingt ein paar Fotos von Daddy mit seinem Gipsbein machen.« Lucas haßte es, sowohl gefilmt als auch fotografiert zu werden, und deshalb war es immer wieder eine Herausforderung, ein paar gute Aufnahmen von ihm zu schießen, wenn er gerade mal nicht aufpaßte.

»Simon müssen wir auch fotografieren.«

Cat lächelte unbestimmt und warf ihrer Tochter einen schnellen Blick zu. »Er sieht wirklich sehr gut aus, nicht wahr?«

»So, tut er das?« erwiderte Haley, krampfhaft bemüht, so unbeteiligt wie möglich zu wirken. »Das ist mir noch gar nicht aufgefallen.«

Haley erwähnte natürlich mit keinem Wort, daß sie Gras geraucht hatte. Simon hatte übrigens recht gehabt, es war wirklich keine große Sache. Es stülpte einem weder das Gehirn nach außen, noch bewirkte es irgend etwas anderes von dem, was einem die Erwachsenen immer so gerne einreden wollten. Im Gegenteil, es machte richtig Spaß und hinterließ ein gutes Gefühl. Was konnte daran so falsch sein? Ihr Gespräch erwähnte sie aber auch nicht. Nicht, daß sie sich deswegen hätte schämen müssen, nein, ganz im Gegenteil, Haley fühlte sich sogar geschmeichelt, daß er sie für klug genug gehalten hatte, derartig komplizierte Dinge mit ihr zu besprechen. Allmählich wurde sie älter, und da konnte sie ihrer Mom und ihrem Dad doch nicht mehr jede Kleinigkeit erzählen.

Für so etwas waren schließlich Freunde da. Sie hatte ihren Freundinnen auch sofort von Simon geschrieben, hatte von ihrem Picknick auf der Insel und von den tiefschürfenden, philosophischen Themen erzählt, die sie besprochen hatten. Sie hatte sogar verraten, daß sie etwas Marihuana geraucht hatte. Sie würden sie deswegen bestimmt nicht verurteilen. Wahrscheinlich waren sie sogar eher beeindruckt.

Selbstverständlich hatte Simon weder versucht, sie zu küssen, noch ihre Hand zu halten oder sie in den Arm zu nehmen; zuerst war sie zwar enttäuscht gewesen, aber je länger sie darüber nachdachte, desto mehr begann sie sein Verhalten in einem positiven Licht zu sehen. Es bewies ihr nur, wie sensibel er war.

Obwohl er älter und ganz eindeutig auch viel erfahrener als sie war, hatte er sorgsam darauf geachtet, ihr nicht zu nahe zu kommen. Wahrscheinlich wollte er sie nicht einschüchtern, was bei ihm jedoch nie der Fall sein könnte. Sobald sie ein paar Fotos von Simon gemacht hätte, würde sie Abzüge an ihre Freundinnen schicken.

Winnie war gerade mit den Zimmern der Kinder im ersten Stock fertig geworden und auf dem Weg nach unten, um nach der Gemüsesuppe zu sehen, die sie zuvor aufgesetzt hatte, als merkwürdige Geräusche in Lucas' Schlafzimmer ihre Aufmerksamkeit erregten. Hatte er sich schon wieder in seinem Zimmer vergraben? Sie ging zur Tür und spähte hinein; sie sah, daß die Schublade der Kommode weit herausgezogen war und daß davor der junge Bower stand und in Lucas' Sachen wühlte.

»Was, zum Teufel, treibst du da?« fragte sie.

Er schreckte hoch, was nur natürlich war, legte seine Hand auf die Brust und lächelte. »Mein Gott, haben Sie mich erschreckt«, sagte er.

»Ertappt wolltest du wohl sagen, oder?«

Er schaute auf die Schublade, dann auf sie, und als er merkte, daß sie auf eine Erklärung wartete, sagte er: »Es ist nicht so, wie Sie denken. Lucas hat mich gebeten, ihm seine Brieftasche zu holen.«

Erwartete er tatsächlich von ihr, daß sie ihm das glaubte? Schön und gut, an dem fraglichen Abend hatte er sich als rettender Engel erwiesen, und jetzt gab ihm Lucas die Möglichkeit, für ihn zu arbeiten, aber selbst einem Hausgast stand es nicht zu, Schubladen und Schränke zu durchwühlen. Und genau danach sah das nämlich aus, was er tat.

Sie ging zur Kommode, schloß die Schublade und kehrte wieder zur Tür zurück. »Da sollte ich wohl am besten Mr. Marshall fragen, nicht wahr?« sagte sie und erwartete eigentlich, daß er ihr nachkam. Oder vielleicht sogar davonlief. Aber als sie sah, daß er sich davon nicht beeindrucken ließ, stellte sie sich ans Schlafzimmerfenster, wo sie weiterhin ein Auge auf Simon haben konnte, und rief Lucas draußen auf der Veranda zu: »Lucas, haben Sie den Jungen gebeten, Ihre Brieftasche zu holen?«

»Der junge Mann heißt Simon, Winnie. Und ja, das habe ich getan. Gibt es irgendein Problem?«
»Nein, kein Problem.« Sie drehte sich um, puterrot im Gesicht. Aber der Junge zeigte keine Schadenfreude, wie sie vielleicht angenommen hatte, sondern zog einfach die Schublade wieder auf und holte die schwarze Wildlederbrieftasche von Lucas heraus. Warum hatte er sie dann nicht vorher schon herausgeholt? fragte sie sich. Weil er geschnüffelt hatte, deswegen. Als sie schon wieder an der Tür war, rief er ihren Namen, woraufhin sie stehenblieb.
»Wo wollen Sie jetzt hin?« fragte er sie.
»Mich um die Wäsche kümmern. Wieso?«
Er grinste sie großspurig an. »Ach, wissen Sie, wie wär's, wenn Sie eine kleine Pause einlegten. Bringen Sie lieber mir und Lucas statt dessen etwas zu essen. Diese Suppe, die Sie auf dem Herd haben, riecht ja wirklich verlockend.«

Zuerst wehrte Simon sich und wollte von Lucas kein Geld annehmen für die Arbeit, die er geleistet hatte. Erst als ihm klar wurde, wie wenig Lucas sich davon abbringen lassen wollte, nahm er es schließlich an. Lucas und er waren gerade beim Essen, da läutete das Telefon, und als Winnie mit dem Nachtisch kam, erkundigte Lucas sich nach dem Anrufer.
»Oh, das«, erwiderte sie und schüttelte den Kopf. »Da war niemand dran. Wieder mal verwählt.«
Lucas fiel der Anruf vom Tag zuvor wieder ein, als auch niemand am Apparat gewesen war. Gereizt wechselte er das Thema und fragte: »Wo treibt sich eigentlich Zack herum? Er hält es wohl gar nicht mehr für nötig, mal wieder nach Hause zu kommen?«

»Das habe ich mich auch schon gefragt«, entgegnete Winnie. »Aber wer bin ich schon, daß mich das etwas angeht.«
»Was soll das heißen, Winnie? Falls hinter Ihrer Bemerkung eine tiefere Bedeutung steckt, dann raus damit.«
»Ach, ich habe nur laut gedacht.«
»Wo soll er denn sein?« fragte Simon.
»Dem nach zu schließen, was er mir vorher gesagt hat, wollte er sich zum Spielen mit dem Jungen vom Lansing-Haus treffen.« Lucas deutete auf das große weiße, schindelgedeckte Haus im Kolonialstil, das ein paar hundert Meter weiter unten am Strand lag.
Simon nahm seine Serviette vom Schoß und legte sie auf den Tisch, während er aufstand. »Ich könnte ihn doch dort abholen, was meinen Sie?«
»Da wäre ich dir wirklich sehr dankbar. Würde es dir etwas ausmachen?«
»Nein, nicht im geringsten. Bei der Gelegenheit kann ich gleich am Strand entlangjoggen – das habe ich mir schon an meinem ersten Tag hier gewünscht.« Er ging Richtung Treppe, blieb aber noch einmal stehen, um sich an die Haushälterin zu wenden. »Ach übrigens, Winnie, ich wollte Ihnen noch sagen, daß die Suppe hervorragend war. Den Unterschied zwischen Dosenfraß und Hausmannskost schmecke ich sofort.«
Sie erwiderte nichts, und als Simon weg war, wollte Lucas von ihr wissen: »Was ist Ihnen denn heute wieder für eine Laus über die Leber gelaufen?«
»Passen Sie lieber auf Ihre eigene Leber auf, die hat es wahrscheinlich nötiger als die meine.«
Lucas grinste. Früher oder später gelang es ihr immer wieder, ihn mit ihren trockenen Kommentaren zu beschwichtigen.

Doch dieses Mal wollte er nicht so ohne weiteres klein beigeben. »Okay, raus mit der Sprache! Wieso können Sie ihn nicht ausstehen?«
»Wen?«
»Bitte, Winnie, lassen Sie dieses Theater.«
Sie überlegte eine ganze Weile, als würde sie sich zum erstenmal die Mühe machen, ihre negative Einstellung dem Jungen gegenüber zu hinterfragen. »Ich halte ihn für aalglatt«, erwiderte sie schließlich. »Gutaussehend und aalglatt. Solchen Typen traue ich einfach nicht über den Weg.«
Anschließend kehrte Winnie wieder in die Küche zurück, und Lucas setzte sich so auf die Veranda, daß er den Jungen beim Laufen beobachten konnte. Simon hatte bereits ein paar hundert Meter zurückgelegt; er hielt den Kopf aufrecht und gerade und lief geschmeidig wie ein Hirsch. Er strotzte vor Gesundheit, Stolz und Stärke. Aber aalglatt? Lucas hatte schon den einen oder anderen Neunzehnjährigen erlebt, der alles andere als koscher war, aber als aalglatt hätte er keinen von ihnen bezeichnet.
Der Junge hier war jedenfalls überprüft. Er war derjenige, der er behauptete zu sein, und kam auch tatsächlich aus dem Ort, den er angegeben hatte. Keine Lügen und auch sonst nichts Ungewöhnliches oder Zweideutiges, weder in seiner Geschichte noch in seinem Verhalten. Nein, für den würde Lucas höchstpersönlich die Hand ins Feuer legen.

Da sie manchmal weich wie Wachs war, hatte Cat, verzaubert von Haleys Charme, dieser schon oft genug mehr gekauft, als sie eigentlich brauchte. Als die beiden nach Hause kamen, beladen mit Dutzenden von Einkaufstüten, wurde Zack gerade von Lucas auf das heftigste angeschrien. Offensichtlich hatte der Junge zusammen mit Andy das Haus der Lansings verlassen und war mit ihm zu den Klippen gegangen, um dort Schnecken zu sammeln. Zack, der tapfer die Tränen zurückhielt, als Lucas ihn auf sein Zimmer schickte, stürmte gerade an Cat und Haley vorbei, als diese zur Tür hereinkamen.

»Wieso veranstaltest du so einen Riesenwirbel um die Sache?« fragte Cat.

»Ich tue nur das, was mir angemessen erscheint. Verdammt, Cat, du mußt besser auf die Kinder aufpassen! Zack läuft draußen herum, wo und wann es ihm paßt, und entweder ist dir das egal, oder du findest es in Ordnung.«

Obwohl ihr Lucas' Vorwürfe sehr weh taten, bemühte sie sich, angesichts seines schwierigen emotionalen Zustandes gelassen zu bleiben. »Ich halte es tatsächlich für in Ordnung«, antwortete sie ruhig. »Er geht nie irgendwohin, ohne dir oder mir vorher Bescheid zu sagen. Außerdem vertraue ich ihm. Er ist klug, vorsichtig ... und kann durchaus auf sich selbst aufpassen, falls du das noch nicht bemerkt haben solltest.«

»Aber er wird erst in zwei Monaten acht Jahre alt. Und mir gefällt die Sache ganz und gar nicht. Ich will, daß er da ist, wenn er zu Hause sein soll, und falls ihm das nicht möglich ist, werde ich eben striktere Regeln für ihn aufstellen müssen.«

Cat ging ins Haus und ließ Lucas draußen auf der Veranda allein mit Haley zurück, die in völliger schwesterlicher Ignoranz nur das eine Interesse kannte, ihrem Vater ihre Neuerwerbungen zu zeigen. Simon hatte sich auch irgendwohin verdrückt, da ihm angesichts Lucas' Schimpftirade offensichtlich nicht wohl in seiner Haut war.

In der Küche füllte Cat eine Schüssel mit Gemüsesuppe und stellte sie zusammen mit Kräckern, Milch und einem Stück Apfelkuchen auf ein Tablett. Sie wollte das Tablett gerade nach oben zu Zack bringen, als Lucas sie rief. Am liebsten hätte sie ihn ignoriert, aber da sie einfach kein Talent für solche Spielchen hatte, ging sie zur Schiebetür und antwortete ihm.

»Was gibt es, Lucas?«

»Was war denn nun mit der Verbrecherkartei? Hat sich was ergeben?«

Sie schüttelte den Kopf. »Nein, nichts.«

»Gibt es sonst irgendwelche Anhaltspunkte?«

»Ich habe dir doch erzählt, daß man ihren Wagen gefunden hat.«

»Nein, hast du nicht.«

Sie zuckte die Schultern. »Na ja, so wichtig ist das auch wieder nicht. Chief Cooper hat es erwähnt, als er gestern wegen Simon anrief. Sie glauben zumindest, daß es ihr Wagen ist, den sie gefunden haben, da die Nummernschilder fehlen. Es waren auch keine Papiere dabei. Nichts, womit man eine Verbindung zu den beiden herstellen könnte.«

Sein Mund verhärtete sich zu einem schmalen Strich. »Ich möchte in Zukunft über solche Dinge immer sofort Bescheid wissen, Cat. Mir gefällt es ganz und gar nicht, daß du mir Informationen vorenthältst und allein entscheidest, ob sie wichtig genug für mich sind oder nicht.«

»Aber das habe ich doch damit gar nicht gemeint –« Sie hielt inne, seufzte und sagte: »Ich habe dich verstanden. Sonst noch etwas?« Ein Trick, zu dem sie gelegentlich griff, um größeren Streit zu vermeiden.

Er deutete mit dem Kopf auf das Tablett. »Für wen ist das?«
»Daß Zack das Mittagessen versäumt hat, war doch der Auslöser für diesen ganzen Ärger, nicht wahr? Oder haben wir das etwa schon vergessen?« Sie drehte sich um, ging nach oben; voller Gram dachte sie darüber nach, welche schlimmen Auswirkungen auf ihr Familienleben dieser Überfall bisher gehabt hatte.

Nachdem Haley endlich ins Haus gegangen war, um sofort einen ihrer neuen Badeanzüge anzuprobieren, blieb Lucas allein auf der Veranda zurück und fühlte sich völlig zerschlagen. Cat hatte so eine bestimmte Art, ihn mit einem Blick oder mit ihrem Tonfall in die Defensive zu drängen, auch wenn sie nach außen hin den Eindruck erweckte, ihm zuzustimmen, und er ganz eindeutig im Recht war. Und auch bei diesem Streit war es nicht viel anders.
Zwei merkwürdige Telefonanrufe waren noch kein Grund, sich aufzuregen. Aber was war mit den beiden Männern, die er im Einkaufszentrum gesehen hatte? Er hätte schwören können, daß es die beiden Kerle gewesen waren, die diesen Bronco, das heißt, seinen Wagen gefahren hatten. Und dann der Jogger vom Abend zuvor, die leere Snapple-Flasche auf der Veranda? Klar, er hatte für alles eine logische Erklärung gefunden, aber glaubte er auch wirklich daran? Tatsache war, daß es gefährlich war, so allein hier draußen zu sein, und daß Cat sich weigerte, diese Gefahr überhaupt zu sehen. Trotz der Qualen, die sie an jenem Abend hatten ausstehen müssen.
Was eine mögliche Identifizierung der beiden Männer durch Cat betraf, hatte er sich zwar nicht viel erwartet, aber ein wenig Hoffnung hatte er doch gehabt. Vielleicht hätte er

sofort einen Privatdetektiv beauftragen sollen. Er hatte daran gedacht, war aber bisher noch nicht fähig gewesen, einen klaren Gedanken zu fassen. Mittlerweile war die Spur bestimmt schon kalt …

»Wenn Sie möchten, komme ich ein anderes Mal wieder«, sagte da eine Stimme.

Er drehte sich erschrocken um und sah Simon, der offensichtlich bereits eine Weile dagestanden hatte. »Nein, ist schon in Ordnung«, sagte Lucas. »Bleib ruhig da.«

Simon nickte und schaute verlegen auf seine Turnschuhe hinunter, dann wieder zu Lucas. »Dieses Angebot, über das wir vorher gesprochen haben. Also, wenn es noch gilt, würde ich es gerne annehmen.«

Lucas lächelte hocherfreut. Er mochte den Jungen; er hatte in seinem Alter zwar kein solches Zigeunerleben geführt, hätte es aber vielleicht gern getan, wenn die Umstände es ihm erlaubt hätten. Simon war ein junger Mann, auf den er sich wirklich verlassen konnte und für den er deswegen auch gerne etwas tat.

Aber Lucas war auch aus anderen Gründen zufrieden mit Simons Entscheidung. Er empfand ein tiefes Gefühl der Erleichterung, von nun an einen kräftigen und fähigen jungen Mann im Haus zu haben. Zumindest so lange, bis er selbst wieder auf den Beinen war.

Als Haley zum Strand hinunterkam, ein locker fallendes, weißes Hemd über ihrem neuen gelben Bikini, sah sie sich suchend nach Simon um. Der Bus war immer noch auf der Straße geparkt, woraus sie schloß, daß er nicht weit weg sein konnte. Sie würde eben warten, bis er sie fand, beschloß sie, während sie ihre Decke ausbreitete und ihre neue Kamera und das tragbare Radio darauf stellte. Sie schaltete einen Sender mit Popmusik ein und legte sich hin.

Eine Viertelstunde später richtete sie sich wieder auf und sah sich erneut um. Noch immer keine Spur von Simon. Eine Weile später kam Zack zu ihrer Decke getrottet. »Ich dachte, du müßtest in deinem Zimmer bleiben«, sagte sie und hoffte, daß er wieder weg wäre, wenn Simon auftauchte.

Zack nahm seinen Gameboy heraus und fing zu spielen an. »Ich muß mich für den Rest des Tages hier beim Haus aufhalten.«

»Oh. Das ist ja schrecklich. Hast du Simon gesehen?«

»Nein, wieso?«

Sie hob und senkte stumm die Schultern. »Ich frage mich nur, wo er steckt.«

»Du magst ihn, hm?«

Sie wußte genau, was hinter seiner Frage steckte, aber sie hatte nicht die geringste Absicht, sich ausgerechnet ihrem kleinen Bruder gegenüber zu erklären. Und so antwortete sie in beiläufigem Tonfall: »Klar mag ich ihn, er ist doch ein netter Kerl.« Er erwiderte nichts, und sie fuhr fort: »Wieso, magst du ihn nicht?«

»Ich finde, er kommandiert gern herum.«

»Warum, was hat er getan?«

»Draußen bei den Klippen. Einfach seine Art – wie er gesagt hat, daß ich heimkommen soll und so.«

»Was hätte er denn deiner Meinung nach sonst sagen sollen? Ich bin sicher, daß Daddy ihm deutlich zu verstehen gegeben hat, was dir blüht, wenn du nicht auf der Stelle zurückkommst. Simon hat wahrscheinlich nur versucht, dich davor zu bewahren, noch strenger bestraft zu werden.«

Zack war lange Zeit still und völlig in seinen Gameboy

vertieft; irgendwann fing er an, eine Melodie vor sich hin zu pfeifen, die sich anhörte wie *»The Farmer in the Dell«.*
»Würdest du bitte damit aufhören«, sagte Haley genervt, »ich würde gern die Musik hören.«
»Haley, hast du eigentlich Angst um Mommy?« fragte er.
Seufzend erwiderte sie: »Warum sollte ich?«
»Weil dieser Earl von ihr wollte –«
Sie hob abwehrend die Hände. »Hör mal zu, Zwerg, ich will nicht darüber reden, okay?«
Unbeirrt fuhr er fort: »Einmal angenommen, ihm fällt ein, daß er wieder zurückkommen will? Hast du daran schon mal gedacht, hm? Mommy sagt zwar, daß das unmöglich ist, aber woher will sie das so genau wissen?«
»Keine Ahnung, Zack, und außerdem habe ich dir gerade gesagt, daß ich nicht darüber reden will.«
»Wieso nicht?«
»Weil ich es nicht will!«
Sie stellte die Musik lauter, drehte ihm den Rücken zu, schloß die Augen und sperrte ihn aus ihrer Welt aus. Zack war zwar wirklich ein Spinner, aber eindeutig einer mit Köpfchen, und sie konnte ihn eigentlich auch ganz gut leiden. Ganz im Gegensatz zu den meisten ihrer Freunde, die ihren kleineren Geschwistern mit dem größten Vergnügen den Hals umgedreht hätten. Deshalb mochte sie sich selbst im Augenblick nicht, wegen der Art, wie sie gerade so gemein zu ihm gewesen war. Aber zum Teil war das auch seine Schuld. Warum mußte er auch immer so viele Fragen stellen?
Denn wenn sie nicht über den Überfall sprach, dann mußte sie sich auch nicht daran erinnern. Und das war das letzte, was sie wollte – sich an jenen entsetzlichen Abend erinnern

zu müssen. Wie sollte sie nur jemals wieder Daddy ins Gesicht sehen können? Ihr ganzes Leben lang war er in ihren Augen eine Art Supermann gewesen: gutaussehend, furchtlos, stark und klug, einer, der einfach alles konnte. Aber das war nichts als Lüge gewesen.

Und das war es, was diese Wut in ihr erzeugte. Aber nicht auf diese beiden Schweine, sondern auf Daddy.

7

Cat hatte sich einen Badeanzug angezogen und war an den Strand hinuntergegangen, während Lucas sich vor den Fernsehapparat im großen Zimmer zurückgezogen hatte. Als es an der Tür läutete, öffnete deshalb Winnie. Sie nahm das Paket von dem Lieferanten in Empfang und brachte es zu Lucas.

»Soll ich es für Sie aufmachen?« fragte sie.

»Los, nur zu.«

Sie riß den Pappkarton auf und holte eine in zwei Teile zerlegte Angelrute und eine große Aluminiumbox mit der dazugehörigen Ausrüstung heraus. Lucas konnte es kaum mehr erwarten, Winnie die Angelrute aus der Hand zu nehmen und sie probeweise zusammenzustecken.

»Eine Drei-Meter-Rute, nicht übel«, bemerkte er und ließ sie aus dem Handgelenk heraus hin und her peitschen. »Wer hat die denn geschickt?«

»Ich sehe hier nirgends eine Karte.«

Doch als er die Alubox öffnete, die randvoll mit jedem erdenklichen Angelgerät gefüllt war, fand er die Karte. Er zog sie aus dem Umschlag und las: *Du kennst uns doch, Lucas, wir können keine Stubenfliege von einem Wurm unterscheiden, deshalb haben wir alles den Experten überlassen. Hoffentlich ist das Richtige für Dich dabei. Gute Besserung, Jack und Linda.*

Winnie ließ Lucas mit seiner neuen Angelrute allein und ging hinunter in den Keller, um sich um die Wäsche zu kümmern. Erst als sie die Wäschestücke in den Trockner

gepackt und ihn angeschaltet hatte, entdeckte sie Simon. Er stand mit dem Rücken zu ihr, lehnte am Türrahmen und schaute auf irgend jemanden oder irgend etwas am Strand. Winnie rückte leise ein Stück näher, um eine bessere Sicht zu haben. Ganz in der Nähe lag Cat in einem Liegestuhl und trug ihren neuen weißen Bikini, der ihren langen, geschmeidigen Körper auf das vorteilhafteste zur Geltung brachte. Plötzlich stand Cat auf, ging zur Verandatreppe, stieg hinauf – wobei Simon sie nicht einen Moment aus den Augen ließ –, trat hinter die Schiebetüren und verschwand im Haus.
»Hoppla, sieht aus, als sei die Vorstellung zu Ende«, sagte Winnie mit lauter Stimme.
Überrascht drehte Simon sich um und lächelte, als er sie sah; er machte sich nicht einmal die Mühe, ihr zu widersprechen.

Cat fand Lucas im großen Zimmer, wo deutlich sichtbar eine Angelrute vor ihm auf dem Couchtisch lag. Jack hatte offensichtlich ihre Anregung aufgegriffen. »Eine Teleskoprute, und noch dazu eine so schöne, Lucas.«
Er wandte sich zu ihr um und hob die Aluminiumbox in die Höhe, um sie ihr zu zeigen. »Mit den besten Wünschen von Jack und Linda. Da ist aber auch wirklich jede Spielerei dabei, die im Augenblick zu haben ist.«
Sie nickte und setzte sich auf die Lehne des Sessels gegenüber von Lucas. »Lucas, ich will keinen Streit mehr. Du weißt, daß ich es nicht lange ertragen kann, wütend auf dich zu sein.«
»Komm her«, sagte er, und dabei galt seine Aufmerksamkeit wesentlich stärker ihrem neuen Bikini als dem, was sie sagte. Sie ließ sich auf das Sofa neben ihn gleiten, und er beugte sich über sie, neigte seinen Kopf über ihren Ausschnitt und

berührte mit seinen kühlen Lippen ihre Haut, während er mit einer Hand über ihre Hüften strich und sie streichelte. »Übrigens, dein Bikini ist das reinste Dynamit. Und du auch.«

Sie seufzte, und ein sinnliches Flackern breitete sich in ihrem Unterleib aus, wobei ein Teil ihrer Gedanken aber bei Winnie waren, die irgendwo im Haus unterwegs sein mußte und jeden Moment auftauchen konnte. Aber ehe sie die nötige Disziplin aufbringen konnte, Lucas' Hand wegzuschieben, hörte sie, wie die Schiebetüren zur Seite glitten.

Lucas sprang auf, sie ebenfalls. Aber es war Simon, der vor ihnen stand, die Hand in einer verlegenen Geste auf den Kopf gelegt, einen verblüfften Ausdruck im Gesicht.

»Oh, sorry. Tut mir leid. Ich wollte nicht –«

»Ist schon gut«, erwiderte Lucas.

»Ich wollte nur wissen, ob Sie heute noch etwas zu erledigen haben für mich.«

»Nein, nichts, Simon. Du hast jetzt frei.« Cat schaute während des kurzen Wortwechsels neugierig von einem zum anderen, bis Lucas schließlich zu ihr sagte: »Darf ich dir unser neues Mädchen für alles vorstellen, Cat. Simon wird eine Weile für uns arbeiten. Und auch hier wohnen.«

»Tatsächlich? Das ist ja großartig.«

»Ja, ich dachte mir, wir kombinieren das – ein Teil Arbeit, ein Teil Freizeit.«

Simon stand da und machte wieder ein glückliches Gesicht.

»Hast du Badesachen dabei, Simon?« fragte Cat. Er schüttelte den Kopf. »Na, dann geh mal ins Schlafzimmer und hol dir eine Badehose aus der obersten Schublade von Lucas' Kommode.« Er wollte das Angebot ablehnen, aber sie bestand darauf. Als er in das andere Zimmer ging, rief sie ihm noch nach: »Du kannst deine Sachen ins Haus bringen, wann immer du willst. Dein Zimmer ist gleich oben, das letzte auf der rechten Seite. Ich werde Winnie bitten, das Bett für dich herzurichten.« Dann sah sie Lucas strahlend an und meinte flüsternd: »Ich halte das für eine wunderbare Idee.«

»Ja, wieso?«

Sie zuckte die Schultern. »Weiß nicht, es ist einfach schön, ihn um sich zu haben.« Dann gab sie ihm einen spielerischen Klaps auf den Arm und sagte: »Was ist das eigentlich für eine alberne Frage?« Sie lehnte kurz ihren Kopf an seine Brust, zog ihn wieder zurück und blickte lächelnd zu ihm auf. »Hast du sein Gesicht gesehen, Lucas? Wahrscheinlich hat es ihn sehr in Verlegenheit gebracht, ein Paar alte Turteltauben wie uns in Aktion zu sehen.«

Er küßte sie auf die Stirn und ließ dann seinen Blick über ihren Bikini wandern. »Wieso bist du kein braves Mädchen und ziehst dir etwas Anständiges an?« Als sie den Mund aufmachte, um zu protestieren, legte er ihr einen Finger auf die Lippen. »Tu es mir zuliebe, Schatz. Okay?«

Während er zu seiner neuen Angelrute griff, überlegte sie, daß es ihr anzüglicher Kommentar gewesen war, der ihm nicht gefallen hatte, aber Lucas war nicht verärgert – jedenfalls nicht, soweit sie sehen konnte. Im Gegenteil, er schien sogar ziemlich guter Laune zu sein. Aber warum behandelte er sie dann wie ein Kind und schickte sie fort, damit sie sich etwas überzog? Wer hatte denn etwas davon, er oder Simon?

Es war Zack, der Simon auf ihre Decke zusteuern sah, und er schubste Haley an, die sich hingelegt und die letzte halbe Stunde anscheinend geschlafen hatte. »Da ist er ja, Haley«, sagte er.

Sie schlug die Augen auf und drehte sich um. Rasch stand sie auf und blieb stehen, bis er zu ihnen kam. »Wo warst du?« fragte sie sofort, als er in Hörweite kam.
»Unterwegs.«
Sie betrachtete ihn verstohlen, und dabei fiel ihr auf, daß er Vaters alte blauweiß gestreifte Badeshorts trug, die ihm um die Taille herum ziemlich locker saßen, obwohl er sie eng geschnürt hatte. Sie schaute kurz aufs Wasser hinaus; mittlerweile hatte der Wind aufgefrischt, und die Wellen waren höher, so, wie sie es gerne mochte.
»Möchtest du mit mir schwimmen gehen?« Simon schaute auf das Meer hinaus, ohne ihr ein Antwort zu geben. »Simon?«
Erst jetzt wandte er sich ihr zu, und zuerst glaubte sie, daß er einen Kommentar über ihren Bikini machen wollte, aber er sagte nichts. Vielleicht weil Zack danebensaß und Ohren groß wie Untertassen hatte, damit ihm ja nichts entging.
»Was?« fragte Simon.
»Schwimmen. Kommst du mit?«
»Okay.« Er schlüpfte aus seinem Hemd und entblößte seine Brust, auf der gerade so viele Haare wuchsen, um einem männlichen Oberkörper eine sexy Ausstrahlung zu verleihen. Dann setzte er sich in den Sand und zog Turnschuhe und Socken aus.
Am Tag zuvor war es ihr nicht aufgefallen, und jetzt hätte sie es vielleicht auch nicht bemerkt, wenn Zack nicht seine große Klappe aufgerissen hätte. »He, was ist mit deinen Zehen los, Simon?«
»Was? Oh, das«, erwiderte Simon und streckte seinen rechten Fuß in die Luft, damit die beiden besser sehen konnten: Am rechten Fuß waren zwei seiner fünf Zehen durch eine

dünne Hautschicht miteinander verbunden und nur ganz vorn an der Spitze getrennt. »Schwimmhäute, eine Simon-Bower-Spezialität.«

»Mann, wie bei einer Ente«, entfuhr es Zack, der neugierig den Kopf reckte, um sich die Sache genauer anzuschauen. »Kannst du damit tatsächlich besser schwimmen?«

»Zack!« rief Haley empört und versuchte, ihn zum Schweigen zu bringen.

Aber Simon schien sich nichts daraus zu machen, im Gegenteil, er mußte sogar lachen bei der Frage. »Möglich«, antwortete er. »Aber da ich bisher immer so und nie anders geschwommen bin, kann ich dir das nicht sagen.«

»Tut es weh?«

»Nur wenn du versuchst, sie mit einer Rasierklinge zu trennen.«

»Uhh, widerlich, mir wird gleich schlecht«, stöhnte Haley, packte ihn am Arm und zerrte ihn Richtung Wasser. Zack, dessen Interesse an Simon aufgrund seiner seltsamen Zehen merklich gestiegen war, folgte ihnen. Mom sagte immer, daß Zack sehr klug sei, und wahrscheinlich war er das auch, vermutete Haley, aber wieso kapierte er dann jetzt nicht, daß sie und Simon allein sein wollten?

Cat beschloß, keine große Sache daraus zu machen. Sie zog sich einfach eines ihrer Strandhemden über den Bikini und fing mit den Vorbereitungen für das Abendessen an. Nachdem sie für Simon das Bett in dem leeren Zimmer bezogen hatte, fragte sie Winnie – die normalerweise liebend gerne für ein Barbecue blieb –, ob sie mit ihnen essen wolle, aber sie lehnte Cats Einladung ab und fuhr nach Hause.

Es war ein schlichtes Abendessen; Cat bereitete ein paar

Hamburger vor, dazu einen gemischten Salat, und deckte den Tisch. Da Lucas nicht in der Lage war, seiner Arbeit als Hausherr nachzukommen, hatte Cat eigentlich vorgehabt, sich selbst an den Gasgrill zu stellen. Aber dann erklärte Simon sich bereit, den Job am Grill zu übernehmen. »Wenn ich hier schon Kost und Logis bekomme, dann kann ich mich ebensogut nützlich machen«, meinte er, als er neben sie trat und ihr den Bratenwender aus der Hand nahm.

»Kost und Logis?« fragte Haley verständnislos und sah ihn an.

»Simon wird eine Weile hierbleiben und ein paar Arbeiten für uns erledigen«, erklärte Lucas und griff in seine Hosentasche. »Oh, bevor ich es vergesse.« Er holte seinen Schlüsselring heraus, nahm drei Schlüssel ab – für den Keller, den Schuppen und die Schiebetüren – und gab sie Simon. »Die wirst du brauchen.« Simon nahm seinen eigenen Schlüsselring und befestigte sie daran.

Haley schaute mit offenem Mund zu. »Das ist ja supertoll! Wieso hast du mir das vorhin nicht gesagt?«

Simon zuckte die Schultern.

»Für wie lange?« wollte Zack wissen.

»Solange er will«, antwortete Lucas.

»Könnte er dann vielleicht auch den Pingpongtisch aufstellen?«

»Das macht er bestimmt gerne, wenn du ihn darum bittest«, sagte Lucas und fuhr, an Simon gewandt, fort: »Der Tisch steht zusammengeklappt im Schuppen. Normalerweise ist er den ganzen Sommer über draußen.«

»Weißt du, was, Daddy, Simon hat zwei Zehen, die mit einer Schwimmhaut zusammengewachsen sind. Stimmt doch, Simon?«

Cat sah Lucas an, daß er Zack wegen seines mangelnden

Taktgefühls schelten wollte, aber Simon nickte nur munter zustimmend; offensichtlich war er den Wirbel um seine außergewöhnlichen Zehen gewohnt, und Lucas hielt, Gott sei Dank, seinen Mund. Während Simon die gegrillten Hackfleischklöße auf die Brötchen und alles zusammen auf eine Platte legte, die er dann auf den Tisch auf der Veranda stellte, schaute Cat ihm bei seiner Arbeit zu.

Die Kinder waren bester Stimmung, aufgekratzt und sehr gesprächig. Schmeckte das Essen eigentlich? Sie war sich gar nicht sicher, aber sogar Zack griff beherzter zu, als es normalerweise bei ihm der Fall war. Und zum erstenmal seit dieser schrecklichen Geschichte machte auch Lucas einen beinahe entspannten Eindruck. Die Beule auf seiner Stirn wurde allmählich kleiner, und die blauen Flecken und Schrammen an Gesicht und Körper verblaßten ebenfalls. Selbst das wunde Gefühl an ihren Wangen, wo sich Earls Finger verkrallt hatten, war schon fast weg.

Nach dem Abendessen fuhr Simon noch mal mit seinem Bus fort. Kurz nach zehn, als Cat zum Küchenfenster hinausschaute, entdeckte sie seinen Wagen jedoch wieder hinter ihrem Jeep, doch als sie und Lucas gegen Mitternacht die Türen absperrten, war Simon immer noch nicht ins Haus gekommen.

Die einzige wirkliche Enttäuschung an diesem Abend war Lucas' Reaktion, als sie ins Bett gingen und sie sich sehnsüchtig an ihn kuschelte. Natürlich war ihr klar, daß er in seinem Zustand nicht so ungehindert sexuell aktiv sein konnte wie sonst, aber schließlich gab es noch andere Möglichkeiten. Doch Lucas schien nicht das geringste Interesse an ihr zu haben. »Ich bin müde, kaputt, angespannt und mit meinem Bein wirklich nicht in der Stimmung, Schatz«,

lautete seine Entschuldigung. »Bitte, versuch das doch zu verstehen.«
Selbstverständlich verstand sie. Was wäre sie für eine Ehefrau gewesen, hätte sie das nicht verstanden?

Winnies Haus, ein Fünf-Zimmer-Cottage im Cape-Cod-Stil mit einem handtuchgroßen sonnigen Garten, lag direkt in Clinton. Ohne das Geld, das sie sich zusätzlich mit ihrem Job als Haushälterin im Strandhaus verdiente, hätte sie sich den Kauf nie leisten können. Selbst zu der Anzahlung von fünfundzwanzigtausend Dollar hatten ihr damals bereits fünftausend gefehlt, bis sie schließlich – jedoch erst nach langem Hin und Her und reiflicher Überlegung – den Mut aufgebracht hatte, Lucas um das Geld zu bitten. Sie hatte sich die monatlichen Raten einschließlich Zinsen und eventuell noch anfallender Gebühren, die sie ihm monatlich überweisen wollte, genau ausgerechnet. Aber er hatte nichts davon wissen wollen; das sei nichts Persönliches, aber er verleihe nun mal kein Geld. Am nächsten Morgen hatte er dann wie immer auf einen Sprung bei ihr im Restaurant vorbeigeschaut und ihr nebenbei einen Umschlag mit fünftausend Dollar in bar in die Hand gedrückt – sein Einweihungsgeschenk für das neue Haus.
Winnie liebte ihr Haus; die Hypothek war mittlerweile abbezahlt, und jetzt gehörte es ihr ganz und gar. Als sie nun nach Hause kam, noch völlig verstört wegen Simon, zog sie sich erst einmal in ihr Allerheiligstes zurück: vor den Kamin, wo sie allein war mit sich und Luke, ihrem rauhbeinigen und geschwätzigen Papagei, der klüger war als die meisten Menschen; auf dem Kaminsims stand auf der einen Seite ein Porträt der Marshalls, auf der anderen Seite eine Aufnahme

ihrer Cousine Audrey mit Familie. Und im ganzen Haus verteilt waren alle möglichen Trophäen und Erinnerungsstücke an Lucas. Hierher in ihre Welt konnte von draußen nichts eindringen.

Erst spät an diesem Abend fiel Winnie Simon wieder ein. Als Cat sie gebeten hatte, das leere Schlafzimmer für ihn herzurichten, hatte ihr das so sehr widerstrebt, daß sie deshalb anschließend abgelehnt hatte, zum Barbecue zu bleiben. Wenn sie jetzt darüber nachdachte, sah sie die Angelegenheit mit etwas mehr Abstand und klarer. Trotzdem, was war nur los mit Lucas und Cat? Sich bei den heutigen Zuständen einen völlig Fremden ins Haus zu holen? Oder reagierte sie einfach nur eifersüchtig auf den Jungen, der plötzlich wie ein neues Mitglied der Familie Marshall auftrat?

Er hatte sie ziemlich deutlich auflaufen lassen, als sie ihm vorgeworfen hatte, unbefugt Lucas' Kommodenschublade zu durchwühlen – was ihrer Meinung nach jedoch eindeutig der Fall gewesen war. Und um es ihr heimzuzahlen, hatte er sich hinterher als großer Herr aufgespielt und herablassend darum gebeten, daß sie ihm und Lucas doch das Mittagessen servieren möge. Und wie sollte man den Vorfall im Keller verstehen, als er an der Tür gestanden und Cat beim Sonnenbaden beobachtet hatte? Na ja, das ist doch wohl klar, Winnie – Cat ist schließlich ein prachtvolles Weib, eine richtige Sexbombe –, da brauchst du doch nicht lange nachzudenken. Welcher heißblütige Mann würde sich da nicht die Zeit nehmen und kurz stehenbleiben, um sie zu bewundern?

Also, was hatte dieser junge Mann dann an sich, das ihr von Anfang an auf den Magen geschlagen hatte? Gab es etwas an ihm, das sie an einen anderen erinnerte? An einen Mann, mit dem sie mal ausgegangen war und der sich ihr gegenüber merkwürdig oder gar unverschämt benommen hatte? Von der Sorte waren ihr tatsächlich jede Menge über den Weg gelaufen. Sie fing an, ihre bewegte Vergangenheit zu durchforsten, mußte eine Dreiviertelstunde später aber wieder aufgeben, als sie, von Müdigkeit überwältigt, einschlummerte.

Es war am nächsten Morgen. Simon mußte bereits eine Weile dort gesessen haben, aber Zack entdeckte ihn erst, als er näher an die Klippen herankam. Der junge Mann saß hoch oben auf ein paar Felsen, hatte die Knie angezogen und ließ seine Augen umherschweifen. »Hi, Simon«, begrüßte er ihn. »Was treibst du denn da?«
»Ich bin schon früh raus und gelaufen. Und dann habe ich mir gedacht, schau dir doch mal an, was es hier so Besonderes gibt.«
Zack kletterte ebenfalls auf den Felsen und setzte sich neben ihn. Ein paar Minuten saßen sie schweigend nebeneinander, bis Zack schließlich sagte: »Einmal habe ich in den Dünen eine Eidechse gefunden. Ich habe sie Frito genannt. Sie war so groß.« Dabei hielt er seine Hände ungefähr zehn Zentimeter auseinander.
»Tatsächlich? Was hat du mit ihr gemacht?«
»Ich habe mir ihr gespielt, sie beobachtet. Sie war wirklich schnell und konnte auf alles klettern, was ich vor sie hinstellte. Ich habe sie mit Insekten gefüttert; Wasserflöhe haben ihr am besten geschmeckt.«
»Wo ist die Eidechse jetzt?«
Zack zuckte die Schultern. »Das war letztes Jahr. Als ich wieder heimfuhr, habe ich sie freigelassen.«

»Ich hatte einmal eine Wühlnatter als Haustier – ich habe sie Rex genannt und bei mir im Keller gehalten.«

»Wahnsinn, eine Wühlnatter! Die sind ja so lang wie Klapperschlangen!«

»Fast drei Meter.«

Zack hatte schon jede Menge Sommernattern und harmloser Milchschlangen gesehen, aber das war etwas ganz anderes. Eine Wühlnatter war eines der längsten Reptilien in Nordamerika. Und sie hatten eine Art an sich, die Luft einzuziehen und wieder auszustoßen, die sich schrecklich bedrohlich anhörte.

»Hat sie dich mal gebissen?«

Simon schüttelte den Kopf. »Nein, nie, sie kannte mich ja. Du wärst überrascht, wie klug die sind.«

»Was hast du ihr zu fressen gegeben?«

»Ratten und Mäuse. Die hat sie selbst im Keller gejagt und gleich im Ganzen verschlungen. Wie ein kleiner Terminator.«

»Raffiniert. Haben deine Eltern – ich meine, hat deine Tante denn nichts dagegen gehabt, daß die Schlange da unten war?«

»Die hätte der Schlag getroffen, wenn sie es gewußt hätte, aber das hat sie ja nicht. Sie hatte nämlich Angst vor dem Keller – vor der Dunkelheit da unten, den Spinnen, Ratten und allen anderen Gespenstern, die das alte Mädchen in ihrem überreizten Gehirn mit sich herumschleppte. Wenn wir irgend etwas von unten brauchten oder etwas hinuntertragen mußten, hat sie immer mich geschickt.« Simon grinste. »Ich sollte vielleicht noch hinzufügen, daß meine Tante nicht mehr ganz dicht war – aber das bleibt unter uns, Zack.«

»Oh«, meinte der und überlegte, daß er eigentlich noch nie jemanden gekannt hatte, der wirklich verrückt war, und so fragte er sich, wie sich so ein Mensch wohl benahm. Kinder behaupteten so etwas natürlich oft von anderen, aber nur, um sie schlechtzumachen. Da Simon ja wohl kaum mehr als Kind zu bezeichnen war, meinte er wahrscheinlich ernst, was er sagte. »Was hast du denn mit der Schlange gemacht, als du von zu Hause weg bist?«

»Tja, das war wirklich ein Problem. Ich konnte sie ja schlecht einfach freilassen. Rex war an ein Leben in Gefangenschaft gewöhnt, wo ihm seine Mahlzeiten mehr oder weniger freiwillig auf den Teller sprangen. Ich überlegte kurz, ihn irgend jemandem zu geben. Aber wem? Hast du schon mal versucht, jemandem eine Schlange zum Geburtstag zu schenken, Zack?« Er schüttelte den Kopf und stieß einen resignierten Seufzer aus. »Also hab ich das getan, was mir am humansten erschien, und die Schlange getötet.«

Als sie anschließend gemeinsam zurückjoggten, schärfte Simon Zack ein, daß ihn großer Ärger erwarten würde, wenn er nicht rechtzeitig zum Frühstück daheim wäre. Zack konnte jedoch mit Simons Geschwindigkeit nicht mithalten, sondern höchstens versuchen, ihm hinterherzurennen, und so lag er bestimmt hundertfünfzig Meter hinter Simon, als dieser das Strandhaus erreichte.

Zack ging die Schlange nicht mehr aus dem Kopf. Er stimmte ihm zu, Simon hatte sich wirklich in einer schwierigen Situation befunden, aber es war mit Sicherheit nicht einfach gewesen, eine Schlange umzubringen, die man sich als Haustier gehalten hatte. Simon hatte tatsächlich Grips und war nicht uninteressant, im Gegenteil, eigentlich war er viel interessanter, als er anfangs gedacht hatte. Da er aber so gut mit Dad auskam, hätte er nie angenommen, daß Simon auch sein Freund werden könnte.

Wahnsinn, wenn man sich das vorstellte: Ratten und eine drei Meter lange Schlange, die frei im Keller herumkroch und einen vielleicht gerade in dem Moment ansprang, wenn man nicht damit rechnete. Zack sprach es zwar nicht laut aus, fragte sich aber, ob seine Mom – wie Simons verrückte Tante – wohl auch Angst haben würde.

Cat trug gerade ein Frühstückstablett mit allen möglichen Leckereien auf die Veranda hinaus, als Simon von seinem Morgenlauf zurückkam. Dann deckte sie den Tisch für Lucas, für sich und für Simon. »Komm, frühstücke mit uns«, forderte sie ihn auf und reichte ihm ein hohes Glas mit Saft. »Ist dir vielleicht zufälligerweise unser kleiner Rotschopf über den Weg gelaufen?« fragte sie, aber noch ehe er ihr eine Antwort geben konnte, sah sie Zack bereits auf das Haus zulaufen und legte ein weiteres Gedeck auf. Als er sich der Veranda näherte, rief sie: »Guten Morgen, Liebling, du kommst gerade rechtzeitig.«
»Ich dachte, du wolltest dich in Zukunft von diesen Klippen fernhalten«, sagte Lucas tadelnd. Soweit Cat sich erinnern konnte, war es ihm jedoch in erster Linie darum gegangen, daß Zack sich regelmäßig zu Hause blicken ließ und pünktlich zu den Mahlzeiten erschien.
»Er war mit mir laufen«, erwiderte Simon, ehe Zack auf die Frage antworten konnte. Und aus der Art, wie ihr kleiner Sohn den jungen Mann anlächelte, konnte Cat schließen, daß Simon einen weiteren Freund gewonnen hatte.
»Und, wie sieht es aus, Lucas, haben Sie die Liste mit meinen Arbeiten schon zusammengestellt?« wollte Simon wissen.
»Habe ich, ist ziemlich lang geworden. Sie liegt auf meinem Nachttisch.« Simon wollte sofort aufstehen und sie holen,

und Cat mußte innerlich grinsen: Er hatte so etwas Liebes an sich, vielleicht, weil er Lucas gar so sehr gefallen wollte. Aber Lucas legte Simon die Hand auf die Schulter und bremste ihn. »He, mal langsam. Jetzt iß erst mal!«
Da läutete das Telefon; Cat beugte sich vor und griff nach dem Handy. Sie sagte ein paarmal »Hallo«, aber als sich niemand meldete, legte sie wieder auf. Lucas runzelte fragend die Stirn.
»Weißt du, daß ist jetzt schon mehrere Male passiert, seit wir hier sind.«
Cat zuckte gleichgültig die Schultern. »Da hat sich wahrscheinlich jemand verwählt. Oder irgendwelche Kinder haben sich einen Scherz erlaubt.« Lucas machte keinen überzeugten Eindruck, im Gegenteil, er schien sogar noch besorgter zu sein, und plötzlich begriff sie, was in seinem Kopf vor sich ging.
»Lucas, du wirst doch nicht denken, daß sie es sind –«
»Ich weiß nicht mehr, was ich denke soll. Ich finde es nur seltsam, das ist alles.«
Simon schaute unschlüssig von einem zum anderen, ehe er sich zu Wort meldete. »Wissen Sie, ich möchte mich ja nicht einmischen, aber wenn Sie wissen wollen, wie ich die Sache sehe ...«
Er hielt inne, und Lucas sah ihn auffordernd an. »Nur zu, sprich weiter. Was ist deine Meinung?«
»Also, ich denke, daß diese Typen schon längst über alle Berge sind. Da wäre auch nur ratsam für sie, es sei denn, sie sind etwas masochistisch veranlagt und wollen unbedingt geschnappt werden. Und außerdem, wenn sie aus irgendwelchen unerfindlichen Gründen tatsächlich immer noch hinter Ihnen und Ihrer Familie her sind – und dabei das Risiko eingehen, mit Ihrem Wagen und allen anderen Sachen er-

wischt zu werden –, dann wären sie doch bestimmt schon längst persönlich hier aufgetaucht, oder nicht?«
Das war in dem Moment genau das richtige Argument, noch dazu, da es von Simon kam. Es war logisch und nicht emotional. Lucas dachte kurz darüber nach und nickte dann in offensichtlicher Zustimmung. Und Cat stieß einen Seufzer der Erleichterung aus.

Zack achtete auf seinem Weg hinunter in den Keller sorgfältig darauf, daß ihn keiner mit dem Kopfkissenbezug in der Hand ertappte. Als er nun unten angelangt war und Simon gerade aus der Werkzeugkammer trat – er hatte ein Handtuch um die Schulter gelegt, und seine Haare waren feucht, als hätte er eben geduscht –, machte Zack vor Schreck beinahe einen Luftsprung. »O Mann, mit dir habe ich hier unten nicht gerechnet.«
Simon deutete auf den Kissenbezug, den der Junge hinter seinem Rücken versteckt hielt. »Alles klar. Was hast du denn da?«
»Nichts.«
»Sieht mir aber nach etwas aus.« Er streckte ihm auffordernd die Hand entgegen. »Laß mich mal sehen, Zack.«
Als Zack nicht reagierte, trat er einen Schritt näher, woraufhin Zack einen Schritt zurückwich. Schließlich drehte er sich um und schob sein Päckchen in eine Ecke. »Nur etwas Schmutzwäsche für Winnie.«
Simon ging in die Ecke, schlug den Kissenbezug auf und prallte überrascht zurück, als eine Ladung des Inhalts in seine Nase drang. Zack hatte das Gefühl, auf der Stelle sterben zu müssen, und das wäre er vielleicht auch, hätte Simon ein anderes Gesicht gemacht. »Himmel, und ich dachte schon,

da ist eine Atombombe oder etwas Ähnliches drin. Wieso bist du nicht einfach mit der Sprache herausgerückt und hast gesagt, was es ist?«

Zack zuckte verlegen die Schultern.

»Je weniger davon wissen, desto besser, richtig?« sagte Simon und legte eine Hand auf Zacks Schulter. »Du würdest wahrscheinlich am liebsten vergessen, wie du dich jetzt fühlst, aber du mußt mir überhaupt nichts erklären, Zack. Ich habe nämlich selbst noch ins Bett gemacht, als ich acht Jahre alt war.«

»Tatsächlich?«

»Ja, tatsächlich. Aber diese Information ist streng vertraulich und muß absolut unter uns bleiben. Okay?«

Zack nickte heftig; selbstverständlich würde er den Mund halten. Und aufgrund von Simons überraschendem Geständnis kam er sich nicht mehr so minderwertig oder beschämt vor wie eben noch. Wenn einer wie Simon in sein Bett gepinkelt hatte, dann gab es auch für ihn noch Hoffnung. Er brauchte sich Simon doch bloß anzuschauen: er war stark und klug und tapfer, ein junger Mann, dem man in hundert Jahren nicht zugetraut hätte, daß er ein solches Geheimnis mit sich herumtrug.

»Gut. Und weißt du, was ich jetzt machen werde, *kemosabe* –«

»Was heißt das?«

»Hast du schon mal was von dem einsamen Reiter gehört?« Zack schüttelte den Kopf. »Das war mal eine Sendung im Fernsehen mit einem Texas Ranger, der immer eine Augenmaske trug und auf der Seite der Guten war. Und er hatte einen indianischen Kumpel mit Namen Tonto, der ihn *kemosabe* nannte. ›Vertrauenswürdiger Freund‹ heißt das in der Sprache der Indianer.« Simon zog unterdessen aus dem Kissenbezug das strengriechende Bettlaken und den Schlafanzug heraus. »Ich werde mich höchstpersönlich um diese Wäsche kümmern. So wird niemand, nicht einmal Winnie, etwas davon erfahren und seine Nase in deine Angelegenheiten stecken können. Was meinst du dazu, *kemosabe?*«

»Würdest du das wirklich für mich tun?«

»Klar doch. Wozu sind Freunde da? Aber dafür mußt du mir auch einen kleinen Gefallen tun.«

»Welchen denn?«

»Kein Grund, gleich so ängstlich zu schauen, Zack. Es ist nichts Böses und fällt dir ganz bestimmt auch nicht schwer. Ich möchte eigentlich nur eines: daß es zwischen uns beiden keine Geheimnisse mehr gibt.«

»Wie meinst du das?«

»Ich meine es so, wie ich es sage. Du erzählst mir einfach, was du dir denkst und was du fühlst und was sich sonst so alles hier tut, über das ich Bescheid wissen sollte. Es ist nämlich so, daß ich unbedingt immer gut informiert sein muß. Denn wenn ich nicht auf dem laufenden bin, ist es mir nicht möglich, dich und deine Familie ausreichend zu schützen.«

Zack nickte. »Ist das der Grund, warum du hier bist, Simon? Um uns zu beschützen?«

»Na ja, sagen wir mal, da ist was dran.«

»Wieso? Hat mein Vater Angst, daß wieder etwas Schlimmes passieren wird?«

»Das habe ich nicht gesagt, Zack, okay? Man kann nur nie wissen. Es ist aber immer besser, vorbereitet zu sein, als das Nachsehen zu haben.«

Deswegen war er also im Haus. Zack hätte von Anfang an darauf kommen müssen, warum ein Bursche wie Simon, der etwas ganz Besonderes an sich hatte, plötzlich so besorgt um sie war. Vor allem um Mom – er hatte gesehen, daß Simon sie kaum aus den Augen ließ. Zack bezweifelte aber, daß sie von der Abmachung wußte, die sein Vater mit Simon getroffen hatte.

Aber er würde das Geheimnis seines Vaters nicht verraten. Warum sollte er auch? Es war doch nur zu ihrer aller Wohl, oder? Vor allem zum Wohl seiner Mutter. Und es war auch nicht schwer, Simon zu vertrauen; er sah Zack nie so zweifelnd an, wie sein Daddy das manchmal tat. Außerdem wußte Simon genau, was er zu tun hatte. Erst an diesem Morgen wieder hatte er geschickt die Unterhaltung von den Klippen auf ein anderes Thema gelenkt, so daß Daddy sich nicht aufregte.

Zack bedankte sich bei Simon, daß er sich um seine Wäsche kümmerte, und Simon zerzauste ihm die Haare, wie es im Film die alten Helden bei den jüngeren Burschen machen, die ihnen sympathisch sind.

»Okay, und jetzt zieh los«, sagte Simon. »Ich muß was arbeiten und mein Geld verdienen.«

Zack war bereits oben an der Treppe angelangt, als ihm etwas einfiel, und so ging er die paar Schritte wieder zurück und beugte sich über das Geländer. Simon belud gerade die Waschmaschine mit den Laken und dem Kissenbezug und gab Waschpulver hinein. »He, Simon, ich habe heute morgen in dein Zimmer geschaut. Um dir hallo zu sagen, weißt du.«

Simon blickte abwartend zu ihm hoch.

»Also, es hat nicht so ausgesehen, als ob du in deinem Bett geschlafen hättest.«

»Stimmt das? Gibt es einen besonderen Grund, warum du in meinem Schlafzimmer rumgeschnüffelt hast?«

Eigentlich hatte Zack gar nicht geschnüffelt, aber wenn ihnen jemand zuhörte, könnte er vermutlich auf diese Idee kommen. Manchmal machte er wirklich dumme Bemerkungen oder stellte Fragen, mit denen er die Leute in Verlegenheit brachte oder sie verärgerte und die er sich besser verkneifen sollte. Er mußte wirklich versuchen, besser aufzupassen – da hatte Haley vielleicht schon recht.

8

Haley konnte nicht glauben, daß sie so lange geschlafen hatte. Als sie endlich aufstand, hatten alle anderen bereits gefrühstückt und waren außer Haus. Simon – ohne Hemd, so daß seine Muskeln in der gleißenden Sonne glänzten, und in seinen zerrissenen, vergammelten Jeans einfach umwerfend sexy aussehend – kniete auf dem Dach des Schuppens und nagelte Schindeln fest. Sie ging näher ran, um ihn besser beobachten zu können. Sie wußte, daß er sie sah, und als er nicht auf sie reagierte, sagte sie das erstbeste, das ihr in den Kopf kam: »Wo hast du denn die Schindeln her?«

»Aus der Apotheke«, erwiderte er, um ihr zu zeigen, wie dumm ihre Frage gewesen war. Sie wollte gerade wieder weggehen, als er hinzufügte: »Schläfst du eigentlich immer so lang?«

Sie blieb stehen, drehte sich um und fragte sich, ob das wohl bedeutete, daß er sie beim Frühstück vermißt hatte. »Nicht immer. Aber ich konnte gestern abend nicht einschlafen.«

»So, warum?«

Sie zuckte die Schultern. Es war nicht so, daß sie nicht hatte einschlafen können – sie hatte nicht gewollt. Und der Grund dafür lag auf der Hand, obwohl sie den Simon kaum sagen konnte. Sie hatte nämlich darauf gewartet, daß Simon nach Hause kam. Was jedoch nicht der Fall gewesen war – jedenfalls nicht bis zwei Uhr morgens, als sie sich beim besten Willen nicht mehr wachhalten konnte. War er vielleicht unten am öffentlichen Strand gewesen, wo sich die Älteren immer aufhielten?

»Was hast du denn gestern abend gemacht?« fragte sie und konnte es kaum fassen, daß sie tatsächlich den Nerv besaß, ihm diese Frage zu stellen.
Er hätte ihr nun antworten können, daß sie das nichts anginge, aber er tat es nicht. Statt dessen sah er sie nur wortlos an. Wie einer dieser umwerfend tollen Kinohelden, der eines seiner Groupies ins Visier nahm und es mit lachenden Augen musterte und den Kopf schüttelte angesichts des mitleiderregenden Anblicks, den es ihm bot. Bis er plötzlich das Interesse an ihr zu verlieren schien und seine Augen sich ein anderes Ziel suchten.
Haley lief ins Haus zurück, holte die Kamera, legte einen Film ein und kam wieder heraus. Wenige Meter vor dem Schuppen blieb sie stehen und rief seinen Namen. »He, Simon, schau mal, was ich hier habe!« Er blickte hoch und riß vor Überraschung den Mund auf.
Eigentlich hatte sie das nur getan, um ihn in Verlegenheit zu bringen, aber sie war sich nicht ganz sicher. Simon brachte sie eben auf die merkwürdigsten Gedanken und löste das idiotischste Verhalten bei ihr aus. Sie fragte sich, ob das wohl sonst jemandem bereits aufgefallen war.

Zum erstenmal in diesem Sommer war Cat ins Wasser gegangen. Es erschien ihr zunächst unerträglich kalt, bis sie sich daran gewöhnte und es dann als wohltuend erfrischend empfand. Als sie wieder herauskam, breitete sie eine Decke auf dem Sand aus und legte sich auf den Bauch.
Sie hatte es Lucas bisher noch nicht gesagt, aber seine neue Angewohnheit, sich die ganze Nacht im Bett hin und her zu werfen und ständig mit seinem Gipsbein an sie zu stoßen, riß sie immer wieder aus dem Schlaf, der in der letzten Zeit

durch die regelmäßig auftretenden Alpträume ohnehin schon merklich reduziert war. Deshalb schlief sie jetzt, wie sie so allein im Sand lag und die Wärme der Sonne in sich aufsog, auch in Minutenschnelle ein.

Als sie irgendwann später wieder erwachte und nach ihrer Uhr tastete, die sie in ihre Ledersandale gesteckt hatte, stellte sie voller Verwunderung fest, daß sie bis weit über die Mittagszeit hinaus geschlafen hatte. Sie ließ die Decke liegen, wo sie war, und lief schnell zum Haus zurück. Dort sah sie als erstes auf der Veranda nach, aber Lucas war, wie sie bemerkte, nicht mehr da. Wahrscheinlich war er drinnen und versuchte, etwas Eßbares zu produzieren. Auf vielen, durchaus unterschiedlichen Gebieten erwies sich dieser Mann als fähig und kompetent, aber wenn es um die Küche ging, war es ihm schlicht unmöglich, etwas Komplizierteres zu bewältigen, als einen Teller in die Mikrowelle zu stellen.

Auf ihrem Weg ins Haus kam sie an der Tischtennisplatte vorbei, die Simon irgendwann zwischen dem gestrigen Abend und dem Morgen herausgeholt und aufgestellt haben mußte; den neuen Holzverstrebungen an allen vier Beinen nach zu schließen, hatte er offensichtlich auch noch so viel Eigeninitiative entwickelt, etwas gegen das Wackeln zu unternehmen.

Sie schnappte sich ein Paar Shorts, frische Unterwäsche und ein Oberteil aus dem Wäschetrockner und eilte in den Duschraum. Als sie aus der Duschkabine heraustrat und die Tür des Wäscheschranks öffnete, mußte sie feststellen, daß Winnie vergessen hatte, ihn mit frischen Handtüchern zu füllen.

Mist. Sie schob den Vorhang zurück, der den Vorraum der Dusche von dem restlichen Zimmer abtrennte, und lief zum

Wäschetrockner, ohne sich vorher lange umzuschauen. Wie vom Donner gerührt blieb sie abrupt stehen, als sie Simon entdeckte. Überrascht öffnete sie den Mund, als wollte sie etwas sagen, und hielt sich die Arme vor den Körper in einem aussichtslosen Versuch, ihre Blöße zu bedecken. Bevor sie verschämt den Rückzug antrat, holte Simon rasch ein frisches Handtuch aus dem Trockner und warf es ihr zu. Sie fing es in der Luft auf, hielt es vor sich und zog sich damit in den Duschraum zurück, nachdem sie zuerst den raumtrennenden Vorhang entschlossen hinter sich zugezogen hatte.

Ein paar Sekunden blieb sie stocksteif stehen und empfand nichts als große Verlegenheit. War ihr Gesicht wirklich so rot, wie es sich anfühlte? Na gut, dann hatte er sie jetzt also nackt gesehen, und? Stell dich nicht so an, Cat, du bist schließlich schon ein großes Mädchen. Sie trocknete sich ab, schlüpfte in Unterwäsche, Shorts und rückenfreies Oberteil, faßte ihr kastanienbraunes Haar zu einem Pferdeschwanz zusammen und verließ den Duschraum. Simon, der vor sich auf dem Arbeitstisch einen Stapel ordentlich zusammengelegte Kleidungsstücke liegen hatte, war gerade mit einer Ladung nasser Wäsche auf dem Weg zum Trockner. Er warf ihr einen unsicheren Blick zu, unterbrach seine Tätigkeit und setzte zu einer Erklärung an: »Hören Sie, Cat, was da eben passiert ist –«

Plötzlich schienen ihm die Worte auszugehen, und so machte sie für ihn weiter. »Das war meine Schuld, ich hätte mich erst vergewissern sollen, daß ich auch wirklich allein bin. Auf jeden Fall danke für das Handtuch.« Sie würde sich eben daran gewöhnen müssen, daß es einen weiteren Mann im Haus gab, einen, der nicht zur Familie gehörte.

Er seufzte erleichtert, als hätte er Vorwürfe erwartet, und sei nun froh, daß sie ausgeblieben waren. Cat spülte rasch ihren Badeanzug im kalten Wasser aus und hängte ihn über die Wäscheleine.

»Ich habe gesehen, daß Sie unten am Strand geschlafen haben«, sagte er. »Waren Sie auch beim Schwimmen?«

Sie nickte. »Ja, es war großartig. Du solltest es auch mal probieren.« Auf dem Weg nach oben fügte sie noch hinzu: »Ich muß uns jetzt etwas zu essen machen. Lucas ist vor lauter Hunger bestimmt schon auf dem Kriegspfad.« Auf der obersten Stufe blieb sie noch einmal stehen und wandte sich um. »Ach übrigens, Simon, du mußt dich nicht auch noch um die Wäsche kümmern. Dafür kommt schließlich Winnie dreimal die Woche ins Haus. Also, leg deine schmutzige Wäsche einfach hierher oder oben in einen der Wäschekörbe im Bad. Das ist dann schon in Ordnung.«

»Danke.« Er deutete auf die Ladung, die er in der Zwischenzeit in den Trockner gesteckt hatte. »Das hier ist aber etwas anderes.« Sie wartete auf eine Erklärung, die jedoch erst nach längerem Zögern folgte. »Wissen Sie, Zack hat gestern nacht wieder in sein Bett gemacht, und das war ihm ziemlich peinlich. Da Winnie nicht da war und er nicht wollte, daß sein Vater etwas davon erfuhr, hat er mich mehr oder weniger darum gebeten, die Sache für ihn zu erledigen. Es wäre mir aber lieb, wenn Sie ihm nichts sagen würden, oder wenigstens nicht erwähnen, daß ich es Ihnen gesagt habe.«

»Nein, selbstverständlich nicht.« Cat war überrascht, daß Zack sich Simon so bereitwillig anvertraut hatte, vor allem, da es um ein so heikles Thema ging. Und außerdem wußte Zack ganz genau, daß er sich seines Mißgeschicks nicht zu schämen brauchte. Aber was Lucas betraf, war das vermutlich eine andere Sache: Zack bemühte sich ja immer sehr, seinen Vater zu beeindrucken. Jedenfalls war es bewundernswert von Simon, daß er ihm aus der Patsche half.

Aber was sollte sie nur von Zacks Bettnässen halten? Das war jetzt bereits das zweite Mal seit ihrer Ankunft hier, jedenfalls soweit sie davon wußte. Sicher, es war nur eine natürliche Reaktion für ein Kind in Zacks Alter, wenn es eine derartig traumatische Erfahrung hinter sich hatte. Und deshalb war sie auch überzeugt, daß das Problem in dem Maße langsam wieder verschwinden würde, in dem die Erinnerung an den gewalttätigen Übergriff verblaßte – was mit Sicherheit der Fall wäre.

Es war schon nach zwei Uhr, als sie endlich in die Küche kam, in der Lucas auch nicht war. Die Küchenschränke aus Kiefernholz waren ordentlich geschlossen, das Spülbecken, der Eßtisch und die geflieste Oberfläche der Küchentheke – alles makellos und ohne ein Anzeichen dafür, daß Lucas oder die Kinder sich in der Küche zu schaffen gemacht und versucht hätten, selbst etwas zum Mittagessen zusammenzubasteln. Sie fand Lucas schließlich in seinem Zimmer, wo er auf dem Bett lag, das rechte Bein mit dem Gips auf einem hohen Stapel Kissen abgestützt hatte und im *Playboy* las.

»Hast wohl irgendwo noch eine alte Nummer aufgetrieben, hm?«

Er schaute auf. »Hallo, Schatz.« Dann wandte er sich wieder dem Magazin zu und meinte: »Oh, das da? Nein, das ist die neueste Ausgabe. Als Simon heute früh zum Holzhändler gefahren ist, um die Schindeln zu holen, habe ich ihn gebeten, für mich am Drugstore vorbeizufahren und sie mir mitzubringen.«

Sie verschränkte die Arme vor der Brust und preßte die Lippen zu einem dünnen Strich zusammen. »Ts, ts, was sind wir doch für ein Heimlichtuer!«

»Wie soll ich denn sonst überleben?«

Sie grinste. »Da wir gerade beim Thema Überleben sind, du mußt ja schon am Verhungern sein. Die Kinder wahrscheinlich auch. Was hältst du davon, wenn ich Simon losschicke, sie zusammenzutrommeln, während ich uns etwas zum Essen mache?«

»Das ist nicht nötig, wir haben schon gegessen. Simon und die Kinder haben ein fürstliches Mahl aufgetischt, während du unten am Strand warst. Es gab Salami, heißes Pizzabrot mit Knoblauch und Käse und einen Salat aus allem, was der Kühlschrank hergab, einschließlich dieser gegrillten Aubergine. Und hinterher haben sie auch noch die Küche aufgeräumt. Winnie sollte sich lieber warm anziehen – dieser Junge ist wirklich unbezahlbar.«

»Sag das bloß nicht zu Winnie.«

»Ich sage es ja nur zu dir, und ich meine es auch nicht ernst. Winnie gehört schließlich schon zum Inventar.«

Cat kehrte in die Küche zurück, um sich ein Sandwich zu machen und, wenn sie Glück hatte und etwas übriggeblieben war, noch von dem famosen Salat zu probieren. Dabei ging ihr Simon nicht mehr aus dem Kopf. Es konnte kein Zweifel daran bestehen, der junge Mann war ein echtes Multitalent. Sportlich, intelligent, in der Küche ebenso brauchbar wie außerhalb – mit einem Wort, einer von diesen neuen Männern, von denen sie bereits so viel gehört hatte und die offensichtlich alles konnten, die sensibel und trotzdem sehr männlich waren. Kein Wunder, daß Haley sich zu ihm hingezogen fühlte.

Es war tatsächlich noch etwas Salat übrig; er stand ganz vorn im Kühlschrank, in einer kleinen Plastikschüssel mit Deckel, wo er darauf wartete, von ihr gegessen zu werden.

* * *

»Ich bin ein richtiger Spiele-Freak«, gestand Simon Zack an diesem Abend nach dem Essen. Alles fing damit an, daß Zack seinen Schachcomputer holte und Simon sich erbot, statt des Computers gegen ihn anzutreten. Simon war ein recht guter Schachspieler, und nachdem er Zack deutlich geschlagen hatte, analysierte er Zug für Zug der vorangegangenen Partie. Sowohl Simon als auch Zack hatten erstaunlicherweise noch alle ihre Züge in der richtigen Reihenfolge im Kopf.

»Dein erster und verhängnisvoller Fehler war der, daß du deinen Springer ins Abseits manövriert hast«, erklärte Simon, nahm die Figur und stellte sie auf das Schachbrett, auf eines der äußeren Felder in der vierten Reihe. »Dein Ziel sollte immer sein, das Zentrum zu stärken, *kemosabe*, und in dieser Position kann ihm nichts passieren. Ergo, ein Springer am Rand bringt Tod und Schand.«

Zack grinste. Cat hatte noch nie Schach gespielt, und Lucas kannte nur die Grundbegriffe. An Zacks letztem Geburtstag hatte er seinen Sohn mit einem Schachcomputer überrascht, der sich den jeweiligen Fähigkeiten seines menschlichen Gegners anpaßt. Zack liebte seinen stummen Mitspieler. Aber hier war nun jemand, mit dem er sich über das Spiel unterhalten konnte, was ihm eindeutig besser gefiel.

»Hast du eigentlich eine Position in der Rangliste des Schachverbands?« wollte Zack wissen, nachdem Simon seine Analyse beendet hatte.

»Als Kind habe ich an sogenannten Post-Turnieren teilgenommen. Da hat man simultan mehrere Partien gespielt und die einzelnen Züge auf Postkarten verschickt. Ich habe alles über Schach beim Spielen gelernt, nicht aus Büchern. Bei zweitausend Punkten bin ich dann aber hängengeblieben und habe es nie bis zum Meister geschafft. Deshalb habe ich auch irgendwann aufgehört.«

Lucas, dem dieses Bedürfnis, die Nummer eins zu sein, nicht fremd war, nickte begreifend. Er organisierte ständig irgendwelche innerfamiliären Wettbewerbe: Entweder ging es um Brettspiele, Fischen, Schwimmen, Badminton, Tischtennis oder auch Volleyball – nichts war so unbedeutend, daß man es nicht mit einbezogen hätte. »Na, dann hör mal zu, du Spiele-Freak«, sagte Lucas, »mein liebstes Spiel ist Poker, aber da wir dafür nicht genügend Mitspieler haben, wüßte ich gerne, wie es um deine Fähigkeiten beim Gin Rommé bestellt ist.«

»Nicht übel«, entgegnete Simon, der sich dabei ein leichtes Schmunzeln nicht verkneifen konnte.

»So?« Lucas hüpfte, auf eine Krücke gestützt, zu dem Schrank im großen Zimmer, in dem alle möglichen Andenken, ihre Spielkarten und die zahlreichen Brettspiele aufbewahrt wurden. Simon hatte Lucas' Kampfgeist herausgefordert, und ehe Cat sich versah, saßen die beiden einander gegenüber und waren in eine heiße Partie Gin Rommé vertieft. Sie hatten bereits jeder zwei Spiele gewonnen, und wenn Haley sich nicht irgendwann beschwert hätte, daß es unfair sei, ein Spiel auszusuchen, an dem nicht alle teilnehmen konnten, hätte Lucas noch endlos weitergemacht und Revanche gefordert.

So ließ er sich jedoch erweichen und überließ es Haley, ein

Spiel für alle auszuwählen. Sie entschied sich für Stadt-Land-Fluß. Sie war gerade dabei, Papier und Bleistift zu verteilen, während Zack noch ein Wörterbuch aus dem Schrank holte, als sie alle ein Geräusch hörten, das aus dem Keller kam. Es klang, als ob irgend etwas auf den Boden gefallen war. Cat warf Lucas, der sofort aufsprang, einen nervösen Blick zu. Alle lauschten angestrengt ...

Als sich das Geräusch wiederholte, humpelte Lucas, so schnell er konnte, in sein Schlafzimmer, um die Waffe zu holen. »Ruf die Polizei«, befahl er Cat, und den Kindern zischte er zu: »Geht sofort nach oben, alle beide!« Als sie sahen, in welchem Zustand ihr Vater war, ließen sie es sich nicht zweimal sagen, blieben aber oben am Treppenabsatz stehen, wo sie sich ängstlich aneinanderdrückten und nach unten spähten.

»Ich habe Angst, Schatz«, jammerte Cat.

»Verdammt, Cat!« rief er aus dem Schlafzimmer. »Jetzt ruf schon an!«

Sie nahm den Hörer ab, wählte die Notrufnummer und schaffte es tatsächlich, die richtigen Worte herauszubringen, obwohl sich ihr Kopf wie ein Kreisel drehte. »Hier spricht Cat Marshall, Shore Lane 12. In Kelsy Point. Bitte, schicken Sie jemanden her, wir haben einen Einbrecher im Haus!«

Sie hatte kaum den Hörer aufgelegt, als sie Lucas mit dem Revolver in Richtung Kellertür gehen sah, und sie schrie: »Bist du verrückt, Lucas? Du kommst doch nicht einmal die Treppe hinunter! Und dann auch noch mit dem Revolver ... Nein, bitte, warte doch auf die Polizei!«

Aber da hatte sich bereits Simon vor ihm aufgebaut und hinderte ihn daran, weiterzugehen. »Hören Sie doch, Lucas, die Treppe ist zu steil für Ihr geschientes Bein. Sie fallen höchstens hinunter und landen mit dem Gesicht auf dem Boden«, redete er auf ihn ein, dabei immer bemüht, seine Argumente so ruhig und sachlich wie möglich vorzubringen. »Außerdem ist wahrscheinlich ohnehin nur ein lockeres Regalbrett von der Wand gefallen. Legen Sie doch wenigstens diese schreckliche Waffe weg, okay?« Während er das sagte, griff er zu seiner Jeans hinunter, schob eines der Hosenbeine hoch und holte zu Cats Entsetzen ein Messer mit schwarzem Griff aus einer kleinen, ledernen Scheide, die um sein Bein geschnallt war. »Ich werde für Sie mal nachsehen, in Ordnung?« schlug er vor.

»Warten wir doch lieber –«, setzte Cat an, aber weiter kam sie nicht mit ihrem Versuch, ihn zurückzuhalten, und auch Lucas hatte kein Glück. Simon öffnete bereits leise die Kellertür, schlüpfte geräuschlos hinein, ohne Licht zu machen, und schloß die Tür wieder hinter sich. Cat und Lucas verharrten reglos und warteten, während es plötzlich so still wurde, daß Cat glaubte, jeden Moment aus der Haut fahren zu müssen.

Er war ganz allein da unten in der Dunkelheit und konnte nicht sehen, wo er hinging. Einmal angenommen, er wurde niedergeschlagen oder gar getötet? O Gott, wieso hatte er nicht auf die Polizei warten können? Aber wenn sie ehrlich war, mußte sie zugeben, daß sie lieber Simon da unten sah als Lucas.

Plötzlich ertönte ein lautes Gequieke, dann ein dumpfer Schlag, noch einer und wieder lautes Gekreische, während Simon nach oben rief: »He, dreht da oben mal einer das Licht an!«

Simon kam aus dem Keller, in der einen Hand sein Messer, in der anderen einen toten Waschbären, einer abscheulichen Jagdtrophäe gleich.

Das Tier hatte Simon in der Dunkelheit voller Panik angegriffen, und er hatte es gepackt, festgehalten und gegen die Betonwand geschleudert. Als der Waschbär sich erneut auf ihn stürzen wollte, hatte Simon sein Messer eingesetzt und dem armen Geschöpf einen erbärmlichen und blutigen Tod beschert. Lucas hätte auch die Möglichkeit in Betracht ziehen sollen, daß irgendein harmloses Tier aus Versehen im Keller gefangen saß; schließlich waren Waschbären dafür bekannt, daß sie nachts aus ihren Verstecken kamen und auf der Suche nach Futter am Strand entlangliefen.

Doch die Angst, ein weiteres Mal Opfer eines Überfalls zu werden – Opfer jener Männer, die zurückgekommen waren, um ihre Arbeit zu vollenden –, hatte Lucas in eine Art Ausnahmezustand versetzt. Und als er in Panik verfallen war, hatte die Panik auch auf Cat und auf die Kinder übergegriffen. Was mochte er ihnen mit seinem Verhalten wohl für eine Angst eingejagt haben? Als Chief Cooper gute fünfunddreißig Minuten nach Cats Anrufs im Strandhaus eintraf, mußte er gestehen, daß kaum noch Aussicht bestand, die beiden Männer oder den Wagen zu finden, obwohl sie die Suche danach noch nicht aufgegeben hatten.

»Außerdem«, fuhr Cooper fort, »wenn sie wirklich die Absicht gehabt hätten, sich Ihnen oder Ihrer Familie ein weiteres Mal zu nähern, Mr. Marshall, dann hätten sie das meiner Meinung nach schon längst versucht.«

Genau, was Simon gesagt hatte, und es erschien immer noch sinnvoll. Was jedoch völlig sinnlos war, war die Angst, die irrationale Angst, die immer schlimmer statt besser wurde.

»Ich glaube, ich habe euch wirklich einen lustigen Abend verdorben«, meinte Lucas, nachdem Simon und die Kinder sich zurückgezogen hatten und er und Cat sich fertig machten, ins Bett zu gehen. Die Türen waren alle abgesperrt und doppelt gesichert. Lucas hatte Simon gebeten, sich darum zu kümmern, daß die Kellertür verschlossen war, wenn abends der letzte vom Strand zurückgekommen war.

»Das war doch nicht deine Schuld«, erwiderte Cat. »Schließlich haben wir alle das Geräusch gehört.«

»Aber die Kinder.« Er hielt seufzend inne. »Und Simon, der sich dieser Gefahr aussetzen mußte. Waschbären sind stark und können ganz schön biestig werden, wenn man sie angreift. Er hätte leicht gebissen werden können.«

Cat nickte und breitete die Bettdecke über sich und Lucas aus; sie wirkte müde und angespannt. »Ich bin vielleicht erschrocken, als ich sah, wie Simon dieses Messer hervorzog. Hast du die Klinge gesehen?«

»Das war ein Jagdmesser, Cat. Es ist sehr vernünftig von ihm, daß er eine solche Waffe bei sich trägt.«

Und außerdem kann es gefährlich zugehen draußen in der Welt, dachte Lucas. Sehr gefährlich. Er hatte das schon einmal gesagt, wahrscheinlich mehr als einmal ... Aber Cat wollte ja nicht auf ihn hören.

Zack hatte immer noch das Gefühl, Watte im Mund zu haben, obwohl er schon zwei volle Gläser Wasser getrunken hatte, bevor er endgültig das Licht in seinem Schlafzimmer gelöscht hatte. Nach seinem letzten Ausflug ins Bad war Simon in sein Zimmer gekommen und hatte sich zu ihm auf die Bettkante gesetzt.

»Na, wie geht's dir denn, Kleiner?«

Zack nickte. »Hast du dich gefürchtet ... ich meine, als du allein in den Keller hinunter bist?«

»Eigentlich nicht. Ich hatte nicht das Gefühl, daß da unten etwas Gefährliches auf mich wartet.«

»Aber dieser Waschbär hätte dich beißen können.«
»Ich bin recht schnell.«
»Und wenn ein Mann da unten gewesen wäre? Vielleicht sogar dieselben Männer wie an dem Abend?«
»Ich hatte doch das Messer. Außerdem, besser ich als dein Vater. Er hätte sich verletzen können. Schließlich hat er ein steifes Bein, und dann hatte er auch noch den Revolver dabei. Ich hätte Angst gehabt, daß er hinfällt und aus Versehen auf sich selbst schießt.«
»Weißt du, was ich mir gedacht habe, Simon?«
»Was?«
»Daß wir jetzt alle umgebracht werden. Ich habe mal einen Film gesehen, da hat der Bösewicht die Telefondrähte draußen durchgeschnitten, bevor er in das Haus eingebrochen ist. Die Mutter und das Kind sind nach oben gerannt und haben sich im Schrank versteckt. Aber im ganzen Haus gab es nicht ein Versteck, in dem sie sicher waren, und der Bösewicht hat sie verfolgt und schließlich erschossen.« Tränen traten ihm in die Augen, und als sie ihm über das Gesicht liefen, wischte er sie mit beiden Fäusten weg.
»Na, das ist aber nicht sehr schmeichelhaft für mich, ganz und gar nicht!« beschwerte sich Simon. Zack schaute ihn mit großen Augen an, nicht verstehend, was er damit meinte. »Ja, glaubst du denn wirklich, ich würde mich hinsetzen und zusehen, wie euch so etwas passiert? Glaubst du nicht, daß ich was unternehmen und mir den Kerl schnappen und ihm den Hals brechen würde?«
»Könntest du so etwas wirklich tun?«
»Was glaubst du?«
»Was ist mit meiner Mutter?«
»Was ist mit ihr?«

»Mal angenommen, jemand versucht, ihr weh zu tun?«
»Ich habe dir doch gesagt, *kemosabe*, daß ich genau aus diesem Grund hier bin. Und daß ich auch nicht wieder fortgehen werde.«
»Bist du stärker als mein Dad?«
Simon stand auf; Zack streckte beide Arme nach ihm aus und schlang sie um seinen Hals. Simon ließ ihn eine Weile gewähren, faßte ihn dann schließlich an den Armen und legte sie auf die Decke zurück.
»Du solltest jetzt besser schlafen, Zack.«

Da Simon gerade mit leiser, sanfter Stimme auf Zack einredete, wollte Haley ihn nicht dabei stören. Der arme Zack, war nicht einfach für ihn gewesen in der letzten Zeit, und sie hatte ihm auch keine große Hilfe sein können. Aber im Augenblick ging es ihr selbst nicht gut, und deshalb kam es ihr wie eine Ewigkeit vor, bis Simon endlich wieder aus Zacks Zimmer kam. »Was hast du ihm denn gesagt?« fragte sie, als er hinaus auf den Gang trat.
»Nichts Besonderes. Wieso, was willst du?«
»Können wir in dein Zimmer gehen?«
Er zögerte, ließ sie aber dann vorangehen. Außer einer grünen Leinentasche auf der Kommode gab es kein Anzeichen, daß dies Simons Schlafzimmer war. »Ich fürchte mich«, gestand sie.
»Wovor?«
»Vor allem, keine Ahnung.«
»Ich habe gesehen, daß dein Dad versucht hat, mit dir zu reden, nachdem die Polizei wieder weg war. Wieso hast du ihm nicht erzählt, daß du Angst hast?«
Sie zuckte die Schultern.

»Und was willst du jetzt von mir?«
»Ich weiß nicht.« Ihre Hände zitterten, und sie hatte das Gefühl, sich gleich übergeben zu müssen. Sie sollte ihn wohl besser nicht belästigen. Aber da steckte er bereits seine Hand in die Hosentasche und holte einen Joint hervor. Er zündete ihn an, sog tief den Rauch ein, behielt ihn ein paar Sekunden in den Lungen und blies den Rauch dann zum Fenster hinaus, das offenstand. Dann reichte er den Joint an sie weiter.
»Du lernst schnell, habe ich recht?« bemerkte er, während er sie beobachtete und sich den Joint anschließend wieder zurückholte.
»Wieso hat Daddy solche Angst?« fragte sie, als sie sich endlich ein wenig beruhigt hatte.
»Diese Kerle haben ihn brutal zusammengeschlagen. Er konnte seine Familie nicht mehr beschützen. Das ist schwer zu verkraften.«
Sie nahm ihm den Joint wieder aus der Hand und inhalierte einen weiteren Zug. »Nichts wird je mehr so sein, wie es einmal war. Nicht wahr, Simon?« Ein Witz, ausgerechnet ihm diese Frage zu stellen. Woher sollte er denn wissen, wie es früher gewesen war? Er kannte sie ja kaum. Trotzdem hatte Simon etwas an sich, das sie glauben ließ, er wüßte es. Sie rauchten gemeinsam den Joint zu Ende, und danach fühlte sie sich wesentlich ruhiger.

Am nächsten Morgen saß Zack abmarschbereit und in Badehose bereits seit einer Dreiviertelstunde auf dem obersten Treppenabsatz, auf Simon wartend, bis er diesen endlich aus der Dusche unten im Keller kommen hörte. Als Zack zu ihm in die Küche kam, stand Simon da und goß sich gerade einen

Orangensaft ein. Als er Zack sah, holte er ein zweites Glas aus dem Geschirrschrank.

»Willst du mit mir hinunter zu den Klippen?« fragte Zack. »Da gibt es nämlich etwas ganz Tolles, das ich dir zeigen möchte.« Er hatte sein geheimes Versteck bisher noch keinem Menschen gezeigt, nicht einmal seinem neuen Freund Andy. Aber ihm war das Versprechen wieder eingefallen, das er Simon erst gestern gegeben hatte, und er wollte ihm einen Beweis liefern, daß es ihm ernst damit war.

Simon trank seinen Saft aus, warf einen raschen Blick auf die geschlossene Schlafzimmertür von Lucas und Cat und trat an die Küchentür, die nach draußen führte. Zack folgte ihm.

»Hast du heute nacht ins Bett gemacht?«

»Ja. Soll ich das Bettuch holen?«

»Du wolltest es doch bestimmt nicht dort liegen lassen, oder?«

Zack kam gleich darauf mit dem feuchten Bettuch in den Keller hinuntergerannt, wo Simon es vorübergehend im Werkzeugkeller versteckte. Dann schickte er den Jungen wieder in sein Zimmer zurück, um das Bett zu machen und sich zu duschen. Erst als sie den ganzen Weg zu den Klippen im Laufschritt zurückgelegt und sich dort auf einem Felsen niedergelassen hatten, wo sie erschöpft Luft holten, kam Simon erneut auf das Thema zu sprechen.

»Du solltest in Zukunft besser nichts mehr trinken, bevor du ins Bett gehst, einverstanden?« schlug er vor.

»Wieso nicht?«

»Ja, willst du denn ewig ins Bett machen?«

Zack schüttelte den Kopf.

»Dann hör dir jetzt an, was ich dir zu sagen habe.« Er deutete auf sein Handgelenk. »Hast du eine Uhr?«

»Ja, warum?«
»Ich möchte, daß du sie von jetzt an immer trägst. So weißt du immer, wie spät es ist und wann du dich auf den Weg machen mußt, um rechtzeitig zu den Mahlzeiten wieder zu Hause zu sein.«
»Damit ich keinen Ärger mit Dad mehr bekomme?«
»Damit du keinen Ärger mit mir bekommst.«
Da Simon dabei lächelte, als er das sagte, ging Zack davon aus, daß seine Bemerkung nicht so ganz ernst gemeint war. Deshalb erwiderte er: »Du bist aber nicht mein Boß, das weißt du schon.«
Aber da beugte Simon sich vor, packte den Jungen hart an den Schultern und schaute ihn eindringlich an. Zack hielt erschrocken die Luft an. Doch genauso plötzlich, wie die Hände ihn gepackt hatten, ließen sie ihn wieder los. »Aber hallo, nicht so verkrampft, Zack«, sagte Simon. »Einen Moment lang dachte ich schon, du würdest mich ernst nehmen.«
Zack sparte es sich, ihm zu sagen, daß das tatsächlich der Fall gewesen war. Hätte er das zugegeben, hätte Simon ihn für den größten Feigling gehalten, der auf zwei Beinen herumlief. Aber Simon war nun mal schnell wie der Blitz und hüpfte im Geiste von einer Sache zu anderen, so daß man sein Gehirn schon gewaltig anstrengen mußte, um mit ihm Schritt zu halten.
Dann aber legte Simon dem Jungen einen Arm um die Schulter, und sein Tonfall war wieder sehr ernst, als er ihn fragte: »Zack, kennst du das Spiel ›Simon sagt‹?«
»Klar doch.«
»Gut«, antwortete er. »Dann muß ich dir auch nicht erklären, daß, wenn Simon sagt, du sollst etwas Bestimmtes tun,

dies durchaus ernst gemeint ist. Ich muß mich nämlich darauf verlassen können, daß du meinen Befehlen gehorchst, falls es irgendwann einmal zu einer brenzligen Situation kommt. Nicht, daß ich damit rechne, aber wer kann schon sagen, was noch alles passiert?«

Zack ließ die ganze Zeit über Simons bedeutungsschwangeres Gesicht nicht aus den Augen und wunderte sich, was er ihm wohl damit sagen wollte, als sich schlagartig Simons ernste Miene erhellte und er munter fragte: »Also, wo, zum Kuckuck, ist nun dieses tolle Versteck, das du mir zeigen wolltest?«

Er hatte ihm nicht gesagt, daß er ihm ein Versteck zeigen wollte, aber Simon wußte offenbar alles.

Lucas war bereits beim Aufwachen schlechter Laune gewesen; er wollte auch nichts essen und blieb einfach im Bett liegen. Während Simon und Zack draußen auf der Veranda aßen, brachte Cat ihrem Mann ein Tablett mit seinem Frühstück und der Zeitung. »Falls du doch noch Hunger bekommen solltest«, erklärte sie. Er sah sie nur kurz an, nickte und wandte seine Aufmerksamkeit wieder dem Fernseher zu.

»Wenn du aufstehen möchtest, kann ich den Nachttisch beiseite rücken und den Sessel näher ans Fenster schieben. So bekommst du wenigstens etwas Sonne ab.«

»Wenn ich in die Sonne wollte, würde ich nach draußen gehen.«

Sie stellte das Tablett ab und setzte sich auf den Bettrand. »Hast du Schmerzen, Liebling?«

Er nahm die Fernbedienung zur Hand, schaltete auf einen anderen Kanal um und griff zur Zeitung. »Ich bin okay, Cat.«

»Dann ist es wegen gestern abend?«
Er schlug mit der Zeitung so heftig auf die Matratze ein, daß sie erschrocken aufsprang. »Hör mal, soll das ein Verhör werden? Denn falls das so ist, sollte ich dich besser warnen, daß ich nicht in der Stimmung dafür bin.«
Er klappte die Zeitung auf, hielt sie sich vor die Nase und schloß Cat einfach aus seiner Welt aus. Sie blieb zwar noch einen Moment sitzen und wartete. Aber als nichts mehr von ihm kam, startete sie einen erneuten Versuch. »Möchtest du, daß ich dir Gesellschaft leiste? Ich könnte mir auch was zu essen holen. Und wir könnten uns gegenseitig die Comics vorlesen. Weißt du noch, Lucas, wie wir das immer früher am Sonntag morgen gemacht haben?«
Er senkte die Zeitung ein Stück, aber nur so weit, daß sie seine Augen sehen konnte. Sie waren rot und blutunterlaufen, was auf zu wenig Schlaf schließen ließ. »Hör mal, Cat, tu mir bitte einen Gefallen. Geh nach draußen und frühstücke mit den Kindern. Ich komme hier schon allein zurecht. Ich brauche nur etwas Zeit für mich. Okay?«
Sie trank ihren Morgenkaffee schließlich allein auf dem Barhocker an der Küchentheke, da mittlerweile auch ihr die Lust auf Gesellschaft vergangen war. Aber als Winnie von oben herunterkam, um die Küche aufzuräumen, sprudelten die Worte nur so aus ihr heraus, und sie beschrieb Winnie ausführlichst die ganze Aufregung vom Abend zuvor. Sie erzählte ihr die ganze Geschichte, bis hin zum Auftauchen von Chief Cooper.
Dann versuchte sie, eine Erklärung für ihre Reaktionen zu finden. »Klar, da war dieses Geräusch im Keller. Wir haben es alle gehört. Nur, Lucas hat sofort mit Panik darauf reagiert. Und dann hatten wir plötzlich alle Angst.« Sie überleg-

te einen Moment und korrigierte sich. »Das heißt, das stimmt nicht ganz – Simon hatte keine Angst. Wenn er nicht in den Keller hinunter wäre, um nachzusehen, dann fürchte ich, daß Lucas selbst hinuntergegangen wäre, trotz gebrochenem Bein und mit der gezückten Waffe in der Hand.«
»Wieso schleppt dieser Knabe eigentlich ein Messer mit sich herum?«
»Sie haben mir ja gar nicht zugehört.«
»Stimmt nicht, ich habe alles gespeichert. Ich bin nur etwas erstaunt wegen des Messers, das ist alles.«
»Das war ich auch, aber Lucas sagt, daß es ein Messer zum Jagen und Fischen ist. Und da Simon lange Zeit im Freien kampiert hat, ist es doch völlig logisch, daß er ein solches Messer bei sich hat.«
»Und, schläft unser junger Held jetzt eigentlich im Haus oder nicht?«
»Winnie, Sie sind wirklich ein Lästermaul.«
»Ich habe doch nur eine Frage gestellt.«
»Tja, keine Ahnung, ob er drinnen oder draußen übernachtet. Soweit ich weiß, schläft er aber am Strand. Das müßten Sie doch besser wissen als ich. Wie sieht denn sein Zimmer aus?«
»Da steht ein Seesack, das ist alles. Das Bett ist immer gemacht.«
Cat betrachtete aufmerksam Winnies Gesichtsausdruck und fragte dann: »Sie mögen Simon nicht, richtig?«
»Nein. Und wenn Sie mich jetzt fragen wollen, warum, sparen Sie sich die Mühe – ich weiß es selbst nicht, vielleicht, weil er mich in Aussehen und Benehmen an einen zwielichtigen Charakter aus meiner Vergangenheit erinnert.«

Cat grinste amüsiert. Laut Lucas mußte Winnie in jungen Jahren kein Kind von Traurigkeit gewesen sein. »Sollen sich jetzt vielleicht alle Männer im Staat in einer Reihe aufstellen, damit wir wissen, wer gemeint ist?«
»Das County dürfte für den Anfang reichen«, erwiderte sie trocken und ehrlich, wie sie nun einmal war. Dann wischte sie ein letztes Mal über die Arbeitsplatte, hängte den nassen Spüllumpen über den Wasserhahn und nahm den prall gefüllten Wäschesack, der daneben auf einem Schemel stand. »Ich geh jetzt in den Keller. Haben Sie noch etwas von sich oder Lucas, das mitgewaschen werden müßte?«
»Es ist schon alles unten im Korb. Winnie, hat Zack eigentlich heute nacht wieder ins Bett gemacht?«
Sie schüttelte den Kopf. »Ich habe im Wäschekorb nachgesehen, da waren keine Laken. Das Bett war gemacht, aber ich habe die Matratze abgetastet, und die war trocken.«
Cat nickte, hob dann aber rasch die Hand, um Winnie noch kurz aufzuhalten. »O ja, ehe ich es vergesse. Werfen Sie doch mal einen Blick in den Wäscheschrank im Duschraum. Da sind keine Handtücher mehr drin.«
»Das ist unmöglich. Die habe ich doch erst –«
»Glauben Sie mir. Ich stand gestern plötzlich patschnaß und ohne Handtuch da.«
Winnie schüttelte ungläubig den Kopf; auf ihrem Weg die Treppe hinunter schimpfte sie leise vor sich hin. »Was ist das hier eigentlich, ein öffentliches Schwimmbad?«
Cat goß sich noch eine Tasse Kaffee ein. Nach den traumatischen Ereignissen vom Abend zuvor hatte sie eigentlich erwartet, daß sich die Aufregung bei Zack bemerkbar machen würde. Aber als er an diesem Morgen mit Simon von seinem Lauf zurückgekommen war, schien er bester Dinge

gewesen zu sein. Und vermutlich war es auch als gutes Zeichen zu werten, daß er nicht in sein Bett gemacht hatte. Haley jedoch war eine ganz andere Geschichte. Cat sah auf ihre Uhr – es wer schon fast halb elf. Was trieb sie nur in ihrem Zimmer? Schlief sie vielleicht noch?

9

Sie war erst sehr spät eingeschlafen. Simon hatte nur ein paar Züge von dem Joint abbekommen, den Rest hatte sie ganz allein geraucht. Als sie endlich ihren weinerlichen Zustand überwunden hatte, hatte sie sich unbedingt noch unterhalten wollen und Simon deswegen gebeten, doch noch zu bleiben. Aber er ließ sie allein mit der Begründung, er könne es nicht ertragen, im Haus eingesperrt zu sein, er müsse unbedingt hinaus an die frische Luft. Und so hatte er seinen Arm um ihre Schulter gelegt, sie zu ihrem Zimmer begleitet und war danach verschwunden. Von ihrem Schlafzimmerfenster aus sah sie, wie er den Strand hinunterging und dann in der Nacht verschwand.

Das alles ging ihr durch den Kopf, als sie jetzt geweckt wurde: Zuerst dachte sie, daß es vielleicht Simon sei, der neben ihr stand, sie an der Schulter rüttelte und sich abmühte, daß sie endlich die Augen öffnete. Aber als sie sie schließlich aufschlug, sah sie, daß es ihre Mutter war.

»Was willst du, Mom?« fragte sie gereizt.

»Geht es dir nicht gut?«

Sie schüttelte den Kopf. »Doch, ich war nur so müde, sonst nichts.« Nur mit großer Anstrengung gelang es ihr, sich aufzurichten. »Wie spät ist es eigentlich?«

»Fast elf. Die anderen sind schon seit Stunden wach. Ich bekam es mit der Angst zu tun, dich noch weiterschlafen zu lassen.«

»Viele Leute schlafen so lang, Mom. Das ist keine Krankheit.«

»Möglich, aber es könnte ein Symptom für eine Krankheit sein. Um wieviel Uhr bist du denn ins Bett?«
»Erst ziemlich spät.«
»Das erklärt wahrscheinlich alles. Wegen dem, was gestern abend passiert ist?«
Haley zuckte die Schultern; in ihrem Kopf hämmerte es. Das fehlte ihr jetzt gerade noch, daß man sie mit Fragen überschüttete. »Weiß nicht, keine Ahnung. Vielleicht. Mom, macht es dir was aus, mich allein zu lassen?«
»Haley, mir ist es erst vorhin wieder eingefallen ... Aber du erinnerst dich bestimmt daran, daß Daddy versprochen hat, du könntest eine deiner Freundinnen für ein paar Tage hierher einladen, nicht wahr?«
Sie nickte. Sie hatte bisher keinen Gedanken an ihre Freundinnen verschwendet. Sie erschienen ihr so weit weg, so unendlich fern. Und auch so jung. Sie war sich gar nicht mehr so sicher, ob sie ihnen noch irgend etwas zu sagen hätte, wenn sie sich jetzt sähen. »Klar, ich erinnere mich«, erwiderte sie. »Warum?«
»Ich dachte mir gerade, daß jetzt vielleicht ein günstiger Zeitpunkt wäre, ihn daraufhin anzusprechen.«
Sie log ihre Mutter an, erklärte ihr, daß sie darüber nachdenken würde, aber in Wirklichkeit hatte sie nicht die geringste Absicht, jemanden ins Strandhaus einzuladen. Im Moment wollte sie nichts anderes, als sich voll und ganz auf Simon einzulassen. Ihn sehen, mit ihm reden, mit ihm zusammensein. Es war schon seltsam, wie sich das Leben eines Menschen in kurzer Zeit so verändern konnte.
Sie hatte in diesem Sommer bisher weder an ihrem Katamaran noch an ihrem Surfbrett großes Interesse gezeigt. Aber jetzt wünschte sie sich, Simon würde sie – wenn sie ihn ganz

nett darum bat – am Nachmittag mit dem Kabinenkreuzer spazierenfahren.

Er war gerade mit seiner Arbeit am Dach des Schuppens fertig und nagelte die Fallrohre an, als sie dort auftauchte. Er bemerkte sie sofort. »Wo bist du gewesen?«

»Ich habe geschlafen.« Er schüttelte den Kopf; er machte ein fast ebenso entsetztes Gesicht wie ihre Mutter. Aber sein besorgter Blick ging ihr nicht halb so sehr auf die Nerven. »Wieso, was ist los?«

»Ich muß mit dir reden«, sagte er.

Es hätte nicht besser laufen können, fast wie nach Plan; er machte es ihr leicht. »Okay«, sagte sie, nachdem sie eine Weile überlegt hatte. »Wie wär's mit einer kleinen Spazierfahrt mit dem Boot?«

Er ließ sich nicht länger bitten. »Einverstanden. Dann geh doch schon mal ins Haus und pack uns was zu essen ein.« Sie rannte los, da rief er ihr noch hinterher: »Und frag deine Eltern, ob sie nichts dagegen haben.«

»Sie haben sicher nichts dagegen.«

»Hast du gehört, was ich gesagt habe?«

»Okay, okay, ich frag sie«, antwortete sie, damit er beruhigt war. Da Daddy der erste war, den sie vor dem Fernsehapparat im großen Zimmer antraf, fragte sie ihn.

»Natürlich, kein Problem«, entgegnete er mit völlig farbloser und schwacher Stimme, die sie gar nicht an ihm kannte.

In dem Moment kam Cat in ihrem neuen weißen Bikini aus dem Schlafzimmer. »Hört sich gut an, Haley.«

Selbstverständlich hatten sie nichts dagegen, schließlich war es ja Simon, der mit ihr hinausfuhr. Simon war superklug und durchschaute so viele Dinge, aber wenn es um ihre

Eltern ging, dann hatte er ein Brett vor dem Kopf. Sah er denn nicht, wie sehr ihre Eltern ihn mochten und ihm vertrauten?

Noch eine Stunde zuvor hatte das Kind ausgesehen, als benötigte es dringend eine Dosis Vitamin B_{12}, und jetzt konnte ihre Tochter es kaum mehr erwarten, mit Simon zum Hochseefischen auszulaufen. Cat lief an den Strand hinunter und ließ Haley allein damit zurück, den Picknickkorb zu füllen. Vielleicht täte ihr eine Runde Schwimmen vor dem Mittagessen gut. Und anschließend ein langer Marsch den Strand entlang.

Als Cat in die Brandung trat, drehte sie sich kurz um und bemerkte, daß Simon in ihre Richtung schaute. Sie winkte ihm zu und blickte dann zur Veranda hoch, um zu sehen, ob Lucas vielleicht nach draußen gekommen war – was nicht der Fall war.

Wollte er sich wegen dieses harmlosen Tierchens im Keller denn auf ewig im Haus vergraben? Es hatte ihm Angst eingejagt, das war verständlich. Selbst Simon hatte sich gegen mögliche Gefahren gewappnet und sein Messer hervorgeholt. Doch warum, um Gottes willen, war Lucas nicht in der Lage, anders mit der Sache umzugehen?

Entschlossen, den Kälteschock so rasch wie möglich hinter sich zu bringen, drehte sie sich wieder dem Wasser zu, rannte los und stürzte sich in die Fluten. Sobald sich ihr Körper an die Kälte gewöhnt hatte, schwamm sie die Küste entlang und machte erst dann halt, als sie eine Viertelmeile zurückgelegt hatte und sich nicht mehr weit weg vom Haus der Lansings befand.

Dort watete sie ans Ufer und schaute sich um, ob sie nicht

irgendwo Zack entdeckte, der wahrscheinlich in der Nähe mit Andy spielte. Aber sie sah keinen der beiden Jungen. Völlig außer Atem setzte sie sich in den Sand, stützte die Arme nach hinten ab und schaute zurück in Richtung ihres eigenen Hauses. Aus der Ferne konnte sie sehen, wie Simon und Haley den Picknickkorb und ihre Getränke zum Boot trugen, wo er ihr half, an Bord zu kommen.

Dieses Mal fuhren sie ohne Umwege zur Insel. Kaum daß sie an Land waren, steckte Haley ihre Hand in Simons Tasche. »Und, hast du was zu rauchen mitgebracht?«
Er hob beide Arme und wich ein Stück zurück. »He, immer mit der Ruhe. Okay? Nicht so hastig.« Dann setzte er sich, stützte sich auf einen Ellbogen ab, betrachtete sie prüfend und runzelte schließlich die Stirn.
Sie stand neben ihm und blickte ungeduldig von oben auf ihn herab. »Was ist los?«
»Für meinen Geschmack schläfst du mir etwas zu lange. Deine Eltern werden noch Verdacht schöpfen.«
»Was erwartest du von mir? Daß ich gar nicht mehr schlafen soll?«
»Ich will, daß du zu einer vernünftigen Zeit aufstehst. Wenn du das nicht schaffst, dann heißt das nichts anderes, als daß du besser die Finger von diesem Zeug hier läßt.«
»Du hast mich schließlich auf den Geschmack gebracht und gesagt, daß ich mir nichts dabei denken soll und so. Und jetzt sagst du plötzlich, daß ich es wieder lassen soll?«
»Ich sage nur, daß du lernen mußt, damit umzugehen, oder es besser bleiben läßt.«
»Okay, okay«, erwiderte sie und vollführte eine übertriebene Verbeugung. Dann ließ sie sich in den Sand neben ihn fallen.

»Wenn es dich glücklich macht, bleibe ich in Zukunft eben nicht mehr so lange im Bett. Und nun, Eure Hoheit, wären Sie so freundlich, mir gnädig etwas von Ihrem Vorrat zu überlassen?«

Der Joint war gerade viermal hin und her gewandert, als Haley wieder gesprächig wurde. »Weißt du, was, Lucas und Cat sind eigentlich gar nicht meine richtigen Eltern«, sagte sie und sah, welche Überraschung sich auf Simons Gesicht abzeichnete. »Sie haben mich adoptiert, da war ich noch keine zwei Jahre alt. In Wirklichkeit ist Daddy mein Onkel. Meine Mutter war seine jüngere Schwester.«

»Tatsächlich?« meinte er nachdenklich. »Wenn man mitbekommt, wie die beiden dich behandeln, käme man nie auf die Idee.«

»Sie und mein richtiger Vater kamen bei einem Autounfall in Schottland ums Leben. Sie waren dort in Urlaub. Ich sollte eigentlich mitkommen, aber dann haben sie in letzter Minute beschlossen, mich doch lieber zu Hause zu lassen. Meinst du, daß sie vielleicht so etwas wie eine Vorahnung hatten?«

Er zuckte nur die Schultern, ohne ihr eine Antwort zu geben, und eine Weile saßen sie schweigend da und sagten gar nichts. Er hatte recht. Sie hatte tatsächlich nie das Gefühl, nicht zu Cat und zu Lucas zu gehören. An ihre richtigen Eltern hatte sie nicht die geringste Erinnerung. Als sie starben, war sie noch zu klein gewesen, um sich traurig oder einsam oder gar verängstigt zu fühlen. Solche Gefühle kannte sie erst in letzter Zeit.

»Er hat sich verändert«, sagte sie schließlich.

»Wer?«

»Lucas. Mein Vater. Seit er zusammengeschlagen wurde.«

»Aha. Wie denn?«

Sie zog die Schultern hoch, starrte in den Sand, schaufelte etwas davon in beide Hände und ließ die Körner durch ihre Finger rieseln. »Früher war er immer so sicher in allem. Ich dachte, er könnte alles tun und alles sein. Du weißt schon, wie ich das meine, oder? Und jetzt, na ja –« Sie seufzte und schaute schließlich hoch zu Simon. »Es macht mir angst.«
»Was macht dir denn daran angst?«
»Ich weiß nicht«, erwiderte sie und fing aus heiterem Himmel zu kichern an.
»Was hast du?«
Es dauerte eine ganze Minute, bis sie sich wieder beruhigt hatte und erklären konnte, was los war. »Ich mußte nur gerade daran denken, was meine Mutter für Augen gemacht hat, als du dein Hosenbein hochgeschoben und dein Jagdmesser herausgeholt hast. Ich meine, da steht Dad neben ihr, rollt gefährlich mit den Augen und scheint wild entschlossen, die Tür einzutreten, nach unten zu stürzen und alles zusammenzuschießen. Aber dein dummes altes Messer, das hat sie beeindruckt!«
Jetzt fing auch er zu lachen an, und als sie sah, wie seine harmonischen Gesichtszüge plötzlich entgleisten und wie sein Lachen immer schriller wurde, wurde ihr etwas klar, das ihr noch mehr angst machte: Eigentlich fühlte sie sich zur Zeit immer nur dann wirklich sicher, wenn Simon in ihrer Nähe war. Sie umfaßte seine Hand mit beiden Händen und drückte sie so fest, bis ihr die Hände weh taten.
»Versprich mir, daß du uns nicht verläßt, Simon«, sagte sie. »Bitte.«

Einige Zeit später fing Simon an, ihr jede Menge Fragen zu stellen. Er war beim Schwimmen gewesen, und die Gelegenheit hatte sie genutzt, sich seine Brieftasche geschnappt und sie nach Fotos von irgendwelchen Mädchen durchsucht, aber keine gefunden. Später hatten sie sich gegenseitig fotografiert, eine riesige Sandburg mit einem tiefen Graben rundherum gebaut. Er hatte sie huckepack um die ganze Insel herumgetragen, und schließlich hatten sie sich auf den Inhalt ihres Picknickkorbs gestürzt und alles verdrückt. Jetzt war ihr nach einem Nickerchen zumute, und sie ließ sich rückwärts in den Sand plumpsen.

»Ts, ts«, erwiderte sie auf seine mittlerweile vierte Frage. »Hält man so etwas für möglich? Ich habe überhaupt keine Lust zum Reden.«

»Haley will nicht mehr reden? Mann, da muß ich doch gleich einen Doktor holen!« meinte Simon, hielt sich die Hände wie ein Megaphon vor den Mund und rief: »Achtung, Achtung, befindet sich ein Arzt im Gebäude?«

Die Szene war einfach zu komisch, und sie prustete los. Dann packte er sie auch noch mit beiden Händen an der Taille und fing an, sie zu kitzeln. »Hör auf damit!« flehte sie ihn zwischen Lachanfällen an.

»Nur, wenn du endlich meine Fragen beantwortest.«

»Okay, okay, ich versprech es.«

Als sie wieder zu Atem gekommen war, sagte sie: »Okay. Was willst du wissen?«

»Alles. Erzähl mir von eurem Haus in Massachusetts. In Greenfield.«

»Es hat zwölf Zimmer, und das Grundstück ist einen knappen Hektar groß. Wir haben einen Swimmingpool, einen Tennisplatz, einen Raum mit Fitneßgeräten und eine Sauna.«

»Du lügst.«

Sie schaute ihn verwundert an. »Warum sollte ich dich anlügen?«
»Keine Ahnung. Wart ihr immer schon so reich?«
»Keine Ahnung, ich schätze schon.«
»Wie ist das denn, so reich zu sein?«
Sie zuckte die Schultern. »Es fühlt sich nach gar nichts an. Ich meine, wie sollte man sich denn dabei fühlen? Wie sah denn dein Haus aus?«
»Anders als eures.«
Aus der Art, wie er das sagte, schloß sie, daß es besser war, nicht weiter nachzufragen. Es war schon merkwürdig, aber wenn sie einmal genauer darüber nachdachte – was sie noch nie zuvor getan hatte –, dann waren vermutlich die meisten Kinder, die sie kannte, reich. »Was ist denn aus deinen Eltern geworden?«
»Die haben beide die Fliege gemacht.«
»Was soll das heißen?«
»Meinem Vater war es egal, ob ich am Leben war oder nicht. Meiner Mutter nicht, jedenfalls so lange, bis ich auf der Welt war. Sobald sie das hinter sich hatte, beschloß sie, sich die Pulsadern aufzuschlitzen.«
Haley verschlug es für einen Augenblick fast den Atem; sie hatte davon gehört, daß Leute Selbstmord begingen, aber darunter war noch nie jemand gewesen, den sie kannte. Simons Mutter hatte sie zwar auch nicht gekannt, aber irgendwie dann wieder doch, da sie ja Simon kannte. Und die Vorstellung, daß sie so etwas Gräßliches getan hatte, schockierte sie.
»Normalerweise erzähle ich das niemandem«, fuhr er fort und machte dabei ein betretenes Gesicht, als hätte er etwas verraten, das er besser für sich behalten hätte.

»Mach dir keine Sorgen, ich werde es keinem erzählen. Ehrlich.«
Als sie das sagte, schien seine Anspannung etwas nachzulassen, und da erkannte sie, daß er offenbar Vertrauen in sie gefaßt hatte. Denn er hatte ihr ein Geheimnis anvertraut – ihr und keinem anderen. Und da er sich ihr gegenüber nun schon soweit geöffnet hatte, erzählte er ihr gleich noch mehr.
»Ich war sechs Monate alt, als es passierte. Möchtest du wissen, warum?«
Haley nickte, und er fuhr fort: »Weil sie eines Tages ihre Nase zu tief in meine Windel gesteckt hat.« Er fing zu lachen an, aber in seinem Innern lachte er nicht, das wußte sie; aber sie konnte es nachvollziehen, daß er versuchte, die Sache ins Lächerliche zu ziehen und so zu tun, als sei das alles gar nicht so wichtig. Da sie jedoch auch ziemlich high war, fiel es ihr nicht schwer, in sein Lachen einzustimmen.
Simon fuhr fort, ihr noch mehr Fragen über ihre Familie zu stellen. Ihrer Ansicht nach zwar ein sterbenslangweiliges Thema, aber ihn schien es tatsächlich zu interessieren. Doch eigentlich wollte sie gar nicht darüber reden, wie es war, mit einem Vater wie Lucas aufzuwachsen, in einem schönen Haus zu leben, auf gute Schulen zu gehen, tolle Ferien zu verbringen ... Sie konterte statt dessen mit einer Gegenfrage: »Sag mal, Simon, findest du mich hübsch?« Schlagartig verstummte er. Gott, wie gerne wäre sie in dem Moment im Sand versunken und auf der anderen Seite in China wieder herausgekommen – nichts lieber als das. Aber das war ihr natürlich nicht vergönnt. Also blieb ihr nichts anderes übrig, als steif dazusitzen und auf eine Antwort zu warten, die nicht kam.
Schließlich, als sie es nicht mehr aushielt, ließ sie alles stehen

und liegen und rannte zum Boot zurück, wo sie an Bord kletterte, sich ans Heck hockte, die Knie bis unters Kinn hochzog und wartete, während Simon sich genüßlich Zeit ließ, bis er endlich ihre Sachen zusammenpackte und an Bord brachte. Dort stellte er ihre Picknickausrüstung einfach auf den Boden und lichtete den Anker. Sie hörte, wie der Motor startete.

Verdammter Mist, sie hatte alles ruiniert. Warum hatte sie nur ihre große Klappe so weit aufreißen müssen? Sie wußte, daß sie kein Recht hatte, auf ihn wütend zu sein. Schließlich war er nicht beleidigend geworden und hatte sie als häßliche Kuh oder ähnliches bezeichnet. Aber sein Schweigen hatte Bände gesprochen.

Als Simon einige Zeit später das Boot an ihrem Angelplatz festgemacht hatte – sie hatte eigentlich erwartet, daß er schnurstracks nach Hause führe –, sagte er zu ihr: »Hör mal, ich wollte deine Gefühle nicht verletzen, Haley.«

»Keine Angst, das hast du auch nicht«, erwiderte sie kratzbürstig; sie wollte nicht noch mehr gedemütigt werden.

»Du benimmst dich aber so.«

»Tue ich das?«

Erst nach längerem Schweigen ließ er sich wieder vernehmen: »Also, Haley, du bist wunderschön. Ist es das, was du von mir hören wolltest?«

»Meinst du es denn auch so?«

»Ich habe es doch gesagt, oder nicht?«

Es war genau das, was sie hatte hören wollen – er schien zwar aus irgendeinem Grund verärgert darüber zu sein, daß sie es aus ihm herausgelockt hatte, aber plötzlich war die Welt wieder in bester, in allerbester Ordnung sogar. Er brauchte gar nichts mehr zu sagen, was er auch nicht tat. Sie brachte aber auch nicht den Mut auf, ihm ins Gesicht zu sehen.

Schweigend angelten sie vor sich hin und tauschten nur hin und wieder ein paar einsilbige Bemerkungen aus, während Simon drei recht ordentliche Flundern aus dem Wasser holte. Sie fing nichts, aber das konnte ihr sein Kompliment nicht vermiesen. Und nicht einmal die Tatsache, daß Simon irgendwann später meinte, das Boot sei ein Saustall, was ihre Schuld sei, und daß sie es deswegen auch saubermachen müsse. Eigentlich hätte sie viel lieber ein Nickerchen gemacht, aber so räumte sie statt dessen auf; der Anlaß war es nicht wert, Simon zu verärgern.

Er ließ sich unterdessen seinen Joint schmecken, ganz allein, da er der Ansicht war, sie hätte ohnehin schon genug. Ehe sie zurückfuhren, holte er aber noch rasch ein Fläschchen mit irgendwelchen Tropfen aus der Tasche, träufelte sich ein paar in die Augen und machte anschließend dasselbe bei ihr.

Am nächsten Abend waren alle – mit Ausnahme von Lucas, der in diesen Tagen eher abweisend, um nicht zu sagen menschenscheu war – um den großen Tisch im Eßzimmer versammelt und spielten Risiko. Da hupte es vor dem Haus. Sofort mußte Cat an ihren ersten Abend im Strandhaus denken. Sie sah, wie Lucas die Zeitung sinken ließ und gespannt aufhorchte. Ehe er jedoch aufstehen konnte, griff Simon ein.

»He, es ist alles in Ordnung, Lucas«, beruhigte er ihn. »Sie lesen in aller Ruhe weiter Ihre Zeitung, während ich mich um die Sache kümmere.«

Trotzdem folgten ihm alle zum Fenster: Draußen bot sich derselbe Anblick wie beim letzten Mal – die Hupe war wieder verstummt, aber da die Scheinwerfer voll aufgeblendet waren und der Wagen weit weg vom Haus stand, war es unmöglich, das Auto deutlich zu sehen, geschweige denn, eine Marke zu erkennen. »Genau so ist es auch an unserem ersten Abend hier gewesen«, erklärte Lucas. »Ich denke, dieses Mal sollten wir wirklich die Polizei rufen.«

»Warten Sie damit, lassen Sie mir noch ein paar Minuten, damit ich draußen nachschauen kann«, bat Simon und war bereits auf dem Weg zur Tür.

Simons halbherzige Bitte konnte Lucas jedoch nicht aufhalten. Auf eine Krücke abgestützt, humpelte er zum Telefon. »Das gefällt mir ganz und gar nicht, Cat. Da ist mir etwas zuviel Zufall im Spiel.«

»Vielleicht sollten wir wirklich noch abwarten«, meinte Cat, hin- und hergerissen zwischen Lucas, dem sie kurz einen Blick zuwarf, und Simon, den sie nicht aus den Augen ließ und weiter durch das Fenster beobachtete. Simon war gerade bei dem Wagen angelangt, als Lucas die ersten Nummern eintippte. »Warte, nicht!« sagte sie laut und drehte sich nun endgültig zu Lucas um, der daraufhin den Hörer vom Ohr nahm. »Wer immer das auch sein mag, Simon spricht jedenfalls gerade mit ihm. Alles scheint –« Ein Stimme drang durch den Telefonhörer, Lucas zögerte einen Augenblick, legte dann aber kurz entschlossen auf.

Cat hörte, wie ein Motor angelassen wurde, und schaute erneut zum Fenster hinaus. Simon trat gerade von dem Wagen zurück, der rückwärts die Straße hinausfuhr. »Es ist alles in Ordnung, Lucas«, bemerkte sie und drehte sich um. »Sie haben –«

Aber da war Lucas bereits im Schlafzimmer verschwunden.

Eine Minute später war Simon wieder da. »Na, der Fall wäre

erledigt«, sagte er und sah sich suchend nach Lucas um. Als er ihn nicht finden konnte, schaute er sie fragend an.

»Er ist in sein Zimmer gegangen«, erklärte sie.

»Was ist los? Alles in Ordnung mit ihm?«

»Sicher, ihm geht es gut. Er ist nur müde«, sagte sie. Das war gelogen, und Simon wußte es.

»Und, wer war es?« fragte Haley ungeduldig.

Simon ging zurück zum Spieltisch. »Nur ein paar Kids, die unbedingt da draußen parken wollten. Sie dachten, das sei ein guter Platz. Ich habe ihnen aber klargemacht, daß sie den hier vergessen können.«

»Ich möchte wetten, die sind halb gestorben vor Angst, als du da plötzlich vor ihnen aufgetaucht bist«, sagte Haley.

»Jetzt spielen wir doch endlich weiter«, quengelte Zack, der dem unnötigen Gerede so rasch wie möglich ein Ende setzen wollte.

Simon warf Cat einen auffordernden Blick zu, die mit ihren Gedanken jedoch immer noch bei Lucas und den jungen Leuten auf Parkplatzsuche war, die Simon eben verjagt hatte. Sie hielt es für merkwürdig, daß die jungen Leute gehupt hatten, aber bei all den Kommentaren, die ohnehin schon durch die Luft schwirrten, sagte sie lieber nichts. Außerdem, war das wirklich so wichtig?

Die Kinder hatten das Spiel immer noch nicht fortgesetzt, und jetzt erst merkte sie, daß alle nur auf sie warteten. »Spielt ihr drei mal allein weiter. Mich könnt ihr vergessen, ich habe Kopfschmerzen.«

Sie ging ins Bad und nahm ein Aspirin. Dann füllte sie das Glas erneut mit Wasser und trug es, zusammen mit dem Fläschchen Tabletten, zu Lucas. Dort stellte sie das Glas auf den Nachttisch und hielt ihm die Tabletten hin.

»Würdest du mich, verdammt noch mal, endlich in Ruhe lassen!« blaffte er sie an und holte heftig mit dem Arm aus; in einer einzigen Bewegung schlug er ihr das Fläschchen aus der Hand, woraufhin sich die Tabletten in hohem Bogen quer durch das ganze Zimmer ergossen.
Entsetzt starrte sie ihn an. Sie war so verblüfft und überrumpelt, daß sie keinen Finger rühren konnte. Nie zuvor hatte er auch nur ansatzweise ähnliches getan. Und obwohl er einen ebenso entsetzten Eindruck machte wie sie, war das kein Trost für Cat, die fluchtartig das Schlafzimmer verließ. An den Kindern vorbei stürmte sie aus dem Haus und rannte den sandigen Strand entlang, wo sie ihren Tränen erst freien Lauf ließ, als ihre nackten Füße von Wellen umspült wurden.
Gütiger Gott, was geschah mit ihnen?

Unter der runden Scheibe des Vollmonds marschierte sie meilenweit den Strand entlang und kehrte erst sehr viel später nach Hause zurück. Da waren bereits alle Lichter gelöscht, bis auf die auf der Veranda, im Badezimmer und einer kleinen Lampe im Wohnraum. Alle lagen schon im Bett. Nein, nicht alle. Sie sah Simon zuerst nicht, aber er stand auf der Veranda, wo er offensichtlich schon eine Weile Ausschau nach ihr hielt.
Als er sah, daß sie zu ihm herschaute, drehte er schnell sein Gesicht Richtung Wasser. Er wollte nicht aufdringlich erscheinen, wollte ihre Intimsphäre nicht verletzen.

10

Lucas warf sich in dieser Nacht heftiger als sonst im Bett hin und her; vielleicht lag es aber auch nur an Cats eigenem Unvermögen, einschlafen zu können, daß sie diesen Eindruck hatte. Ihr entging kein Nebelhorn und kein knarzendes oder knisterndes Geräusch, das sich normalerweise ungehört in der Nacht auflöste; auch Lucas nicht. Sie sah, wie er jedesmal den Kopf vom Kissen hob und lauschte. Und da sie bisher immer auf Lucas' Stärke vertraut hatte, wurden seine Ängste nun auch zu den ihren.

Irgendwann in den nächsten Tagen erhielten sie einen weiteren anonymen Anruf, der Lucas erneut an den Rand eines Nervenzusammenbruchs brachte. Mehr als einmal flehte sie ihn an, doch ein Beruhigungsmittel zu nehmen, aber er weigerte sich hartnäckig. Auch Simon versuchte ihn hinaus auf den Bootssteg zu lotsen, damit er dort seine neue Angelrute ausprobierte, aber er wollte nicht und zog es vor, im Haus sitzenzubleiben und fernzusehen.

Als Cat an dem vereinbarten Termin Lucas zu Dr. Robbins in dessen Privatpraxis in der Stadt brachte, wo dieser nach seinem Bein sah, das – wie sich herausstellte – noch drei weitere Wochen im Gips würde stecken müssen, bat sie den Arzt schließlich um seine Hilfe. Während Lucas draußen im Wartezimmer saß, stahl sie sich mit der Ausrede davon, mit der Sekretärin noch einige Papiere für die Versicherung ausfüllen zu müssen.

Statt dessen kehrte sie zu dem Arzt zurück und erklärte ihm,

unter vier Augen und so gut es ihr möglich war, die Entwicklung der letzten Tage.
Dr. Robbins lehnte sich in seinem Stuhl zurück und strich sich geistesabwesend mit breiten Fingern über das bärtige Kinn. »Sie müssen verstehen, Mrs. Marshall, daß Ihr Mann ein schweres Trauma erlebt hat. Aber vergessen Sie dabei einen Moment lang seine Prellungen und Schnittwunden und das Bein. Es ist eine weitaus schwerwiegendere Verletzung, mit der er sich so schwer tut und die ihn nicht losläßt: das quälende Erlebnis, von Fremden manipuliert und beherrscht zu werden. Die eigene Familie ihrer Gnade ausgesetzt zu sehen, während Sie diesen Männern in Ihrer ganzen Verletzlichkeit ausgeliefert waren. Zum Glück gab es keine sexuellen Übergriffe gegen ihn, aber die Demütigung, der er ausgesetzt war, kann sicher mit einer Vergewaltigung verglichen werden. Sie sehen schon, bei solchen Dingen geht es immer um Macht und Kontrolle.«
Lucas vergewaltigt? Sie war beinahe vergewaltigt worden, aber er? Auf die Idee wäre sie nie gekommen. Hatte er es vielleicht so empfunden? Sie hatte ihn nicht ermutigt, über seine Gefühle zu reden, da sie dachte, er würde sich um so schneller von dem Schock erholen, je weniger sie darüber sprachen.
»Was schlagen Sie mir vor, was ich tun soll?«
Er zuckte vage die Schultern. »Üben Sie sich noch eine Weile in Geduld, würde ich Ihnen vorschlagen. Normalerweise treten im Laufe der Zeit unsere Verteidigungsmechanismen in Aktion und schieben traumatische Erlebnisse dieser Art langsam immer weiter in den Hintergrund. Die Gesichter der Männer, sogar der Überfall selbst, werden immer stärker verblassen, bis sie mehr einem Traum als einem realen Ereig-

nis gleichen. Und je weiter diese Entwicklung fortschreitet, desto positiver wird sich das auch auf das Selbstvertrauen Ihres Mannes auswirken. Wenn Sie dann feststellen, daß sich immer noch nichts zum Besseren gewendet hat, dann sollten Sie vielleicht doch einen Therapeuten aufsuchen. Manchmal kann es bereits hilfreich sein, zu erkennen, daß die eigene Reaktion gar nicht so ungewöhnlich ist, wie man meint.« Er schaute auf seine Uhr, klappte Lucas' dünne Krankenakte zu und warf ihr einen aufmunternden Blick zu. »Wie geht es denn den Kindern?«

»Unser kleiner Sohn hat ein paarmal nachts ins Bett gemacht und auch des öfteren Fragen über Sex gestellt, vor allem zum Thema Vergewaltigung. Aber Lucas und ich, wir haben uns beide mit seinen Ängsten auseinandergesetzt und mit ihm darüber gesprochen. Unser Tochter ist da schon etwas verschlossener; sie klärt ihre Probleme gern für sich selbst. Auf jeden Fall befinden wir uns hier in unserem Feriendomizil, wo es den Kindern sehr gut gefällt und sie jede Menge zu tun haben. Was natürlich dazu beiträgt, daß sie die Sache leichter vergessen und weitermachen können wie bisher. Außerdem haben wir einen netten jungen Mann von neunzehn Jahren den Sommer über bei uns zu Gast. Simon erledigt für uns alle anfallenden Arbeiten im Haus, um die sich Lucas in seinem momentanen Zustand nicht kümmern kann. Und dazu unternimmt er jede Menge mit den Kindern. Wir haben ihn alle sehr in unser Herz geschlossen.«

»Gut, ach, was heißt da gut – wunderbar. Seine Anwesenheit müßte doch auch eine beruhigende Wirkung auf Mr. Marshall haben. Ein weiterer Mann im Haus, größere Sicherheit.«

»O ja. Ganz genau. Simon ist auch groß und kräftig.«
Dr. Robbins lächelte. »Und was ist mit Ihnen?«
»Mit mir?« Cat zuckte die Schultern. »Na ja, wenn Sie damit meinen, ob Simons Anwesenheit auch mir hilft, dann muß ich sagen, das ist tatsächlich der Fall. Im Moment wüßte ich wahrscheinlich nicht, was wir tun sollten, wenn er sich entschlösse, uns wieder zu verlassen. Aber ich würde lügen, wenn ich behauptete, daß ich nicht immer noch nervös und ängstlich reagiere, vor allem dann, wenn diese Stimmung bei Lucas wieder akut wird. Statt daß ich einen beruhigenden Einfluß auf ihn ausübe, üben seine Reaktionen einen beunruhigenden Einfluß auf mich aus. Und ich habe schlimme Alpträume, auch wenn ich mich am nächsten Morgen kaum noch an sie erinnern kann.«
Der Arzt schrieb etwas auf seinen Rezeptblock und gab ihr den Zettel. »Dieser Tranquilizer hier ist milder als der, den ich Ihrem Mann verschrieben habe. Aber wenn Sie spüren, daß Sie wieder nervös werden, dann nehmen Sie einfach eine Tablette. Ihr Mann hat zwar diesbezüglich eine andere Meinung, aber ich kann Ihnen versichern, es ist kein Charakterfehler, wenn Sie etwas einnehmen.«

»Lucas, könntest du dir vorstellen, zu einem Therapeuten zu gehen?« fragte sie auf dem Weg zur Apotheke, obwohl sie genau wußte, daß Lucas ein solches Ansinnen empört zurückweisen würde.
»Nein. Wieso fragst du?«
»Ach, ich dachte nur ... Du warst in der letzten Zeit so angespannt.«
»Hast du darüber mit dem Arzt gesprochen?«
»Nein, selbstverständlich nicht ...« Einen Moment lang

schwiegen sie beide unbehaglich. »Vielleicht nur ein oder zwei Sitzungen mit einem Menschen, dem du dich anvertrauen könntest, Lucas –«

»Ich sagte nein! Belassen wir es dabei.«

Sie fuhr in das Einkaufszentrum und hielt vor der Apotheke.

»Was wollen wir hier?« fragte er.

»Ich will nur noch rasch ein paar Sachen mitnehmen. Hast du was dagegen?« Sie hatte Lucas zuvor noch nie angelogen – jetzt floß eine Lüge nach der anderen so rasch aus ihr heraus, daß sie kaum mehr mitkam. Ihr war nicht wohl dabei, sie fühlte sich angespannt und hätte am liebsten auf der Stelle das neue Beruhigungsmittel geschluckt.

»Was für Sachen?«

»Irgendwelche Sachen eben! Um Himmels willen, Lucas. Interessiert dich das denn wirklich?«

Er schüttelte den Kopf und betrachtete sie mißtrauisch – und das mit gutem Grund. Es sah Cat so gar nicht ähnlich, wegen nichts und wieder nichts ihre Gelassenheit zu verlieren. »Nein, eigentlich nicht«, meinte er schließlich. »Wie lange wirst du brauchen?«

»Gib mir zehn Minuten.«

Als sie in der Apotheke verschwunden war, stieg er aus dem Wagen. Der Gips hatte zwar unten an der Sohle eine Gehschiene, aber Lucas fühlte sich einfach sicherer, wenn er sich zusätzlich noch auf einer Krücke aufstützte. Mit ihrer Hilfe humpelte er nun zu dem Motorradgeschäft schräg gegenüber. Jede Erinnerung an die unangenehme Auseinandersetzung mit Cat in die hinterste Ecke seines Kopfes verbannend, steuerte er direkt auf eine nagelneue Honda CBR 600 F2 zu.

Ein Hundert-PS-Motorrad mit 16-Ventil-Motor und Rennverkleidung. Simon – und nicht nur er, sondern jeder Neunzehnjährige – wäre bestimmt ganz verrückt nach diesem Geschoß. Lucas wäre das mit neunzehn sicher auch gewesen, hätte er in diesem Alter nicht alle Hände voll damit zu tun gehabt, sich durchs College zu bringen, nebenbei einen Vollzeitjob zu bewältigen und sich außerdem noch um Schwester und Mutter zu kümmern.

Der Junge hatte nicht nur Courage, dachte Lucas, er hatte auch noch Klasse. Und er blickte voll durch. Doch darüber konnte Lucas nicht reden, nicht einmal mit Cat. Obwohl Simon in der letzten Zeit immer wieder für Lucas in die Bresche gesprungen war, hatte er nie viel Aufhebens darum gemacht. Und er hatte auch nie durchblicken lassen, daß er genau wußte, welche Ängste Lucas mit sich herumschleppte.

Sie bat in der Apotheke um ein Glas Wasser und nahm die Tablette noch an Ort und Stelle ein. Eigentlich haßte sie sich dafür, denn wie Lucas auch nahm sie nur ungern Tabletten, vor allem solche, die Einfluß auf die psychische Verfassung hatten. Aber jetzt konnte sie es kaum mehr erwarten, daß die Tablette ihre Wirkung entfaltete. Sie fing an zu überlegen – wie lange war es jetzt her, seit sie sich das letztemal ruhig und gelassen gefühlt hatte?

Als sie aus der Apotheke kam, entdeckte sie Lucas durch die dicke Glasscheibe des Motorradgeschäfts, wo er gerade von einem Motorrad zurücktrat und es prüfend musterte. So hatte sie Gelegenheit, noch rasch in die Herrenboutique zwei Türen weiter zu gehen und Simon zwei Badehosen zu kaufen. Ihr war erst an diesem Morgen aufgefallen, daß er immer noch die alten, blauweißgestreiften Schwimmshorts von Lucas trug.

Es wurde Zeit, daß er eine Badehose bekam, die ihm auch paßte.

Simon bekam kaum den Mund auf, als Cat ihm die beiden Badehosen überreichte. Aber etwas später an diesem Nachmittag, als sie allein den Strand entlangspazierte, kam ihr Simon hinterhergerannt.

»He, Cat, warten Sie«, rief er, woraufhin sie sich umdrehte. Die Sonne hatte sein Haar noch mehr ausgebleicht und seine Haut gebräunt, und er sah einfach umwerfend gesund aus. Zwei Seemöwen und ein Flußuferläufer kreisten in der Nähe, als er – wie einem Werbespot entstiegen – auf sie zugelaufen kam. »Wo wollen Sie hin?« fragte er und glich sich ihrem Tempo an.

Sie zuckte lächelnd die Schultern. »Es ist so ein schöner Tag zum Laufen.«

»Ja. Tja, soviel ich weiß, war Lucas heute beim Arzt. Ich will ja nicht neugierig erscheinen, aber ich habe mich gefragt, ob –«

Er machte eine Pause; er hatte das Thema zwar nicht direkt angesprochen, aber irgendwie hatte sie das Gefühl, daß es an der Zeit war, mit ihm darüber zu reden. »Körperlich geht es ihm soweit ganz gut«, entgegnete sie. »Aber emotional, na ja, du siehst ja selbst, was los ist. Es dauert eben seine Zeit, eine solche Erfahrung, wie er sie gemacht hat, zu verarbeiten.«

»Ich wünschte, ich könnte irgend etwas tun.«

»Der Arzt ist der Meinung, daß du ohnehin schon genug für ihn tust. Allein deine Anwesenheit nimmt bereits den größten Druck von ihm und gibt ihm Zeit, an seinen Ängsten zu arbeiten. Ich weiß genau, wie sehr er das zu schätzen weiß.«

Wie sie sich so reden hörte, wurde ihr klar, daß sie mit ihren

gutgemeinten Komplimenten dem Jungen vielleicht eine zu große Verpflichtung aufhalste, und so fügte sie rasch hinzu: »Tut mir leid, Simon, es sollte eigentlich nicht so klingen, als wollte ich dich damit unter Druck setzen. Mir ist durchaus klar, daß du nur übergangsweise für uns arbeitest. Du kannst selbstverständlich tun und lassen, was du möchtest, und gehen, wann immer du willst.«
Er erwiderte nichts, sondern hörte ihr weiter zu, während er neben ihr her ging, die Hände in den Taschen seines Sweatshirts vergraben und auf den Sand zu seinen Füßen starrend. Und da kam ihr der Gedanke, daß es vielleicht genau das war, worüber er mit ihr reden wollte, und ihr wurde ganz flau im Magen. »Du denkst doch nicht daran, uns zu verlassen ... Ich meine, das ist doch nicht der Grund, weshalb du mit mir reden wolltest, oder?«
Er blickte hoch zu ihr. »O nein, nichts in die Richtung. Mir gefällt es hier.«
Sie lächelte. »Schön.« Nach ein paar Schritten meinte sie: »Sag mir doch mal, was es ist, das dir hier bei uns so gut gefällt. Soweit ich weiß, benützt du ja nicht einmal dein Schlafzimmer. Oder vielleicht doch?«
»Nein, eigentlich nicht.«
»Also, falls ich dir mit dieser Frage nicht zu nahe trete – wo schläfst du eigentlich?«
»Draußen. Und in den paar wenigen Nächten, in denen es geregnet hat, war ich im Werkzeugraum unten im Keller.«
»Um Himmels willen, warum denn ausgerechnet dort?«
Achselzuckend meinte er: »Lucas hat zu mir gesagt, ich soll es mir im Haus bequem machen. Ach, übrigens, vielen Dank für die Badehosen. Sie gefallen mir gut.« Als Antwort lächelte sie, und er fragte: »Woher wußten Sie überhaupt meine Größe?«

Sie lachte. »Ach, so schwer ist es nicht, so etwas zu erraten.«
»Männer sind leicht zu durchschauen, hm?«
Nicht immer. Vor allem Lucas nicht in der letzten Zeit. Aber dabei ging es auch nicht um irgendwelche Kleidergrößen.
Unvermittelt blieb er stehen und umfaßte ihren Ellbogen, so daß sie auch stehenbleiben mußte. »Hören Sie, es gibt einen Grund, warum ich mit Ihnen reden wollte.« Seine blauen Augen sahen sie eindringlich an. »Es freut mich zu hören, daß meine Anwesenheit Lucas hilft, das freut mich wirklich. Aber manchmal frage ich mich ... Wissen Sie, ich würde auch Ihnen gern helfen.«
»Aber das tust du doch, Simon.«
Er seufzte. »Na ja, es fällt mir nur auf, wie nervös und angespannt Sie sind, vor allem, weil Lucas oft so unbeherrscht ist. Ich habe Sie manchmal nachts draußen auf der Veranda gesehen. Haben Sie Alpträume?« Er schüttelte den Kopf und hob abwehrend eine Hand, noch ehe sie darauf antworten konnte. »He, vergessen Sie, daß ich gefragt habe, okay? Da geht mich schließlich alles nichts an. Ich möchte eigentlich nur, daß Sie wissen – ich bin hier. Wenn es sein muß, kann ich ganz schön fies und gemein werden und mich auch ganz gut prügeln. Aber ich erwarte nicht, daß ich Ihnen das beweisen muß, da ich nicht glaube, daß es Ärger geben wird. Also hören Sie auf, sich Sorgen zu machen, okay?« Er hob beide Hände. »Das war's. Ende der Durchsage.«
Er machte plötzlich einen so verlegenen Eindruck, daß sie nicht anders konnte, als sich zum ihm vorzubeugen und ihm einen Kuß auf die Wange zu geben. »Sag mal, bist du allen Menschen gegenüber so aufmerksam und freundlich? Oder ist es nur die Familie Marshall, die in den Genuß dieses Privilegs kommt?«

Er hob stumm die Schultern, ließ sie wieder sinken, ging zwei, drei Schritte, hob ein paar Kieselsteine auf und ließ sie über das Wasser hüpfen. »Normalerweise bin ich ein ziemlicher Einzelgänger. Aber ich weiß nicht, vielleicht mag ich Sie und Ihre Familie eben.« Er schenkte ihr ein gequältes Lächeln und fragte: »Wieso, brauche ich noch mehr Gründe dafür?«

»Nein, natürlich nicht.« Als sie dann weitergingen, ließen sie das Thema fallen und wandten sich anderen Dingen zu, angeregt über dies und das plaudernd. Aber eine Sache setzte sich in Cats Gedanken fest und ließ sich das ganze Gespräch über nicht mehr vertreiben: Was, um alles in der Welt, konnte einem Menschen daran gefallen, in einem muffigen Keller zu schlafen?

Alle waren unterwegs und mit irgend etwas beschäftigt. Lucas empfand ein Gefühl der Vorfreude wegen des Motorrads für Simon, das der Händler, wie er versprochen hatte, übermorgen liefern und bei dem er zuvor noch alle Einstellungen überprüfen wollte. Als er deshalb den Lieferanten vor der Tür stehen sah, war er ziemlich verblüfft, weil er dachte, daß das Motorrad schon da wäre.

Aber wie sich herausstellte, war es der Mann von UPS. Und der Karton, der an ihn adressiert war, war riesengroß. Der Fahrer trug ihn freundlicherweise ins Haus, aber von da an war Lucas auf sich allein gestellt. Er benötigte auch beinahe zwanzig Minuten, um die Schachtel aus dickem Karton auf- und das motorgetriebene Sand-Kart herauszubekommen. Auf der beiliegenden Karte war zu lesen: *Lieber Lucas, tut uns leid, daß es so lange gedauert hat, aber wir mußten es erst bestellen. Es wurde extra für unseren armen alten, arbeitsunfä-*

higen und bewegungsfaulen Boß, der zur Zeit so unsicher auf den Beinen ist, entworfen. Wir hoffen, daß er es genießt! Alles Gute, die Jungs und Mädels aus dem Büro.

Das Wägelchen hatte dicke, feste Räder, fast wie ein Minitraktor.

Haley war die erste, die es sah. »Wahnsinn, wo kommt denn das her?« fragte sie, während sie hinter sich die Schiebetür schloß.

»Von der Belegschaft im Büro.«

Sie kam näher und setzte sich hinein. »Fährt es?«

»Das hoffe ich doch. Es hat einen Elektromotor. Probier es mal aus.«

Sie schob den Hebel nach vorne und steuerte das Gefährt mittels der Lenksäule vorsichtig um die Möbel herum. Man konnte zwar keine Rennen damit gewinnen, aber wenn es sich im Sand genauso gut manövrieren ließ, dann war es gar nicht so übel.

»Das macht ja direkt Spaß«, meinte Haley. »Willst du damit herumfahren? Denn wenn nicht, dann schnappe ich es mir.«

»Du solltest besser aufpassen. Denn wenn du weiter so vor dich hinfaulst, dann werden wir dir ein paar Vitaminspritzen verpassen müssen.« Er wollte sie mit der Bemerkung zwar nur aufziehen, aber ihm war nicht entgangen, daß sie in der letzten Zeit ziemlich oft und ziemlich lange träge am Strand herumlag. Aber war es wirklich so ungewöhnlich für Mädchen in ihrem Alter, daß sie untätig in der Sonne dösten und sich bräunten – eigentlich nicht, oder?

Und außerdem schien sie recht glücklich zu sein, vor allem, wenn sie mit Simon zusammen war. In kürzester Zeit hatte sich zwischen den beiden eine schöne Freundschaft entwickelt. Sie achtete ihn, und er war freundlich und fürsorg-

lich zu ihr. Lucas mußte dabei an die Beziehung denken, die er vor langer Zeit zu seiner eigenen kleinen Schwester – zu Haleys Mutter – gehabt hatte.
»Ich bin nicht am Verfaulen«, erwiderte sie und ging zum Kühlschrank. »Es würde mir einfach nur Spaß machen, damit herumzufahren.« Dann fiel ihr etwas ein, und sie fügte hinzu: »Haben die Leute aus deinem Büro dir nicht auch schon diese Angelrute geschickt?«
»Nein, die kam von Jack und Linda.«
»Ah, ja.« Sie nahm einen Becher mit Ananasjoghurt aus dem Kühlschrank, zog den Deckel ab und warf ihn in den Abfalleimer. »Stimmt, jetzt fällt es mir wieder ein. Das waren die Blumen.«
Lucas sah sie überrascht an; diesen englischen Garten hatte er schon völlig vergessen – oder was immer das für ein Garten gewesen war, wie Cat das Pflanzenarrangement genannt hatte. Beide Geschenke waren vielleicht tatsächlich etwas zuviel des Guten, dachte er.
Haley steckte einen Löffel in den Joghurt und ging damit nach draußen. »Soll ich dir den Wagen hinunter an den Strand bringen, Daddy?«
Erst als Haley seinen Namen wiederholte, gab er ihr eine Antwort, so vertieft war er in seine Gedanken. »Nein, der ist viel zu schwer für dich«, sagte er schließlich. »Das überlassen wir lieber Simon.« .
Während Haley sich auf ihre Decke am Strand verzog, wählte er die Nummer seines Büros, wobei ihm auffiel, daß er das erstemal dort anrief, seit sie im Strandhaus angekommen waren. Gute Laune vorzuspielen war gar nicht so leicht, aber als Shirley sich meldete, hörte er sich – wie er meinte – doch ganz munter an. »Hallo, Shirley«, setzte er an. »Wie

geht's, wie steht's? Das Wägelchen ist großartig! Vielen Dank dafür.«

»Lucas! Das darf doch nicht wahr sein, ich dachte schon, Sie wollen überhaupt nichts mehr von uns wissen! Tja, wir halten hier die Stellung, so gut wir können. Aber was uns brennend interessiert – wie geht es Ihnen denn?«

Lüge, die Leute erwarten das von dir, sie rechnen sogar damit.

»Kann mich nicht beklagen«, erwiderte er.

»Und der Familie?«

»Oh, der geht es auch gut. Wir haben übrigens tolles Wetter hier.«

»Ja, wir hier auch.« Nach einer kurzen Pause fragte sie: »Also, der Wagen gefällt Ihnen?«

»Weshalb sollte er mir nicht gefallen? Es ist ein großartiges Vehikel, und damit komme ich endlich hinunter ans Wasser. Ich habe sogar schon ein verlockendes Angebot von Haley bekommen, die ihn liebend gerne übernehmen würde, falls ich mich entschließe, ihn nicht zu benutzen. Der muß ja wirklich eine Stange Geld gekostet haben, habe ich recht?«

»Ach, so schlimm war es auch wieder nicht. Sie kennen doch Jack, er kennt immer jemanden, den er anrufen und um einen Gefallen bitten kann. Er hat ihn zu einem wahren Schleuderpreis für uns besorgt. Aber«, fuhr sie kichernd fort, »das dürften Sie eigentlich gar nicht wissen.«

»Keine Angst, ich habe es schon wieder vergessen. Richten Sie bitte allen meinen Dank aus. Ach, und für die Blumen übrigens auch.«

»Welche Blumen? Was meinen Sie damit?« fragte sie, und er spürte, wie sein Herz einen Satz machte. Ein Teil von ihm wollte die Antwort hören, während ein anderer Teil Angst davor hatte. »Sie wissen doch«, antwortete er und beschloß, die Sache durchzuziehen, »dieses Planzenarrangement, das Sie mir geschickt haben, als ich aus dem Krankenhaus kam ...«

»Tja, davon weiß ich ja gar nichts. Wer hat denn die Karte unterschrieben, Lucas?«

»Da stand einfach drauf: ›Von den Jungs‹. Cat und ich haben das so verstanden, daß sie von Ihnen –« Er hätte es wissen müssen. Natürlich. Auch Cat hätte darauf kommen müssen. Aber sie war nicht willens gewesen, etwas so Beängstigendes überhaupt in Betracht zu ziehen.

»Ich weiß ja, daß Sie ein ausgeprägter Chauvinist sind, Lucas. Und die gute Cat – na ja, das liebe Mädchen hat es mit Ihnen schon so lange ausgehalten, daß sie wahrscheinlich ganz vergessen hat, daß es so etwas wie eine Frauenbewegung überhaupt gibt. Aber in diesem Büro hier arbeiten vier ganze Frauen, und eine von ihnen ist sogar leitende Ingenieurin. Das würde ich mir an Ihrer Stelle besser mal merken.«

»Aber das habe ich doch überhaupt nicht vergessen, wie sollte ich? Es ist nur so, daß ... Ich weiß nicht, ich schätze, das war die einzige Erklärung, die einen Sinn ergab. Wissen Sie, wir haben es nämlich sonst niemandem gesagt.«

»Tja, also wir waren es jedenfalls nicht. Außerdem, Sie kennen doch die Jungs hier – die können doch kaum einen Briefumschlag adressieren oder eine Briefmarke draufkleben, geschweige denn den Versand von Blumen organisieren.«

Seine Gedanken fingen an zu rotieren, und er ließ sich noch einmal alle merkwürdigen Episoden seit der Nacht des Überfalls durch den Kopf gehen, bis er schließlich wieder bei dem landete, was Shirley ihm eben gesagt hatte. Der Blumenhändler war aus dem Ort gewesen, er erinnerte sich, eine

Adresse aus Clinton auf dem Umschlag der Karte gesehen zu haben. Dort gab es nur zwei entsprechende Läden, und so rief er den an, der als erster im Telefonbuch stand, und bat, doch mal in den Unterlagen nachzusehen, ob sein Name darin aufgeführt war. »Das muß vor ungefähr einer Woche gewesen sein«, erklärte er dem Angestellten. In den Unterlagen dieses Blumenladens war sein Name nicht zu finden, aber in denen des Sunset Flower Shop, den er gleich darauf anrief.

»War denn keine Karte dabei?« wollte der Verkäufer wissen, der sich am Telefon gemeldet hatte.

»Sicher, aber eben nur eine von diesen unpersönlichen und nichtssagenden Vordrucken, die auf viele Leute zutreffen. Ich hatte eigentlich erwartet, daß sich mittlerweile jemand bei mir melden oder zumindest erwähnen würde, daß er die Blumen geschickt hat. Aber das ist nicht der Fall. Sie sehen also, daß ich mich in einer ziemlichen Zwangslage befinde. Bei wem soll ich mich jetzt bedanken?«

»Ich werde mal sehen, was ich für Sie tun kann«, erklärte der Mann und bat ihn, kurz zu warten. Als er sich wieder meldete, sagte er: »Ich fürchte, ich werde Ihnen nicht sehr helfen können, Mr. Marshall. Der europäische Blumengarten, der Ihnen vor acht Tagen zugeschickt wurde, ist bar bezahlt worden.«

»Und was ist mit der Person, die ihn bezahlt hat? Können Sie mir über sie etwas sagen?«

»Hm, das ist doch schon über eine Woche her. Angesichts der vielen Kunden bei uns im Geschäft ist das gar nicht so einfach. Außerdem war es – den Initialen im Buch nach zu schließen – nicht ich, der die Bestellung entgegengenommen hat.«

»Wer war es dann?«

»Harry Landerman. Er hat heute frei, wird aber morgen wieder im Geschäft sein. So gegen zehn. Wenn Sie mir Ihre Nummer geben wollen, kann ich ihn bitten, Sie zurückzurufen.«

»Nein, das ist nicht nötig. Ich werde mich noch mal bei ihm melden.« Er hatte es immer schon vorgezogen, lieber selbst zurückzurufen, statt eine Nachricht für einen Fremden zu hinterlassen. Deshalb legte er jetzt auf, wählte die Nummer der Polizei und erklärte dem Chief, was er eben herausgefunden hatte.

»Wollen Sie damit sagen, daß Sie glauben, es seien die Typen gewesen, die Sie zusammengeschlagen haben? Daß die Ihnen die Blumen geschickt haben? Weshalb, um alles in der Welt, sollten sie so etwas machen?«

»Ich habe nicht die geringste Ahnung. Vielleicht, um mich einzuschüchtern.«

»Wenn sie Sie wirklich einschüchtern wollten, warum haben sie dann nicht mit Warren und Earl unterschrieben? Das waren doch ihre Namen, wie sie Ihnen sagten. Oder?«

Lucas konnte nicht sofort etwas erwidern, da er selbst erst einmal überlegen mußte und auch keine rationale Erklärung dafür hatte. »Hören Sie«, sagte er schließlich, »ich will ja gar nicht so tun, als wüßte ich, warum irgend jemand irgend etwas getan hat. Ich weiß nur, daß man die Angelegenheit überprüfen sollte. Kann ich mich mit einem Polizeizeichner zusammensetzen und ein Phantombild erstellen? Ich dürfte keine Probleme damit haben, mich an die Gesichter der beiden zu erinnern.«

Cooper stieß einen Seufzer der Verzweiflung aus. »Mr. Marshall, wir sind hier nur eine kleine Truppe, ich dachte, ich hätte das von Anfang an klargemacht. Wir haben hier kein Geld für einen Polizeizeichner.«

»Wer hat es dann?«

»Die großen Städte können sich so etwas leisten. Wir nicht.«

»Können Sie mir jemanden nennen, der sich so einen Menschen leisten kann?«

»Wir haben kein Geld dafür –«

»Ist mir klar, ich werde die Rechnung übernehmen.«

Cooper seufzte. »Okay. Ich werde mich erkundigen und Sie innerhalb der nächsten Stunde zurückrufen. Aber ich muß Ihnen ehrlich sagen, daß ich glaube, Sie werfen Ihr Geld zum Fenster hinaus. Ich habe ja schon die merkwürdigsten Dinge im Laufe meiner Karriere erlebt, aber nie, daß irgendwelche Gangster ihren Opfern Blumen geschickt hätten.«

Ehe Lucas auflegte, bat er Chief Cooper noch, nichts von ihrer Unterhaltung Cat gegenüber zu erwähnen. Er hatte ihr mit seinen beinahe schon hysterischen Reaktionen auf – wie es sich hinterher immer herausgestellt hatte – harmlose Ereignisse bereits genug Angst eingejagt. Trotzdem fühlte er sich weiterhin zwischen Furcht und Hoffnung hin- und hergerissen und hatte das vage Gefühl, daß diese Männer noch nicht fertig mit ihm waren. Und wenn das tatsächlich der Fall war – was hatten sie vor?

11

Als die Polizei Lucas' Anruf erwiderte, hatte sich die ganze Familie gerade um das Sand-Kart versammelt. Simon hatte es nach unten getragen, und Cat ließ nicht eher locker, ehe Lucas sich nicht hineinsetzte. Er wollte es sich eben bequem und sich mit der Lenksäule vertraut machen, als das Telefon klingelte. Lucas hielt in seiner Bewegung inne, und Cat lief nach oben, um abzunehmen. Als er hörte, wie sie Chief Cooper begrüßte, stieg er schnell – jedenfalls so schnell, wie es ihm in seinem Zustand möglich war – aus dem Wagen und humpelte die Stufen hinauf.

»Einen Moment bitte«, sagte sie und bedeckte die Sprechmuschel mit der Hand. Dann ging sie Richtung Treppe und rief hinunter: »Warte, Lucas, bleib unten. Ich bringe es dir runter. Du kannst ihn aber auch zurückrufen.«

»Nein, nein, ich komme schon rauf«, erwiderte er und war bereits auf der dritten Stufe. Simon half ihm den restlichen Weg nach oben.

Als er schließlich am Tisch stand, reichte Cat ihm kopfschüttelnd den Hörer und sagte: »Ich verstehe dich nicht, Lucas. Warum hast du es mich nicht nach unten tragen –«

»Weil ich heute noch nicht genügend Bewegung hatte. Wenn du mich jetzt bitte allein lassen würdest?«

Er sah ihr an, daß sie gekränkt war, aber sie versuchte, es zu überspielen, so gut sie konnte, indem sie sich an Simon wandte, als sie wieder zum Strand hinunterging. »Komm mit«, sagte sie zu ihm und deutete auf das Sand-Kart,

»zeig mir doch mal, wie dieses merkwürdige Ding funktioniert.«

Die ganze Familie war unten am Strand, als Lucas sich die Telefonnummer und die Adresse des Malers Chris Morris aufschrieb. Sein Atelier befand sich ungefähr fünfzehn Meilen von Kelsy Point entfernt; Lucas rief sofort dort an und verabredete einen Termin für den nächsten Vormittag um zehn Uhr. Den Zettel mit Adresse und Telefonnummer steckte er in seine Tasche.

So sehr Lucas auch versuchte, endlich einmal allein mit Simon reden zu können, es erwies sich als unmöglich. Wenn nicht eines der Kinder an dem Jungen hing, dann war Cat in seiner Nähe. Deshalb bat Lucas Simon nach dem Essen, ihm doch dabei zu helfen, den Wagen zum Anlegeplatz zu bringen. Leider sprang Haley ebenfalls auf und wollte unbedingt mit.

Lucas versetzte ihrer Begeisterung einen Dämpfer, indem er meinte: »Nein, du bleibst da und hilfst deiner Mutter, das Geschirr abzuräumen.«

»Aber das habe ich gestern schon gemacht. Und ganz allein noch dazu«, wehrte sie ab. »Wieso sagst du das nicht zu Zack –«

Aber Simon schnitt ihr das Wort ab. »Haley, hast du nicht gehört, was dein Vater gesagt hat?«

Diese wenigen harmlosen Worte schienen zu wirken. Offensichtlich lag in der Stimme des jungen Mannes ein gewisser Zauber, den weder er noch Cat bisher entwickelt und zur Perfektion gebracht hatten. Haley schmollte zwar, fing aber an, das Geschirr zusammenzustellen, wie ihr gesagt worden war.

Lucas war Simon sehr dankbar und konnte es kaum erwarten, endlich mit ihm reden zu können. Auf dem Weg zum Anlegesteg informierte er ihn über das Pflanzenarrangement und darüber, daß er herausgefunden hatte, daß es nicht aus seinem Büro stammte.

»Sie wollen damit also sagen, daß es vielleicht von diesen Kerlen kam?«

»Möglich ist es. Alles ist möglich.«

»Aber warum sollten die Ihnen Blumen schicken?«

»Ich habe nicht die geringste Ahnung, Simon. Aber was immer sie damit auch bezwecken wollen – ich habe es jedenfalls satt, nur herumzusitzen und zu warten und dabei ständig ängstlich über meine Schulter zu schauen. Ich muß die Männer finden, und das muß geschehen, ohne daß Cat weiß, was ich vorhabe. Und da kommst du jetzt ins Spiel.«

Dr. Robbins hatte recht, die kleinen gelben Tabletten waren wirklich nicht so stark – gerade wirksam genug, um ihrer Nervosität die Spitze zu nehmen. Genau das richtige für Cat. Sie nahm noch eine Tablette vor dem Abendessen, nachdem Lucas ihr eine reichlich unlogische Erklärung für den Anruf von Chief Cooper gegeben hatte: Irgendeine Geschichte über die Polizei in Seattle, die angeblich den Bronco gefunden hätte. Was jedoch nicht stimmte, wie sich herausstellte, so daß Cat sich die Frage stellte, wieso sich der Polizeichef überhaupt die Mühe gemacht hatte, Lucas deswegen anzurufen. Aber sie drang nicht weiter in ihn; vielleicht wollte sie es auch gar nicht so genau wissen, wie sie im nachhinein dachte.

Nachdem sie Haley geholfen hatte, den Tisch abzuräumen und das Geschirr in den Geschirrspüler zu stellen, nahm Cat sich ein Kreuzworträtsel und einen Bleistift und machte es sich auf einem der Liegestühle auf der Terrasse bequem. Haley, die ständig Blicke in Richtung des Anlegestegs warf, wo Simon und ihr Vater miteinander sprachen, war von Neugierde geplagt, was da unten wohl vor sich ging. Aber da sie keine Möglichkeit hatte, hinter das Geheimnis zu kommen, beschloß sie, statt dessen so zu tun, als ob es ihr egal wäre.

»Wie wäre es mit einer Partie Badminton?« fragte sie Zack.

Cat war zwar auch neugierig und hätte gerne gewußt, was da unten vor sich ging, blieb aber, wo sie war. Bald kam Lucas auch schon wieder mit seinem Wägelchen angefahren, und Simon gesellte sich zu den anderen und ihrem Badmintonspiel.

»Ich fordere den Gewinner heraus«, rief er den Kindern zu und nahm automatisch seinen Posten als Schiedsrichter am Netz ein.

Wenn Haley sauer auf ihn gewesen sein sollte, so löste sich ihre Verärgerung blitzartig in Wohlgefallen auf, und ein Lächeln huschte über ihr Gesicht, so sicher war sie, daß sie diejenige wäre, die gegen Simon antreten würde. Auch Lucas schien erstaunlich guter Laune zu sein. Cat legte das Rätselbuch zur Seite und ging hinunter zu ihm.

»Liebling, machen wir doch einen Spaziergang den Strand entlang«, schlug sie vor. »Dieses Vehikel ist wirklich toll. Ich weiß gar nicht, wieso wir nicht schon früher auf die Idee kamen, so etwas anzuschaffen.«

»Es ist wirklich praktisch, nicht wahr? Ach, übrigens, Cat, ich muß morgen ein paar Einkäufe erledigen.«

Wenn Lucas irgend etwas haßte, dann war es, Einkäufe zu machen. Die Vorstellung, daß er nun die Mühe auf sich nehmen und allein losziehen sollte, war einfach absurd.

»Aha«, erwiderte sie deshalb mit ernster Miene, »was hattest du dir denn so vorgestellt?«
Er zuckte die Schultern. »Ach, nichts Besonderes. Zeitschriften, ein paar Taschenbücher so was in der Art.«
»Aha«, wiederholte sie und dachte sich, daß man das wohl kaum als »Einkäufe erledigen« bezeichnen könnte. Außerdem überließ er die Auswahl seiner Bücher normalerweise ihr. Aber sie sagte nichts. Im Gegenteil, wenn sie sich überlegte, welche Mühe es sie gekostet hatte, ihn am Vormittag zuvor zu seinem Termin mit dem Arzt zu schleppen, dann war sie froh, daß er überhaupt etwas unternehmen wollte.
»Klar, das ist schön, Lucas«, ermunterte sie ihn; und es wäre bestimmt eine nette Abwechslung, hinterher noch gemeinsam zum Essen zu gehen, sobald sie seine Einkäufe erledigt hätten, dachte sie. »Wann wolltest du denn los?«
»Weißt du, Cat, ich habe schon alles organisiert. Simon wird mich morgen früh in die Stadt fahren. Das war es, worüber wir gerade auf dem Steg gesprochen haben.«
»Aber es macht mir doch nichts aus, dich zu fahren«, wandte sie ein. »Das weißt du genau. Außerdem habe ich auch –«
»Ach weißt du, Cat, ich wollte ihm eigentlich das Motorrad zeigen«, entgegnete er mit einem leicht gereizten Unterton in der Stimme. Seine Antwort ergab nicht den geringsten Sinn für sie, und ihrer Miene war das offensichtlich auch deutlich anzusehen, denn er holte zu weiteren Erklärungen aus.
»Na ja, ich wollte ihm die Maschine eigentlich nicht direkt zeigen, sondern ich dachte mir, daß wir einfach spontan bei dem Honda-Händler vorbeischauen und uns die Motorräder ansehen. Natürlich auch die CBR 600 F2. So kann ich sicher sein, eine ehrliche Meinung von ihm zu bekommen.«
»Aber ich dachte, du wärst bereits ganz sicher, daß ihm das

Motorrad gefallen würde, das du ausgesucht hast. Heute nachmittag erst –«

»Ich bin ja auch sicher. Es ist nur, na ja, ich dachte mir, wer weiß? Einmal angenommen, er hat sich bereits ein ganz spezielles Modell in den Kopf gesetzt, und da komme ich jetzt mit etwas völlig anderem daher? Wenn das so wäre, dann würde er es doch nie sagen, das weißt du genau. Und ich möchte mit diesem Geschenk wirklich seinen Geschmack treffen, damit er es immer in guter Erinnerung behält.«

Während Cat neben ihrem Mann herlief, bemühte sie sich, Schritt mit dem langsam fahrenden Wägelchen zu halten. Eine ganze Weile erwiderte sie nichts. Die Geschichte mit dem Motorrad erschien ihr durchaus logisch. Was hätte es schon für einen Sinn, etwas zu kaufen, das nicht Simons Vorstellungen entsprach? Aber die Art, wie die beiden vorhin am Anlegesteg so lange die Köpfe zusammengesteckt hatten, die hatte sie stutzig gemacht. Das hatte so heimlichtuerisch gewirkt. Und schließlich sprach sie ihren Verdacht auch aus.

»Ich habe keine Ahnung, wovon du sprichst«, sagte Lucas.

»Doch, das tust du. Wenn du Simon einfach nur gefragt hättest, ob er dich in die Stadt fährt, damit du dir etwas zum Lesen kaufen kannst, dann wäre das in weniger als einer Minute erledigt gewesen. Und warum mußtest du außerdem allein mit ihm reden?«

Er hielt den Wagen an und drehte sich zu ihr um. »Was ist hier los, Cat? Wenn ich es nicht besser wüßte, würde ich sagen, du leidest unter Verfolgungswahn. Kann ich nicht mal ein paar verdammte Minuten allein mit dem Jungen reden, ohne daß du nicht gleich wieder vermutest, man würde hinter deinem Rücken über dich reden?«

Sie spürte, wie ihr bei seinem barschen Tonfall die Tränen in

die Augen schossen, ließ es ihn aber nicht sehen. Das Verrückte daran war – wahrscheinlich hatte er sogar recht. Was stellte sie sich denn vor? Eigentlich sollte sie vor Freude an die Decke springen, daß Lucas endlich damit anfing, den verdammten Überfall zu vergessen, und wieder Interesse an anderen Dingen zeigte. Und ein Geschenk für Simon auszusuchen war eine wunderschöne Sache, eine tolle Idee, mit der sie hundertprozentig einverstanden war.
Aber warum benahm sie sich dann so albern und mißtrauisch und kleinlich? Und sogar eifersüchtig vielleicht?

Er log Cat nur selten an, aber das war eine dieser hin und wieder sich ergebenden Situationen, in denen er einfach nicht anders konnte und die auch keine große Belastung für sein Gewissen darstellten. Daß er damit jedoch so ein schlechtes Gefühl in ihr erzeugte, hatte er nicht beabsichtigt, aber genau dies hatte er erreicht. Aber das alles war immer noch besser als die Panik und die Angstattacken, die er ihr bisher zugemutet hatte, dachte er.
Er schlief nicht viel in dieser Nacht, war bereits früh am nächsten Morgen hellwach und vibrierte geradezu vor nervöser Energie an Körper und Geist. Sobald Winnie im Haus eintraf, waren er und Simon schon hinaus zur Tür. Was er heute wohl alles herausfinden würde? Wer konnte das sagen? Aber wenn einer dieser beiden Mistkerle ihm tatsächlich die Blumen geschickt hatte, dann würde das bedeuten, daß er es sich nicht eingebildet hatte, daß sie noch in der Nähe waren. Und wenn sie noch in der Nähe waren, dann wollte er sie unbedingt dingfest machen und bestrafen.
Da Cat und Haley noch schliefen, stellte Winnies Anwesenheit im Haus auf jeden Fall eine Beruhigung für ihn dar.

Simon bot sich an, sie mit seinem Kleinbus zu fahren, und Lucas war einverstanden und ließ Cat den Jeep für den Fall, daß sie ihn brauchte. Lucas war aufgefallen, daß Simon am Abend zuvor seinen Wagen innen noch rasch saubergemacht hatte.

Er war schon ein merkwürdiger Junge, überlegte Lucas. Manchmal konnte er reichlich anmaßend und fast großspurig auftreten. Doch gelegentlich blitzte auch eine andere, eine verletzliche Seite durch. So war Simon recht stolz und hatte seinen Wagen wahrscheinlich nur deshalb aufgeräumt, um Lucas zu beeindrucken. Lucas war zuvor bereits ähnliches aufgefallen: die Art, wie er alles allein erledigte und Mängel behob, die bisher nicht einmal Lucas aufgefallen waren.

Simon hätte sich jedoch gar nicht so anzustrengen brauchen – Lucas war auch so schon beeindruckt genug. Er tat sein Bestes und erwähnte lobend, wie ordentlich aufgeräumt der Wagen doch sei, als Simon ihm auf den Beifahrersitz half.

»Na ja, ich versuche schon, Ordnung zu halten«, erwiderte Simon, das Kompliment herunterspielend, wie er es immer machte, wenn er gelobt wurde. Er ließ den Motor an, wendete den Wagen in der engen Sackgasse und sah Lucas fragend an. »Okay, in welche Richtung geht es jetzt?«

Lucas holte den Zettel mit der Adresse des Malers aus seiner Tasche. »Wir fahren nach Essex«, sagte er, »auf der 95 East bis zur Route 153.« Simon fuhr los, und Lucas holte seine Brieftasche heraus und entnahm ihr zwei Hundertdollarscheine.

»Dort, wo wir hinfahren, gibt es gleich in der Nähe ein Einkaufszentrum. Während ich diesem Maler die Personen-

beschreibung gebe, gehst du bitte in einen schicken Laden und besorgst etwas Hübsches für Cat.«
Simon warf Lucas einen fragenden Blick zu, sah dann das Geld, nahm es und schob es in die Tasche seines T-Shirts.
»Was denn?«
»Keine Ahnung, du bist doch ein intelligenter Junge. Laß dir was einfallen.«
»Hm, welche Größe trägt sie denn?«
»Das kann ich nur ganz schwer schätzen. Weißt du, normalerweise suche ich mir immer irgendeine Kundin im Laden aus, die ungefähr Cats Größe hat, und zeige sie der Verkäuferin. Das funktioniert meistens.«

Chris Morris, der Maler, hat einen glattrasierten, völlig symmetrischen Kopf, der sogar ohne Haare noch gut aussah. Es dauerte eine Weile, die beiden Phantombilder zu erstellen, aber das Ergebnis war mehr als verblüffend. Als er auf dem Weg zurück nach Clinton und zu dem Blumenhändler wieder im Wagen saß, mußte Lucas sie immer wieder betrachten.
Die Augen, die ihn von dem Papier anstarrten, machten ihn regelrecht nervös. Schließlich schob er die beiden Zeichnungen wieder in den Umschlag zurück und steckte den Kopf zum Seitenfenster hinaus, um sich die frische Luft um die Nase wehen zu lassen.
Simon wirkte besorgt und meinte: »Hören Sie, wenn Ihnen das so zusetzt, dann ist es die ganze Sache vielleicht gar nicht wert.«
Doch, die Mühe war es wert. Lucas war fest entschlossen und schob die schlechten Gefühle mit eisernem Willen beiseite. Als Antwort auf Simons Bemerkung dirigierte er diesen erst

in die entsprechende Straße und dann bis zum Sunset Flower Shop. Statt Harry Landerman vorher anzurufen, hatte er entschieden, gleich persönlich vorbeizukommen. Simon begleitete ihn in den Laden.

Harry, ein lockenköpfiger Junge von siebzehn Jahren, war äußerst gesprächig und freundlich und erwies sich als sehr kooperativ. Er konnte sich zwar nicht mehr daran erinnern, wer den Auftrag für das Blumenarrangement nach Kelsy Point entgegengenommen hatte, nickte aber sofort heftig, als Lucas ihm die Phantomzeichnung des großen blonden Mannes vorlegte.

»O ja, bestimmt, an den kann ich mich erinnern.«

»Bist du ganz sicher?«

Er grinste. »Wie sollte ich so eine Type vergessen? Das war doch ein Schrank von einem Mann. Ich möchte wetten, daß der leicht seine hundertvierzig Kilo auf die Waage brachte.«

Lucas fühlte sich, als hätte man seinen Körper an das Stromnetz angeschlossen – eine Mischung aus Bestätigung und Angst strömte wie Elektrowellen durch seine Adern. Also hatte sich die Unterschrift auf der Karte – »Von den Jungs« – doch auf seine Peiniger bezogen. Aber wozu das Ganze? Irgendein übler Trick, um den beiden dadurch einen zusätzlichen Kick zu verschaffen, daß er sich den Kopf ihretwegen zerbrechen mußte? Hatten sie damit gerechnet, daß er ihnen auf die Spur käme, oder waren sie so anmaßend und arrogant, daß es ihnen egal war, was dabei herauskam? Er deutete mit dem Kopf auf das Phantombild. »Hat dieser Herr hier vielleicht einen Namen oder eine Adresse hinterlassen?«

»Nein. Ich habe sie mir deswegen nicht notiert, weil er in bar bezahlt hat. Aber ich weiß noch, daß ich mir dachte, der Kerl ist bestimmt hier aus der Gegend. Ich weiß aber nicht, warum.« Harrys schmales Gesicht wurde noch schmäler, als er angestrengt versuchte, sich noch weiter zu erinnern. Dann aber nickte er und sagte: »O ja, noch etwas. Ich habe ihn gefragt, ob er vielleicht an der High-School Football gespielt hat. Da er ja so groß und kräftig war.«

»Und?«

»Nein. Er hat die Schule schon vor ein paar Jahren verlassen und hat nie in irgendwelchen Mannschaften gespielt. Doch er hat erwähnt, daß die High-School, an der er war, das mieseste Footballteam an der ganzen Ostküste gehabt haben muß. Laut seiner Aussage haben die in vierzehn Jahren kein einziges Heimspiel gewonnen.« Landerman grinste. »Sie müssen doch zugeben, das ist wirklich mies.«

»Irgendeine Idee, von welcher Schule da die Rede war?«

»Nein, keine Ahnung. Es gibt jede Menge High-School-Footballteams, die auf keinen grünen Zweig kommen – da macht sich doch keiner die Mühe, mit den schlechten Ergebnissen auch noch hausieren zu gehen.«

Simon hatte bisher kein Wort gesagt und nur zugehört, während Lucas das Gespräch führte und seine Fragen stellte. Deshalb fiel Lucas sein sorgenvolles Gesicht auch erst auf, als sie beide wieder draußen und auf dem Weg zum Wagen waren. »Was ist los, Simon?« wollte er wissen.

Der Junge nahm seinen Schlüssel aus der Tasche und klimperte damit, als er ihn ins Zündschloß steckte. »Nichts«, entgegnete er, schüttelte den Kopf und schnitt eine Grimasse. »Nur, Sie haben wirklich nicht übertrieben, als Sie meinten, der Kerl sei groß gewesen. Ich habe mir sein Bild genau angesehen, als wir im Laden waren. Der hat ja einen Hals so dick wie der Fuß von einem Elefanten.«

Während Simon rückwärts aus dem Parkplatz fuhr, dachte

Lucas über das nach, was er eben über Warren – oder wie immer sein Name auch lauten mochte – erfahren hatte. Vielleicht war es doch nur schlichte Boshaftigkeit, die ihn dazu veranlaßt hatte, Lucas die Blumen zu schicken, aber die Hinweise, die er dabei hinterlassen hatte, könnten möglicherweise Rückschlüsse auf ihn und seinen Freund zulassen. Das schlechteste Team im ganzen Osten, das vierzehnmal hintereinander verloren hatte. Na ja.

Von dem Augenblick an, in dem Winnie das Haus der Marshalls betrat, empfand sie ein merkwürdiges Gefühl, was die Vorgänge der letzten Zeit dort betraf. Zuerst war Lucas so früh im Bus mit diesem Jungen abgefahren, ohne ihr eine Erklärung zu geben, wo er hinfuhr und wann er wieder zurückkam. Dann hatte sie im Haus sowohl Cat als auch Haley noch tief und fest schlafend vorgefunden. Zack schien der einzig Berechenbare zu sein, der an seinen Gewohnheiten festhielt – er war bereits wieder unterwegs zu wer weiß welchen Ufern. Doch auch er überraschte sie, als er pünktlich um neun Uhr wiederkam und ein üppiges Frühstück forderte. Seit wann wollte Zack mehr haben als das, was er leicht in seinen Taschen verstauen und für später aufheben konnte? Ihr war auch die Armbanduhr aufgefallen, die er seit neuestem trug, und die Art, wie er sich bemühte, immer rechtzeitig zu den Mahlzeiten zu erscheinen. Aber daß er das auch tatsächlich schaffte und wirklich etwas zu essen haben wollte? Die Wunder schienen nicht mehr abzureißen.

Er pfiff leise vor sich hin, als sie die Eier und den Toast vor ihn hinstellte. Sie meinte, ihn diese Melodie bereits früher pfeifen gehört zu haben. »Was ist das für ein Lied?« fragte sie. Seine Augen sahen sie zwar, aber mit den Gedanken war er ganz woanders. Er nahm nichts von dem wahr, was sie sagte. Oder überhaupt, daß sie anwesend war. Sie schüttelte lachend den Kopf und drohte ihm spielerisch mit dem Finger. »Vergiß, daß ich dich was gefragt habe, Kumpel.« Dann ging sie ins Haus, und obwohl sie als erstes immer gern die Schlafzimmer aufräumte, beschloß sie wegen der beiden Langschläferinnen, diese Arbeit auf später zu verschieben.

Statt dessen trug sie die gesammelte Schmutzwäsche aus den Bädern nach unten, stopfte sie in die Waschmaschine und stellte das Programm ein. In dem Moment hörte sie ein seltsames Geräusch hinter sich und wirbelte herum. Aber da war nichts. Was hatte sie denn erwartet? Normalerweise jagten ihr Keller keine Angst ein. Insekten machten ihr auch nichts aus, nicht einmal Mäuse, obwohl sie doch hin und wieder Fallen für sie aufstellte.

Ganz bestimmt hatten die Zustände, die sie zur Zeit im Haus überfielen, mit diesem jungen Bower zu tun. Er machte sich hier unten im Keller breit, als betrachtete er ihn als sein ureigenstes Territorium. Sie hatte ihn oft genug dabei ertappt, wie Simon eigentlich nichts Bestimmtes tat, nur herumstand und irgend jemanden fixierte, der normalerweise nicht bemerkte, daß Simon ihn beobachtete.

Cat stand um halb elf Uhr endlich auf. Sie war zwar früher schon mal wach gewesen, da sie wußte, daß Lucas wegfahren wollte, war danach aber wieder eingeschlafen. Nachdem sie jetzt jedoch eine Viertelstunde lang den Lärm des Staubsaugers über sich hatte ergehen lassen müssen, war sie hellwach. Winnie schaltete ihn in dem Moment aus, in dem Cat aus ihrem Schlafzimmer kam. »Guten Morgen, ich habe Sie

doch hoffentlich nicht aufgeweckt?« fragte sie mit unschuldiger Miene.
Zu unschuldig für Cats Geschmack. Aber so dumm war sie auch wieder nicht, ihr vorzuwerfen, daß sie sie mit Absicht aufgeweckt hätte. »Ist schon gut, ich habe lange genug geschlafen.«
»Wo ist Lucas denn hin?«
Cat goß sich ihren Kaffee ein. Dann zog sie sich einen Hocker heran, setzte sich an die Küchentheke und meinte achselzuckend: »Einkaufen.«
»Einkaufen? Von welchem Lucas ist hier die Rede?«
Cat versuchte zu erklären. »Na ja, nur ein paar Bücher und Zeitungen und solche Sachen.«
»Aha«, erwiderte Winnie, die die Erklärung immer noch nicht schlucken mochte.
Cat machte sich nicht die Mühe, ihr die Neuigkeit mit dem Motorrad für Simon mitzuteilen. Winnie hätte die beiden mit Sicherheit für verrückt erklärt, daß sie so viel Geld für einen Jungen wie Simon ausgeben wollten. Normalerweise war Winnie ziemlich vernünftig, so daß es schon seltsam anmutete, mit welcher Vehemenz sie sich weigerte, anzuerkennen, was Cat und Lucas dem Jungen schuldeten.
»Wo sind die Kinder?« wollte Cat wissen und wechselte das Thema.
»Zack hat schnell gefrühstückt und ist dann wieder weggeflitzt. Haley ist erst vor kurzem aufgewacht.« Sie deutete nach draußen. »Sie hat sich ihren Badeanzug angezogen und ist hinaus, um noch mehr Sonne zu tanken.«
Vielleicht sollte sie joggen, überlegte Cat. Körperliches Training sei gut für die Stimmung, sagt man schließlich. Wer immer dieses *man* auch sein mochte. Sie konnte sich zwar

nicht daran erinnern, auch in der vergangenen Nacht Alpträume gehabt zu haben, fühlte sich aber trotzdem unwohl und niedergeschlagen. Ohne besonderen Grund, zumindest aus keinem, der ihr bewußt gewesen wäre. Vielleicht würde sie Haley fragen, ob sie ihr Gesellschaft leisten wolle. Dem Mädchen mußte es doch bald zum Hals heraushängen, ständig nur herumzuliegen und in der Sonne zu rösten.

Sie hielten vor dem Drugstore an und fertigten auf dem dortigen Fotokopierer zwei Dutzend Abzüge der Phantombilder an, ehe sie mit ihren Informationen zum Polizeirevier weiterfuhren.

Chief Cooper hörte sich – auf seinem Stuhl zurückgelehnt, die Hände vor der Brust gefaltet – geduldig alles an, was Lucas ihm zu sagen hatte. Als er seine Ausführungen beendet hatte, beugte Cooper sich vor und warf einen langen Blick auf die beiden Zeichnungen. Nachdenklich nickte er und ließ sie dann auf den Tisch sinken.

»Tja, sieht so so aus, als müßte ich mich bei Ihnen entschuldigen. Aber ich kapiere immer noch nicht, wieso sie Ihnen Blumen geschickt haben.«

»Vielleicht nur, um ein wenig an meiner Kette zu zerren.«

»Wie ich bereits sagte – noch wirkungsvoller wäre es doch gewesen, wenn sie mit ihren Namen auf der Karte unterschrieben hätten.«

»Ach, ich weiß nicht. Was hätte das für einen Unterschied gemacht? Jetzt haben wir wenigstens eine Spur, die wir verfolgen können.«

»Die Zeichnungen, die Sie hier haben, sind recht gut, und ich behaupte auch gar nicht, daß man damit nichts anfangen könnte. So haben wir wenigstens die Gesichter, nach denen wir suchen müssen. Aber was die übrigen Informationen angeht, so denke ich, daß Sie die besser vergessen sollten.«

»Wieso?«

»Zum ersten wissen wir ja nicht, ob das stimmt, was der Kerl erzählt hat, oder ob er nur um des Redens willen irgendwelchen Unfug von sich gegeben hat. Was übrigens bei den meisten dieser windigen Charaktere der Fall ist. Aber wie immer man die Sache auch drehen und wenden mag – ich habe einfach nicht genügend Leute, um einen meiner Männer mit Schreibtischarbeit zu blockieren, damit der sich mit jeder verdammten High-School an der Ostküste in Verbindung setzen und sie nach den Ergebnissen ihres Footballteams befragen kann. Noch dazu mitten im Sommer, wenn alle Sportlehrer der Schulen in den Ferien sind.«

»Tja, da kann man dann ja wohl nichts machen«, meinte Lucas, stand auf, griff nach seinen Krücken und humpelte zur Tür. Simon war hinter ihm und paßte auf, daß er nicht stolperte.

Kaum daß sie draußen waren, fragte Simon: »Und was machen wir jetzt, Lucas?«

»Zuerst werde ich einige Telefonate führen und ein paar Referenzen einholen. Dann werden du und ich losziehen und einen Privatdetektiv engagieren.«

12

Lucas rief in seinem Büro an, und Shirley gab ihm Stuart Perelis Telefonnummer; er war der Besitzer der Wachhunde, die sie an ihren Baustellen immer einsetzten. Pereli empfahl ihm zwei Privatdetektive: der eine saß in New London, der andere in Bridgeport.

»Davon ist zwar keiner direkt in Ihrer Nähe, fürchte ich«, sagte er. »Aber wir bekommen nicht gerade häufig Anfragen dieser Art von Klienten wie Ihnen.«

Da er keine anderen Auswahlkriterien hatte, entschied Lucas sich für den, der am nächsten war: für Roger Davidson in New London, das nur eine halbstündige Autofahrt von ihrem momentanen Aufenthaltsort entfernt lag. Wie Pereli war auch Davidson, der seit zehn Jahren eine gutgehende Detektei betrieb, früher bei der Polizei gewesen. Pereli hatte Lucas geraten, sich auf ihn zu berufen, was Lucas auch tat, und der Detektiv vereinbarte mit ihm einen Termin für drei Uhr nachmittags.

Da sie bis dahin noch etwas Zeit totzuschlagen hatten, hielten Lucas und Simon unterwegs in einem Imbiß zum Essen an. Während Simon für sie beide bestellte, suchte Lucas sich ein Telefon und rief zu Hause an.

Das Büro war schlicht, schon fast karg eingerichtet – mit Ausnahme eines Farbtupfers: einer Fotografie von vier Kindern in einem Plastikrahmen, die auf dem Schreibtisch stand. Davidson selbst hatte einen schmallippigen Mund mit scharfen Falten und buschige Augenbrauen, die beim Reden auf und ab hüpften. Während Lucas ihm seine Geschichte erzählte – mit dem Abend des Überfalls beginnend und mit dem neuesten Stand der Dinge endend –, lief der Mann, die Hände in den Hosentaschen, unruhig im Zimmer auf und ab. Als Lucas mit dem Reden aufhörte, blieb auch Davidson stehen und sah ihn erwartungsvoll an.

»Okay, und was wollen Sie jetzt von mir?«

»Sie sollen den Spuren folgen und die Kerle finden.«

»Wir reden hier über langweilige und zeitraubende Arbeit. Über Zeit, die man am Telefon hängt, um irgendein Footballteam an irgendeiner High-School aufzuspüren, das es vielleicht gibt oder auch nicht. Wenn Sie mich fragen, dann sollten wir uns besser an die Phantombilder halten und diesen Weg verfolgen. Ich kann damit die ganzen Bars, Klubs und Kneipen in der Gegend abklappern und sie bei den Angestellten und Stammgästen herumzeigen. Vielleicht treibe ich so ja jemanden auf, der die beiden wiedererkennt.«

Lucas nickte. »Gut. Aber warum gehen Sie nicht beiden Spuren nach? Sie brauchen nicht zu sparen. Ich muß die zwei unbedingt finden.«

»Normalerweise arbeite ich an mehr als einem Fall gleichzeitig – das ist für alle Beteiligten wesentlich effektiver. Verstehen Sie mich aber bitte nicht falsch, wenn ich sehe, daß Ihr Fall mehr Zeit verschlingen sollte, dann investiere ich natürlich auch mehr Zeit in ihn. Wenn nötig, habe ich zusätzlich ein paar recht fähige Helfer an der Hand. Aber selbstverständlich bräuchte ich einen Vorschuß.«

Lucas schrieb einen Scheck über zweitausend Dollar aus und überreichte ihn. Davidson warf einen prüfenden Blick dar-

auf, faltete ihn und schob ihn in seine Tasche. »Soweit ich das beurteilen kann, denke ich, daß diese Bastarde ihr Interesse an Ihnen verloren und sich unbekannt verzogen haben.«
»Wie kommen Sie auf die Idee?«
Er zuckte die Schultern. »Weil ich mir denke, daß sie sich sonst in der Zwischenzeit längst wieder bei Ihnen bemerkbar gemacht hätten.«
»Tatsächlich? Über den Punkt scheinen sich ja wirklich alle einig zu sein.«
»Sie glauben das nicht?«
»Nein, tue ich nicht.«
»Ehe Sie gehen, Mr. Marshall, wollte ich Sie noch fragen, ob Sie zufälligerweise ein Bild von Ihrer Familie zur Hand haben.«
»Ja, klar«, erwiderte Lucas, holte seine Brieftasche heraus und klappte das Foto von Cat und den Kindern auf. Dann reichte er ihm die Aufnahme und fragte: »Wonach suchen Sie denn?«
Davidson betrachtete lange das Foto und gab es an Lucas zurück. »Nichts Bestimmtes. Ich kenne nur gerne alle Beteiligten in einem Spiel, damit ich mir ein Bild von den Guten und den Bösen machen kann. Sie und Simon habe ich ja bereits persönlich kennengelernt.« Und mit einem Nicken des Kopfes in Richtung Foto fügte er hinzu: »Und alle übrigen habe ich jetzt wenigstens schon einmal gesehen.«
Simon hatte die ganze Zeit über den Mund kaum aufbekommen, erst als sie nur noch wenige Meilen von Clinton entfernt waren, meinte er mit einem Blick zu Lucas: »Ich bleibe auf jeden Fall noch eine Weile in der Nähe, Lucas. Ich wollte nur, daß Sie das wissen. Ich meine, falls Ihnen das was hilft.«

Und ob das was half, mehr, als er ahnen konnte, und das nicht nur unter dem Aspekt zusätzlicher Sicherheit. Lucas hatte den Jungen mittlerweile wirklich in sein Herz geschlossen.

Winnie war gegen halb fünf gegangen, nachdem sie einen Auflauf soweit vorbereitet hatte, daß er nur noch in den Ofen geschoben werden mußte. Da sie im Augenblick nichts zu tun hatte, stellte Cat sich an das Küchenfenster, hielt Ausschau nach Lucas und Simon und machte sich allmählich Gedanken, wo die beiden blieben. Lucas hatte am Nachmittag angerufen und ihr durch Winnie ausrichten lassen, daß er und Simon aufgehalten worden wären, was vorher nicht abzusehen war. Eine mehr als vage Erklärung. Als der grüne Kleinbus endlich in ihre Straße einbog, atmete sie erleichtert auf. Rasch lief sie nach draußen und kam in dem Moment bei den beiden an, als Simon Lucas gerade aus dem Wagen half.
»Wo seid ihr so lange gewesen?«
»Ich habe doch angerufen. Hat Winnie dir das nicht ausgerichtet?«
»Doch, natürlich. Aber wir konnten beide mit deinem Anruf nicht sehr viel anfangen. Wie aufgehalten, Lucas? Also wirklich, du wolltest eine Stunde oder zwei fortbleiben und bist schließlich den ganzen Tag weg gewesen.«
»Jetzt mach aber kein Drama daraus«, sagte er leichthin und in dem Versuch, der Angelegenheit die Spitze zu nehmen. Schließlich beugte er sich zu ihr vor, küßte sie und stupste sie auffordernd an, mit ihm ins Haus zu kommen.
Aber sie wollte nicht. »Ist das alles? Willst du mir nicht sagen, wo du gewesen bist?«

Doch ehe Lucas antworten konnte, rief Simon ihnen aus dem Wagen zu: »Ich denke, Sie geben es ihr jetzt besser, Lucas. Es sei denn, Sie wollen sich noch tiefer hineinreiten, bis Sie gar nicht mehr herauskommen.« Cat und Lucas wandten sich beide überrascht Simon zu, der eine Schachtel von *Lord and Taylor* mit einer roten Schleife in die Höhe hielt.

»Na gut«, meinte Lucas und wedelte mit der Hand, daß Simon die Schachtel herausbringen solle. Mit gespieltem Überdruß in der Stimme beklagte er sich: »In diesem Haus kann man doch wirklich keinen Menschen mehr mit irgend etwas überraschen.« Cats Ärger war mittlerweile etwas verraucht, obwohl ihr klar war, daß sie hier mit vereinten Kräften manipuliert werden sollte.

Die Erklärung erfolgte auch prompt, als sie im Haus waren: Laut Lucas hatte ihr Ausflug in erster Linie zum Ziel gehabt, sie mit einem Geschenk zu überraschen. Es sei nie darum gegangen, irgendwelche Bücher oder Zeitschriften zu kaufen oder Simon das Motorrad zu zeigen. Und schließlich, wie Lucas in seiner Erklärung fortfuhr: »Als ich dann endlich das Richtige für dich gefunden hatte, war es auch schon Zeit zum Mittagessen.«

Deshalb seien er und Simon in eine Sportkneipe gegangen, wo sie sich bei ein paar kalten Bierchen, Cheeseburgern und Pommes frites ein Baseballspiel der Red Sox angesehen hätten. Männliche Kumpanei nannte man so etwas wohl, vermutete sie. Aber das Geschenk war genau das Richtige. In jeder Hinsicht. Sie war sogar ein wenig verlegen, als sie es in Simons Gegenwart, der neben ihr stand und sie beobachtete, auspackte.

Das schwarze, kurze und durchsichtige Seidenneglig̃é war

einfach wunderschön und sexy. Und vor allem steckte dahinter eine unausgesprochene Botschaft, die ihr sehr gefiel.

Draußen war es kühl und windig, und Simon entschuldigte sich nach dem Essen, da er an diesem Abend ausgehen wollte. Lucas saß auf dem Sofa, eine Wolldecke über den Knien, und las in der Zeitung. Die Kinder erweckten einen etwas verlorenen Eindruck, so ganz ohne Simon, der sich mit ihnen beschäftigte. Sie versuchten es zwar mit einer Partie Monopoly, die jedoch bald in einen wüsten Streit über die Hypothek auf der Bahnhofstraße ausartete, und schließlich schickte Lucas die beiden gegen halb zehn in ihre Zimmer.

Das gab Cat die Gelegenheit, endlich das zu tun, worauf sie bereits ungeduldig gewartet hatte. Sie duschte, parfümierte sich, kämmte ihr Haar in die eine und in die andere Richtung, bis sie schließlich beschloß, es am Hinterkopf hochzustecken und ein paar Strähnen locker im Nacken und über die Ohren fallen zu lassen. Als sie wieder in den Wohnraum zurückkehrte, trug sie das neue Negligé. Erst als sie direkt vor ihm stand und die Zeitung am oberen Rand der Seite packte und nach unten zog, konnte sie sich Lucas' ungeteilter Aufmerksamkeit sicher sein. Erstaunt sah er ihr erst ins Gesicht, ehe sein Blick langsam über ihren Körper nach unten wanderte.

Er streckte die Hand aus, um sie zu berühren, aber sie wich rasch einen Schritt zurück. »O nein, Sir, tut mir leid. Das ist eine reine Vorführung ... Anfassen ist nicht erlaubt.« Sie lächelte schüchtern. »Sie haben doch die Regeln nicht vergessen, oder?«

Er fuhr sich mit der Zunge über die Lippen. »Selbstverständlich nicht. Vielleicht wären Sie jetzt aber so freundlich, mit der Vorführung zu beginnen?«

»O ja, natürlich«, säuselte sie und drehte sich zweimal um die eigene Achse. Dabei hob und senkte sich der Saum des kurzen Röckchens und entblößte ihre Oberschenkel bis zum Ansatz. Dann legte sie ihre flachen Hände unter ihre Brüste und ließ sie verführerisch über ihren Körper gleiten. »Was Sie hier sehen, ist unsere neueste Kreation auf dem Gebiet der Nachtbekleidung. Leicht, luftig, fließend und –« Sie hielt mitten im Satz inne, betrachtete Lucas mit einem Ausdruck gespielter Besorgnis, ging zum Sofa und bückte sich. »Wir bestehen darauf, daß unsere Kunden es sich bequem machen, Sir. Und mir ist die ganze Zeit über schon aufgefallen–« Sie nahm die Wolldecke von seinen Knien, öffnete den Bund seiner Shorts, zog den Reißverschluß herunter und steckte ihre Hand hinein. »O ja, ich sehe«, meinte sie seufzend.

»Was ist mit den Regeln?« entgegnete er mit vor Erregung heiserer Stimme.

Aber sie kam zu keiner Erklärung mehr, da sie bereits in seinen Armen lag und er seine Lippen auf die ihren gepreßt hatte und leidenschaftlich seine Zunge spielen ließ. Dabei sank er immer weiter zurück auf das Sofa. Sein gesundes Bein hatte er hochgestellt, das rechte Bein berührte den Fußboden, während er Cat auf sich zog und die Hände liebevoll unter ihr kurzes Hemdchen schob; in dem Moment hörten sie beide einen dumpfen Schlag gegen die gläserne Schiebetür.

Und damit war die Stimmung beim Teufel. Lucas richtete sich hastig auf, schob Cat mit einer Handbewegung zur Seite und drehte sich in Richtung der Tür. Er starrte wie gebannt darauf, sie starrte ebenfalls auf die Schiebetür, seufzte schließlich aber erleichtert auf: Da war nichts. Kein Mensch. Aber Lucas hob die Wolldecke vom Fußboden auf und breitete sie über sie.

»Lucas, draußen bläst ein ziemlich heftiger Wind. Er hat bestimmt etwas umgeweht, das dann gegen die Glastür gestoßen ist. Vielleicht eine von den Gummisandalen der Kinder. Ja, ich glaube, das war es.«

»Geh und zieh dir einen Morgenmantel über, Cat«, sagte er barsch, als schickte er sie fort wie ein Spielzeug, mit dem er nichts mehr anzufangen wußte. Na gut, ihm war wieder einmal die Lust vergangen – um das herauszufinden, mußte sie keine Hellseherin sein.

»Wir können doch noch mal von vorn anfangen, Liebling. Wir könnten –«, setzte sie an, aber er hörte ihr nicht mehr zu, und von Interesse für ihren Vorschlag konnte ganz und gar nicht die Rede sein. Seine Aufmerksamkeit galt einzig und allein den Schiebetüren. Also stand sie auf, lief ins Schlafzimmer, riß sich das Negligé vom Leib und schleuderte es in eine Ecke ihres Schranks. Wieso hatte er sich überhaupt die Mühe gemacht und es besorgt?

Lucas beschloß, die Episode zu vergessen oder wenigstens so zu tun. Sie vermutete, daß er von ihr erwartete, ebenso darauf zu reagieren. Als am nächsten Morgen gegen elf Uhr der Transporter mit Simons Motorrad eintraf, schien Lucas sich wieder so weit im Griff zu haben, daß er eine ruhige und heitere Stimmung zur Schau tragen konnte, die Cat ihm jedoch nicht abnahm.

Er fing den Fahrer draußen ab und rief Simon ins Haus, der irgend etwas am Anlegesteg reparierte. »Was gibt es, Lucas?«

wollte der junge Mann wissen und kam auf die Veranda gelaufen.
»Da draußen steht ein Lieferant, der meint, daß er etwas Hilfe brauchen könnte.«
Simon grinste, grüßte und lief dem Mann entgegen. Lucas kehrte wieder ins Haus zurück und stellte sich an die Küchentür. Cat und Haley beeilten sich, ihm zu folgen, damit ihnen ja nichts von der ganzen Aufregung entging. Zack war irgendwo auf Erkundungsreise unterwegs, nur Winnie, die man ebenfalls informiert hatte, daß sich da draußen etwas tat, weigerte sich, an die Tür zu kommen. Sie beschäftigte sich lieber weiter ausgiebig mit ihrem Staubwedel, offenbar nicht im geringsten neugierig, worum es dabei gehen könnte. Als Simon sah, worum es ging, begriff er im ersten Moment gar nichts. Die Kinder waren noch viel zu jung für ein Motorrad, und wozu sollten Lucas oder Cat so ein Ding brauchen? Simon blickte verständnislos zwischen dem Motorrad und Lucas hin und her, als wollte er sagen: He, da ist euch ein Fehler unterlaufen. Doch dann drehte er sich wieder um und nahm das Motorrad etwas genauer in Augenschein.
»Und, was hältst du davon?« wollte Lucas wissen und trat hinter ihn, dicht gefolgt von Cat und Haley.
Als Simon sich zu ihm umdrehte und ihn mit großen, verwirrten Augen ansah, konnte Lucas die Enthüllung nicht mehr hinauszögern. »Es gehört dir«, sagte er.
Simon riß den Mund auf, drehte sich zu dem Transporter um und betrachtete kopfschüttelnd das Motorrad. Schließlich sprang er – ohne lange den Umweg über die Laderampe zu nehmen – mit einem Satz auf die Ladefläche des Lasters und ging vor der Honda in die Knie. Vorsichtig berührte er

sie erst an der einen, dann an der anderen Stelle und musterte sie ganz genau.
»Alle Einstellungen sind gemacht, und sie ist voll aufgetankt. Du brauchst bloß noch damit loszufahren«, ermunterte Lucas ihn.
Mittlerweile schaute der Fahrer des Transporters, der bisher geduldig abwartend daneben gestanden hatte, unruhig auf seine Uhr und meinte: »He, Junge, was hältst du davon, wenn wir die Maschine jetzt mal hier runterschaffen?«
Simon nickte. »Sicher, klar«, erwiderte er, wobei sich seine Stimme noch etwas belegter als sonst anhörte. Er packte das Motorrad an den Lenkgriffen, schob es die Laderampe hinunter und bockte es unten auf. Ohne ein Wort zu sagen oder auch nur jemanden anzuschauen, verschwand er schnell in seinem Bus; als er wieder zurückkam, hielt er seinen Helm in Händen.
Und noch ehe der Fahrer des Lasters die Plane wieder verschließen und aus der Straße vor dem Strandhaus hinausfahren konnte, hatte Simon – mit dem Helm auf dem Kopf und völlig in den Genuß seiner neuen Honda versunken – bereits den Motor angelassen, den Gang eingelegt und war davongebraust.
Als Lucas sich umdrehte, um ins Haus zurückzukehren, fiel Cat auf, daß seine Augen feucht waren. Und wenn sie sich nicht getäuscht hatte, hatte auch Simon Tränen in den Augen gehabt.

Die Übergabe des Geschenks hatte die Gefühle aller Beteiligten wesentlich stärker angesprochen, als Lucas erwartet hatte. Auch wenn Simon sich noch nicht richtig bei ihm dafür bedankt hatte, jedenfalls nicht mit den üblichen Floskeln, so war das auch gar nicht notwendig. Jeder, der ihn dabei beobachtete, hatte sehen können, wie überwältigt er war, so großzügig beschenkt zu werden. Bisher hatte Lucas sich über Simons ungebundenen Lebensstil keine großen Gedanken gemacht, aber jetzt fragte er sich zum erstenmal, ob das Leben des Jungen nicht viel härter gewesen war, als er bisher angenommen hatte.

Um halb vier Uhr nachmittags läutete das Telefon. Cat ging in der Küche dran und trug den Apparat auf den Couchtisch im großen Wohnraum.

»Es ist für dich, Lucas«, sagte sie und reichte ihm den Hörer. »Ein Roger Davidson.«

Er entschied sich jedoch für den Apparat auf der Veranda und erklärte Cat, daß er ohnehin gerade nach draußen gehen wollte. »Was gibt es?« fragte er, kaum daß er abgenommen hatte.

»Jede Menge Neuigkeiten. Und zwar mehr, als ich erwartet hatte.«

»Ich höre.«

»Diese beiden Herrschaften – wie es scheint, haben sie sich tatsächlich noch nicht aus dem Staub gemacht, jedenfalls nicht sehr weit. Heute vormittag habe ich mir die Hacken abgelaufen, ohne Ergebnis. Aber heute nachmittag war ich drüben in Mystic wegen einer Sorgerechtssache, an der ich gerade arbeite, und dabei dachte ich, daß es nichts schaden könnte, wenn ich es auch dort mal versuche. Da gibt es einen Klub, in dem so richtig die Post abgeht – vielleicht haben Sie schon mal davon gehört. Das *Golden Shield.*«

»Nein«, erwiderte Lucas.

»Na ja, da wird in erster Linie Heavy Metal und Punk gespielt, und der Schuppen ist vor allem bei den ganz jungen Leuten in der Gegend äußerst beliebt. Der Chef-Barkeeper dort, dem ich die beiden Phantombilder gezeigt habe, ist jedenfalls der Meinung, den dunkleren der beiden zu kennen. Bei dem großen blonden Typen war er sich sogar auf den ersten Blick sicher. Der scheint dort schon ein paarmal gewesen zu sein. Und jetzt hören Sie sich das an – er erinnert sich doch tatsächlich daran, daß sein Begleiter, der höchstwahrscheinlich unser dunkler, bärtiger Freund war, ihn als Warren angesprochen hat.«

Lucas mußte sich setzen, so sehr raste sein Herz. »Wann?« fragte er. »Wann hat er ihn das letztemal gesehen?«

»Vor ein paar Abenden, genauer konnte er sich nicht erinnern. Aber bestimmt nicht länger als eine Woche.«

Lucas atmete tief und lange aus. »Okay, und was jetzt?«

»Jetzt werden wir diesen Klub im Auge behalten. Ich habe auch hier in New London noch ein paar Männer zur Verfügung. Da wir ja offensichtlich den richtigen Vornamen zu einer der Zeichnungen haben, kann ich versuchen, noch mehr Informationen durch den Computer herauszubekommen. Wer weiß, vielleicht haben die beiden ja was auf dem Kerbholz und sind hier in der Gegend polizeilich erfaßt.«

»Dann denken Sie also, daß die beiden wahrscheinlich von hier sind?«

»Das ist in solchen Fällen oft schwer zu sagen. Sie können sich genausogut nur übergangsweise hier aufhalten. Vergessen Sie nicht, es ist Sommer, und das ist ein Ferienort. Aber die besten Chancen haben wir, wenn wir den Klub überwachen und versuchen, ihren Aufenthaltsort herauszubekommen.«

Davidson betonte mehrmals, daß seiner Meinung nach Lucas und seine Familie trotz allem relativ sicher seien. Trotz der Blumen, trotz der lästigen Anrufe, und selbst wenn man einmal annahm, daß die beiden Übeltäter auch für solche Dinge wie die leere Flasche auf der Veranda verantwortlich waren: das hatten sie alles nur getan, um Lucas noch weiter zu beunruhigen. Viel wichtiger war doch, daß keiner der beiden den Versuch unternommen hatte, persönlich mit ihnen Kontakt aufzunehmen. Und dabei waren mittlerweile bereits, ja ... fast zwei Wochen seit dem Überfall vergangen. Daß sich seine Familie in relativer Sicherheit befand, genügte Lucas aber nicht. Außerdem traute er dem Frieden nicht mehr. Nichtsdestotrotz war es allmählich an der Zeit, die Panik niederzuringen und die Lage ruhig und objektiv zu beurteilen. Na gut, vielleicht hatten wirklich alle recht, und Warren und Earl würden es nicht mehr riskieren, ihnen noch einmal unter die Augen zu treten. Das wäre mit Sicherheit ein sehr riskantes Unterfangen für sie – und unnötig: schließlich hatten sie den Wagen bereits. Wahrscheinlich hatten sie den längst verkauft und gaben das Geld mit beiden Händen aus. Aber wieso trieben sie sich dann immer noch in der Nähe herum? Wieso verhöhnten sie ihn?

Er hatte gerade mal ein paar Minuten auf der Veranda gesessen, als Cat schon den Kopf zu ihm hinausstreckte. »He, was treibst du denn da? Ich dachte, du würdest gleich wieder reinkommen.«
Als Antwort zuckte er die Schultern.
»Wer ist Roger Davidson?« fragte sie weiter.
»Das war etwas Geschäftliches. Ich hatte Jack gebeten, wichtige Anrufe zu mir durchzustellen. Damit nicht der ganze Druck auf ihm allein lastet.« Cat anzulügen war mittlerweile zur Routine geworden, etwas, das ihm leicht über die Lippen ging. »Cat, wo ist eigentlich Simon?« wollte er wissen.

»Ich habe nicht die geringste Ahnung. Die ganze letzte Stunde hat er den Kindern sein Motorrad vorgeführt. Aber ich habe vor einer Weile schon Haley draußen allein in der Sonne liegen sehen. Deshalb vermute ich, daß er wieder losgezogen ist. Mir scheint, du hast genau –«, wollte sie fortfahren, aber Lucas unterbrach sie.
»Zack?«
»Wie bitte?«
»Zack. Wo ist er?«
»Oh, der. Du kennst ihn doch. Der ist irgendwo unterwegs auf Entdeckungsreise.«
»Immer noch? Ich dachte, wir hätten ihm unseren Standpunkt klargemacht. Wir haben den ganzen großen Ozean direkt vor unserer Haustür. Wieso muß er dann unbedingt woanders auf Entdeckungsreise gehen?«
»Das ist doch nicht dasselbe, und das weißt du genau. Außerdem bist du jetzt wirklich nicht fair. Zack achtet ganz wunderbar darauf, ständig seine Uhr zu tragen und zum Essen rechtzeitig zu Hause zu sein.«
»Ich verstehe. Also habe ich von meinem Sohn nicht mehr zu erwarten, als daß er zu den Mahlzeiten nach Hause kommt?«
Cat erwiderte nichts, sondern warf ihm nur einen Blick zu – einen jener Blicke, bei denen er sich immer wünschte, sich ganz klein in eine Ecke zu verkrümeln. Dann schob sie ihm die Schiebetür vor der Nase zu, fest entschlossen, die Unterhaltung auf der Stelle zu beenden. Er konnte ihr deswegen auch keinen Vorwurf machen. Das Problem war doch, daß Cat nicht die geringste Ahnung hatte, was vor sich ging. Sie wollte es auch nicht wissen, und er versuchte ständig, es ihr aufzudrängen.

Aber bis Warren und Earl in Gewahrsam waren, würde er so weitermachen müssen.

Winnie sah Simon nicht sofort, erst als sie die Wäsche aus dem Trockner genommen und begonnen hatte, sie auf dem Arbeitstisch zusammenzulegen. Erschrocken ließ sie zwei saubere Handtücher auf den Boden fallen. Sie bückte sich, um sie aufzuheben, und warf Simon dabei einen prüfenden Blick zu: Braungebrannt und gutaussehend, lehnte er barfuß und mit nacktem Oberkörper an der Wand am Fuß der Treppe und rieb einen Apfel an seinen Shorts blank.
»Was ist eigentlich los mit dir, Simon? Wieso treibst du dich dauernd im Keller herum?«
Er biß in den Apfel und grinste. »Was soll ich da sagen? Ich bin nun mal eine Kellerratte.«
Ohne auf seinen Sarkasmus einzugehen, fuhr sie mit dem Zusammenlegen der Wäsche fort. Aber sie spürte seine Augen in ihrem Rücken, die sie beobachteten. Er strengte sich wirklich an, sie mit seiner unverfrorenen Art aus der Fassung zu bringen, aber sie war fest entschlossen, das nicht zuzulassen.
»Nun, ich muß dir wirklich gratulieren, Kleiner«, sagte sie schließlich. »Du bist ganz gut in diesen Psychospielchen, habe ich recht? Es scheint jedenfalls alles so zu laufen, wie du dir das vorstellst. Bis jetzt wenigstens.«
»Wie bitte, könnten Sie das vielleicht noch mal wiederholen?«
Weder seine Worte noch seine gespielte Verwirrung wirkten bei ihr; außerdem wußte er genau, was sie damit meinte. Trotzdem ging sie auf sein Spiel ein und wurde deutlicher.
»Das Motorrad. Du spinnst deine Netze um die Familie Marshall. Was führst du eigentlich im Schilde, Junge?«

»Haben Sie nicht gehört, ich führe gar nichts im Schilde. Ich lasse mich einfach treiben und nehme alles, wie es kommt. Außerdem, was geht Sie das an, Winnie?«
»Jede Menge. Diese Menschen bedeuten mir nämlich sehr viel.«
»So? Tja, vielleicht bedeuten sie mir ja auch sehr viel. Sind Sie vielleicht eifersüchtig, weil ich so gut hier reinpasse? Na klar, ich möchte wetten, genau darum geht es doch, oder?«
Der Junge war wirklich sehr aufgeblasen, und sie hätte nichts lieber getan, als ihn auf sein wahres Maß zurechtzustutzen. Aber das war reines Wunschdenken. Also fuhr sie mit ihrer Arbeit fort, hob die zusammengelegten Handtücher hoch, trug sie in den Duschraum und verstaute sie dort in den Fächern im Schrank. Als sie zum Trockner zurückkehrte, sagte sie: »Hör mal, überanstrenge dich meinetwegen nicht und spar dir deine grauen Zellen. Wenn ich du wäre, würde ich sie mir für wichtigere Gelegenheiten aufheben.«
»Wissen Sie, Lady, ich versuche doch nur, mir ein Bild von Ihnen zu machen. Was weiß ich denn schon von einer Frau in Ihrem Alter? Vielleicht glauben Sie ja, daß ich es mit Lucas treiben will?«
»Wie bitte?«
»Ach, Winnie, man muß doch kein Genie sein, um zu sehen, wie scharf Sie auf diesen Typen sind. Wie lange geht das eigentlich schon? Tja, wann ich raten sollte, würde ich sagen, daß es bestimmt schon eine ganze Weile so geht.«
»Halt deinen Mund!« fauchte sie.
Aber er war nicht gewillt, Gnade walten zu lassen. »Da schau an«, fuhr er fort, »und mit unserer lieben Cat will sie auch noch konkurrieren! Was sind Sie, eine Masochistin?«
Merkte man ihr das immer noch an? Lange Zeit hatte sie

vermutet, daß Cat Bescheid wußte, nicht jedoch Lucas. Aber wußte es denn jeder, der sie mit ihm zusammen sah? Plötzlich wurde ihr ganz übel, und sie wollte nur noch raus, weg von Simon. Sie hätte durch die eine Tür direkt auf den Strand hinauslaufen können, aber auf die Idee kam sie nicht. Statt dessen huschte sie mit gesenkten Augen, um jede weitere Konfrontation zu vermeiden, an Simon vorbei.
Und da bemerkte sie seine beiden zusammengewachsenen Zehen. Sie blieb stehen und blickte ihm, ohne lange zu überlegen, voll ins Gesicht. Seine Augen musterten sie durchdringend und fragend, aber sie verstand die Frage nicht, sondern schaute wieder weg und rannte nach oben.

13

Es schien aus heiterem Himmel zu kommen, daß Winnie plötzlich blaß und mitgenommen aussah, und obwohl sie behauptete, daß es ihr gutgehe, bestand Cat darauf, sie nach Hause und ins Bett zu schicken. Bis Cat deshalb das Abendessen fertig und auf den Tisch gebracht hatte, war es um einiges später als üblich. Gegen Ende der Mahlzeit brachte Lucas schließlich das gefürchtete Thema zur Sprache und wandte sich an Zack. Da Haley sich meistens in der Nähe aufhielt, wenn sie nicht gerade mit Simon unterwegs war, schloß er sie nicht mit ein, als er die neue Regel erließ, daß Zack sich nicht mehr vom Grundstück entfernen dürfe.

»Du meinst, heute abend?« fragte Zack.

»Ich meine, die ganze nächste Zeit über. Vielleicht sogar ein paar Wochen lang.«

Zack blickte verständnislos von seinem Teller hoch. »Wieso?«

»Brauche ich einen Grund, wenn ich meinen Sohn in der Nähe haben will?«

Er schüttelte den Kopf. »Aber das geht nicht.«

»Warum geht das nicht?«

»Weil ich jede Menge zu tun habe. Erst heute morgen haben Andy und ich eine Familie von Bisamratten unter ein paar Felsen an den Klippen gefunden. Wir wollen morgen wieder hin.«

»Falls es dir entgangen sein sollte – das war keine Bitte von mir«, meinte Lucas ungehalten. »Es tut mir ja wirklich leid, aber so stehen die Dinge nun mal. Die Bisamratten werden eben eine Weile warten müssen.«

Zack wandte sich mit flehenden Augen an seine Mutter. Da von ihr keine Reaktion kam, schaute er erneut zu Lucas. »Aber ich bin doch immer rechtzeitig zum Essen daheim gewesen, wie du gesagt hast.«

»Darum geht es nicht.«

»Worum geht es dann?«

»Es ist nichts, Zack. Du hast nichts falsch gemacht. Ich will dich damit nicht bestrafen, also betrachte die Sache auch nicht so.«

Zacks Gesichtsausdruck wechselte von Neugier zu Wut. »Warum dann?«

»Weil ich es so sage.«

»Und was ist, wenn ich Andy sehen will?«

»Das geht in Ordnung. Bitte ihn doch, zum Spielen zu uns zu kommen. Und wie wär's, wenn wir beide etwas mehr Zeit miteinander verbringen würden? Vielleicht könnten wir mal wieder zusammen Schach spielen?«

»Du bist doch eine Niete im Schach.«

»Zack!« rief Cat.

»Aber das ist doch die Wahrheit.«

»Okay, dann Karten oder ein Brettspiel oder was immer du willst.«

Zack sah erneut seine Mutter um Beistand flehend an, aber Cat vermied es, ihm in die Augen zu sehen.

»Und wie ich außerdem bereits deiner Mutter versucht habe klarzumachen, gibt es auch auf unserem eigenen Grundstück jede Menge Sachen, die man erforschen kann.«

Zack stand so heftig vom Tisch auf, daß seine Serviette zu Boden fiel. Lucas forderte ihn auf, sich wieder hinzusetzen, aber zum erstenmal verweigerte ihm sein Sohn den Gehorsam. »Ich hasse dich!« brüllte er ihn an; dann wandte er sich an seine Mutter und rief ihr zu: »Und dich hasse ich auch!« Mit voller Absicht warf er schließlich noch seinen Stuhl um und polterte aus dem Zimmer.

Cat stand auf und schleuderte ihre Serviette auf den Teller. »Ich möchte nicht, daß du –«, fing sie an.

Aber Lucas schnitt ihr das Wert ab. »Laß es dabei bewenden, Cat! Die Sache ist erledigt.«

Sie stürmte die Verandatreppe hinunter und fing zu laufen an, sobald sie unten am Strand angekommen war. Jetzt stand auch Lucas auf und rief ihr hinterher, aber falls sie ihn hörte, so ignorierte sie ihn.

Als Lucas sich wieder umdrehte, sah er gerade noch, daß Simon ins Haus gehen wollte. »Wo willst du hin?«

»Ich dachte, ich sehe mal nach Zack.«

»Du bleibst hier«, befahl er ihm. Dann wandte er sich an Haley, die bisher nichts gesagt hatte, aber wegen des Wortwechsels einen äußerst bedrückten Eindruck machte. »Geh du und schau nach deinem Bruder.« Erleichtert verließ sie das Zimmer, und Lucas sagte zu Simon: »Roger Davidson hat heute nachmittag angerufen. Man hat unsere beiden Herren ein paarmal drüben in Mystic gesehen, das nur ungefähr eine Viertelstunde mit dem Auto von hier entfernt liegt. Ein Barkeeper in einem Klub hat sie anhand der Phantombilder erkannt.«

Simon stieß einen leisen Pfiff aus. »Mann, das ging aber schnell! Hat die Polizei sie schon aufgegriffen?«

»Nein, noch nicht. Wir wissen ja nicht, wo sie sich sonst herumtreiben. Davidson überwacht jedoch den Klub in der Hoffnung, daß sie dort wieder auftauchen. Aber in der Zwischenzeit, das heißt, bis sie hinter Schloß und Riegel sind, möchte ich, daß die Kinder sich immer hier in der Nähe aufhalten, wo einer von uns beiden sie im Auge behalten kann.«

»Jetzt wird mir alles klar.«

Lucas schaute Cat hinterher, die jedoch bereits in der Ferne verschwunden war: »Sie kann ich ja wohl schlecht anbinden, deshalb hätte ich es gerne, wenn du dich um sie kümmerst. Mir ist es völlig egal, wenn alle anderen Arbeiten hier liegen bleiben, aber wenn sie sich vom Haus entfernt, dann folgst du ihr. Verlier sie ja nicht aus den Augen. Und wenn es dir auch noch gelingt, sie zu begleiten, ohne ihren Verdacht zu erregen – um so besser.«

Als Haley in Zacks Zimmer kam und die Tür hinter sich schloß, fand sie ihn auf seinem Bett sitzend vor, wo er die Wand anstarrte und so wütend aussah, wie sie es überhaupt nicht von ihm kannte.

»Tut mir leid«, sagte sie, da ihr sonst nichts anderes einfiel, und setzte sich zu ihm auf das Bett.

»Es ist doch nicht deine Schuld.«

»Die von Mommy aber auch nicht.«

»Sie hört aber auf ihn, völlig egal, ob er recht hat oder nicht. Sie überläßt ihm die ganze Macht.«

Haley dachte nach: über das, was Zack eben gesagt hatte, über sich selbst und darüber, wie sie sich Simon gegenüber benahm.

»Ja, kann sein. Vielleicht kann sie aber auch nicht anders.«

»Das kapier ich nicht.«

Sie zuckte mit den Achseln. »Ich auch nicht. Was soll's, ich begreife ja nicht einmal, wieso Daddy beschlossen hat, dich einzusperren. Außer, daß er im Moment einfach spinnt. Aber das wissen wir doch alle.«

Zack schwieg eine Weile, ehe er fortfuhr: »Ich wünschte, Simon wäre mein Vater, nicht er.«
»Das ist doch dumm, Zack. Er ist doch viel zu jung.«
»Na, jedenfalls mag er mich.«
»Daddy mag dich doch auch.«
»Das sagt Mommy auch immer. Aber ich denke nicht, daß sie ihn wirklich kennt. Sie glaubt einfach, daß es so ist.«
Plötzlich konnte Haley ihre Gefühle nicht länger zurückhalten; sie ließ sich auf die Matratze fallen und fing zu weinen an. Zack streckte den Arm aus und legte ihr vorsichtig die Hand auf den Kopf; er versuchte, ihr Stärke vorzuspielen, damit er sie trösten konnte. Das war zwar wirklich nett von ihm, und sie wußte seine Bemühungen auch zu schätzen, aber was sie jetzt wirklich gebraucht hätte, damit es ihr bessergegangen wäre, das wäre ein Joint gewesen. Und nur einer hätte sie jetzt wirklich trösten können, nämlich Simon.
Sie vermutete, daß es Zack ähnlich ging. Man schien sich auf ihre Eltern einfach nicht mehr verlassen zu können.

Cat hatte kein bestimmtes Ziel vor Augen, als sie davonstürmte, sie wollte nur so weit weg von Lucas wie möglich. Ironischerweise kam sie dann genau an Zacks Lieblingsplatz heraus, bei den Klippen. Sie stieg einen schmalen Pfad hoch, setzte sich und schaute sich die Gegend an: Es war gerade Ebbe. Cat betrachtete die riesigen, unregelmäßigen Felsen, das seichte, stehende Wasser dazwischen, das voller Seetang war und in den verschiedensten Farben schillerte. Die Flutbecken in der Bucht nebenan wimmelten von winzigen Kreaturen, die allesamt auf ihre Weise darum kämpften, in diesem turbulenten Grenzland zwischen Wasser und Land zu überleben. Alles sah so friedlich und geordnet aus, sie

konnte verstehen, weshalb es ihrem Sohn an diesem Ort gefiel.
Sie saß vielleicht eine Viertelstunde da oben, als sie hörte, wie sich jemand räusperte, und blickte hoch. Simon stand ungefähr zehn Meter von ihr entfernt.
»Haben Sie was dagegen, wenn ich hochkomme?«
Sie schüttelte den Kopf; er kletterte nach oben und suchte sich einen Platz auf einem Felsen ihr gegenüber. »Alles in Ordnung?«
Sie nickte. »Ich bin nur sauer«, erwiderte sie und holte tief und fest Luft. »Stinksauer.«
Er zog etwas aus seiner Tasche, das eine vage Ähnlichkeit mit einem Taschentuch aufwies, und streckte es ihr hin. »Falls Sie es brauchen sollten.«
»Bestimmt nicht. Ich bin in Ordnung.«
Wie um sie zu überzeugen, fügte er hinzu: »Aber es ist ganz sauber. Ich habe es nur hergenommen, um das Motorrad zu polieren.«
Sie lächelte und nahm es schließlich doch. »Es scheint dir ja wirklich gefallen zu haben. Das Motorrad, meine ich.«
»O ja. Wie sollte einem das nicht gefallen? Ich habe nur nie erwartet, jemals etwas so Tolles zu besitzen. Ich gehöre nämlich zum Stamm der ›Kann es mir erst leisten, wenn es alt, gebraucht und billig ist‹.«
»Dann bin ich doppelt froh, daß Lucas es gekauft hat. Er mag dich nämlich wirklich, weißt du.« Simon sagte nichts, sondern hielt nur den Kopf schief, als versuchte er, sie aus einem anderen Blickwinkel zu sehen. »Raus damit«, sagte sie schließlich, »was ist los? Habe ich irgend etwas Falsches gesagt?«
»Manchmal begreife ich Sie einfach nicht. Ich meine, Sie

sitzen da, sind stinksauer auf Lucas und loben ihn trotzdem noch über den grünen Klee. Reden über ihn, als ob alles in Ordnung wäre.«

»Na ja, es ist nicht alles in Ordnung. Und ich will auch gar nicht so tun, als ob. Aber ich liebe ihn.«

»Das ist es wahrscheinlich.«

»Wahrscheinlich.«

Er schüttelte den Kopf, sammelte ein paar Kieselsteine zwischen den Felsen ein und schleuderte sie ins Wasser.

»Sie sollten lernen, sich die Dinge von der Seele zu reden, sonst schnüren sie Ihnen irgendwann mal die Luft ab. Sie sind genau der Typ, der alles in sich hineinfrißt und so tut, als würde es die negativen Dinge alle nicht geben. Und wahrscheinlich funktioniert das eine Weile auch ganz gut. Aber eines Tages werden Sie von Ihren negativen Gefühlen so überwältigt werden, daß Sie loslegen wie eine Atomrakete.«

»Ja? Und was würdest du mir raten? Wie soll ich meinen Frust loswerden? Heimgehen und ihn Lucas ins Gesicht schreien?«

Er zuckte die Schultern und schleuderte noch ein paar Steine ins Wasser. »Sicher, das ist eine Möglichkeit. Oder wenn Sie wollen, können Sie sich Ihren Kummer auch ganz einfach von der Seele schreien. Einfach so, ganz allein.«

»Wie soll ich das verstehen?«

»So ungefähr«, entgegnete er und stieß einen lauten, langgezogenen Schrei aus, der sie zusammenzucken ließ. Als er wieder damit aufhörte, wirkte er erhitzt und außer Atem. »Oder wenn das leichter für Sie ist, machen Sie es mit Worten«, erklärte er. »Brüllen Sie, was immer Ihnen in den Sinn kommt.«

»Oh, das könnte ich nie«, erwiderte sie. »Was soll ich denn da sagen?«
»Das bleibt ganz Ihnen überlassen.« Er deutete auf ihre Leibesmitte. »Aber es muß direkt aus Ihrem Bauch kommen.«
Zögernd schaute sie sich um, aber am Strand war natürlich keine Menschenseele zu sehen. Trotzdem schüttelte sie den Kopf. »Nein, niemals, das kann ich nicht.«
»Tja, das habe ich mir schon fast gedacht«, sagte er und zog ein Gesicht. »Sie sind dafür einfach nicht locker genug.«
Sie lächelte. »He, was soll das werden? Angewandte Psychologie?«
Er faltete die Hände, als wollte er beten. »Sie sind wirklich verschlossen wie eine Auster«, sagte er und schüttelte den Kopf, ohne sie jedoch dabei anzusehen. »Verschlossener, als ich dachte.«
Da holte sie tief Luft und fing zu schreien an: zuerst nicht so laut, aber dann immer lauter, je mehr Übung sie bekam. Ihr eigenes Echo schlug ihr entgegen und erhielt immer neue Nahrung von immer lauteren Schreien.
»Zum Teufel mit dir, Lucas!« schrie sie. »Du Schwein, du Mistkerl, du! Du kannst mir mal den Buckel runterrutschen –« Es war alles so albern, so krank, und plötzlich fing sie aus lauter Verlegenheit, daß sie sich zu dieser Verrücktheit hatte hinreißen lassen, laut zu lachen an. Aber noch ehe sie wußte, wie ihr geschah, brach sie in Tränen aus.
Simon beugte sich zu ihr, legte seine Arme um sie und zog sie an sich, damit sie ihren Kopf an seine Brust legen und sich ausweinen konnte. Sie hätte sich sofort wieder zurückziehen sollen, als ihre Tränen versiegten, aber sie tat es nicht. Während sie sich dem Luxus hingab, die behagliche Berührung

seiner Arme noch ein kleines Weilchen zu genießen, traten ihr überdeutlich alle Einzelheiten ins Bewußtsein: die Breite seiner Schultern, die sanfte Berührung seiner Brusthaare an ihrer Wange, der salzige Geruch seines Körpers ... und seine starken, kühlen Finger ...

Sie riß sich los, stand auf, rutschte die Felsen hinunter und rannte davon in Richtung Haus, ohne sich die Mühe zu machen, sich eine vernünftig klingende Entschuldigung auszudenken.

Sie mußte unbedingt nach Hause, zu Lucas.

Zwei zusammengewachsene Zehen. Winnie war bereits einmal in ihrem Leben mit einem derartigen Phänomen konfrontiert gewesen, aber wie sehr sie sich auch das Hirn zermarterte, sie brachte es weder zeitlich noch örtlich unter. Auf dem Weg nach Hause mußte sie einmal rechts ranfahren und sich übergeben, und kaum war sie bei sich zu Hause angekommen, schaffte sie es gerade noch ins Badezimmer. Nach ein paar grauenvollen Stunden, in denen sie sich so lange entleerte, bis ihr Magen wirklich nichts mehr hergab, fiel sie vor Erschöpfung ins Bett.

Obwohl an diesem Abend überraschend gute Filme im Fernsehen liefen, gelang es Winnie nicht, sich davon ablenken zu lassen und den Jungen samt seiner merkwürdigen Zehen und grausamen Äußerungen zu vergessen. Zum Glück mußte sie am nächsten Tag nicht zu den Marshalls zum Putzen. Dafür aber am Tag danach. Doch wie sollte sie Simon gegenübertreten?

»Na, ist die Kacke am Dampfen, Winnie?« kreischte Luke von seinem Käfig aus, der auf ihrer Kommode stand.

»Halt die Klappe!« fauchte sie. Es war schon nach Mitternacht, und sie hatte längst eine Decke über den Käfig gebreitet, aber der Vogel war putzmunter und nicht zu bewegen, endlich einzuschlafen. Immer noch bekam er jede ihrer Regungen mit: ihren Ärger, ihren Frust, ihre Verwirrung und diesen Wirrwarr aus Emotionen –

»Ooo-oo, böser Bube, Luke. Halt deine verdammte Klappe, Luke!«

Welche Emotionen sind es denn, die uns solche Sorgen machen, Winnie? Die Art, wie er mit ihr geredet hatte – es hatte sich angehört, als wollte er sie wirklich verletzen. Und was er gesagt hatte ... Konnte es sein, daß Simon sie von irgendwoher kannte?

An diesem Abend konnte Cat das Karussell in ihrem Kopf nicht mehr zum Stehen bringen und mußte ständig darüber nachdenken, welche Närrin sie aus sich gemacht hatte, als sie Simon einfach hatte stehenlassen und davongerannt war, so, als hätte er etwas getan oder gesagt, das sie erschreckt hatte. Am Morgen darauf ging es ihr nicht viel anders. Was ihr jedoch am meisten angst machte, waren ihre eigenen ausufernden und unausgegorenen Gedanken. Er war doch noch ein halber Junge, wie konnte sie das vergessen. War sie denn tatsächlich so unbeherrscht und unbefriedigt, daß ein neunzehnjähriger Junge sie nicht einfach tröstend in die Arme nehmen konnte, ohne daß sie gleich sexuelle Hintergedanken hatte?

Hoffentlich war Simon in der Lage, ihr Benehmen als schlichtes Resultat ihrer Wut auf Lucas anzusehen, was natürlich zum größten Teil auch dahintersteckte. Als sie nach Hause zurückgekommen war, hatte sie versucht, mit Lucas über seinen übereilten und ungerechtfertigten Entschluß zu reden, Zack auf dem Grundstück einzusperren; er hatte sich zwar bemüht, ihre Empörung zu dämpfen, war aber immer wieder mit derselben schwachen Entschuldigung dahergekommen, daß es doch eine Chance sei, endlich seinen Sohn besser kennenzulernen.

Nein, es war immer noch die Angst, die ihn dazu trieb, und sie wußte nicht, wie lange sie das noch aushalten konnte oder wie lange sie noch zulassen konnte, daß die Kinder dem ausgesetzt waren. Sie wußte, welche Wirkung das alles auf sie selbst hatte. Was mochte es dann mit ihnen anstellen? Sie überlegte kurz, Jack deswegen anzurufen, ihn vielleicht zu überreden, zu ihnen zu kommen und Lucas wieder etwas Vernunft beizubringen. Vielleicht war ja er der Richtige, Lucas zu einem Besuch beim Therapeuten zu überreden.

Und nachdem sie ihrer Familie am nächsten Morgen draußen auf der Veranda das Frühstück serviert hatte, ging sie wieder ins Haus, um ihn anzurufen. Aber Shirley gab ihr die Auskunft, daß Jack und Linda für eine Woche in das Landhaus ihres Sohnes Gary in den White Mountains gefahren seien, das dort an einem See lag. Als Cat das hörte, fiel ihr wieder ein, daß Linda dies bereits erwähnt hatte.

»Ist es denn wichtig, Cat?« fragte Shirley. »Denn wenn es so ist, hätte ich die Nummer von Garys Piepser, und –«

»Nein, nein, lassen Sie sie in Ruhe, das kann warten. Aber sorgen Sie bitte dafür, daß Jack mich anruft, sobald er zurückkommt.«

Ehe sie an den Frühstückstisch zurückkehrte, rief sie noch bei Winnie an, um zu hören, wie es ihr ging, da sie am Tag zuvor wirklich entsetzlich bleich um die Nase gewesen war. Winnie versuchte zwar, ihr zu erklären, daß das Schlimmste überstanden sei, aber sie hörte sich immer noch nicht gut an.

»Ich werde später mal zu Winnie hinüberfahren«, verkündete Cat, als sie wieder auf die Veranda hinauskam.
»Wieso, was ist los mit ihr?« fragte Lucas.
Cat goß sich Kaffee ein und stellte den Becher auf den Tisch. »Ach, sie sagt zwar, daß sie jetzt wieder in Ordnung ist, aber ich weiß nicht so recht, ich hatte den Eindruck, daß sie kaum reden konnte am Telefon.«
»Vielleicht solltest du lieber einen Arzt verständigen.«
»Das kann ich mir ja immer noch überlegen, wenn ich sie gesehen habe.«
»He, ich könnte Sie doch hinfahren, oder?« meldete Simon sich zu Wort. »Ich muß ohnehin zur Eisenwarenhandlung.«
Sie schaute ihn unschlüssig an und dachte, was für ein merkwürdiger Vorschlag das doch war; aber dann fragte sie sich, ob er nicht vielleicht etwas mit den Ereignissen vom Tag zuvor zu tun hatte. Wollte er sie fragen, weshalb sie vor ihm davongelaufen war? Oder noch schlimmer, war es ihm bereits klargeworden? Simons Gesichtsausdruck ließ keine Rückschlüsse zu. Sie wandte sich an Lucas, der offensichtlich nichts Merkwürdiges an dem Vorschlag fand. Trotzdem lehnte sie ab.
Aber als sie eine Dreiviertelstunde später fertig zur Abfahrt war, konnte Cat dem Motor des Jeeps nichts als ein heiseres Gurgeln entlocken. Lucas, der mitbekam, wie sie mindestens ein halbes dutzendmal versuchte, den Motor ohne Erfolg zum Laufen zu bringen, schickte Simon hinaus, damit er ihr half.
»Sieht nach der Batterie aus«, sagte er, nachdem auch er ebenso erfolglos versuchte hatte, den Wagen zu starten. Schließlich überprüfte er die Scheinwerfer und stellte fest, daß sie über Nacht angelassen worden waren.

»Ich kann gar nicht glauben, daß ich das getan habe«, meinte sie, obwohl sie den Beweis dafür vor Augen hatte und ganz genau wußte, daß sie die einzige war, die zur Zeit den Wagen fuhr. Wer sollte es sonst getan haben? Sie schüttelte den Kopf. »Glaubst du, du könntest mir Starthilfe geben?«

»Klar, sicher. Meine Starterkabel sind aber hinüber«, sagte er, als er aus dem Wagen stieg und nach hinten ging. »Ich werde also die Ihren benutzen müssen.« Er öffnete die Heckklappe, und in dem Moment fiel es Cat wieder ein, daß die Starthilfekabel ja gar nicht da sein konnten: die waren, zusammen mit allem übrigen, in ihrem Bronco gewesen. Plötzlich kam doch alles anders, denn Simon hatte sich seinen Plan bereits zurechtgelegt: Erst würde er Cat bei Winnie absetzen und anschließend gleich ein neues Paar Starterkabel besorgen, da er ohnehin in der Eisenwarenhandlung war.

»Es sieht so aus, als müßte ich nun doch auf dein Angebot zurückkommen«, sagte sie, als sie in seinen Bus stieg. Das plötzliche Unbehagen, das sie dabei überfiel, war schuld daran, daß sie diese dumme und überflüssige Äußerung von sich gab. Aber war ihr nur deshalb so unbehaglich zumute, weil sie nach gestern abend das erstemal wieder allein mit Simon war, oder wurde es zusätzlich noch durch die unangenehme Erinnerung verstärkt, wie sie heimlich in seinem Handschuhfach herumgestöbert hatte?

Er warf ihr als Antwort nur einen raschen Blick zu und lächelte.

Nein, er würde sie nicht fragen. Sie spürte eine eindeutige Spannung zwischen ihnen beiden aufsteigen, bis ihr klar wurde, daß sie das Thema würde ansprechen müssen, wenn sie es aus der Welt schaffen wollte.

»Es tut mir übrigens leid wegen gestern abend, daß ich

einfach so davongerannt bin. Es war nur, daß ich unbedingt –«

»Hören Sie auf, Cat, bitte. Sie müssen mir nichts erklären. Ich verstehe vollkommen.«

Tat er das wirklich? Warum erklärte er es ihr dann nicht? Natürlich sprach sie diese Gedanken nicht laut aus, sondern schaute aus dem Fenster und versuchte, sich auf Winnie zu konzentrieren. Sie hätte ihr vorher sagen sollen, daß sie kommen wollte, und sie fragen, ob sie etwas bräuchte. *Gedankenlos, dumm und gedankenlos. Wieso benimmst du dich nur so dumm und hilflos, Cat?* Sie würde Simon bitten, am Supermarkt anzuhalten, damit sie dort ein paar Sachen einkaufen konnte.

Cat macht ja einen völlig aufgelösten Eindruck, dachte Winnie, als sie die Tür öffnete und sie ins Haus ließ. Aber Cat machte sich gleich übertrieben eifrig in der Küche zu schaffen, packte die beiden Lebensmitteltüten, die sie mitgebracht hatte, aus, verstaute deren Inhalt auf den Regalen und schickte Winnie wieder ins Bett zurück.

Nachdem sie geräuschvoll Töpfe und Pfannen in der Küche hin und her geschoben hatte, brachte Cat ein Tablett mit trockenem Toast und Tee zu Winnie ins Schlafzimmer. Ein Skandalblättchen und drei Kinozeitschriften – genau die Art von Lesestoff, wie ihn Winnie mochte – vervollständigten das Frühstück. Cat schüttelte ihr die Kissen auf, so daß sie es bequem hatte, und stellte das Tablett vor sie hin.

»Das ist zwar nicht mein leckerstes Frühstück«, meinte Cat. »Aber ich hoffe, daß Sie es wenigstens bei sich behalten werden.«

Winnie, die sich noch nie verwöhnen lassen konnte, tat genau das, was sie in so einer Situation immer getan hatte, um ihre Verlegenheit zu kaschieren: Sie protestierte laut und blaffte ihre Wohltäterin an, daß sie sich die Mühe besser gespart hätte. Aber Cat achtete nicht auf sie, und Winnie knabberte an ihrem Toast, der auf ihren leeren Magen hin gar nicht so übel schmeckte.

Dann fuhr sie wortreich fort, die schreckliche Nacht zu schildern, die hinter ihr lag; sie war fest davon überzeugt, sich einen Virus eingefangen zu haben – daß ihr Zusammenstoß mit Simon sich zeitgleich ereignet hatte, war reiner Zufall. Während sie sich über die zweite Scheibe Toast hermachte, sagte sie: »Sie sehen selbst auch nicht gerade großartig aus.«

»Ich habe auch schon bessere Nächte erlebt. Lucas wirft sich ständig hin und her und tritt mit seinem Gipsbein nach mir. Ich habe schon blaue Flecken, die ich Ihnen gern zeigen kann. Winnie, ich muß ihn unbedingt überreden, sich an einen Fachmann zu wenden.«

Winnie hörte zu kauen auf und sah Cat erwartungsvoll an.

»Er ist ein emotionales Wrack. Er rückt zwar nicht direkt mit der Sprache heraus, aber er befürchtet doch tatsächlich, daß diese schrecklichen Männer zurückkommen werden. Bei der geringsten Provokation geht er bereits in die Luft und erschreckt mich und die Kinder zu Tode. Und jeder Versuch, sich vernünftig mit ihm darüber zu unterhalten –«

Aber Winnies Aufmerksamkeit war mittlerweile weitergewandert, und Cat folgte der Richtung ihres Blicks, bis sie Simon sah. Er stand herausfordernd lächelnd unter der Tür und hielt einen Strauß gelber Gladiolen im Arm, die in grünes Papier eingeschlagen waren. Zufälligerweise die Blumen, die Winnie am allerwenigsten mochte.

Zufall?

»Die Küchentür stand offen«, erklärte Simon. »Und so bin ich einfach hereingekommen.«

»Wie aufmerksam, Simon«, sagte Cat mit Blick auf die Blumen. An Winnie gewandt, fuhr sie fort: »Die Batterie an meinem Jeep war heute morgen leer. Und ob Sie es glauben oder nicht, aber keiner von uns beiden hatte ein funktionierendes Starterkabel bei der Hand, nicht wahr? Da Simon aber ohnehin auf seinem Weg zur Eisenwarenhandlung war, hat er sich angeboten, mich hierher mitzunehmen.«

Winnie fiel wieder auf, mit welch gierigen Augen Simon Cat immer betrachtete. Warum sollte er dann nicht für ein paar passende Gelegenheiten sorgen, um mit ihr allein zu sein? Ein an den Haaren herbeigezogener Vorwurf vielleicht. Aber hätte Winnie ihren Verdacht laut geäußert, hätte Cat keinen unbehaglicheren Eindruck machen können als ohnehin in dem Moment.

Cat stand auf und sagte mit einer Fröhlichkeit, die viel zu aufgesetzt wirkte, um normal zu klingen: »Ich sehe mal zu, daß ich eine Vase für die Blumen finde, okay?« Mit diesen Worten eilte sie davon in die Küche und ließ Simon und Winnie allein zurück, die mißtrauische Blicke wechselten. Der Toast, der sich noch wenige Augenblicke zuvor so gut mit Winnies Verdauungssystem vertragen zu haben schien, lag ihr nun wie Blei im Magen.

»Und, wollen Sie Ihren Gast nicht gebührend begrüßen, Winnie?« fragte Simon.

»Sicher, natürlich. Was hast du hier zu suchen?«

»Ich wollte mich nur entschuldigen. Ich dachte, daß es vielleicht der Anblick meiner Zehen war, der Ihnen gestern diese Übelkeit verursacht hat.«

Erwartete er tatsächlich eine Antwort auf diese Bemerkung?

Hatte er recht, hatten seine Zehen sie wirklich so aufgeregt? Aber warum sollten sie? »Ich werde schon noch dahinterkommen, du wirst schon sehen«, entgegnete Winnie.

»Wie soll ich das verstehen?«

»Wer du bist, Simon, und was du hier im Schilde führst.« Die Worte waren ihr einfach so herausgerutscht, sie konnte sie nicht mehr zurücknehmen; und außer ihr war keiner da, den sie für ihr loses Mundwerk verantwortlich machen konnte. Aber was sie eigentlich damit gemeint hatte, war ihr selbst nicht so ganz klar.

14

Das war wirklich aufmerksam von dir«, sagte Cat zu Simon, als sie Winnie schließlich wieder verlassen hatten und in den Bus gestiegen waren. »Ich meine, ihr diese Blumen zu bringen.«

Er zuckte lässig die Schultern. »War doch keine große Sache.«

Auf der zehnminütigen Fahrt nach Hause sprach keiner von beiden ein Wort. Ein paarmal spürte sie seinen Blick auf sich ruhen, aber vielleicht bildete sie sich das ja auch nur ein. Sie hatte bei Winnie eine Valiumtablette eingenommen, die sie immer in ihrer Handtasche bei sich trug; Lucas mußte nicht unbedingt etwas davon wissen. Jetzt wartete sie geduldig darauf, daß die Tablette zu wirken anfing.

Zu Hause verbesserte sich ihre Laune jedoch nicht wesentlich. Haley lag schlafend am Strand, und laut Lucas, der auf der Veranda saß, hatte sich Zack den ganzen Vormittag über in seinem Zimmer vergraben. Sie ging nach oben, um mit ihm zu reden, aber zum erstenmal, seit sie ihn kannte, wandte sich ihr Sohn von ihr ab und weigerte sich, mit ihr zu sprechen.

»Hör auf, dir seinetwegen Sorgen zu machen«, sagte Lucas, als sie ihm davon erzählte. »Er wird schon darüber hinwegkommen.«

Schließlich zog sie sich einen Badeanzug an, wobei ihr auffiel, daß die Kiste mit Lucas' Waffe aus dem Fach im Kleiderschrank im Schlafzimmer in die oberste Schublade seiner Kommode gewandert war. Na toll ... So war sie wenigstens

immer griffbereit und viel schneller für ihn zu erreichen. Sie nahm ein weiteres Valium aus dem Fläschchen in ihrer Handtasche und ging in die Küche, um Wasser zu holen.
»Möchten Sie mit dem Boot hinausfahren?« Sie fuhr erschrocken zusammen; Simon stand neben ihr und hatte wahrscheinlich gesehen, wie sie die Tablette genommen hatte. »Sehen Sie sich doch nur an, Sie sind doch das reinste Wrack. Kommen Sie, es wird Ihnen guttun.«
Ihr blieb nicht einmal mehr die Zeit, sich von der Überraschung zu erholen, daß er sie beobachtet hatte, geschweige denn, sich eine Antwort auf seine Frage zu überlegen, als Lucas in die Küche kam und wissen wollte: »Was ist denn hier los, Simon?«
Simon wandte sich mit seinem Vorschlag an Lucas. »Ich habe Cat gerade gefragt, ob sie mit mir mit dem Boot hinausfahren möchte. Mir ist schließlich nicht entgangen, wie nervös und angespannt sie den ganzen Morgen über war. Und da dachte ich, daß es ihr ganz gut tun würde, ein paar Stunden draußen auf dem Meer zu sein.«
»Das könnte ich mir auch denken.«
»Hallo!« rief sie und hob beide Hände. »Ich bin hier – Catherine Marshall! Ich kann laufen und sprechen, und das auch noch zur gleichen Zeit! Also hört bitte, verdammt noch mal, damit auf, über mich zu reden, als ob ich nicht da wäre!« Dann stürmte sie in ihr Schlafzimmer, wo sie sich aufs Bett fallen ließ. Lucas lief ihr sofort hinterher, aber sie drehte sich von ihm weg.
»Es tut mir leid«, sagte, er. »Ich wollte nicht, daß es so klingt, als würde ich für dich sprechen.« Als sie ihm keine Antwort gab, fuhr er fort: »Ist irgend etwas passiert mit Winnie?«

»Nein, nichts. Ich will bloß nicht auf dieses dumme Boot. Und ich möchte, daß du mir nicht mehr auf die Nerven gehst.«
Sie spürte, wie sich die Matratze hinter ihrem Rücken senkte, als er sich setzte. »Ich gehe dir auf die Nerven?«
Sie seufzte. »Ich bin im Moment ziemlich geladen.«
»Das sehe ich«, sagte er und legte ihr eine Hand auf die Schulter. »Und ich mache mir Sorgen um dich.«
Sie erwiderte nichts, und er sprach weiter. »Schau, du kannst tun, was immer dich glücklich macht, aber in diesem einen Punkt bin ich einer Meinung mit Simon. Wie oft hast du mir im Lauf der letzten Jahre klarzumachen versucht, wie beruhigend es für dich ist, auf den Ozean hinauszufahren? Aber seit wir hier sind, warst du nicht ein einziges Mal mit dem Boot draußen.«
Sie konnte spüren, wie sich der Krampf in ihrem Innern löste und wie die Tabletten endlich Wirkung zeigten. Und so rollte sie sich auf die Seite und sah ihn an. »Wieso fährst du nicht mit mir hinaus, Lucas?« Sie kam sich albern und kindisch vor, daß sie es überhaupt vorschlug, aber er nahm ihre Hand und umschloß sie mit seinen Händen.
»Du weißt doch, daß ich nicht kann, Cat. Falls irgend etwas passieren sollte, könnte ich dir überhaupt nicht helfen. Willst du vielleicht, daß ich mit meinem Gipsbein neben dir herschwimme und auch noch ertrinke?« Sie schüttelte den Kopf und mußte schmunzeln. »Hör mal, Simon ist wirklich nicht der Typ, der aufdringlich wird und dir auf den Wecker geht, Cat. Ich werde ihm sogar noch höchstpersönlich eintrichtern, daß er ja kein Gespräch mit dir anfangen soll. Das heißt, es sei denn, du willst es.«
Ehe sie wußte, was geschah, war sie schon auf dem Boot und

steuerte zusammen mit Simon auf das offene Meer hinaus. Ihr fiel auf, daß in einer Ecke der Picknickkorb stand; irgend jemand hatte offensichtlich sogar daran gedacht, ein Mittagessen vorzubereiten.

Lucas hörte nicht, das Haley auf ihn zukam, erst als sie praktisch schon vor ihm stand, sah er sie und zuckte so heftig zusammen, daß wiederum sie erschrak. Ihre Hand flatterte hoch zu ihrer Brust.

»Tut mir leid, Schätzchen«, entschuldigte er sich und bekam sofort Schuldgefühle, etwas, das ihm in der letzten Zeit mit schöner Regelmäßigkeit passierte. »Es war keine Absicht.«

Sie deutete auf den Anlegesteg. »Wo ist das Boot?«

»Simon ist damit hinausgefahren.«

»Allein?«

»Nein. Mit deiner Mutter.«

»Was?«

Es war nur ein Wort, aber ihr Tonfall und ihr Miene erregten sofort seinen Unmut. Es war ihr deutlich anzusehen, daß ihr die Sache gründlich mißfiel. »Aber hallo, Haley, wo liegt das Problem? Das Boot gehört schließlich mir, nicht dir. Und ich habe es angeschafft, damit diese Familie hier ihre Freude daran hat. Womit übrigens wir alle gemeint sind, und nicht ausschließlich du.«

»Ich wollte aber mitkommen!«

»So? Dann fährst du eben ein anderes Mal. Im Augenblick ist deine Mutter diejenige, die ein bißchen Erholung brauchen kann, und Simon war so freundlich, sich zur Verfügung zu stellen. Und es wird ihr guttun, das ist das Allerwichtigste.«

»Na und? Und was ist mit mir? Was tut mir gut? Daß ich hier allein bei dir bleiben muß?«

Er hob die Hand, und sie sprang einen Schritt zurück. Er konnte sich gerade noch beherrschen, sie zu schlagen. »Mach, daß du in dein Zimmer kommst, und dort bleibst du!« sagte er zu ihr.

In letzter Zeit war es ihr in Fleisch und Blut übergegangen: Wann immer Haley sich ganz besonders schlecht fühlte, ging sie zu Simon, und er gab ihr entweder ein wenig Gras oder redete vielleicht auch nur mit ihr, bis sie sich wieder besser fühlte. Er rationierte ihr die Joints so, daß sie nicht zuviel davon erwischte; darüber schien er sich wirklich Gedanken zu machen.

Zweimal hatte er beschlossen, daß sie ihm zu träge war, und so hatte er ihr ein paar kleine rosa Pillen gegeben. Die hatten sie wieder so munter gemacht, daß es ihr sogar in den Sinn kam, eine ihrer Freundinnen zu Hause anzurufen und sie zu sich einzuladen. Aber als sie sich die Folgen vorstellte, nachdem die Wirkung der Pillen wieder nachgelassen hatte, konnte sie es kaum mehr glauben, daß sie je auf einen solchen Gedanken gekommen war.

Irgendwie war es kompliziert mit Simon, so kompliziert, daß sie gar nicht mehr wußte, wie es soweit hatte kommen können. Simon war nicht nur gutaussehend, klug und interessant, sondern auch noch äußerst vielschichtig; mehr als jeder andere Mensch, den sie jemals kennengelernt hatte. Und er hielt sie ständig auf Trab, da man nie wissen konnte, was einen von der einen auf die andere Minute bei ihm erwartete.

Wenn er etwas wollte, dann wollte er es immer sofort und noch an Ort und Stelle. Nicht, daß er sie je gebeten hätte, etwas wirklich Schlimmes zu machen – meistens waren es leicht zu erledigende Dinge: die Unordnung aufräumen, die er in schöner Regelmäßigkeit hinterließ, ihm etwas zu essen zu machen, ihm weitere Einzelheiten über ihre Familie zu erzählen oder so lange mit dem Kopf unter Wasser zu bleiben, bis er ihr die Erlaubnis dazu gab, wieder nach oben zum Luftschnappen zu kommen.

Er paßte sogar auf, wie sie sich ihrer Mom und ihrem Dad gegenüber benahm. Hätte Simon zum Beispiel mit angesehen, wie sie eben ihrem Vater widersprochen hatte, wäre er entsetzt gewesen. Und das letzte, was sie wollte, war, es sich mit Simon zu verscherzen.

Er schlug sie natürlich nicht, nein, Simon sagte ganz klar, daß er nichts hielt von Gewalt, sondern an überzeugendere Methoden der Bestrafung glaubte. Und seine Form der Bestrafung war zum Verrücktwerden simpel: Er entzog sich ihr einfach. Kaum daß er sie dann noch anschaute, aber wenn, dann starrten seine Augen durch sie hindurch, als ob sie unsichtbar wäre. Wenn ihm gar nichts anderes mehr übrigblieb, als mit ihr zu reden, hatte seine Stimme einen merkwürdig flachen Klang. Und dann ließ er sie einfach stehen und ging zu den anderen, denen gegenüber er sich wunderbar und charmant benahm, so daß sie sich vorkam, als ob sie tot wäre. Die Tür ging auf, und sie sah Zack ins Zimmer kommen.

»Was hältst du eigentlich vom Anklopfen?« fragte sie.

»Ich habe gesehen, daß das Boot weg ist. Simon ist auch fort«, sagte er und setzte sich einfach auf ihr Bett, ohne daß sie ihn dazu aufgefordert hätte. »Ich war überzeugt, du wärst bei ihm.«

»Und deshalb bist du hier hochgekommen, um ein bißchen zu schnüffeln?«

»Nein«, erwiderte Zack. »Weil ich dich hier gehört habe.«
»Also, nachdem du jetzt weißt, daß ich hier bin, kannst du ja wieder gehen.«
Aber er ließ nicht locker: »Und wieso bist du nicht bei ihm?«
»Das geht dich gar nichts an«, fauchte sie. Selbst wenn sie die Antwort gewußt hätte, hätte sie sie ihm nicht gesagt. Simon legte viel Wert auf Verschwiegenheit; er hätte es nie zugelassen, daß Haley mit irgend jemandem über das sprach, was sie zusammen redeten oder taten. Obwohl er ihr seine Gründe dafür nicht näher erklärte, konnte sie gut verstehen, wie er sich fühlte. Schließlich waren sie alt genug, um sich allein mit ihrer Beziehung auseinanderzusetzen, ohne daß andere Leute ihre Nase hineinstecken mußten. Woraus zu schließen war, daß das, was zwischen ihr und Simon lief, etwas ganz Besonderes war.
Aber ein Thema, ein ganz wichtiges, gab es, über das sie gerne mit ihrer Mutter gesprochen hätte, wenn sie gekonnt hätte. Irgendwie steuerte ihre Beziehung mit Simon darauf hinaus, noch wesentlich tiefer und inniger zu werden. Sie wußte, daß Simon sie für schön hielt, das hatte er ihr an dem Tag draußen auf dem Boot gesagt. Aber wie sollte sie nun weiter vorgehen, um ihn dazu zu bewegen, sie endlich zu küssen?
Sie mußte einen Teil ihrer Gedanken laut ausgesprochen haben, denn Zack fragte: »Was hast du gesagt?«
»Nichts. Ich habe gar nichts gesagt.«
Ungerührt zog er seinen Gameboy aus der hinteren Hosentasche und fing an, damit zu spielen. Sie stöhnte und wünschte sich, er würde sich wieder verziehen. Sie wollte niemanden um sich haben, nur Simon.

Kaum waren die beiden gegangen, stand Winnie auf, nahm die Gladiolen aus der Vase auf ihrem Nachttisch, wo Cat sie hingestellt hatte, und warf sie in den Abfalleimer in der Küche. Dann kehrte sie wieder ins Bett zurück und schaltete den Fernseher aus. Sie schob sogar die Filmzeitschriften, die Cat ihr mitgebracht hatte, in die hinterste Schublade, damit sie nicht in Versuchung geriet.

Dann nahm sie sich einen Kugelschreiber und einen Schreibblock, da sie beabsichtigte, das Problem methodisch anzugehen. Sie würde eine Liste all der Männer erstellen, mit denen sie in ihrem Leben zu tun gehabt hatte – und sei der Kontakt noch so oberflächlich gewesen. Prüfend ließ sie die Blätter des Schreibblocks durch ihre Finger gleiten und überlegte, daß sie bestimmt viele Seiten dafür benötigen würde. Aber sie war fest entschlossen.

Vielleicht war es die Tatsache gewesen, daß Cat sich so beklagt hatte; es sah Cat nämlich gar nicht ähnlich, daß sie jammerte. Mehr als zwei Wochen waren seit dem Überfall nun schon vergangen, und wenn man Cat so zuhörte, dann ging es Lucas um keinen Deut besser als ganz am Anfang. Und wenn man sich dann noch die Ringe unter Cats Augen ansah, konnte man leicht zu dem Schluß kommen, daß es ihr auch nicht viel anders ging. Die Beziehung zwischen den beiden war so schlecht, wie Winnie es noch nie gesehen hatte. Und dann noch dieser Junge, der aus heiterem Himmel bei ihnen auftauchte ... Nun, vielleicht lag es sogar an ihm, daß sich eine ohnehin schon schlechte Situation noch weiter verschlimmerte?

Ganz oben auf das Blatt Papier schrieb sie folgenden Worte: *Wer ist Simon?* Ihr gingen jede Menge Fragen durch den Kopf. Warum, um alles in der Welt, war er so versessen darauf, zum Haushalt der Marshalls zu gehören? Was war für einen jungen Mann in Simons Alter so faszinierend daran? Geld? Keine gute Begründung für einen Jungen, der von sich behauptete, als glücklicher Vagabund durch die Gegend zu ziehen. Und noch etwas – woher konnte er von Winnies Abneigung gegen Gladiolen erfahren haben? Vielleicht war es ja nur die Art gewesen, wie er sie angesehen hatte, als er ihr die Blumen überreichte, sie wußte es nicht ... Aber sie hatte ihm angesehen, daß er es wußte.

Wie war Simon darauf gekommen, welche Gefühle sie Lucas gegenüber empfand? Allein über diese eine Frage hatte sie lange nachgedacht, länger, als ihr lieb war. Und sie war zu dem Schluß gekommen, daß sowohl Lucas als auch Cat etwas ahnen konnten, nie aber ein völlig Fremder. Winnie war ganz bestimmt nicht der Typ Frau, die ihr Herz offen wie ein Buch vor sich hertrug. Im Gegenteil, jeder, der hörte, wie sie mit Lucas sprach, hätte eher daraus geschlossen, daß sie ihn überhaupt nicht ausstehen konnte.

Simon hielt sich an Lucas' Versprechen und begann von sich aus keine Unterhaltung. Soweit sie es beurteilen konnte, hatte er sie bisher noch nicht einmal angesehen. Während er hinten am Ruder saß, hockte Cat am Bug und streckte – die Knie bis zur Brust hochgezogen, die Arme um die Beine geschlungen – den Kopf mit halbgeschlossenen Augen dem Wind und der heiß herunterbrennenden Sonne entgegen. Die Tabletten, die sie zuvor eingenommen hatte, zeigten ihre Wirkung, und in diesem wunderbaren Zustand völliger Gelassenheit zog sie nun ihr Sweatshirt aus, warf es beiseite und legte sich auf den Bauch.

Erst als sie eingedöst war, merkte sie, daß das Boot nicht mehr fuhr, sondern sacht hin und her schaukelte; auf ihrem Rücken spürte sie die Berührung von Händen. Sie spürte, wie kühle Finger sie anfaßten, die Bänder ihres Bikinis im Nacken lösten und vorsichtig das Oberteil unter ihrem Körper herauszogen. Natürlich hätte sie ihn aufhalten können, aber sie machte keine Anstalten dazu.
Seine Hände lagen nun auf ihren Hüften; er hatte seine Finger unter den Rand ihres Bikinis geschoben und ließ diese nun, zusammen mit dem Höschen, über ihre Hüften, ihre Schenkel, ihre Beine hinunterwandern ...
Seine Hände streichelten sie. Sie wagte nicht, die Augen aufzuschlagen. Hätte sie es getan, wären die Hände bestimmt verschwunden. Dann, als sie glaubte, vor Verlangen nach ihm zu sterben, drehte er sie auf den Rücken.
Plötzlich zog er seine Hände zurück, und sie spürte keine weitere Berührung mehr auf ihrem Körper als den Blick seiner Augen. Ein Spiel? Sie wartete, die Sekunden erschienen ihr wie eine Ewigkeit, aber es geschah nichts mehr. Da holte sie tief Luft und schlug endlich die Augen auf: Der Anblick versetzte ihr einen Schlag in den Magen – so kräftig, so gutaussehend, so entgegenkommend ...
Aber trotz allen Entgegenkommens klang seine Stimme kühl und sachlich, als er sagte: »Bitte mich darum.«

Bereits am Tag zuvor war der Polizeichef nicht zu erreichen gewesen, und als Lucas jetzt erneut anrief, um ihm ausrichten zu lassen, daß Warren und Earl in Mystic gesehen worden seien, schärfte er dem Beamten am Telefon ein, wie wichtig es sei, daß Chief Cooper ihn so bald wie möglich zurückriefe. Als er sich gegen halb drei immer noch nicht bei ihm gemeldet hatte, versuchte Lucas es erneut. Dieses Mal war er da und kam auch sofort an den Apparat.

»Rufen Sie eigentlich nie zurück, Chief?«

»Gelegentlich habe ich auch noch andere wichtige Dinge in meinem Dienstbuch stehen. Außerdem habe ich es zweimal probiert, ohne daß sich jemand gemeldet hätte.«

»Das kann nicht sein. Ich war den ganzen Tag zu Hause.«

»Aber wenn ich es Ihnen sage –«

»Okay, vergessen Sie's. Der Grund, weshalb ich Sie anrief...«, fing er an und fuhr fort, die ganze Geschichte zu erzählen: daß er einen Privatdetektiv engagiert habe und was der mittlerweile unternommen hatte. Man hörte es Coopers Stimme an, daß er nicht gerade erfreut darüber war, als er erfuhr, daß er Konkurrenz bekommen hatte, aber er schien doch aufrichtig zufrieden zu sein, als Lucas ihn über die erfreulichen Entwicklungen informierte.

Er versprach ihm sogar, sich Kopien der Phantombilder zu besorgen, damit die Polizei in Mystic ebenfalls ihre Nachforschungen anstellen könne.

»Gab es übrigens noch weitere Anrufe?«

»In der letzten Zeit nicht«, mußte Lucas zugeben. Sollte das heißen, daß ihr Interesse an ihm erlahmt war, wenn man einmal davon ausging, daß es die beiden gewesen waren, die bei ihm angerufen hatten? Nichts hätte ihn glücklicher machen können. Aber da die beiden offensichtlich so nahe waren, mischte sich beinahe so etwas wie freudige Aufregung unter seine Angst. Vorfreude, die beiden endlich zu fassen zu bekommen.

Das Merkwürdige war, daß allein die Tatsache, irgend etwas zu tun, ihm bereits half, seine Gefühle in den Griff zu bekommen. Er behauptete ja gar nicht, keine Heidenangst vor diesen kranken Verbrechern zu haben, aber wenn sie es wirklich auf ein Katz-und-Maus-Spiel abgesehen hatten – wer war dann die Maus und wer die Katze? Jetzt ging endlich auch er in die Offensive.

Nach seinem Gespräch mit Cooper bereitete er ein Partie Schach vor, in der Hoffnung, Zack dazu zu bringen, sich mit ihm zu messen und seinem alten Herrn vielleicht sogar ein paar Tricks beizubringen. Aber Zack zeigte ihm die kalte Schulter. So setzte er sich allein vor das Schachbrett und versuchte sich an die Gangarten der einzelnen Figuren zu erinnern.

Und sie bat ihn – immer und immer wieder. Sie liebten sich wild, leidenschaftlich, ungezügelt und in manchen Augenblicken fast rauschhaft. Nahezu zwei Stunden lang fielen sie übereinander her, und als sie nicht mehr konnten, schlief sie ein. Aus Befriedigung, aus Erschöpfung, und weil sie den Gedanken an das, was sie eben getan hatte, nicht mehr ertragen konnte.

Als Simon später zu ihr kam und ihr etwas zu essen bringen wollte, lehnte sie kopfschüttelnd ab und schloß erneut die Augen. Aber sie war hellwach und sich fast schmerzhaft der Tatsache bewußt, daß ihre Gedanken sich wie in einem Käfig bewegten. Die wohltuende Entspannung und Befriedigung, die sie noch vor einer kurzen Weile empfunden hatte, schien plötzlich völlig unbedeutend im Vergleich zu der Lüge, die sie nun zu leben gezwungen wäre. Abrupt richtete sie sich auf und zog erst ihren Bikini und dann ihr Sweatshirt an, ohne Simon dabei anzusehen.

»Ich denke, wir fahren jetzt besser wieder zurück«, rief sie ihm zu, ohne in seine Richtung zu schauen.

Er ließ seine Angelrute sinken und kam lächelnd auf sie zu.
»He, was ist denn los?«
»Nichts.« Dann stieß sie einen tiefen Seufzer aus. »Alles. Ich hätte das nicht tun sollen, Simon.«
»Es hat dir gutgetan. Was ist so schlecht daran, wenn man sich etwas Gutes antut.«
»Bitte, Simon«, sagte sie, »ich möchte jetzt wirklich nicht darüber sprechen. Okay?« Und dabei blieb es. Aber sie konnte nicht verhindern, daß ihr die Auswirkungen dessen, was sie getan hatte, immer deutlicher vor Augen traten. Was sollte nun mit Simon geschehen? Er konnte doch unter diesen Umständen unmöglich weiter bei ihnen bleiben. Oder vielleicht doch? Verflixt, in was für einen Schlamassel hatte sie sich da nur hineinmanövriert?

Als sie nach Hause kamen, gelang es Cat zwar noch leidlich, sich mit den Vorbereitungen für das Abendessen zu beschäftigen, aber die eigentliche Mahlzeit stellte bereits ein größeres Problem dar. Lucas bemühte sich zwar, eine Unterhaltung mit den Kindern zu führen, hatte aber keinen rechten Erfolg, und obwohl Cat ihren Teil zum Gespräch beitrug, fühlte sie sich die ganze Zeit über unbehaglich und verlegen. Schließlich verwickelte Simon Lucas in eine Diskussion über Sport und beendete so das lähmende Schweigen.
Aus irgendeinem Grund hatte sie eigentlich erwartet, daß Simon nach dem Essen ausgehen würde, wie er das manchmal tat, aber als Lucas eine Partie Monopoly vorschlug, ging er begeistert auf dessen Vorschlag ein. Aber offensichtlich war er der einzige, der Lust darauf hatte, und so versuchte Lucas sein Glück ein weiteres Mal.
»Jetzt kommt schon, Kinder. Was ist los mit euch? Habt ihr

Angst, euer alter Herr könnte euch auf dem Immobilienmarkt schlagen?«
Immer noch keine positive Reaktion – das heißt, bis Simon eine einsame Entscheidung traf. »Schluß jetzt, jetzt wird keine Zeit mehr verplempert, jetzt wird gespielt.« Er hielt Zack die Hand mit den Spielsteinen hin. »Okay, welchen willst du, *kemosabe?*« Dann drehte er sich um: »He, und was ist mit dir, Haley?«
Zack fing an, sich sichtlich zu entspannen, und zögernd gab auch Haley nach. Sie entschieden sich für ihre Farben, holten sich Stühle und setzten sich damit an den Tisch. Simon übergab Zack die Bank und beauftragte Haley mit der Verwaltung der Häuser und Straßen.
Lucas warf Cat einen fragenden Blick zu. »Was ist mit dir, Schatz?«
Sie schüttelte den Kopf voller Verblüffung über das Wunder, das Simon bewirkt hatte. War Lucas das denn gar nicht aufgefallen? Wenn doch, schien er diesem Umstand jedenfalls keine große Beachtung zu schenken. »Ich setze mich hierher und schaue euch zu«, erwiderte sie.
Sie setzte sich hin und sah ihnen zu, wie sie zu spielen anfingen: erst den Kindern, die jetzt wieder bester Laune und ganz und gar bei der Sache waren, dann Lucas, dann Simon. Plötzlich erschauderte sie, hob beide Arme und schlang sie um ihren Oberkörper. Simon reagierte sofort auf ihre Bewegung, löste die Baumwolljacke, die er sich um die Hüften gebunden hatte, und legte sie ihr lässig über die Schultern. »Ist dir denn kalt?« fragte Lucas, als er sah, was Simon getan hatte.
Jetzt wurde ihr auch noch übel. Sie stand auf, ließ die Baumwolljacke von ihren Schultern gleiten und gab sie Simon zurück. »Danke«, sagte sie. »Ich hole mir meine eigene.«

Als sie in ihr Schlafzimmer ging, hörte sie, wie Simon zu Lucas sagte: »Sie sieht ein bißchen merkwürdig aus, nicht wahr? Hoffentlich hat sie sich heute bei Winnie nichts eingefangen.« Cat konnte nicht glauben, wie cool der Junge war.

Ohne auch nur einmal abgesetzt zu haben, hatte Winnie vier ganze Seiten gefüllt; doch nichts war dabei herausgekommen außer der Frage, wie sie es nur geschafft hatte, jemals so viele Männer gekannt zu haben. Der Papagei, der nach der gestrigen schlaflosen Nacht den ganzen Tag durchgeschlafen hatte, war wieder hellwach und plapperte und plapperte. Großartig, genau das hatte Winnie jetzt noch gefehlt: ein redseliger Vogel, der Kraftausdrücke von sich gab und nicht mehr wußte, ob es Tag oder Nacht war.
Als sie beschloß, endlich eine Pause zum Abendessen einzulegen, schien sich der Knoten plötzlich zu lösen. Sie war auf ihrem Weg in die Küche, als ihr eine gelbe Gladiole auf dem Boden auffiel – sie mußte sie dort fallen lassen haben. Sie hob sie auf. Aber als sie die zweite Blume auf der Türschwelle zur Küche liegen sah, wurde ihr klar, daß sie sich die ganze Zeit über die falsche Frage gestellt hatte.
Die Frage, die sie sich stellen mußte, lautete, weshalb sie keine Gladiolen mochte. Und in dem Moment dämmerte es ihr: die heisere Stimme, die ihr von Anfang an aufgefallen war ... die zusammengewachsenen Zehen, so eine ganz bestimmte Art, die er an sich hatte ... Sie eilte an das Telefon in der Küche und wählte mit steifen Fingern Lucas' Nummer. Aber es läutete und läutete und läutete, ohne daß sich jemand gemeldet hätte.

Cat war noch nervöser als zuvor – wenn so etwas überhaupt möglich war. Sie hatte sich wieder auf den Stuhl neben Lucas gesetzt und versuchte, sich auf die Partie Monopoly zu konzentrieren, war aber so unruhig, daß sie alle paar Minuten hochsprang.
»Jetzt bleib doch bitte endlich sitzen, in Ordnung?« sagte Lucas und sah ihr nach, wie sie vom Kühlschrank zum Küchenschrank und dann wieder zum Kühlschrank ging, ohne aus beiden etwas herausgeholt zu haben.
»Ich hole mir jetzt etwas zu trinken«, fiel ihr plötzlich ein. »Möchte sonst noch jemand eine Limo?«
Von allen Seiten prasselten die diversen Wünsche auf sie ein, und während sie die Gläser mit den Getränken füllte, fiel ihr Blick auf das Telefon. »Was ist denn da los?« meinte sie.
Lucas blickte hoch. Simon stand auf und sah sich die Sache an. »Sieht so aus, als hat es irgend jemand aus Versehen leise gestellt.« Er schaltete es wieder auf volle Lautstärke.
Schlagartig fiel Lucas Chief Coopers Aussage wieder ein, zweimal bei ihm angerufen zu haben. Aber schließlich hatten sie ja vier Telefone im ganzen Haus. Weshalb hatten dann die anderen nicht geläutet? Lucas wollte Simon gerade bitten, die Telefone im oberen Stockwerk zu überprüfen, während er sich um die im Schlafzimmer und auf der Veranda kümmern wollte, als der Junge bereits Richtung Schlafzimmer ging und ihn mit einer Handbewegung bremste. »Bleiben Sie sitzen, Lucas, ich sehe nach.« In Minutenschnelle hatte er alle Apparate überprüft und kam wieder an den Spieltisch zurück, in jeder Hand eine Flasche Sodawasser. Eine davon stellte er vor Lucas hin. »Kein Grund zur Sorge, alles in Ordnung.«

Es war schon fast zehn Uhr, als Winnie in ihr Schlafzimmer zurückkehrte und sich frische Wäsche aus ihrer Kommode holte. Offensichtlich waren Cat, Lucas und die Kinder an diesem Abend ausgegangen. Vielleicht ins Kino oder zum Bowling. Wer weiß? Vielleicht waren sie auch an den öffentlichen Strand hinuntergefahren. Sie beschloß, zu ihnen hinüberzufahren und so lange auf sie zu warten, bis sie endlich nach Hause kämen, falls sie nicht schon dort waren. Lucas mußte unbedingt von ihrer Entdeckung erfahren. Und genau in dem Moment, als sie das dachte, gingen im Haus alle Lichter aus.
»Heilige Scheiße, Mädchen. Wirst du wohl wieder Licht machen?« kreischte Luke.
Mist, da war wohl eine Sicherung durchgebrannt. Sollte sie sich darum jetzt auch noch kümmern? Nein, das würde sie später erledigen, beschloß sie. Da hörte sie das erste Geräusch auf der Kellertreppe.
Sie lauschte verwundert.
Sie spürte, wie ihr Herz einen Moment lang stehenblieb und dann wie verrückt zu pochen anfing, als sie weitere Schritte hörte. Dann noch einen. Laut und ohne Hast – unverfroren. Sie kamen, um sie zu holen.
»Wer ist da?« rief sie laut, und während sie das sagte, fiel ihr ein, daß das doch eine gute Idee für eine Fernsehsendung wäre mit dem Titel: »Was die Leute so alles Dummes von sich geben«. So ähnlich wie »Versteckte Kamera« oder »Pleiten, Pech und Pannen«. Winnie konnte sich vorstellen, wie das Publikum wiehernd loslachte angesichts der tolpatschigen Versuche der Kandidaten. Wieso hatte sie nur den Eindruck, als wären alle ihre Gedanken in Öl getaucht und so glitschig, daß sie nicht mehr zu fassen waren? Losgelöst

taumelten sie durch ihren Kopf, während ihr Körper sich in Stein verwandelt hatte.
Luke fing an, sie nachzuäffen, und rief: »Wer ist da? Wer ist da?« Da nahm sie all ihre Kraft zusammen, streckte die Arme aus und versuchte in der Dunkelheit das Telefon zu finden. Aber alles, was sie erreichte, war, daß sie es anstieß und es zu Boden fiel. Sie kniete sich hin und tastete danach, aber ihre Finger waren taub und nutzlos. Außerdem war es zu spät: Die Schritte waren bereits in ihrem Schlafzimmer.
»Simon, bist du das?« fragte sie und faltete die Hände. Sie hatte sich noch nie zuvor hingekniet, um zu beten. Sie hatte überhaupt noch nie gebetet. Aber das hier war die absolute Ausnahme: Dieses Mal wußte sie, daß sie sterben würde.
»Hey-ho, Winnie«, dröhnte die tiefe Stimme.
Sie spürte einen scharfen Schmerz an ihrer Kehle und dann etwas Warmes, das daraus hervorquoll und über ihre Brust rann. Es war ihr Blut. Ihr Körper fing an, in sich zusammenzusinken ... Sie fühlte sich warm, müde, und plötzlich und wie auf wundersame Weise war auch der Schmerz verschwunden. Und irgendwo ganz weit weg hörte sie Luke, der sang ...
»Heigh-ho, the deereo, the Farmer in the Dell.«

15

Vielleicht lag es an ihrer neuen Einstellung zu ihm, an ihrer Wut auf sich selbst, zugelassen zu haben, daß so etwas überhaupt passieren konnte. Aber völlig egal, warum – plötzlich sah sie Simon in einem gänzlich anderen Licht. Gestern abend hatte sie zum erstenmal nicht an den gemeinschaftlichen Unternehmungen teilgenommen und sich auf einen Posten als Beobachterin zurückgezogen. Mit Erstaunen hatte sie festgestellt, was sich direkt vor ihren Augen abgespielt hatte. Simon hatte sich nicht nur in ihre Herzen und in ihre Familie geschlichen, sondern er versuchte auch noch – wenn vielleicht auch unbewußt – Lucas' Platz einzunehmen.

Vor allem die Kinder reagierten auf ihn, als ob er der Vorstand dieses Haushalts wäre. Sie verhielten sich ihm gegenüber übereifrig, schon fast unterwürfig. Ein Verhalten, das sie trotz Lucas' Strenge ihm gegenüber nicht an den Tag legten. Und dann war da noch die Sache mit ihr – dieser krönende Akt der Illoyalität Lucas gegenüber ging klar auf ihr Konto. Doch je länger sie darüber nachdachte, desto stärker drängte sich ihr die Frage auf, ob Simon es nicht von Anfang an darauf angelegt hatte, irgendwann mit ihr zu schlafen. Oder versuchte sie damit nur, ihr schlechtes Gewissen zu beruhigen?

Die Vorstellung war einfach verrückt: Wieso sollte er es mit Absicht darauf anlegen, Lucas weh zu tun? Er hatte ihm schließlich das Leben gerettet. Und hatte sie nicht mit eigenen Augen gesehen, wie sehr er sich darum bemühte, bei

Lucas gut anzukommen? Trotzdem, das einzige, was Cat mit Sicherheit wußte, war, daß Simon gehen mußte.
Und ihr würde die Aufgabe zufallen, ihm das klarzumachen. Es würde schwer werden, ohne ihn zurechtzukommen, aber sie hatten keine andere Wahl. Vielleicht würde Lucas sogar beschließen, ihren Sommerurlaub abzubrechen und vorzeitig nach Massachusetts zurückzukehren – was vielleicht das beste wäre. Dann könnte sie sich zu Hause um eine Familientherapie bemühen. Lucas würde sich vielleicht auch nicht mehr weigern, daran teilzunehmen, wenn ihm klar würde, wie wichtig seine Anwesenheit dabei für Cat und die Kinder wäre.
Und das war sie wirklich ...
Da sie aber allmählich anfing, sich Sorgen um Winnie zu machen, bat sie Simon, sie zu ihr zu fahren. Bei der Gelegenheit könnten sie auch gleich unter vier Augen miteinander reden. Eigentlich hatte sie ja nicht erwartet, daß Winnie an diesem Vormittag käme, aber mit einem Anruf hatte sie schon gerechnet. Als Winnie nicht anrief, versuchte Cat es natürlich bei ihr. Als sich dort niemand meldete, nahm Cat an, daß sie vielleicht unter der Dusche stand, und probierte es noch ein paarmal, aber ohne Erfolg.
Gegen elf Uhr kam Cat zu dem Schluß, daß es Winnie vielleicht so miserabel ging, daß sie nicht einmal ans Telefon gehen konnte. Die letzte Bemerkung, die Lucas zu Cat sagte, ehe sie mit Simon abfuhr, lautete: »Sag ihr, sie soll zum Arzt gehen. Und wenn sie es sich nicht leisten kann, dann soll er die Rechnung an uns schicken.«

Vielleicht wäre Cat ja eine verbindlichere Art eingefallen, wenn sie noch länger nachgedacht hätte, aber ihr fiel einfach

keine ein. Und so platzte sie übergangslos mit ihrer Ankündigung heraus: »Simon, ich halte es für besser, wenn du uns verläßt.«
Sie spürte, wie der Bus leicht ins Schwanken geriet und einen kleinen Schlenker machte. »Du warst uns wirklich eine wunderbare Hilfe und ein guter Freund, daran liegt es nicht«, fuhr sie hastig fort. »Aber ich denke, daß Lucas, ich und auch die Kinder ... Nun, wir sollten allmählich anfangen, daran zu arbeiten, uns wieder wie eine Familie zu fühlen.«
»Es ist wegen gestern, richtig? Wegen dem, was auf dem Boot passiert ist.«
»Zum Teil, aber nicht nur. Tatsache ist doch, daß wir uns viel zu sehr auf dich verlassen haben. Wir haben dich förmlich zugeschüttet mit unseren Problemen. Das hat schließlich keinem von uns gutgetan.« Sie haßte den Klang ihrer eigenen Worte: zuckersüß, höflich, nichtssagend. Was sie eigentlich sagen wollte, war nichts anderes, als daß sie einen Blick in die seelischen Abgründe geworfen hatte, die sich seit seiner Anwesenheit bei ihnen aufgetan hatten. Und daß er ihr angst machte, auch wenn sie keine Ahnung hatte, worauf er aus war.
»Ich verstehe«, erwiderte er. »Ihr wollt es also allein schaffen?«
»Tja, das werden wir wohl müssen. Und das werden wir auch.«
»Auch Lucas?«
»Ich habe mit Lucas bisher noch nicht darüber gesprochen. Ich hatte eigentlich gehofft, daß du von dir aus darauf zu sprechen kämst und ihm sagst, daß du jetzt gerne weiterziehen möchtest.«
Er schwieg, nickte nur kurz mit dem Kopf, als würde er

darüber nachdenken, was sie gesagt hatte, ihre Worte analysieren und eine Liste von Pro und Kontra erstellen.
»Simon, ich möchte nicht den Eindruck erwecken, daß ich undankbar bin. Wir, Lucas, die Kinder und ich, wir schulden dir unendlich viel Dank. Aber irgendwie läuft die Geschichte nicht. Das heißt, die Familie Marshall als solche funktioniert nicht mehr. Keiner der Beteiligten funktioniert so, wie er sollte. Deshalb muß ich versuchen, das wieder in Ordnung zu bringen.«
»Klar, hab ich kapiert«, sagte er mit gedämpfter, unnatürlich wirkender Stimme; aber wenn er ihr nicht abkaufte, was sie ihm sagte, so ließ er es sich nicht weiter anmerken. Und in dem Moment fiel ihr zum erstenmal auf, daß sie Simon noch nie wütend oder ausfallend erlebt hatte. Und so fühlte sie sich um so beschämter, einem so netten jungen Mann wie ihm so etwas anzutun. Trotzdem, Cat war fest davon überzeugt – wie schwierig das im Moment auch durchzusetzen sein mochte –, daß sein Abschied das Beste für alle war. Als Simon später seinen Bus in der Auffahrt hinter Winnies Wagen parkte, hatte Cat ihre ärgsten Schuldgefühle auch schon überwunden.
Cat löste ihren Sicherheitsgurt. »Na, sieht doch so aus, als ob sie zu Hause wäre«, sagte sie und deutete mit dem Kopf in Richtung des Wagens.
»Ja. Soll ich mit reinkommen?«
»Wenn es ihr wirklich so schlecht geht, dann ist ihr vielleicht lieber, wenn ich allein komme«, antwortete sie, da ihr Winnies Abneigung dem Jungen gegenüber wieder einfiel. »Wenn es dir also nichts ausmacht, Simon.«
»Nein, nein, geh nur«, erwidert er.
Cat stieg aus dem Bus und drehte sich noch einmal zu ihm um. »Danke«, sagte sie.

»Wofür?«
»Für dein Verständnis. Dafür, daß du einverstanden bist, die Sache so zu regeln.«
»Aber ich bin es ja gar nicht.«
»Du hast mir doch zugehört und hast den Eindruck erweckt, als würdest du –«
»Ich habe dir zugehört, das ist alles. Lucas hat mich eingestellt; erst wenn er mich feuert, werde ich mir überlegen, ob ich tatsächlich gehen soll oder nicht.«
Für einen Moment lang verschlug es ihr die Sprache. Auf verletzte Gefühle, ja sogar auf Wut war sie vorbereitet gewesen, aber nicht auf diese Reaktion. Er erklärte ihr im Prinzip nichts anderes, als daß sie Lucas dazu bewegen müßte, ihn hinauszuwerfen. Und um ihn soweit zu bringen, würde sie ihm natürlich erzählen müssen, was zwischen ihnen beiden passiert war.
Kopfschüttelnd wandte sie sich ab, eilte zu Winnies Hintertür und läutete. Nervös von einem Bein auf das andere tretend, wartete sie; dabei hatte sie ein Gefühl, als würde ihr gleich der Kopf platzen. Wieso tat er ihnen so etwas an? Und wo, zum Teufel, steckte Winnie? Sie läutete erneut und hämmerte schließlich mit beiden Fäusten gegen die Tür. Nach einer Weile stieg Simon aus dem Wagen und kam zu ihr.
»Meinst du, sie schläft?«
Sie wollte ihn weder ansehen, geschweige denn mit ihm reden, aber sie hatte keine große Wahl. »Nein, glaube ich nicht«, sagte sie.
»Gibt es noch einen anderen Weg ins Haus?«
»Die Vordertür natürlich, aber ich bin sicher, daß die abgesperrt ist. Winnie sperrt ihre Türen immer ab.«
Simon ging um das Haus herum und schaute in alle Fen-

ster. Vor dem Fenster zum Bad, das offenstand, blieb er stehen. Dort sprang er hoch und zog sich am Fensterbrett nach oben. Mit der freien Hand zerrte er so lange an dem Fliegengitter, bis es zur Seite herabhing. Schließlich stützte er sich mit beiden Händen ab und schwang sich durch das offene Fenster. Sekunden später öffnete er die Hintertür für Cat.

Der Papagei kreischte aufgeregt vor sich hin und sang immer wieder ein Lied: *The Farmer in the Dell.* »Winnie?« rief Cat und spürte plötzlich etwas Dunkles, Furchterregendes auf sich zukommen, als sie in Richtung von Winnies Schlafzimmer ging. Simon folgte ihr, und auf einmal war sie froh, ihn trotz der Konfrontation von vorhin bei sich zu haben. Denn als sie Winnie sah, die mit zum Gebet gefalteten Händen in einer großen Blutlache lag, den Hals von einer Seite zur anderen aufgeschlitzt, fiel sie in Ohnmacht.

Cat erfuhr später, daß Simon erst die Polizei und dann Lucas benachrichtigt hatte – genau in der Reihenfolge. Lucas trieb schließlich einen Arzt auf, der sich zu einem Hausbesuch bereit erklärte, und bis Cat endlich wieder aus dem künstlichen Schlaf erwachte, in den die vielen Medikamente sie versetzt hatten, war es bereits Abend. Sie hatte nur noch eine vage Erinnerung daran, daß Simon sie nach Hause gefahren hatte, wo man sie in ihr Zimmer trug und wo sie Lucas sah, der sich über sie beugte und sie besorgt musterte, und dann nichts mehr. Jetzt hörte sie Stimmen aus dem großen Wohnraum zu ihr herüberdringen.

Simon sah Cat als erster aus dem Schlafzimmer kommen. Er machte Lucas auf sie aufmerksam, der sich gerade mit Chief Cooper unterhielt, während einer seiner Beamten etwas ab-

seits stand. Alle schwiegen plötzlich, als Lucas vom Sofa aufstand und ihr entgegenging.
»Wie geht es dir, Schatz?«
Sie nickte, während er sie umarmte. »Was ist passiert, Lucas?«
»Simon hat dich nach Hause gebracht, aber du warst so weggetreten ...«
»Ich meine, mit Winnie«, sagte sie und wandte sich mit ihrer Frage auch an Chief Cooper. »Was ist passiert? Und wieso?«
»Es sieht alles nach einem Raubüberfall aus. Ihre Tasche ist verschwunden, und alle Schubladen waren durchwühlt. Laut Aussage ihrer Cousine Audrey, die ich hierherkommen ließ, damit sie ihre Sachen durchsieht, fehlen zwei silberne Schüsseln, ein Fernsehapparat, ein goldenes Gliederarmband und vielleicht auch noch etwas Geld. In dem Punkt war sie nicht ganz sicher. Ihre Cousine konnte zwar keine exakte Summe nennen, meinte aber, daß Winnie normalerweise so um die fünfundsiebzig Dollar in der obersten Kommodenschublade aufbewahrte.«
»Gut, dann ist also jemand eingebrochen und hat sie ausgeraubt. Aber warum sollte sie irgend jemand töten?«
»Cat, ich möchte, daß du wieder in dein Bett zurückgehst«, mischte Lucas sich ein.
Aber sie ließ sich nicht so leicht vertreiben. »Nein, Lucas, verstehst du denn nicht ... Ich muß es wissen!«
»Tja«, meinte der Polizeichef, »wir nehmen an, daß sie eingeschlafen war – laut Aussage des Leichenbeschauers fand der Mord irgendwann zwischen acht Uhr und Mitternacht statt. Sie hat sich offensichtlich von irgendeinem Virus auskuriert.« Cat nickte, und so fuhr er fort: »Sie muß gehört haben,

daß ein Geräusch aus dem Keller kam. Der oder die Täter müssen durch ein Fenster eingestiegen sein, das hinten auf ihren Garten hinausgeht.«

»Sie hat wahrscheinlich noch versucht, die Lampe anzumachen, als sie aufwachte, aber das war vergebene Liebesmüh – der Eindringling hatte nämlich den Hauptschalter im Sicherungskasten umgelegt. Deshalb hat sie in der Dunkelheit versucht, ans Telefon zu kommen, hat es von ihrem Nachttisch gestoßen, sich auf den Boden gekniet, danach getastet, und dann –«

Der entsetzliche Anblick von Winnie in ihrem Blut kam mit Macht zurück, und dieses Mal ließ Cat Lucas gewähren, als er sie wieder in ihr Bett zurückbrachte. Im Hinlegen fragte sie: »Und die Beerdigung, Lucas?«

»Ich habe bereits mit Audrey darüber gesprochen. Sie wird alles für übermorgen veranlassen. Bei Badet's Begräbnisinstitut an der North Main. Offensichtlich hatte Winnie etwas dafür gespart, so daß die Kosten gedeckt sind.«

»Blumen, Lucas. Ich möchte, daß sie ganz viele Blumen bekommt.«

»In Ordnung. Wir werden uns morgen darum kümmern.«

»Gütiger Himmel, Winnie ist tot«, sagte sie, immer noch unfähig, eine so entsetzliche Realität zu begreifen. Dann wanderten ihre Gedanken zu Haley und Zack. »Die Kinder, hat man es ihnen schon gesagt?«

»Während ich damit zu tun hatte, einen Arzt aufzutreiben, ist Simon mit ihnen hinunter zum Strand und hat es ihnen schonend beigebracht. Natürlich waren sie völlig aus dem Häuschen, aber er scheint es ganz gut hinbekommen zu haben. Die beiden sind vor einiger Zeit schon hinauf in ihre Zimmer. Simon hat gegen neun auf meine Bitte hin bei

ihnen hineingeschaut, und da schliefen sie. Dem Himmel sei Dank für Simon.«
Dem Himmel sei Dank für Simon. Die Worte verursachten ihr eine gräßliche Übelkeit, und um die Sache noch schlimmer zu machen, sie hatte dem auch nichts entgegenzusetzen. Aber dann fiel ihr wieder ein, was auf der Fahrt im Auto geschehen war. Sie seufzte und schob den Gedanken beiseite; sie wußte, im Augenblick konnte sie nichts gegen Simon ausrichten. Zuerst mußten sie irgendwie Winnies Beerdigung überstehen.
Lucas gab ihr eine Tablette und ein Glas Wasser.
»Was ist das?«
»Das hat dir der Arzt verschrieben – Elavil, ein Antidepressivum und Sedativum. Nimm es.«
Sie nahm es, und in den wenigen Minuten, ehe sie einschlief, verspürte sie einen fast übermächtigen Drang, Lucas und die Kinder in den Jeep zu laden, die Türen zu verriegeln und so schnell wie möglich von hier zu verschwinden.

Lucas bemühte sich um Cats willen, seine Zunge im Zaum zu halten. Sie hatte schon genug Angst, ohne daß er ihr noch seinen unbegründeten Verdacht und seine eigenen Befürchtungen mit aufbürden mußte. Aber Chief Coopers Theorie von einem Einbruch, der in einem Gewaltverbrechen eskaliert war, wollte er nicht so ohne weiteres schlucken.
Allein schon die Tatsache, daß das Verbrechen so früh am Abend stattgefunden hatte, bereitete ihm Kopfzerbrechen. Er hätte eigentlich angenommen, daß die meisten Menschen – mit Ausnahme derer, die aus bestimmten Gründen bereits im Morgengrauen aufstehen mußten – die Angewohnheit hatten, nicht vor halb zwölf, zwölf Uhr ins Bett zu

gehen. Deshalb würde ein Einbrecher doch bestimmt immer zu späterer Stunde kommen. Was war das also für ein Dieb, der in ein Haus einstieg, in dem die Bewohner höchstwahrscheinlich noch wach waren? Als Cat endlich wieder im Bett lag, äußerte Lucas seine Bedenken Chief Cooper gegenüber.

»Es spielt überhaupt keine Rolle, daß es so früh war«, erwiderte der Polizist. »Aufgrund der Stellung der Lichtschalter muß es stockdunkel im Haus gewesen sein. Daraus konnten die Einbrecher doch wohl schließen, daß alle im Haus bereits schliefen.«

»Okay, sie ist hellwach, als der Einbrecher in ihr Schlafzimmer kommt, aber sie kann ihn in der Dunkelheit nicht sehen. Warum rennt er dann nicht einfach davon und sieht zu, daß er so schnell wie möglich von dort verschwindet? Wieso bringt er sie um?«

»Die Menschen geraten nun mal in Panik und machen Dinge, die überhaupt nicht in ihrer Absicht liegen. Nur die wenigsten Einbrecher würden einen Preis für ihre gut durchdachten Raubtouren oder wegen ihres hohen IQs gewinnen. Hören Sie, Mr. Marshall, ich weiß, daß sie Winnie Rawson seit langer Zeit gekannt haben und sie mochten, aber warum überlassen Sie die Aufklärung dieses Falles nicht uns? Dafür sind wir schließlich da.«

Als der Polizeichef und der Streifenbeamte gingen, machte auch Simon Anstalten, das Haus zu verlassen. »Wo willst du hin?« fragte Lucas und erkundigte sich damit zum erstenmal nach Simons privaten Plänen. Und zum erstenmal wünschte er sich, der junge Mann würde nicht gehen.

»Hinunter an den Strand, Lucas. Aber ich bin ja nicht weit weg. Wenn Sie mich brauchen, dann rufen Sie mich einfach.«

Lucas blieb noch eine Weile auf dem Sofa sitzen und dachte nach. Er hatte in seinem Gespräch vorhin deshalb nicht die Möglichkeit einer Verbindung zwischen Winnies Ermordung und dem Überfall auf ihren Wagen angedeutet, weil Cooper sonst bestimmt gedacht hätte, er leide unter Verfolgungswahn. Und vielleicht war das auch sein Problem. Aber wenn er tatsächlich eine solche Verbindung herstellen wollte, würde er ein Motiv präsentieren müssen. Und welches konnte das sein? In all den Jahren, die er sie gekannt hatte, war Winnie nie mehr als eine Haushälterin für ihn gewesen. Wenn jemand Lucas wirklich treffen wollte, warum machte er sich dann nicht an seine Familie ran?
Gerade als er das dachte, klingelte das Telefon. Er ging zum Apparat und nahm ganz schnell den Hörer ab, damit Cat nicht davon aufgeweckt wurde. Aber das einzige, was er zu hören bekam, war ein lautes Klicken. Sollte das irgendeine Botschaft sein?
Er legte den Hörer erst gar nicht mehr auf, sondern rief umgehend Roger Davidson an, wurde aber nur mit dessen Anrufbeantworter verbunden, auf dem er seinen Namen und seine Telefonnummer hinterließ. Dann sah er sich draußen vor den beiden Haustüren um und vergewisserte sich, daß abgesperrt war. Schließlich ging er in sein Schlafzimmer, wobei ihm alle möglichen Gedanken durch den Kopf jagten. Dort holte er die Schachtel mit dem Revolver aus der obersten Kommodenschublade und stellte sie auf seinen Nachttisch.
Als er sich neben Cat ins Bett legte, fiel ihm das Licht im Badezimmer auf. Cat ließ immer das Licht im Bad brennen. Auch oben. Für den Fall, daß nachts jemand aufwachen sollte. Er nahm an, daß die meisten Leute das taten. Winnie

offensichtlich nicht. Laut Aussage des Polizeichefs waren alle Lichtschalter abgeschaltet gewesen.
Als er sich über sie beugte, fiel Lucas in Cats Nacken ein frischer, schwarzblauer Fleck auf. Vorsichtig darauf bedacht, sie nicht zu wecken, berührte er sie dort mit seinen Lippen. Wie war der Fleck dort hingekommen? wunderte er sich.

Zum ersten Mal hatte Simon Haley Gras gegeben, das sie allein in ihrem Schlafzimmer rauchen konnte. Aber es war nur ein Joint, und er ließ sie Stein und Bein schwören, daß sie den Rauch zum Fenster hinausblasen und alle Überreste in die Toilette hinunterspülen würde.
Offenbar war selbst ihm aufgefallen, wie dringend sie etwas brauchte. Simon war gegen neun Uhr zu Haley ins Zimmer gekommen, um nach ihr zu sehen, und da hatte sie nur an die Decke gestarrt, unfähig, die Bilder, die Simon ihr geschildert hatte, aus ihrem Kopf zu vertreiben: Winnie, der man die Kehle aufgeschlitzt hatte, die mit zum Gebet gefalteten Händen in einer Blutlache lag . . .
»Wir werden ohnehin bald alle sterben«, erklärte sie Simon.
»Jetzt komm aber wieder runter von deinem Trip, okay?«
»Nein, ich weiß genau, daß es so ist. Du wirst schon sehen. Ich und meine ganze Familie.«
»Und was ist mit mir?« wollte er wissen.
Sie schaute ihn durchdringend an, als wollte sie ihn mittels einer geheimen Apparatur in ihrem Kopf durchleuchten, und zuckte dann die Schultern. »Keine Ahnung. Was dich angeht, bin ich mir nicht sicher.«
»Weißt du, was, Haley, ich habe weder die Zeit noch die Geduld, mir diesen morbiden Scheiß anzuhören. Meinst du

nicht auch, daß ich schon alle Hände voll zu tun habe, deine Mom, deinen Dad und Zack zu beruhigen?«
Das war nicht gelogen, er sagte nur, was Sache war. Nichts schien in diesem Haushalt mehr zu geschehen, ohne daß Simon seine Finger im Spiel hatte. Schon bald würden sie alle vor der Kellertür Schlange stehen, um ihn um Rat zu bitten. Was für eine interessante Vorstellung: König Simon, der sich den staubigen und muffigen alten Werkzeugkeller als Hauptquartier für seine Audienzen auserwählt hatte. Wahrscheinlich klang sie zur Zeit wirklich mehr als ein bißchen verrückt, wenn man sie so reden hörte.
»Gib mir einfach einen Joint«, sagte sie. »Bitte, Simon. Bitte.«
Und er gab ihn ihr.
Das letzte, was sie wollte, war, voller Angst zu sterben. So wie die arme Winnie.

* * *

Simon war bereits wieder von seinem Morgenlauf zurück und hatte mit Zacks Hilfe Frühstück gemacht. Während die Familie beim Essen war, meldete Davidson sich auf Lucas' Anruf hin, der mit dem Apparat ins Haus ging. Der Detektiv berichtete seinem Auftraggeber, daß die Überwachung nichts Neues ergeben habe; auch die beiden Polizeistationen in New London und Mystic hätten keine weiteren Erfolgsmeldungen zu verzeichnen gehabt, als er sich dort erkundigte. Lucas setzte ihn daraufhin über Winnies Ermordung ins Bild, aber als er zu dem Teil mit den abgestellten Lichtschaltern kam, fand Davidson das nicht besonders aufschlußreich.
»Sie sagten doch, sie sei krank gewesen, richtig? Dann dürfte sie höchstwahrscheinlich eingeschlafen sein, ehe es dunkel geworden war.«

Obwohl das logisch klang, wollte es Lucas doch nicht so richtig einleuchten. Wieso ausgerechnet Winnie? Warum jetzt? Warum hatten sich diese verdammten Einbrecher kein imposanteres Haus ausgesucht, ein Heim, in dem mehr Wertgegenstände zu erwarten gewesen wären? »Was meinen Sie, wie viele Morde sind in den, sagen wir mal, vergangenen zehn Jahren in Clinton passiert?« wollte Lucas von ihm wissen.

»Zwei, drei«, erwiderte Davidson unsicher.

»Noch besser«, sagte Lucas. »Seit elf Jahren hat es in ganz Clinton nicht einen Mordfall gegeben.«

Es folgte ein längere Pause. »Und was wollen Sie damit sagen?«

»Ich will damit sagen, daß das hier ein Ort mit einer extrem niedrigen Verbrechensrate ist. Keine Gewaltverbrechen. Aber dann werden plötzlich ich und meine Familie entführt und kommen knapp daran vorbei, auch noch ermordet zu werden. Und dann, keine zwei Wochen später, wird aus heiterem Himmel meine Haushälterin ermordet. Angeblich als Folge eines Einbruchs ... oder aber irgend jemand hat fleißig nachgeholfen, damit es danach aussieht.«

»Fahren Sie fort.«

»Vielleicht gibt es da ja einen Zusammenhang.«

»Warum sollte es jemand auf Ihre Haushälterin abgesehen haben?«

»Ich weiß es nicht. Diese Frage hab ich mir auch schon gestellt. Wir haben uns seit Jahren gekannt; die Kinder, Cat und auch ich, wir mochten sie sehr gerne. Aber das konnte niemand wissen, zumindest keiner, der uns nicht persönlich kannte. Es war nicht so, daß wir das an die große Glocke gehängt und viel Umgang miteinander gepflegt hätten. Abgesehen von ein paar Telefonaten in den Wintermonaten, bei denen es normalerweise um das Strandhaus ging, und den üblichen Weihnachts- und Geburtstagsgeschenken, hatten wir keinen weiteren Kontakt.«

»Was wollen Sie denn damit sagen – gibt es eine Verbindung oder gibt es keine?«

»Ich behaupte einfach, daß es diese Verbindung gibt, wenn auch vielleicht um fünf Ecken. Aber doch so deutlich, daß sie mich stutzig macht. Wenn sich da draußen wirklich jemand herumtreibt, der es auf mich abgesehen hat, dann hat er wahrscheinlich geglaubt, mir damit eine Botschaft zukommen zu lassen, wenn er sich Winnie schnappt. Vielleicht war das seine Art, mich zu warnen, daß meine Familie als nächstes dran ist.«

»Das scheint mir aber sehr an den Haaren herbeigezogen. Man plant und führt doch keinen Mord durch, nur um einer dritten Person, die man kaum kennt, eine Botschaft zu übermitteln. Wenn jemand sich derartige Mühe macht, dann hat das gewöhnlich nur zweierlei zu bedeuten: Entweder ist er mit der Mafia verbandelt, oder er ist irgendwann mal zu dem Schluß gekommen, daß Sie ihn ganz gewaltig übers Ohr gehauen haben. Als wir uns das erstemal trafen, da habe ich Sie gefragt –«

»Und ich habe Ihnen erklärt«, unterbrach Lucas ihn, »daß ich mir nicht bewußt bin, irgend etwas auf dem Kerbholz zu haben. Ich behaupte ja gar nicht, daß ich immer ein harmloser Zeitgenosse gewesen wäre – weit gefehlt, ich habe in meinem Rahmen durchaus auch getrickst und gemauschelt. Aber ich habe nie jemanden hintergangen oder betrogen oder um sein Hab und Gut gebracht, und ich habe ganz bestimmt keinem menschlichen Wesen mit Absicht weh getan. Tut mir leid, aber das ist alles, womit ich Ihnen dienen kann.«

Am anderen Ende des Apparats war ein tiefer Seufzer zu hören. »Okay. Und was kann ich jetzt für Sie tun?«

»Überwachen Sie mein Haus. Ich habe das Gefühl, daß wir als nächstes an der Reihe sind.«

»In Ordnung, es ist Ihr Geld, Sie sind der Boß. Ich werde mir jemanden suchen, der in den nächsten paar Tagen den Klub übernimmt. Ich bin noch nicht bereit, dort aufzugeben. Wir sollten die Überwachung zunächst jedoch nur nachts durchziehen. Keiner wird bei hellichtem Tag in Ihr Haus marschieren. Das Überraschungselement, das heißt, einzubrechen, während die Leute schlafen, das ist es, was diese Typen brauchen. Vor allem in Ihrem Fall, wo drei Erwachsene im Haus sind.«

»Und Simon entfernt sich tagsüber fast nie vom Haus. Nachts ist er zwar manchmal unterwegs, kommt aber meistens ziemlich früh wieder zurück. Und außer bei schlechtem Wetter – dann schläft er normalerweise im Haus –, pennt er meistens am Strand.«

Davidson lachte dröhnend, und Lucas meinte, ihn vor sich zu sehen, wie er den Kopf schüttelte. Wahrscheinlich dachte er dasselbe wie er: Wie schön, noch so jung und unbekümmert sein zu können. Davidson notierte sich anschließend noch die Fabrikate und Autonummern von Lucas' und von Simons Wagen und sagte: »Machen Sie sich keine Sorgen, außer diesen beiden Fahrzeugen wird sich kein anderes auch nur auf fünfzig Meter Ihrem Grundstück nähern. Jedenfalls nicht, ohne daß diejenigen es mit mir zu tun bekommen.«

Lucas hätte sich mit Freuden dieses Räuber-und-Gendarm-Spiel erspart, seine Familie ins Auto gepackt und wäre so schnell wie möglich nach Massachusetts zurückgekehrt, hätte er mit Sicherheit gewußt, daß der Alptraum damit ein Ende haben würde. Aber das war mehr als fraglich. Er hatte bisher keinen Sinn darin gesehen, dies Cat gegenüber zu erwähnen, aber wie es aussah, kannten Warren und Earl ihre Heimatadresse. Nicht nur, daß sie sich diese Auskunft seit Sonntag mit Leichtigkeit hätten besorgen können, nein, unter vielen anderen Dingen, die in dem gestohlenen Bronco zurückgeblieben waren, war auch die lederne Aktenmappe gewesen, die Cat ihm einmal geschenkt hatte und auf deren Innentasche sein Name und seine Adresse vermerkt waren.

Zack und Haley gaben schließlich nach, als Simon sie sanft, aber bestimmt zu ihrem Frühstück drängte, nur Cat weigerte sich entschieden. Nachdem Simon sie das zweitemal bedrängt hatte, doch endlich ihren Saft zu trinken, konnte Cat ihren Wunsch, laut loszuschreien, fast nicht mehr unterdrücken, packte ihren Kaffeebecher und kehrte ins Haus zurück, wo Lucas vor der Küchentheke stand und gerade den Hörer auflegte.

»Alles in Ordnung mit dir?« fragte er.

»Woher soll ich das wissen?« erwiderte sie und ließ sich auf die Sofalehne sinken. »Was heißt schon in Ordnung? Das ergibt doch alles keinen Sinn. Lucas, was meinst du, vielleicht sollten wir hier alles dichtmachen und gleich nach der Beerdigung nach Greenfield zurückkehren.«

»Warum?«

Sie schüttelte den Kopf. »Ich weiß nicht, das ist nur so eine Vorahnung. Die habe ich auch gespürt, als ich in Winnies Schlafzimmer kam, und ich spüre sie im Moment wieder. Angenommen, es geschehen noch weitere schreckliche Dinge. Es heißt doch schließlich, daß ein Unglück immer in dreifacher Ausfertigung daherkommt, nicht?«

»Seit wann bist du denn abergläubisch?«

Sie gab ihm keine Antwort, zuckte nur die Schultern. Sie wollte mit ihm über Simon reden, aber was hätte sie sagen können? Statt dessen kam sie auf die Beerdigung zu sprechen. »Hast du wegen der Blumen angerufen?«

Er nickte. »Sechs Dutzend, gemischt. Ich habe ihnen gesagt, sie sollen zwei schöne Gestecke daraus machen und sie am Vormittag an das Begräbnisinstitut schicken. Die Beerdigung ist um elf.«

»Was ist mit der Totenwache?«

»Keine. Aber so wie es aussieht, wird sie im offenen Sarg aufgebahrt werden.«

Morde, Totenwachen, offene Särge, Beerdigungen, Blumen, Winnie, die für immer gegangen war – das war alles entsetzlich. Die Angst war wie ein bleischwerer Anker, der ihren Geist nach unten zog und immer schwerer loszuwerden war.

16

Cat war entschlossen, beschäftigt zu bleiben, und nachdem sie eine weitere Tablette genommen hatte, um ihre Nerven zu beruhigen, schleppte sie die schmutzige Wäsche nach unten und stolperte dabei über Simon, der seine eigenen Sachen wusch. Während sie dastand und darauf wartete, daß er die nassen Sachen in den Trockner hinüberschaffte, damit die Waschmaschine für sie frei wurde, hatte sie das merkwürdige Gefühl, daß nicht er, sondern sie der Gast in diesem Haus war. Im Geiste legte sie sich alle möglichen Anknüpfungspunkte für ein Gespräch mit ihm zurecht, auf der Suche nach einem Argument, mit dem sie ihn überzeugen konnte, ohne großes Aufsehen das Haus zu verlassen.

»Geht es um Geld, Simon?« fragte sie schließlich.

Er ignorierte sie. Statt dessen zog er eines der kurzärmeligen Hemden aus dem Stapel und hielt es in die Höhe, um es ihr zu zeigen.

»Was hältst du von dem hier, Cat? Ist es elegant genug für die Beerdigung?«

Sie schüttelte den Kopf. »Ich begreife nicht ...«

»Ich habe Winnie wirklich sehr gemocht, sie hatte Mumm. Du hast doch nichts dagegen, wenn ich mitkomme, oder?«

Winnie hatte ihn nicht gemocht, aber das wußte Simon vielleicht nicht. Und im Grund genommen stand Cat eine Entscheidung darüber, ob er zu der Beerdigung mitkommen solle oder nicht, auch gar nicht zu. Sie schüttelte den Kopf. »Nein, selbstverständlich nicht. Das Hemd ist in Ordnung.«

Da nahm er ihr den Korb mit der Wäsche aus den Händen und stellte ihn neben den seinen. »Laß das mal hier. Ich kümmere mich schon darum.« Er fing an, die Wäsche zu sortieren, blickte aber nach einer Weile wieder hoch. »Wieso gehst du nicht hinaus und legst dich in die Sonne? Du siehst gar nicht gut aus.«

»Wieso machst du das?«

Plötzlich schaute er sie mit einem stechenden Blick an, und einen irritierenden Moment lang glaubte sie, daß sie nun endlich seine dunkle, unbeherrschte Seite zu sehen bekäme, aber da täuschte sie sich. Er machte seiner Empörung auf erschreckend kühle Art und Weise Luft.

»Weißt du, Cat, ich begreife dich einfach nicht«, fing er an. »Was willst du eigentlich von mir? Ich reiße mir den Arsch auf für dich, Lucas und die Kinder und versuche, so gut es geht, euch über die Runden zu bringen. Was habe ich denn so Schreckliches getan, hm? Wir hatten Sex miteinander, okay. Aber wenn du es nicht gewollt hast, warum hast du mich dann regelrecht angefleht und immer mehr gewollt?«

Es war die erste Nacht, in der Roger Davidson das Strandhaus überwachte. Nach fünfzehn Jahren in den Diensten der Stadt und weiteren zehn Jahren der Selbständigkeit hatte er genügend Erfahrung gesammelt, um auch in diesem Fall brav seine Hausaufgaben gemacht zu haben. Zuerst hatte er sich gründlich den Jeep und den grünen Kleinbus vor der Tür angesehen, damit er die beiden auf keinen Fall mit anderen Fahrzeugen verwechseln würde, die eventuell auftauchen. Dann schritt er das Grundstück vor und hinter dem Haus ab.

Vom Standpunkt desjenigen aus gesehen, der etwas überwachen wollte, bot eine Sackgasse die besten Voraussetzungen: Es gab nur einen Zugang zu dem Anwesen. Zwischen dem Haus und den benachbarten Strandhäusern lag eine beträchtliche Entfernung. Und aus der Perspektive eines Immobilienhändlers gesprochen, war das Anwesen ein Spitzenobjekt, das eine Stange Geld wert war.

Davidson war nun klar, weshalb Lucas Marshall mit keiner Wimper zuckte, wenn es darum ging, die Rechnung für seine Nachforschungen zu begleichen. Oder für die zusätzlichen Dienste seines Assistenten Benny, den Davidson damit beauftragt hatte, an seiner Stelle das Golden Shield in Mystic zu beobachten.

Lucas Marshall schien wirklich alles zu haben. Zwei prächtige Kinder, eine junge, bildschöne Frau – zumindest dem Foto nach zu schließen, das er gesehen hatte. Und dann natürlich diesen Besitz hier. Tja, die meisten Typen, die er kannte oder mit denen er zu tun hatte, waren da schon eher sein Kaliber: ordentlich durchgebeutelt von einer häßlichen Scheidung, mit heranwachsenden Kindern, die ihr eigenes Leben führten und die sich keinen Pfifferling darum scherten, ob sie ihren alten Herrn sahen oder nicht. Und angesichts einer Exfrau, die jedesmal, wenn er anrief, wegen mehr Unterhalt nörgelte, schien es auch kaum der Mühe wert zu sein, Kontakt zu den Kindern aufrechtzuerhalten, und sei er noch so sporadisch.

Er schaute hinüber zum Haus, zur Strandseite – die Lichter auf der Veranda brannten, und er entdeckte auch den Jungen, Simon, der nicht weit weg davon im Sand lag. Er hatte es sich auf einer Decke bequem gemacht und rauchte eine Zigarette. Der Junge sah ihn nicht, und genau so sollte es auch sein. Schließlich kehrte Davidson wieder zu der Stra-

ßenseite zurück und suchte sich einen Beobachtungsposten hinter einer Düne, die noch nahe genug an dem Grundstück war, damit er einen Überblick hatte, was dort vor sich ging. Er zündete sich ebenfalls eine Zigarette an und ließ sich auf einem breiten Felsen nieder. So wie er den Fall einschätzte, stand ihm eine lange und ereignislose Nacht bevor.
Tja, Lucas Marschall hatte wirklich alles. Bis auf seinen Seelenfrieden natürlich.

Es war Simon, der am nächsten Tag auf Lucas' Bitte hin den Jeep zur Beerdigung fuhr; Cat sah es zwar nicht gerne, war aber nicht in der Stimmung, sich deswegen zu streiten, und setzte sich mit den Kindern nach hinten. Lucas schien nervös zu sein, da er die Straßen keine Sekunde lang aus den Augen ließ, so, als erwartete er jeden Moment, ein bekanntes Gesicht auftauchen zu sehen. Doch außer ihr schien das keinem aufzufallen, und so sagte Cat auch nichts.
Außer der Familie Marshall kamen zweiunddreißig Trauergäste zu der Beerdigung. Cat zählte sie der Reihe nach durch; eines der vielen sinnlosen Rituale, die ihr manchmal dabei halfen, sich vom Denken abzuhalten. Die Kinder wollten lieber nicht an dem offenen Sarg vorbeigehen, was Cat jedoch nicht so ohne weiteres vermeiden konnte. Lucas ergriff sie deshalb am Arm und unterstützte sie auf ihrem schweren Gang, Winnie ein letztes Lebwohl zu sagen.
Simon folgte ihr.
Cat hatte überall um sich herum geflüsterte Kommentare aufgefangen, wie gut Winnie doch aussehe: Das Gesicht dick geschminkt, die Haare in üppige Locken gelegt, trug sie ein hochgeschlossenes, blaßrosa Seidenkleid – eines von der Sorte, in das man die lebende Winnie nie hineinbekommen

hätte. Vor dem offenen Sarg stehend, traf Cat die Entscheidung, daß sie, wenn die Zeit gekommen wäre, sich verbrennen lassen würde.

Nach der Trauerfeier und der Bestattung, als sie bereits wieder auf ihrem Weg zum Auto waren, kam Audrey auf sie zu und nahm Cat beiseite. »Ich möchte Ihnen für alles danken«, sagte sie, während ihr die Tränen über die vollen Wangen rannen. »Sie hat Sie geliebt . . . Sie alle. Nicht nur –« Sie hielt inne.

Nicht nur Lucas – das war es, was Audrey damit meinte. »Ich weiß«, erwiderte Cat, und ihre Augen drückten aus, daß sie nicht mehr zu sagen brauchte. Cat war sich von Anfang an über Winnies Gefühle für Lucas im klaren gewesen, hatte sich aber nie etwas anmerken lassen. Vielleicht waren Frauen einfach hellsichtiger, wenn es darum ging, solche Dinge zu bemerken. Sie war sich ziemlich sicher, daß Lucas nie einen Verdacht in diese Richtung gehegt hatte.

Cat zog zwar kurz in Erwägung, Winnie zu entlassen, als ihr klar wurde, wie es um sie stand, aber das hätte bedeutet, daß sie Lucas über das hätte informieren müssen, was Winnie so offensichtlich vor ihm verbergen wollte. Und so war ihr unvermittelt die Aufgabe zugefallen, zur Hüterin von Winnies Geheimnis zu werden. Doch dann dauerte es auch gar nicht lange, bis sie anfing, Winnie in ihr Herz zu schließen und, was noch wichtiger war, ihr zu vertrauen.

»Und dann diese Blumengestecke«, sagte Audrey gerade, »die waren einfach wunderbar, und selbstverständlich keine Gladiolen darunter.« Cat lächelte verwirrt, so daß Audrey sich beeilte, erklärend hinzuzufügen: »Nun, Sie müssen dem Blumenhändler doch spezielle Anweisungen gegeben haben, wie hätte er sonst wissen sollen, daß er ausgerechnet diese Sorte

nicht verwenden soll? Ich kann mich nämlich nicht daran erinnern, bei einer Beerdigung jemals auch nur einen Kranz oder ein Gesteck ohne Gladiolen gesehen zu haben.«
»Natürlich, jetzt weiß ich, was Sie meinen«, erwiderte Cat, obwohl sie immer noch nicht wußte, was das zu bedeuten hatte. Aber sie beugte sich vor und küßte Audrey auf die Wange. Dann verabschiedete sie sich hastig, begierig, die Unterhaltung endlich hinter sich zu bringen, eilte zum Wagen zurück und setzte sich wieder mit den Kindern nach hinten. In einer beschützenden Geste legte sie einen Arm um Haley, den anderen um Zack. Beide saßen steif da und schauten bedrückt zu Boden.
Gladiolen. Winnie schien sie offensichtlich nicht gemocht zu haben. Lucas mußte das gewußt haben. Aber Simon konnte doch unmöglich ... Woher hätte er es auch wissen sollen? Außerdem, selbst wenn er es gewußt hätte, wieso hätte er ihr dann ausgerechnet diese Blumen mitbringen sollen?

Als sie zu Hause ankamen, war es schon fast Abendessenszeit. Simon und die Kinder nahmen sich eine Decke und gingen damit an den Strand. Lucas zog sich mit einer Zeitung auf die Couch zurück, und Cat sagte zu ihm: »Audrey hat sich übrigens für die Blumengestecke bedankt, die ihr sehr gefallen haben. Vor allem das mit den Gladiolen ist ihr nicht entgangen.« Jetzt war sie sich seiner Aufmerksamkeit gewiß, denn er sah sie fragend an. »Daß in den Gestecken keine Gladiolen waren.«
»Nein, natürlich nicht. Ich habe dem Blumenhändler gesagt, daß er sie weglassen soll. Winnie mochte diese Blumen nicht.«
»Wieso eigentlich nicht?«

Er runzelte die Stirn, während er über die Frage nachdachte. »Ich kann mich nicht mehr so genau erinnern, ich weiß nur noch, daß sie mich deswegen ziemlich genervt hat. Du kennst mich doch, ich kann doch eine Blume nicht von der anderen unterscheiden. Aber irgendwie ist der Name bei mir hängengeblieben. Wieso möchtest du das so genau wissen?«

»Weil mir die Sache irgendwie seltsam vorgekommen ist. An dem Tag, an dem Simon mich zu Winnie hinübergefahren hat, hat er ihr auf dem Rückweg nämlich einen Strauß Gladiolen mitgebracht. Kommt dir das nicht auch seltsam vor?«

»Warum, weil er nicht die richtige Wahl getroffen hat?«

Achselzuckend stand sie auf und schaute auf die Uhr – bereits halb sieben. »Ich weiß es nicht. Vielleicht ist wirklich nichts Merkwürdiges daran.« Nach Lucas' Ansicht war es das auch nicht. Nur Cat sah die Dinge mittlerweile mit anderen Augen – vor allem, wenn es um Simon ging. In der letzten Zeit konnte er kaum etwas tun, das nicht ihren Verdacht erregt hätte. Sie ging zum Kühlschrank und warf einen prüfenden Blick hinein, obwohl ihr im Moment der Sinn überhaupt nicht nach Essen stand.

Was sollen wir bloß zu Abend essen? fragte sie sich, und während sie überlegte, fiel ihr Winnie ein, die sich diese Frage bestimmt Hunderte von Malen gestellt haben mußte. Die Erkenntnis, daß Winnie nie mehr zurückkehren würde, traf Cat wie ein Keulenschlag. Sie sank auf dem Hocker zusammen und fing zu schluchzen an. Lucas kam zu ihr und nahm sie in die Arme.

»Oh, Lucas, was passiert mit uns?« murmelte sie, und dabei kamen ihr wieder all die gräßlichen Dinge in den Sinn, die ihnen zugestoßen waren, seit sie Greenfield verlassen hatten.

»Es wird alles wieder gut, Cat. Schon bald.« Lucas nahm eine Serviette, wischte ihr die Tränen ab und sagte: »Hör mal, laß jetzt die Kocherei, in Ordnung? Wir bestellen uns was zu essen. Wie wär's mit einer Pizza? Schick Simon los, der soll sie holen.«

Als sie ungefähr Dreiviertel des Weges zurückgelegt hatte, rief sie seinen Namen, aber die dröhnende Rockmusik aus Haleys Radio übertönte ihre Stimme. Doch Haley blickte gerade von ihrer Decke hoch, sah sie und drehte das Radio leiser.
»Simon«, wiederholte Cat, »würdest du bitte mal kommen.«
Simon stand sofort auf, klopfte sich den Sand von den Jeans, kam auf sie zugetrottet und blieb vor ihr stehen. »Stimmt etwas nicht, Cat?«
»Nein, das heißt, ja«, erwiderte sie, obwohl sie eigentlich nichts hatte sagen wollen. »Erklär mir doch mal, wieso du Winnie ausgerechnet Gladiolen mitgebracht hast, obwohl du wußtest, daß sie die nicht ausstehen konnte?«
Treuherzig lächelnd legte er beide Hände vor die Brust. »Halt, ganz langsam, was soll das heißen?«
»Du hast es gewußt, nicht wahr?«
»Woher sollte ich es gewußt haben? Sie hat nie etwas zu mir gesagt. Und außerdem, selbst wenn es so gewesen wäre, warum hätte ich ihr dann ausgerechnet diese Blumen mitbringen sollen?«
»Das weiß ich nicht. Ich wünschte, ich wüßte es. Das einzige, was ich mit Sicherheit weiß, ist, daß du von hier weg mußt.«
Er setzte zum Sprechen an, aber sie hob die Hand. »Nein, mir ist klar, daß du erst dann gehen wirst, wenn Lucas dich darum bittet. Nun, das wird er auch ... sobald ich mit ihm gesprochen habe.«

Auch wenn es so aussah, als hätte sie diese Entscheidung erst spontan in diesem Augenblick getroffen, traf das nicht zu. Trotz ihrer Trauer um Winnie hatte sie die Angelegenheit mit Simon weder an diesem noch am Tag zuvor vergessen. Obwohl sie nicht ständig darüber nachgedacht hatte, war sie zu einer Entscheidung gelangt, was in dieser Angelegenheit geschehen sollte; und während sie nun mit ihm sprach, wurde ihr das vollkommen klar.
Sie war sich nicht ganz sicher, warum, aber sie hatte Angst vor Simon. Und obwohl sie ebenfalls schreckliche Angst davor hatte, Lucas zu erzählen, was auf dem Boot passiert war, konnte sie es einfach nicht zulassen, daß Simon sie weiterhin erpreßte. Und das auf Kosten des Wohlergehens ihrer ganzen Familie.
»Benimmst du dich da nicht ein wenig kindisch?«
»Kann durchaus sein«, gab sie zu. »Wahrscheinlich sogar.«
Er holte tief Luft, starrte auf den Sand hinunter, und als er wieder hochsah, wanderte sein Blick in alle Richtungen, nur nicht zu ihr. Als er ihr dann schließlich doch ins Gesicht sah, fragte er: »Und für wann ist deine Beichte geplant?«
»Für heute abend. Sobald die Kinder im Bett sind. Wenn du es dir also noch mal überlegen willst und dich entscheiden solltest, das Richtige zu tun, dann laß es mich wissen.«
Nachdem sie endlich mit ihrem Ultimatum herausgerückt war und er es verdaut hatte, kehrte wieder das übliche Lächeln auf sein Gesicht zurück, und als sie sagte, sie würde zum Abendessen Pizza bestellen, bot er sich sogar freiwillig an, sie abzuholen. Sie war wirklich erstaunt über seine Selbstbeherrschung – falls er tatsächlich so etwas wie Ärger oder Schmerz empfinden sollte, so hatte er diese Gefühle irgendwohin gepackt, wo sie niemand sehen konnte.

Plötzlich fiel ihr ein Gespräch ein, das nur ein paar Tage zurücklag, als er ihr erklärt hatte, wie hart und bösartig er sein könne, wenn es darauf ankäme. In dem Moment war ihr diese Feststellung nicht sonderlich bedenklich erschienen, doch jetzt sah sie sie in einem anderen Licht.

Keiner schien großen Appetit zu haben. Es blieb sogar eine ganze Pizza übrig, die Cat ins Gefrierfach legte. Zack, Haley und Simon spielten eine Weile Karten, und als Simon plötzlich aufstand und sagte, er würde jetzt für ein paar Stunden weggehen, löste sich Cats Hoffnung, er könne eventuell doch noch seine Meinung ändern, in Luft auf. Die Kinder trotteten unglücklich in ihre Zimmer, und so hatte Cat es eigentlich nur Simon zu verdanken, daß sie sich bereits um neun Uhr allein mit Lucas im Wohnzimmer wiederfand.
Nachdem sie eine Dreiviertelstunde mit sich gerungen hatte und in Gedanken immer wieder durchgegangen war, was sie sagen und er darauf antworten würde – nicht ohne zwischendurch krampfhaft nach einer genialen Alternative zu suchen, die ihr erlauben würde, Simon loszuwerden, ohne ein Wort über das Vorgefallene verlieren zu müssen –, gab sie es schließlich auf. Entschlossen ging sie zum Fernsehapparat und schaltete ihn aus, was ihr die sofortige Aufmerksamkeit von Lucas einbrachte. Dann nahm sie auf dem Sofa ihm gegenüber Platz.
»Wir müssen miteinander reden«, verkündete sie.
Er ließ die Zeitung sinken. »Na dann los, sprich.«
»Mir sind in der letzten Zeit an den Kindern ein paar merkwürdige Verhaltensweisen aufgefallen.«
»Cat, es waren harte Wochen. Für alle von uns.«
»Nein, warte, hör mich an. Es ist mehr als das. Es hat etwas

mit Simon zu tun.« Lucas wartete, daß sie fortfuhr, und sie sagte: »Ich habe des Gefühl, daß er den Kindern zu nahe ist.«
Er runzelte die Stirn. »Ich verstehe nicht ganz. Was willst du damit sagen?«
»Mir ist aufgefallen, wie er mit ihnen umgeht, so, als würde er versuchen, dich bei ihnen zu ersetzen, an deine Stelle zu treten. Und die Kinder reagieren wie hypnotisiert auf ihn. Sie schauen zu ihm auf, gehorchen ihm.«
»Was soll das heißen, sie gehorchen ihm?«
Achselzuckend meinte sie: »Ich weiß nicht recht. Daß sie sofort ins Bett gehen, wenn er es ihnen sagt, so etwas in der Art.«
Sie wußte, daß sich das alles ziemlich dürftig anhörte, und so war seine ironische Antwort keine Überraschung für sie. »Tja, und was sollen wir deiner Meinung nach nun mit dem bösen Buben machen?« sagte er. »Sollen wir ihn vielleicht ein wenig teeren und federn?«
»Lucas, ich meine es ernst.«
»Also, du mußt schon verzeihen, aber für mich hört sich das eher wie ein Witz an. Wenn Simon mich schon in allem ersetzt und an meine Stelle tritt, wie du das formulierst, dann sollte ich ihm vielleicht auch mehr Geld dafür geben. Falls es dir nämlich noch nicht aufgefallen sein sollte – in der letzten Zeit war ich weder körperlich noch emotional in der Lage, den Anforderungen an einen Vater und Ehemann gerecht zu werden. Die Kinder mögen Simon und vertrauen ihm, na und? Warum sollten sie das auch nicht tun? Ich mag ihn ja auch und vertraue ihm. Und bisher hatte ich eigentlich den Eindruck, daß du das auch tust.«
»Da bin ich mir mittlerweile nicht mehr so sicher.«
»Wieso nicht?«

»Weil ich glaube, daß er nicht das ist, was er vorgibt zu sein.«

Lucas stand auf, griff nach seiner Krücke, humpelte zum Kühlschrank und holte sich ein Bier. »Okay, jetzt scheinen wir ja an einem wichtigen Punkt angelangt zu sein. Vielleicht könntest du etwas mehr ins Detail gehen.«

»Sei nicht so herablassend zu mir.«

»Bin ich das? Okay, du wirst mir verzeihen müssen, aber du gehst einfach her und machst diesen Jungen schlecht, der bisher so viel für unsere Familie getan hat. Deshalb bitte ich dich schlicht und einfach, wenigstens in einem Punkt etwas konkreter zu werden! Ist das schon zuviel verlangt?«

»Gut. Ich halte ihn für manipulativ, Lucas. Für jemanden, der gerne Macht über andere ausübt.«

»Gib mir ein Beispiel.«

»Du willst ihn doch gar nicht gehen lassen, oder? Unter keinen Umständen. Nichts, was ich sage –«

Lucas kam näher an das Sofa herangehumpelt, auf dem sie saß. »Himmelherrgott noch mal! Ein Beispiel, Cat, ein lausiges Beispiel! Hat er irgend etwas getan, das er besser nicht getan hätte? Oder irgend etwas gesagt, das ihm nicht zustand? War er Haley oder dir gegenüber respektlos oder unverschämt? Hat er versucht, euch zu nahe zu treten –«

Wahrscheinlich war es der Ausdruck auf Cats Gesicht bei diesen Worten, der ihn innehalten ließ. Er stellte die Bierdose ab und ging zu ihr hin.

»Haley?« fragte er, und ungläubiges Staunen zeichnete sich auf seinem Gesicht ab. »Hat er etwas versucht bei Haley?«

Sie schüttelte den Kopf, während ihr die Tränen über die Wange liefen. Sie wischte sie hastig mit der flachen Hand ab. »Nicht bei Haley«, erwiderte sie.

Seine Augen bohrten sich fragend in ihr Gesicht. »Was sagst du da, Cat? Willst du damit sagen, daß er dir etwas angetan hat?«
Sie stand auf, streckte die Hand aus und streichelte seine Wange. »Nein, nein, ganz so war das nicht«, erwiderte sie, und einen verzweifelten Moment lang wünschte sie sich, sie könnte die ganze Angelegenheit ungeschehen machen. »Es ist eben einfach so passiert. Gestern, draußen auf dem Boot.«
»Es ist einfach so *passiert?*«
Eine Mischung aus ungläubigem Staunen und Schmerz verzerrte sein Gesicht, und Cat wäre am liebsten vor ihm davongelaufen, um sich nicht ansehen zu müssen, was sie ihm angetan hatte. Ihr versagte beinahe die Stimme, als sie sagte: »Verzeih mir, Lucas.«
Wütend schob er ihre Hand zur Seite, als hätte er Angst, sich mit irgend etwas anzustecken. Voller Ekel in der Stimme sagte er: »Es ging dir gar nicht um Simon und die Kinder, nicht wahr, Cat? Es ging um dich!« Dann wandte er sich von ihr ab und humpelte zum Kamin, hob stöhnend seine Krükke und schleuderte sie mit einem wütenden Aufschrei gegen die Ziegelwand, wo sie zerbrach und in Einzelteilen in den Kamin fiel. Cat wünschte sich nichts sehnlicher, als zu ihm zu gehen, wußte aber genau, daß er sie jetzt nicht in seiner Nähe haben wollte. Lucas umklammerte mit beiden Händen den Kaminsims, senkte den Kopf und lehnte die Stirn gegen die Wand.
»Wieso erzählst du mir das eigentlich?«
Sie schluckte und schmeckte dabei ihre salzigen Tränen. »Weil er nicht gehen will. Nicht, wenn du ihn nicht darum bittest.«

Er glaubte ihr nicht, als sie ihre weiteren Vorwürfe aussprach, und sie konnte es ihm nicht einmal verübeln. Es war alles so subtil und unterschwellig, daß nicht einmal sie selbst sicher sein konnte, ob nicht ihre Erfahrung mit Simon sie einseitig gegen ihn beeinflußte. Verzweifelt stand sie auf und ging Richtung Veranda. Gerade als sie die Tür öffnen wollte, glitt diese beiseite.
Draußen stand Simon.

Als er das Geräusch der Tür hörte, drehte Lucas sich um.
»Sieht so aus, als hätte ich euch unterbrochen«, bemerkte Simon. Wußte er, daß Cat es ihm gesagt hatte? Lucas schaute dem Jungen fest in die Augen und kam zu dem Schluß, daß er es wußte. »Vielleicht sollte ich später noch mal –«
»Nein«, sagte Lucas. »Bleib.«
Er zog sein Scheckbuch aus seiner hinteren Hosentasche, beugte sich vor und nahm einen Kugelschreiber vom Couchtisch. Mit bebenden Fingern schrieb er einen Scheck aus, riß ihn heraus, ging zu Simon und hielt ihn dem Jungen entgegen. »Damit dürften wir quitt sein. Jetzt hol deine Sachen und verlaß dieses Haus.«
»Aber, halt, warten Sie«, erwiderte Simon und hielt beide Hände in die Höhe, als hätte er eine Erklärung abzugeben.
Verdammt, kapierte er denn nicht? Er war zu weit gegangen, hatte sein Vertrauen mißbraucht, dem war nichts mehr hinzuzufügen. Der Gedanke an ihn und Cat machte Lucas ganz krank. Und ebenso übel wurde ihm, wenn er sich überlegte, was für ein Narr er doch gewesen war, Simon soviel Zuneigung entgegenzubringen. Winnie hatte ihn schließlich von Anfang an gewarnt – er hätte auf sie hören sollen. Er packte

Simon am Kragen seines Sweatshirts und drückte den Jungen gegen die Wand.

»Kapierst du denn nicht? Es ist zu spät. Nichts von dem, was du sagen könntest, kann daran noch etwas ändern.«

»Lucas, bitte –«, rief Cat.

Simon riß sich los, und Lucas trat zur Seite, um ihn vorbeizulassen. Cat stand mit weitaufgerissenen Augen daneben, in der angstvollen Erwartung, daß Simon nun Amok laufen würde.

Aber er tat es nicht, sondern setzte einfach seinen Weg ins Haus fort. Lucas dachte zuerst, daß er nach oben gehen und seine Sachen holen würde, und war folglich sehr überrascht, als er sah, wie er in der Küche stehenblieb. Dort öffnete Simon den Kühlschrank, als ob nichts gewesen wäre, griff völlig entspannt hinein und holte sich die übriggebliebene Pizza und einen Sechserpack Bier heraus.

»Was glaubst du eigentlich, was du da machst?« wollte Lucas wissen und ging auf ihn zu. Wollte er ihn provozieren oder seinen Blutdruck in die Höhe treiben? Denn wenn das seine Absicht war, so hatte er Erfolg damit.

Simon stellte die Sachen auf die Küchentheke und sagte mit hektischer Fröhlichkeit: »Aber Lucas, das versuche ich dir doch die ganze Zeit über beizubringen. Wie kann ich euch denn ausgerechnet jetzt allein lassen, wo ihr alle völlig aus dem Häuschen seid? Ach übrigens, ich habe uns noch Gesellschaft mitgebracht.«

Bei diesen Worten machte er einen Schritt auf die Kellertür zu und öffnete sie. Lucas blieb wie angewurzelt stehen, und plötzlich wußte er, wen er zu Gesicht bekommen würde. Alles, was danach folgte, glich dem Drehbuch eines Horrorfilms: Cats entsetzte Schreie, die Kinder, die aus ihren Zimmern stürmten, um zu sehen, was los war. Und Simon, der übermütig und vergnügt mit lauter Stimme schmetterte: »Kommt und begrüßt meine Kumpels!«

Zuerst kam Earl, dann Warren: Mit seinem langen, fettigen, gelben Haar blieb er unter dem Türrahmen stehen und hob grüßend seinen dicken Arm in Lucas' Richtung. »Hallo Leute!«

17

Lucas war es zwar im letzten Moment wie Schuppen von den Augen gefallen, wer da durch die Tür treten würde, aber ganz wollte sein Gehirn das noch nicht glauben. Deshalb konnte er die Männer auch nur wortlos anstarren, als sie gaffend und grinsend durch das Haus marschierten und sich gratulierend zunickten. Angestrengt versuchte Lucas dahinterzukommen, was das alles zu bedeuten hatte. War das alles von Anfang an ein abgekartetes Spiel gewesen? Und wenn ja, warum traf es dann ausgerechnet ihn?

Die Wut, die er noch kurze Zeit zuvor auf Cat empfunden hatte, war wie weggeblasen, und er streckte instinktiv den Arm in einer beschützenden Geste nach ihr aus und zog sie zu sich heran. Auch sie war völlig verwirrt, zu keiner Bewegung mehr fähig. Simon warf einen Blick nach oben und winkte die Kinder zu sich herunter.

»Kommt her, ihr zwei. Kommt runter und sagt hallo zu meinen Freunden. Das sind zwei herzensgute Kerle, wenn man sie näher kennenlernt.«

»Bleibt oben«, wies Lucas die Kinder an.

Simon schaute zu Lucas, dann wieder zu den Kindern. »Na los, trefft schnell eure Entscheidung. Entweder ihr hört auf euren Dad und handelt euch damit ziemlichen Ärger ein, oder ihr hört auf mich. Ich denke aber, ihr zwei seid schlau genug, um zu kapieren, welchen Weg ihr einzuschlagen habt.«

Haley griff nach Zacks Hand, aber er riß sich von ihr los und schaute fragend zu seinem Vater. Verzweifelt suchte er in ihm eine Sicherheit, die Lucas ihm nicht geben konnte. Tatsache war jedoch, daß der Junge zu diesem Zeitpunkt besser beraten war, sich an Simons Anweisungen zu halten. Und als Simon ihn nun aufforderte: »Jetzt komm schon, *kemosabe*«, da nickte Lucas, und Zack kam mit Haley die Treppe herunter.

»Ganz locker, Kinder. Hier unten wird euch schon nicht der Kopf abgeschlagen, keine Panik«, scherzte Simon in einem halbherzigen Versuch, den beiden die Angst zu nehmen. Warren und Earl standen mittlerweile neben Simon und grinsten dümmlich angesichts seiner Bemühungen, humorvoll zu sein. »Ich bin's doch nur, euer alter Kumpel Simon«, fuhr dieser gerade fort. »Wißt ihr noch? Da gibt es doch nichts zu fürchten.«

Als sie unten angekommen waren, sagte Simon: »Habt ihr gesehen? Keiner tut euch etwas, solange ihr lieb zu eurem Freund Simon seid.« Dann deutete er auf die Pizza und das Bier auf der Küchentheke. »Und jetzt seid ein paar brave Kinder und deckt den Tisch für Warren und Earl.«

Immer noch unter Schock stehend, verteilten die Kinder wie zwei Schlafwandler Pizza, Servietten, Teller und Biergläser auf dem Tisch. Lucas stand hilflos daneben und empfand außer Demütigung und Wut noch nutzlose Emotionen. Was sollte er tun, die Männer auffordern, sein Haus zu verlassen? Nein, dafür war es bereits zu spät. Viel zu spät. Und er hatte nicht die geringste Ahnung, wie es soweit kommen konnte oder warum das passiert war.

Wenn er doch nur irgendwie an seine Waffe käme, dachte er. Oder irgend etwas tun könnte, um Davidsons Aufmerksamkeit zu erregen. Denn ihre größten Hoffnungen lagen nun auf dem Detektiv, der in diesem Augenblick draußen vor der Tür war und das Haus beobachtete. Daß die Männer so ohne weiteres an ihm vorbeigekommen waren, war verständlich – schließlich hatte Lucas, dumm, wie er war, Simon selbst als einen der Guten in diesem Spiel eingeführt.

Simon warf Lucas einen schrägen Blick zu. »Ich will dich ja nicht in deinen Gedankengängen unterbrechen – ich sehe dir deutlich an, daß du versuchst, einen Ausweg zu finden –, aber du kannst es dir sparen, dir unnötig den Kopf zu zerbrechen. Also, für den Fall, daß dein Revolver in deinen Überlegungen eine Rolle spielen sollte«, meinte er mit Blick auf die Schlafzimmertür, »dann laß dir gesagt sein, daß er nicht mehr geladen ist. Ich habe die Munition schon vor Tagen herausgenommen. Ich denke, Cat hatte wirklich recht. Du könntest ja jemanden verletzen, wenn du mit einer Waffe herumfuchtelst.«

Lucas hätte alles darum gegeben, sich auf den Jungen zu stürzen, ihm seine Finger um den Hals zu legen und so lange zuzudrücken, bis sich seine Arroganz in Luft auflöste, aber das war leider alles andere als realistisch. Statt dessen holte er tief Luft, um seine Wut zu unterdrücken, und fragte dann in der neutralsten Stimme, die ihm zur Verfügung stand: »Worum geht es hier eigentlich, Simon? Vielleicht können wir miteinander reden. Wenn du mir sagen könntest –«

»Da gibt es nicht viel zu sagen. Mir gefällt es hier, ich möchte bleiben, und meine Freunde ebenfalls. Also, entspannen wir uns ganz einfach und genießen diesen Urlaub, ohne ein großes Theater zu veranstalten. Zum Glück für uns alle haben wir den größten Teil des Sommers noch vor uns.« So unversehens mit diesen Aussichten konfrontiert, fing Cat am ganzen Körper zu zittern an.

»Bitte, Simon, laß mich für Cat etwas holen«, bat Lucas. Hatte er die Frage im richtigen Tonfall und unterwürfig genug gestellt? Offensichtlich ja, denn Simon wandte sich an Earl, den Dunkelhaarigen mit Bart, der gerade eine Scheibe Pizza in den Mund stecken wollte, und deutete Richtung Schlafzimmer. »Da drin auf dem Nachttisch steht ein Fläschchen mit Tabletten. Elavil. Hol die doch mal her.« Earl ließ die Pizza auf seinen Teller sinken und verschwand, um die Tabletten zu holen. Simon schaute Lucas herausfordernd an. »Siehst du, Lucas, ist doch alles in Ordnung. Es gibt nichts, worüber du dir Sorgen machen müßtest.«

Er hatte hier ganz eindeutig das Sagen. Er war der Boß. Seit zwei Wochen hatte Lucas befürchtet und angstvoll erwartet, daß die beiden anderen Kerle wieder auftauchen könnten, und dabei hatte er die ganze Zeit über Simon, ihren Anführer, vor der Nase gehabt. Seine Gedanken irrten ziellos durch seinen Kopf und setzten sich mal an dem einen, mal an dem anderen Detail fest: Da waren die anonymen Anrufe gewesen, die Autos, die nachts vor dem Haus geparkt hatten, der Bronco auf dem Parkplatz des Einkaufszentrums, die leere Snapple-Flasche, der Jogger, der Waschbär im Keller, die Geräusche, von Gegenständen erzeugt, die gegen die Schiebetüren prallten ... Alles nur inszeniert, um ihm Furcht einzujagen. Um Simon zum Helden zu stempeln.

Sein Blick bohrte sich in die Gesichter der Männer. Er dachte, wenn er sie nur lange genug betrachtete, dann würde er vielleicht den einen oder anderen wiedererkennen. Einen verärgerten Angestellten vielleicht, jemanden, den er gefeuert oder vielleicht gar nicht erst eingestellt hatte? Jemanden, mit dem er geschäftlich zu tun gehabt hatte? Aber nichts regte sich in seiner Erinnerung; er war überzeugter denn je, daß er die Männer an dem Abend des Überfalls das erstemal gesehen hatte. Warum dann aber so ein ausgeklügeltes Komplott, um einen völlig Fremden hereinzulegen? Außerdem, was konnte Simon von ihm wollen, das er ihm nicht auch freiwillig gegeben hätte?

Lucas hatte darauf bestanden, daß sie zwei Tabletten nahm. Wunder bewirkte das Medikament zwar nicht, aber es legte immerhin genügend Abstand zwischen Cat und ihre Angst, genug, damit ihre Muskeln sich entspannten und ihr Verstand wieder funktionierte – wenngleich auch nicht in vollem Umfang. Was schließlich so aussah, daß sie jede unbeantwortete Frage endlos in ihrem Kopf hin und her wälzte und ihr hinterherdachte, ohne sie auch nur ein einziges Mal richtig zu fassen zu bekommen.

Ruhig sah sie zu, wie Simon die Autoschlüssel an sich nahm – ihre aus ihrer Handtasche, während Lucas seinen Schlüsselring aus seiner Hosentasche holte und ihn Simon gab.

War sie verantwortlich dafür, diesen Prozeß beschleunigt zu haben, weil sie darauf bestanden hatte, daß Simon ging? Hätte sie nicht so gedrängt, hätte es ihm dann vielleicht genügt, einfach so weiterzumachen wie bisher? Am Ende des Sommers wäre er dann wieder verschwunden, keiner wäre schlauer als zuvor gewesen, und er hätte seine Mission beendet.

Aber was war das für eine Mission?

Es mußte einige Zeit vergangen sein, denn ehe sie sich versah, konnte sie kaum mehr ihre Augen offenhalten, und Lucas brachte sie – offensichtlich mit Erlaubnis ihrer Kerkermeister – ins Bett. Der kleinere der beiden Männer, der mit dem Bart, streckte die Hand aus und tätschelte ihren Hintern, als sie an ihm vorbeikam, aber Lucas bemerkte es nicht. Und sie versuchte so zu tun, als ob nichts passiert wäre.

Der große Dicke stand an der Tür zum Schlafzimmer: neugierig grinsend, sie nicht aus den Augen lassend, sie belauschend. Schwer zu sagen, was er genau tat. Lucas half ihr, sich hinzulegen; keine Ahnung, warum er sie schon so früh ins Bett steckte. »Was ist mit den Kindern?« wollte sie wissen.

»Mach dir um sie keine Sorgen, Cat«, sagte er. »Ich bin ja da.« Sie fragte sich, was das wohl helfen sollte, was jetzt überhaupt noch helfen konnte. Aber das sagte sie nicht zu Lucas. Sie ließ ihn gewähren, als er die Decke über den unteren Teil des Bettes breitete; ihr war nicht kalt, und sie hatte Angst, einzuschlafen. Wenn sie einschlief, was hatte sie dann für eine Gewißheit, daß Lucas und die Kinder noch da wären, wenn sie wieder aufwachte?

Lucas mußte gespürt haben, was ihr durch den Kopf ging, denn er beugte sich über sie und flüsterte ihr ins Ohr: »Es ist ganz wichtig, daß du jetzt schläfst, Cat. Ich werde mir etwas einfallen lassen, um uns hier rauszuholen. Du mußt nur fest daran glauben.«

Sie nickte zustimmend. Er versuchte doch nur, ihre Stimmung zu heben, und auch wenn sie kein Wort von dem glaubte, was er sagte, mußte sie wenigstens so tun. Zum Glück hatte sie darin eine gewisse Begabung.

»He, Mann, was erzählst du ihr da?« blaffte der Dicke Lucas an und kam drohend auf sie zu; mit Schaudern fiel Cat wieder ein, welche Angst sie das letztemal vor ihm gehabt hatte. Sie vermutete, daß sie auch jetzt Angst hatte, aber das war eher eine Sache des Wissens als des Fühlens, denn ihr

Körper war viel zu betäubt, um Empfindungen irgendwelcher Art zu haben. Lucas breitete die baumwollene Steppdecke über sie, und der Dicke, der jetzt neben ihnen stand, streckte die Hand aus und fing an, die Decke wegzuziehen.
»He, du Wichser, was ist mit ihren Klamotten?« blaffte er. Was hatte er an der Kleidung, die sie trug, nur auszusetzen? Oder vielleicht gefiel es ihm nicht, daß sie überhaupt etwas anhatte? Lucas gefiel es eindeutig gar nicht, daß er versuchte, ihr die Decke wegzuziehen, und er zeigte ihm das auch, indem er grob seine Hand wegschob. Das war wahrscheinlich genau der Vorwand, auf den Warren gewartet hatte. Der Dicke ging auf Lucas los und drängte ihn mit seinem fetten, schwitzenden Körper blitzschnell an die Wand.
Lucas holte aus, streifte ihn aber nur am Kinn, so daß Warren seinen Arm zu packen bekam und ihn auf den Rücken drehte. Dann schlang er seinen anderen bulligen Arm um Lucas' Hals und drückte zu. Obwohl langsam Panik durch die Ritzen ihrer Mauer aus schweren Beruhigungsmitteln drang, gab Cat keinen Laut von sich. Doch die Kampfgeräusche lockten Simon herbei, der auch sofort einschritt. Wieder einmal eilte er ihnen zu Hilfe. Was für ein Glück, daß sie Simon hatten. Am liebsten hätte Cat gelacht, geweint, geschrien, aber kein Gefühl ging tief genug, um sie wirklich zu berühren.
Wütend und mit einem finsteren Gesicht verließ Warren das Zimmer. Statt dessen kam nun Simon herein und riß die Telefondrähte aus der Wand. Tja, dann würde sie eben heute keinen lieben Menschen mehr anrufen können, dachte sie in Anspielung auf einen albernen Werbespot für eine Telefongesellschaft.
»Mach dir seinetwegen keine Sorgen«, sagte Simon und legte

Lucas tröstend eine Hand auf die Schulter. »Warren wollte euch nichts Böses tun. Er ist nur nicht daran gewöhnt, in einem normalen Haus mit normalen Menschen zu leben. Wir werden uns im Lauf der Zeit schon aneinander gewöhnen und eben lernen müssen, uns an die Regeln zu halten. Aber das schaffen wir schon.«
Er deutete Lucas an, ihm aus dem Zimmer zu folgen, ehe er fortfuhr: »Wer weiß, vielleicht ist die gute Cat morgen ja so lieb und schlüpft in dieses durchsichtige kleine Etwas, das ich ihr neulich gekauft habe. Weißt du, Lucas, ich möchte nicht, daß du denkst, ich hätte sie auf dem Boot zu irgend etwas gezwungen. Oder daß ich deiner Gattin auch nur im geringsten Gewalt antun würde. Ich meine, ich habe mich strikt an die Spielregeln gehalten. Wenn du es mir nicht glaubst, dann frag sie.«
Die Tür schloß sich hinter ihnen, und das Licht ging aus.
Natürlich hatte er es eilig gehabt, Lucas aus Warrens Klauen zu befreien – nur damit er ihm in aller Seelenruhe selbst eins überbraten konnte. Simon bediente sich munter all der Waffen, die sie und Lucas ihm dummerweise in die Hand gedrückt hatten. Der schwarze Peter lag also bei ihr: Sie hatte die Botschaft durchaus richtig interpretiert, nur nicht, von wem sie stammte.

* * *

Lucas war erleichtert, Cat wenigstens für eine Zeit in Sicherheit zu wissen, weg von der Bildfläche. Er wollte sich nur ungern vorstellen, was wohl passiert wäre, wenn Simon nicht dazwischengetreten wäre und Warren gebremst hätte – was ihm zu Lucas' großer Überraschung tatsächlich auch gelungen war. Von Dankbarkeit wollte er lieber nicht reden, auch wenn dieses Gefühl dem Jungen gegenüber durchaus vorhanden war. Es war nicht zu übersehen, daß sich ohne Simons Zustimmung nicht viel abspielte zwischen den dreien. Aber was wäre beim nächsten Mal? Und ein nächstes Mal würde es mit Sicherheit geben, wenn sie es nicht bald schafften, sich aus dieser Falle zu befreien. Würde Simon dann auch wieder einschreiten, oder wäre dann er derjenige, der sich die Freiheiten herausnähme?

Lucas mußte so rasch wie möglich dahinterkommen, welche Regeln Simon vorhin gemeint hatte, obwohl er sich vorstellen konnte, wie sie aussahen. Doch fürs erste wäre er bereits dankbar, wenn er wenigstens die Kinder sicher in ihren Betten unterbringen könnte. Und ihren müden und bleichen Gesichtern nach zu schließen, hätten sie jede Gelegenheit, sich in ihre Zimmer zurückzuziehen, bestimmt mit Freuden ergriffen. Aber Simon hatte andere Pläne.

»Will jemand ein Spiel spielen?« fragte er reihum.

»Klar«, erwiderte Earl und holte aus seiner Tasche einen Beutel heraus, in dem sich ein weißes Pulver befand. Lucas hatte so etwas zuvor zwar noch nie gesehen, vermutete aber, daß es sich um Kokain handelte.

»Würdest du meinem Freund vielleicht einen Spiegel holen?« sagte Simon zu Zack. Der Junge sah ihn an, als hätte er ihn nicht richtig verstanden! »He, *kemosabe,* du weißt doch, was ein Spiegel ist?«

»Ja, klar . . .«

»Okay, dann hol bitte einen.«

Als Zack mit einem Spiegel in der Hand wieder aus dem Bad kam und ihn Earl gab, versuchte Lucas, an Simons Vernunft zu appellieren. »Weißt du, Simon, es ist schon ziemlich spät. Die Kinder haben einen anstrengenden Tag

hinter sich. Vielleicht solltest du sie nach oben gehen lassen.«
»Hat er dir vielleicht gesagt, du sollst denken, Wichser?« blaffte Warren.
»Ich habe mit Simon gesprochen.«
»Tut mir leid, Lucas, aber da werde ich dich enttäuschen müssen. Später vielleicht«, erwiderte Simon, ohne ihn dabei anzusehen. Warren grinste hämisch, als stellte Lucas' Niederlage einen Sieg für ihn dar. Earl schüttete etwas von dem Pulver auf den Spiegel, holte eine Rasierklinge aus der Brusttasche seines Hemdes und unterteilte das Pulver in dünne Linien.
»Gibt's hier Strohhalme?« wollte Earl von Simon wissen.
»Hier, bedien dich«, erwiderte dieser, holte eine frische Banknote aus seiner Tasche und warf sie ihm zu. Earl rollte den Geldschein zusammen, hielt ein Ende an das Kokain, das andere an seine Nase und atmete den Stoff ein.
Simon sah Haley fragend an. »Willst du was davon probieren?«
»Verdammt noch mal, das geht zu weit!« rief Lucas in der unsinnigen Hoffnung, Simon würde erkennen, wie gefährlich es war, einem Kind derartigen Mist anzubieten. Aber in dem Punkt war der Junge eindeutig nicht seiner Ansicht.
Simon schwang tadelnd einen Finger Richtung Lucas. »Aber hallo, das lassen wir lieber. Du wirst deine Tochter noch völlig verwirren, wenn sie von allen Seiten was anderes hört. Ich bin der Boß hier, nicht du. Also versuch nicht, ihr irgendwelche Flausen in den Kopf zu setzen.« Dann wandte er seine Aufmerksamkeit wieder Haley zu und fragte sie erneut. Aber sie schüttelte den Kopf.
»Das ist erstklassiger Stoff. An deiner Stelle würde ich nicht –«

Noch ehe er den Satz zu Ende sprechen konnte, schlug Haley beide Hände vor den Mund, sprang auf und rannte ins Badezimmer.

»Laß mich zu ihr«, bat Lucas.

»Wegen dir ist ihr doch schlecht geworden«, sagte Earl.

Es war Simon, der schließlich zu ihr ging, nachdem sie sich übergeben hatte, und sie wieder in den Wohnraum zurückführte; dabei hatte er den Arm um sie gelegt, während sie sich an ihn lehnte. Simon drückte sie auf einen Stuhl am Eßzimmertisch und verkündete: »So, jetzt werden wir etwas spielen. Warren, geh und hol die Schachtel mit Risiko.« Dabei deutete Simon auf den Spieleschrank; Warren zog zwar ein Gesicht, daß er als Laufbursche herhalten sollte, gehorchte aber dem Befehl.

Simon schnupfte eine Linie Kokain, und als Warren mit dem Spiel zurückkam, zog er zwei Linien hoch. Und dann fingen sie zu spielen an – alle, mit Ausnahme von Lucas. Die Kinder verhielten sich weiterhin recht zurückhaltend, aber Simon und seine Freunde wurden zusehends lauter und grölten schließlich aus vollem Hals, während sie die verschiedenen Länder auf dem Spielbrett bombardierten. Als Simon wieder einmal an der Reihe war, stand Lucas – so unauffällig, wie es ihm in seinem Zustand nur möglich war – auf und ging Richtung Küche.

»Wo willst du hin?« fragte Simon, ohne vom Brett aufzusehen.

»Ich hole mir nur etwas zu essen.«

»Klar, damit habe ich kein Problem, Lucas. Aber das nächste Mal fragst du vorher. Okay? Damit ich weiß, was du vorhast.«

»Habt ihr vielleicht ein paar Kekse hier?« erkundigte sich Warren.

»Ich werde mal nachschauen, ob welche da sind«, antwortete Lucas und zog die Küchenschublade heraus, in der sie normalerweise Dinge wie Kerzen und Taschenlampen aufbewahrten. Er nahm die Taschenlampe in die Hand. Da eine der Schranktüren offenstand und ihn vor den Spielern im Eßzimmer verbarg, schaltete er die Lampe ein und schickte mit ihr Signale durch das Küchenfenster in die Nacht hinaus. An und wieder aus – Bruchstücke des Morsealphabets, an das er sich nur noch vage aus seiner Kindheit erinnern konnte. Vielleicht schickte er ja die falschen Signale in die Dunkelheit, aber sie würden hoffentlich genügen, um Davidson mißtrauisch zu machen.

»Was dauert denn da so lange, verdammter Mist?« schimpfte Warren, als Lucas gerade erst dreißig Sekunden lang seine Signale gesendet hatte. Schnell schaltete er deshalb die Taschenlampe wieder aus und legte sie auf das oberste Fach im Küchenschrank. Dann holte er eine Packung Kekse heraus und brachte sie an den Tisch.

In dieser zweiten Nacht seiner Überwachung in Kelsy Point hatte Roger Davidson seine Schicht so gegen acht Uhr angetreten, kurz bevor es dunkel wurde. Er hatte gesehen, wie Simon in seinem Bus davongefahren war, und während er weg war, war Davidson zum Strand hinuntergegangen und hatte sich dort umgesehen. Die Veranda war erleuchtet, ebenso der Landesteg.

Es war eine reine Vorsichtsmaßnahme, denn eigentlich glaubte Davidson nicht, daß diese Burschen zu Fuß oder gar mit dem Boot kämen. Nein, diese Art von dummen Schlägern, die ihren Spaß daran hatten, Autos zu überfallen und Leute zu vermöbeln, die handelte immer nur nach Lust und

Laune. Da gab es keine raffinierten oder gut durchdachten Pläne. Und weil diese Typen auch nie sehr phantasievoll waren, hielten sie sich meistens an das, was sie kannten: an Autos und an die Notwendigkeit eines schnellen, problemlosen Abgangs.

Keine eineinhalb Stunden später war Simon schon wieder zurück. Das hieß, daß er kein großer Nachtschwärmer war, was Davidson etwas verwunderte, wenn man bedachte, was für ein gutaussehender Junge er war. Hinter einem wie ihm müßten die Mädchen doch in Scharen her sein. Davidson trat einen Schritt aus der Deckung hinter der Sanddüne hervor, so daß er besser beobachten konnte, wie Simon aus dem Bus stieg und anschließend von der Dunkelheit des Strandes verschluckt wurde.

Als Davidson so gegen halb zwölf nun sah, wie sich in den Scheiben des Busses die Lichtsignale einer Taschenlampe widerspiegelten, wußte er nicht so recht, was er davon halten sollte. Sie schienen aus dem Küchenfenster zu kommen, aber bisher war kein Mensch vorbeigekommen oder hatte vor dem Haus angehalten. Und außerdem war draußen am Strand noch der Junge, der von der anderen Seite her alles im Auge hatte. Es schien sich jedoch um eine Art Signal zu handeln, dem er besser nachgehen sollte.

Vorsichtig, da er keinerlei Aufmerksamkeit auf sich ziehen wollte, ging er Richtung Haus. Er schaute sich mehrmals dabei um, lauschte, erst Richtung Straßenseite, dann Richtung Strand. Simon konnte er zwar nirgends sehen, aber alles schien einen ruhigen Eindruck zu machen; keine Fremden waren in Sicht, und auch keine unbekannten Boote, nur die, die an den Steg gehörten. Schließlich holte er sich einen Stein, gerade so schwer, daß er ihn noch heben konnte, und

schob ihn unter das Küchenfenster. Als er auf dem Stein stand, war er gerade groß genug, um einen Blick durch die durchsichtigen Vorhänge werfen zu können.
Er sah Simon, der eben würfelte, und das Mädchen, das er von der Fotografie wiedererkannte. Die restlichen Spieler konnte er nicht gut erkennen, aber er nahm an, daß es sich dabei um Lucas, vielleicht auch dessen Frau und seinen Sohn handelte. Die Familie saß zusammen vor einem Brettspiel. Dann war es also kein Signal gewesen, das er gesehen hatte, sondern nur eine Spielerei der Kinder, die aus Spaß mit der Taschenlampe herumgeleuchtet hatten. Der kleine Junge wahrscheinlich.
Sein Magen, der sich, wie so oft in Momenten der Anspannung, ein wenig verkrampft hatte, entspannte sich wieder. Er stieg von dem Stein herunter, brachte ihn dorthin zurück, wo er ihn her hatte, ging wieder zum Haus, stieg die Treppe zur Küchentür hoch und klopfte.
Trotzdem würde er mit Lucas Marshall darüber reden müssen. Daß ihm auch noch ständig ein Kind in die Quere kam, während er versuchte, seine Arbeit zu erledigen, das konnte er beim besten Willen nicht gebrauchen.

Wie sich herausstellte, hatte Simon von allen die schnellsten Reflexe. Kaum hatte er das Klopfen an der Küchentür gehört, da hatte er auch schon sein Messer unter seinem Hosenbein herausgezogen. Er hielt es Haley an den Hals und zerrte sie aus ihrem Stuhl hoch und auf die Füße.
»Siehst du das, Lucas?« sagte er gelassen und drückte die Spitze des Messers ein Stück weiter in ihre Haut. »Ich will ihr nicht weh tun, also zwing mich nicht dazu. Okay?« Haley stand stocksteif neben ihm und schluckte schwer, während

ein leises, flaches Stöhnen ihrem Mund entwich. Zack betrachtete die Szene mit angsterfüllten Augen, die hektisch von seiner Schwester zu seinem Vater und zu Simon wanderten.
Lucas nickte. Natürlich, er verstand nur zu gut. Simon deutete auf seine Freunde, die ebenfalls aufgestanden und bereit zum Eingreifen waren: Earl hatte eine Waffe in der Hand, Warren das Messer mit dem schwarzen Griff, an das Lucas sich noch von jenem ersten Abend erinnern konnte. Während sie mit vor Aufregung und Vorfreude glänzenden Augen darauf warteten, weitere Anweisungen von ihrem Anführer zu erhalten, schien jeder drogenbedingte Überschwang von ihnen abgefallen zu sein.
»Ich sollte vielleicht an die Tür gehen –«, begann Lucas vorsichtig, aber Warren brachte ihn schnell zum Schweigen und befahl ihm, sich ins andere Ende des Zimmers und außer Sichtweite zurückzuziehen. Warum mußte Davidson überhaupt hier hoch marschiert kommen und an die Tür klopfen? fragte Lucas sich. War es vielleicht außer Mode gekommen, sich von hinten an den Feind anzuschleichen und ihn zu überraschen? Oder hatte Lucas einfach nur zu viele Spionageromane gelesen?
Simon vertraute nun Earl die Aufsicht über Haley an. »Halt ihr die Waffe an den Kopf«, wies er ihn an, »aber wehe, du krümmst ihr auch nur ein Haar, es sei denn, ich sage es dir. Hast du das kapiert?« Earl nickte und führte Haley zu den Schiebetüren, die auf die Veranda hinausgingen. Mit einem Blick zu Warren sagte Simon: »Das hier übernehmen wir beide. In Ordnung, Mann? Ich lasse ihn herein, du bleibst da hinten stehen und hältst dich bereit.« Simon deutete auf die Kommode mit dem Aufsatz, hinter der Warren für keinen, der ins Haus kam, zu sehen war.

Lucas hatte immer noch Haleys Stöhnen im Ohr, als er angstvoll zu Earl hinüberspähte, der sie jetzt festhielt. Earls Augen und die seinen trafen sich: wild und herausfordernd, doch endlich etwas zu tun oder zu sagen, starrte dieser ihn an. Lucas konnte sich noch bestens an den Blick aus diesen Augen erinnern. Trotz Simons strenger Warnung würde es Earl bestimmt kaum Überwindung kosten, seine Waffe abzudrücken.

Lucas hörte, wie Simon Davidson begrüßte, und verspürte ein merkwürdig prickelndes Gefühl, als sich dabei die feinen Härchen in seinem Nacken aufstellten. Eine Art düsterer Vorahnung schien zusammen mit der lauen Nachtluft ins Haus zu wehen. Er wollte laut losschreien, Davidson vor dem warnen, was auf ihn zukam, aber natürlich tat er es nicht. Und Simon rechnete damit, daß er es nicht tun würde. Davidson fragte, ob er mit Lucas sprechen könne.

»Klar, kommen Sie doch herein. Wir spielen gerade Risiko. Vielleicht möchten Sie ja mitmachen?« sagte Simon.

»Ich glaube nicht. Aber ich wollte Sie nicht unterbrechen«, erwiderte Davidson. Plötzlich verlor sich seine Stimme, und Lucas hörte, wie die Schritte in der Küche abbrachen. »Hören Sie«, fuhr Davidson fort, »ich warte am besten hier auf ihn. Seien Sie doch so nett und sagen Sie Lucas, daß ich mit ihm sprechen möchte.«

»Sicher, wie Sie möchten. Und Sie haben uns auch nicht unterbrochen. Aber einen weiteren Mitspieler könnten wir wirklich gebrauchen. Vielleicht kann Lucas Sie ja überreden –« In diesem Moment sprang Warren, der sich nicht länger kontrollieren konnte, aus seinem Versteck hervor. Mit einem Arm hob er den Detektiv fast vom Boden hoch und schleifte ihn aus der Küche hinüber in den großen Wohnraum.

Davidson fing an, auf Warren einzuschlagen, aber seine wilden Fausthiebe erreichten nichts weiter, als daß Warren noch gereizter wurde und sie einfach wegwischte wie das lästige Gefuchtel eines kleinen Kindes. Wie ein Wahnsinniger prügelte er schließlich auf Davidson ein und rang ihn nieder, wobei er den Blumentopf aus Keramik mit dem Pflanzenarrangement umwarf, das er selbst Lucas geschickt hatte. Es fiel krachend zu Boden und zerbrach. Schließlich hockte sich Warren mit seinem ganzen Gewicht breitbeinig auf Davidsons Brust, packte den Kopf des Mannes mit seinen Pranken und schmetterte ihn mehrmals auf den harten Boden. Bereits beim zweitenmal verlor Davidson das Bewußtsein.

Lucas, entsetzt und abgestoßen von dieser Brutalität, aber auch erleichtert, daß es vorbei war, holte tief Luft. Wenigstens war der Mann noch am Leben. Aber er hatte sich zu früh gefreut. Grinsend wie ein Schimpanse und ohne Vorwarnung packte Warren Davidsons Kopf mit beiden Händen und drehte ihn mit einem scharfen, kräftigen Ruck fest in eine Richtung. Lucas konnte hören, wie ein Knochen knackte.

Er stieß ein lautes Keuchen aus, während bittere Magensäure in seine Kehle hochstieg; irgendwie gelang es ihm, sie wieder hinunterzuschlucken. Schnell schaute er zu den Kindern hinüber – beide hatten fest die Augen zusammengekniffen, aus Furcht, diese Grausamkeit ansehen zu müssen. War es Angst gewesen, was Lucas bis zu diesem Zeitpunkt verspürt hatte, so wurde er nun von einem Gefühl nackter Panik ergriffen. Er hatte zwar zwei Jahre Dienst in der Army hinter sich, war aber immer in den Vereinigten Staaten stationiert gewesen und hatte nie an irgendwelchen Kampfhandlungen teilgenommen. In seiner Jugend war er natürlich an der einen oder anderen Rauferei beteiligt gewesen, hatte aber nie mit eigenen Augen gesehen, wie ein Mensch getötet wurde. Nicht bis zu diesem Moment.

»Hab ich dir vielleicht gesagt, daß du ihn umbringen sollst, du Arschloch?« brüllte Simon Warren an.

»Na ja, du hast auch nicht gesagt, daß ich es nicht tun soll.«

»Was muß ich denn für dich noch alles tun? Soll ich dir vielleicht das nächste Mal einen Plan zeichnen und dich vorher noch mal abfragen?«

Hatte Simon an jenem Abend im Wald von Chatfield Hollow Warren und Earl auch genaue Instruktionen gegeben? Bestimmt. Denn wenn nicht, dann wären er, Cat und die Kinder höchstwahrscheinlich jetzt auch tot. Aber Simon hatte aus Gründen, die Lucas bis jetzt noch nicht durchschaute, gewollt, daß sie am Leben blieben – zumindest für eine Weile. Aber warum? Damit er sich als ihr Retter aufspielen konnte?

Der Überfall auf den Wagen war von Anfang an geplant gewesen. Simon hatte gewußt, daß sie diese Straße entlangkommen würden, er hatte ihn und seine Familie mit Vorsatz ausgesucht. Ein eisiger Schauer überzog Lucas' Schultern, als seine Gedanken zu Winnie wanderten. Er hatte nicht die geringste Ahnung, warum sie sie umgebracht haben könnten, aber getan hatten sie es. Simon war an diesem Abend aber im Strandhaus gewesen, was bedeutete, daß die eigentliche Tat von Warren und Earl ausgeführt worden war.

Das war an dem Abend gewesen, an dem Cat entdeckt hatte, daß bei dem Telefon in der Küche die Klingel abgestellt gewesen war. Ein Zufall? Lucas fiel wieder ein, wie schnell Simon aufgestanden und im Haus herumgelaufen war, um die anderen Apparate zu überprüfen. Wieso? Damit Lucas nicht aufstand und selbst nachsah. Denn hätte er das getan, hätte er vielleicht entdeckt, daß bei allen anderen Apparaten die Klingel auch abgestellt war.

Er sah zu Simon hinüber, deutete auf seine Tochter und sagte mit zitternder Stimme: »Sag ihm, daß er Haley loslassen soll. Bitte.«

»Nimm die Waffe runter und bring sie an den Tisch zurück«, befahl Simon. Dann wandte er seine Aufmerksamkeit wieder Warren und dem Toten zu, mit dem er nicht gerechnet hatte.

»Und was soll ich jetzt mit ihm machen?« fragte Warren, dessen schaurige Begeisterung mit Simons Vorwürfen abrupt ein Ende gefunden hatte.

Simon bückte sich und suchte Davidsons Leiche nach einer Waffe ab. Als er keine fand, nahm er einen Schlüssel von seinem Schlüsselbund und gab ihn Warren. »Bring ihn einstweilen hinunter in den Werkzeugkeller. Sperr ihn zu Rex.« Er drehte sich zu Zack um und meinte: »He, *kemosabe,* was sagst du nun? Willst du den alten Rex mal sehen?«

Lucas hatte keine Ahnung, wer Rex war, und falls Zack es wußte, war er jedenfalls noch zu benommen von den schokkierenden Ereignissen, die gerade stattgefunden hatten, als daß er sich in irgendeiner Weise dafür interessiert hätte. Was Lucas jedoch überraschte, war der Schlüssel. Bisher war an der Tür zum Werkzeugraum kein Schloß gewesen. Offensichtlich hatte sich hinter seinem Rücken mehr abgespielt, als er mitbekommen hatte.

»Kein Angst, Zack, er steht nicht auf Menschenfleisch, das schmeckt ihm nicht.« Simon warf Warren einen auffordernden Blick zu. »Nimm den Jungen mit runter. Dann hat er was zu tun.« Simon deutete auf die Erde, die Kieselsteine und

die Scherben auf dem Teppich. »Dann komm wieder her und mach den Saustall weg.«
Earl gab er die Anweisung, alle Telefone abzustellen. Das Handy von der Veranda sollte immer derjenige am Gürtel tragen, der gerade Wache schob.
Während Zack Warren in den Keller hinunter folgte, trat Simon zu Haley und legte einen Arm um sie. »Hör mal, ich werde dir helfen. Okay?« Sie schaute ihn nickend an. »Du hörst dir jetzt brav an, was ich dir sage, und dann geht es dir bald wieder besser.« Er nahm das Kokain vom Tisch und legte ihr eine Linie vor. Dann rollte er einen neuen Geldschein zusammen und hielt ihn ihr an die Nase. »Und jetzt zieh das hoch. Es ist ganz leicht, leichter als Gras. Und es ist viel besser – warte nur ab, du wirst schon sehen.«
Ohnmächtig, sie davon abzuhalten, stand Lucas da und mußte mit ansehen, wie seine dreizehnjährige Tochter Kokain schnupfte. Dabei ging ihm immer wieder ein Satz durch den Kopf: *Wo bin ich die ganze Zeit über nur gewesen?* Simon hatte mit seinen Kindern gespielt und sie manipuliert, hatte Haley Marihuana gegeben. Wer weiß, was sonst noch alles? Und Zack, was hatte er mit Zack getan?
Die vielen Male, die er Haley schlafend am Strand gesehen hatte. Waren ihre Augen blutunterlaufen gewesen? Und ihr sonstiges Verhalten? All die verdammten Anzeichen, die alle Eltern so gut kannten, er hatte sie einfach übersehen.
Tja, Lucas, da seid ihr nun. Ihr seid Gefangene von drei Verrückten, von drei wahnsinnigen Monstern. Ihr hockt in dieser Falle, die mit Sicherheit aberwitziger ist als jede noch so entsetzliche Vorstellung von der Hölle, die du jemals gehabt haben mochtest. Dein Privatdetektiv ist tot und nicht mehr in der Lage, dich und deine Familie aus diesem Alptraum zu befreien. Und was nun?

18

Man stirbt nicht daran, daß man Angst hat. Diese bedeutsame Lektion lernte Zack bereits in der ersten halben Stunde, die Warren und Earl im Haus waren. Und der Beweis lag auf der Hand: Obwohl er noch nie im Leben solche Angst gehabt hatte, war er immer noch am Leben, lief, sprach und atmete, während er Warren in den Keller hinunter folgte, um sich Simons Schlange anzusehen. Die, über die Simon ihn angelogen hatte; die, die er angeblich getötet hatte, bevor er von zu Hause fortgegangen war.

Plötzlich und ohne jede Vorwarnung war im Leben des Jungen alles auf den Kopf gestellt worden. Simon war nicht derjenige, der er vorgab zu sein und für den Zack ihn hielt. Er war ein anderer, jemand, den Zack nicht kannte. Ein böser Mensch, der sich nicht im geringsten darüber aufzuregen schien, daß sein Freund gerade eben einem Menschen den Hals umgedreht hatte.

Simon war ein guter Schauspieler; er hatte ihn ganz schön an der Nase herumgeführt. In diesem ganzen Auf und Ab war für Zack nur eine Konstante zu erkennen: daß Simon immer noch das Sagen hatte.

Warren hatte sich den Körper des toten Mannes über die Schulter geworfen und nach unten getragen. Als er jetzt vor dem Werkzeugraum stand, holte er den Schlüssel heraus, den Simon ihm gegeben hatte, und Zack fiel zum erstenmal das Schloß auf, das Simon offenbar dort angebracht hatte. Warren öffnete die Tür und stieß sie auf. Auf der Schwelle blieb

er zögernd stehen und schaute sich suchend um, als wüßte er nicht genau, ob er hineinwollte oder nicht.
»Ich dachte, Simon hat gesagt, Rex tut nichts«, meinte Zack.
»Tja, laut Simon frißt die Schlange ja nur Ratten. Ich mag nur dieses schleimige Viehzeug nicht in meiner Nähe haben.«
Schlangen waren überhaupt nicht schleimig, aber Zack sparte sich die Mühe, ihn darauf hinzuweisen. Zack hörte das scharfe Zischen bereits, noch ehe er die riesige Wühlnatter sah, die sich um Daddys Sägebock gewickelt hatte und in ihre Richtung starrte.
»Donnerwetter, was für ein Kaliber«, fluchte Warren und zuckte zurück.
Die Schlange war blaßbraun, mit mehreren Reihen rotbrauner Rechtecke seitlich und auf dem Rücken.
Warren machte einen vorsichtigen Schritt in den Raum hinein; auf dem Regal neben der Tür stand ein Käfig voller Ratten. Zack hatte diesen Käfig vor einigen Wochen in Simons Bus gesehen, aber damals war er leer gewesen. Warren öffnete die Drahttür, biß sich angeekelt auf die Unterlippe, packte eine Ratte am Schwanz und warf sie Rex zu. Die Ratte landete mit einem dumpfen Geräusch und einem schrillen Quieken auf dem Zementboden und raste davon, verfolgt von Rex.
In der Zwischenzeit ließ Warren die Leiche des Mannes zu Boden gleiten und zog sich wieder zur Tür zurück. »Okay, Junge«, sagte er, »ich glaube, du hast genug gesehen, packen wir's.«
Zack starrte wie hypnotisiert auf dieses Ungeheuer in Menschengestalt und dachte, wie seltsam es doch war, daß dieser Mann noch vor wenigen Minuten problemlos einen Men-

schen umgebracht hatte. Aber jetzt wand er sich unbehaglich und schwitzte und war rot im Gesicht. Und alles nur wegen einer harmlosen Schlange.

Es dauerte ein paar Augenblicke, ehe die dunklen Erinnerungen an die Nacht wieder zurückkamen; Cat schlug die Augen auf, als die Sonne durch das Fenster ins Zimmer strömte, sie aus ihrer Ruhe hochschreckte und sich über das Böse mokierte, das genau in diesem Augenblick in ihrem Haus geschah. Cat drehte sich um und setzte sich auf – Lucas lag nicht neben ihr im Bett. Sie stand auf, rannte zur Tür und öffnete sie.

Lucas hatte auf dem Sofa geschlafen, aber das Geräusch der Tür weckte ihn schlagartig, und er richtete sich auf. Earl, der draußen auf der Veranda gestanden hatte, griff nach seinem Halfter, aber als er sah, daß nur sie es war, ließ er die Waffe an ihrem Platz. Cat ging schnell zu Lucas. »Wo sind die Kinder?« fragte sie.

»Oben. In ihre Schlafzimmer eingesperrt.« Lucas warf Earl einen raschen Blick zu und sagte dann leise zu Cat: »Sie wechseln sich ständig ab, einer ist immer wach und paßt auf.«

»Was sollen wir jetzt tun?«

»Ich weiß es nicht, Schatz. Gib mir noch etwas Zeit, bis ich dahinterkomme, nach welchen Regeln das Spiel hier läuft. Dann –« Er hielt inne, legte zärtlich seine Hand an ihr Gesicht und holte tief Luft. »Ich werde dabei deine Hilfe brauchen, Cat.«

Das hatte natürlich zu bedeuten, daß sie einen klaren Kopf behalten mußte – also keine Tabletten mehr. Cat legte beide Arme um Lucas und lehnte ihren Kopf an seine Brust. Da tauchte Earl plötzlich hinter ihr auf und packte sie roh am Hals. Sie zuckte zusammen und warf angewidert den Kopf hin und her, um seine Hand abzuschütteln. Lucas zog sie an sich, Earl mit wütenden Blicken durchbohrend.

»Ich habe Hunger«, sagte der Gauner und nickte in Richtung Küche. »Geh und mach Frühstück.«

Cat stand auf und lief rasch in die Küche, damit er keinen weiteren Vorwand mehr hatte, sie noch einmal anzufassen. Sie würde ein üppiges Frühstück herzurichten haben. Schließlich hatten sie viele Gäste mit einem großen Appetit. Halte sie bei Laune und füttere sie gut, dann sind sie vielleicht nicht ganz so gemein zu uns, dachte sie und fragte sich, ob sie damit wohl recht haben könnte. Oder war diese Regel nur auf Tiere anwendbar?

Sie holte zwei Dutzend Eier aus dem Kühlschrank und eine Schachtel mit Pfannkuchenmischung. Während sie das Essen zubereitete, stand Earl hinter ihr und überwachte sie. Warren kam aus dem leerstehenden Schlafzimmer im ersten Stock herunter; er trug eine viel zu enge Jeans und ein viel zu kurzes T-Shirt, das seinen wabbeligen weißen Bauch enthüllte, der in den Hosenbund gezwängt war und darüber hinausquoll. Im selben Augenblick kam auch Simon aus dem Keller hoch, das Haar noch naß von der morgendlichen Dusche. Er schickte Warren los, die Kinder zu wecken.

»Und dann dusch dich«, rief er ihm noch nach. »Du stinkst wie ein Schwein.«

Genau das, was Cat dachte. War das nicht nett, daß sie sich wenigstens in diesem einen Punkt einig waren?

Jawohl, ein klarer Kopf und keine Tabletten. Außerdem müßte von jetzt an doch ohnehin alles viel einfacher werden, oder nicht? Man konnte ihr mit Sicherheit nicht noch mehr

Angst einjagen, als sie ohnehin schon hatte. Tja, und da stand sie nun in ihrer Küche und stellte ein üppiges Frühstück zusammen, als ob alles in bester Ordnung wäre.
Für eine Sekunde dachte sie an Winnie und fragte sich, ob sie sie wohl ermordet hatten; natürlich waren sie es gewesen, wer denn sonst. Aber die Vorstellung war so ungeheuerlich und so abwegig, daß ihr Kopf sich weigerte, lange darüber nachzudenken. Sie warf einen raschen Blick zu Lucas hinüber, der auf dem Sofa saß, alles mithörte, alles beobachtete und sich im Geist seine Notizen machte. Cat holte tief und bebend Luft, um die Tränen der Nervosität zurückzuhalten, die ihr jeden Moment zu entschlüpfen drohten.
Also würde sie ohne Tabletten oder Anfälle von Panik überleben müssen. Irgendwie mußte sie das schaffen.

Lucas beobachtete Simon aufmerksam und prüfend. Er mußte sich irgendwie in den Kopf des Jungen hineindenken und herausbekommen, worum es ihm eigentlich ging. Hätte ihn gestern jemand gefragt, ob er Simon Bower kenne, hätte er die Frage selbstverständlich bejaht. Und das wäre auch tatsächlich der Fall gewesen, hätte jedoch nur für jene Teile seines Charakters gegolten, die Simon Lucas hatte sehen lassen. Doch jetzt waren er und seine Familie davon abhängig, daß es ihm gelang, Simon in seiner Ganzheit zu erfassen.
Simon war intelligent, manipulativ, überzeugend, charmant, mit Sicherheit eine Führungspersönlichkeit. Er war konkurrenzbetont, ein begeisterter Spieler. Er war sauber und ordentlich. Lucas hatte das der Art entnehmen können, wie er seine Arbeit und auch sonst sein Leben organisierte. Sogar das Innere seines Busses war blitzeblank, alles war ordentlich in Regalen untergebracht, die er höchstwahrscheinlich selbst gebaut hatte.

Darin ähnelte er Lucas. Oder zumindest dem Lucas von damals, bis dieser geheiratet hatte und seine zwanghaften Junggesellenmarotten von Cats spontanerem Lebensstil notwendigerweise aufgeweicht worden waren. Als Simon nach dem Frühstück eine Aufteilung der Pflichten im Haushalt vornahm, überraschte Lucas daran nur, daß er davon ausgeschlossen blieb. Vielleicht hatte er das den besonderen Privilegien für die Alten und Gebrechlichen zu verdanken.

Cat wurde mit dem Kochen betraut, Haley und Earl wurden zum Saubermachen eingeteilt, was – dem unterdrückten Gemurre nach zu schließen – Earl gar nicht behagte, Haley war für das obere Stockwerk zuständig, Earl für den unteren Bereich des Hauses. Zack war für die Fütterung von Rex verantwortlich, und wenn Simon zum Einkaufen unterwegs war, sollte Warren die Wache übernehmen.

»Wer ist denn eigentlich dieser Rex?« wollte Lucas von Zack wissen, als der Junge aufstand, um seiner Pflicht nachzukommen.

»Hör mal, Lucas, wenn du eine Frage hast, dann kannst du sie ruhig mir stellen«, mischte Simon sich ein, so, als wollte er ihm zeigen, wie hilfsbereit er sein konnte. »Rex ist eine Schlange und mein Haustier.«

»Ist sie gefährlich?«

»Wenn du sie ihn Ruhe läßt, dann tut sie dir nichts.«

Mehr an Information würde er wahrscheinlich nicht aus ihm herausholen, dachte Lucas resigniert. Simon gab Zack den einzelnen Schlüssel, und der Junge lief damit die Treppe hinunter. »Und was ist mit mir?« fragte Lucas.

»Du möchtest dich wohl freiwillig für Arbeit melden, hm? Siehst du, wie gut dir dieses Leben in der Gemeinschaft bekommt?« Lucas gab keine Antwort, und Simon fügte hinzu: »Ich meine damit nicht die Tatsache, daß Davidson getötet wurde. Das war wirklich nicht geplant. Soweit ich das beurteilen kann, war er gar kein so übler Kerl. Aber manchmal passieren eben Unfälle, vor allem stoßen sie Leuten mit einem so gefährlichen Job wie dem seinen zu. Ich meine, die Frage war doch – selbst wenn wir ihn nicht getötet hätten, was hätten wir dann mit ihm gemacht?«

»Ich weiß es nicht. Wie sehen denn deine Pläne für uns aus?«

»Hör auf, dir unnötige Sorgen zu machen, Lucas. Bis jetzt bist du doch noch heil und in einem Stück, oder?«

»Willst du damit sagen, daß wir hier im Haus in Sicherheit sind?«

»Natürlich seid ihr das. Selbstverständlich passieren hin und wieder unvorhergesehene Dinge, da braucht man doch bloß einen Blick in die Zeitung zu werfen, nicht wahr, Lucas. Heutzutage ist doch keiner mehr vollkommen sicher. Aber ich bin ja auch noch da; ich arbeite weiterhin für dich, und ich tue meine Bestes, daß euer Leben so normal wie möglich verläuft. Was willst du denn, bis auf die zwei neuen hungrigen Gäste hat sich doch nicht viel verändert, oder?«

Lucas betrachtete ihn nachdenklich und versuchte herauszubekommen, was für ein Spiel er mit ihnen trieb. »Mit anderen Worten, wenn wir versuchen würden, von hier fortzugehen, dann würdest weder du noch deine Gorillas versuchen, uns aufzuhalten –«

»Du weißt haargenau, daß ich das nicht damit gemeint habe«, erwiderte Simon. »Ich möchte euch alle um mich haben.«

»Wieso? Wozu brauchst du uns? Du hast den ganzen Strand für dich, das Boot, das Haus.«

»Und ich nehme an, du würdest mir das alles so einfach überlassen. Möchtest du das damit ausdrücken?«
Die Aussicht auf eine so simple Lösung war mit Sicherheit verlockend, und Lucas wäre bestimmt willens gewesen, alles zu opfern, um seine Familie hier herauszubekommen. Aber sobald sie in Sicherheit wären, würde er schnurstracks zur Polizei laufen, und Simon war nicht so einfältig, das nicht selbst zu wissen; zum Glück mußte er ihm wenigstens in dieser Hinsicht nichts vormachen. Ihre Unterhaltung geriet ins Stocken, als Cat auf die Veranda kam, die sich ein Badehandtuch vor den Körper hielt in dem Versuch, ihren winzigen Bikini damit zu bedecken. »Warren hat darauf bestanden, daß ich ihn anziehe«, erklärte sie Lucas.
Er sah Simon fragend an. »Und was hat das zu bedeuten? In der einen Minute erzählst du mir noch, daß ich mir keine Sorgen zu machen brauche, aber dann müssen wir uns mit so etwas herumschlagen«, sagte er, auf Cat deutend. »Glaubst du wirklich, daß diese Kerle ihre Finger von Cat und Haley lassen werden, während du beim Einkaufen bist? Wieso schickst du Warren nicht weg und bleibst statt dessen hier?«
»Wenn du die Dinge wirklich so gut im Griff hättest, Lucas, dann wäre das vielleicht auch jetzt noch der Fall. Dann wäre deine Familie bestimmt nicht in der Situation, in der sie sich mittlerweile befindet. Aber damit du dir nicht unnötig dein Hirn zermarterst, sollst du wissen, daß diese beiden Typen nur das machen, was ich ihnen anschaffe.« Um zu beweisen, was er eben behauptet hatte, rief er Warren auf die Veranda, nachdem er zuerst Cat an den Strand geschickt hatte. Warren trug noch immer dasselbe knappe weiße T-Shirt, und Simon stellte sich neben ihn und wollte gerade mit beiden Händen nach seinem Ärmel greifen.

Aber der Mann, der um einiges größer als er war, schob seine Arme einfach beiseite. »Was soll das werden, zum Teufel –«
»Reg dich wieder ab und halt den Mund«, erwiderte Simon ungerührt, packte ihn am Arm, schob den rechten Ärmel seines T-Shirts nach oben und entblößte seine Schulter. Warren stand reglos da und sah keinem in die Augen, während Simon den Arm so weit herumdrehte, bis Lucas sah, was er ihm zeigen wollte.
Auf Warrens Schulter waren fünf Buchstaben in seine Haut eingeritzt: SIMON.

Lucas war allein auf der Veranda zurückgeblieben, immer noch sprachlos vor Verblüffung, während Simon drinnen im Haus seinen beiden Freunden seine Regeln erklärte: Keine Drogen während der Wache; keinem durfte ohne vorhergehende Provokation körperlicher Schaden zugefügt werden. »Provokation heißt, daß jemand mit Absicht Ärger macht und zum Beispiel wegzulaufen versucht«, fügte Simon sicherheitshalber hinzu, damit sie ihn auch richtig verstanden. »Ich habe zwar nichts dagegen, daß ihr mal ein Auge riskiert, aber eure Hände behaltet ihr gefälligst bei euch.«
»Das gefällt mir aber gar nicht«, jammerte Earl. »Vorher hat sich das ganz anders angehört.«
Es folgte eine längere Pause, dann war zu hören: »Was genau gefällt dir denn daran nicht?«
»Du hast gesagt, wir könnten uns mit den Weibern amüsieren. Ich bin doch nicht nur zum Schauen hergekommen.«
»Nein, das seid ihr nicht«, meinte Simon. »Ihr seid deswegen hier, weil ich euch herbestellt habe, und aus diesem Grund werdet Ihr auch hierbleiben. Aber du scheinst das Vertrauen zu verlieren, Mann, das solltest du besser nicht. Gut Ding

will Weile haben. Schon mal was davon gehört?« Als von Earl keine Antwort kam, fuhr er fort: »Wieso hast du es denn gar so eilig? Da ich schon eine ganze Weile hier bin, kenne ich sie allmählich ... Ich schätze, ich schulde ihnen noch etwas Zeit.«

»Wieviel Zeit?«

»Keine Ahnung, ein paar Tage vielleicht. In der Zwischenzeit könnt ihr euch doch auch so ganz gut amüsieren. Hör mal, ich habe gesagt, daß ihr euren Spaß mit den Weibern haben könnt, und das werdet ihr auch. Bevor wir sie loswerden.«

Lucas hörte, wie die Küchentür zuschlug, der Bus angelassen wurde und wie der Wagen anschließend die Straße hinunterfuhr; und die ganze Zeit über, während er diesen Geräuschen lauschte, wurden Simons letzte Worte wie ein Echo in seinem Kopf hin und her geworfen. Ein paar Sekunden später kam Warren auf die Veranda hinaus, irgend etwas vor sich hinmurmelnd, während er sich eine filterlose Zigarette anzündete. Aufgeregt beugte er sich über das Geländer, das sich unter seinem Gewicht durchbog. Sein Blick blieb an Cat hängen, und er leckte sich genießerisch die Lippen.

Lucas warf suchende Blicke den Strand hinauf und hinunter, und zum erstenmal haßte er ihre Abgeschiedenheit. Er mußte sich einen praktikablen Fluchtplan einfallen lassen, und das so schnell wie möglich. Bevor Simon zu dem Schluß kam, daß er seine Schulden ihnen gegenüber – wofür auch immer – nun abgeleistet hatte ... oder ehe er seine Rolle als unbestrittener Anführer einbüßte. Wenn Simons Konstrukt ins Wackeln geriet, würden ganz schön die Fetzen fliegen, und dann konnte keiner mehr sagen, wer das nächste Opfer sein würde.

Zack fand es merkwürdig, daß Simon ihm immer noch vertraute, denn Zacks Ansicht nach sollte er das lieber nicht tun. Aber er hatte ihm den Schlüssel gegeben und ihn allein in den Keller hinuntergeschickt. Nachdem er nun die Wühlnatter gefüttert und sogar ganz nahe an sie rangegangen war, um Rex zu streicheln, ging er langsam in dem Werkzeugraum auf und ab. Er suchte etwas, wußte aber nicht genau, was das sein sollte.

Schließlich nahm er einen kurzen Schraubenzieher in die Hand, befühlte dessen Spitze mit dem Finger und fragte sich, ob sie wohl scharf genug war, um sie jemandem ins Fleisch zu rammen. Er hatte keine Ahnung. Außerdem, selbst wenn sie spitz genug wäre, wußte er noch lange nicht, ob er auch den Mut aufbrächte, so etwas überhaupt zu tun. Er hatte noch nie einem Tier Schmerzen zufügen können, nicht einmal einem Fisch, und vermutete deshalb, daß es bei einem Menschen auch nicht viel leichter wäre. Aber er steckte den Schraubenzieher trotzdem in seine Hosentasche und verbarg die Ausbuchtung unter seinem T-Shirt, das er über seine Hose fallen ließ.

Zweimal war er an der Leiche des toten Mannes vorbeigekommen, die immer noch auf dem Boden lag. Er war stehengeblieben, um sie sich anzuschauen, und hatte sich gefragt, ob es im Leben des toten Mannes wohl jemanden gab, der ihn in diesem Moment suchte und vermißte. Als Zack eine alte Plane entdeckte, die während der Malerarbeiten zum Abdecken für eines der Regale hergenommen worden war, faltete er sie auseinander und breitete sie über den toten Körper.

Schließlich verließ er den Werkzeugraum, sperrte die Tür hinter sich ab und steckte den Schlüssel in seine Tasche.

Dann ging er zu der Tür, die auf den Strand hinausführte. Als er den Kopf hinausstreckte, konnte er seine Mutter sehen, die draußen auf einem Badehandtuch lag. Hoch über ihr, auf der Veranda, stand das blonde Monster und beobachtete sie.
Er wollte sie bestimmt ficken.
Zack haßte ihn, so wie er Earl haßte, und er wünschte sich nichts mehr, als den Schraubenzieher in ihre Herzen zu bohren und sie zu töten. Als er wieder auf die Veranda hinüberschaute, konnte er auch seinen Vater sehen, der dort saß. Wann würde er endlich etwas unternehmen?
»He, Kleiner, was treibst du da unten so lange?« rief eine Stimme von der Küchentür aus. Zack fuhr zusammen und lief rasch nach oben. Earl wartete bereits auf ihn.

Haley haßte normalerweise nichts mehr als Saubermachen, aber jetzt machte es ihr nicht das geringste aus. Wenigstens hatte sie eine Beschäftigung und war nicht gezwungen, sich Simons widerliche Freunde anzuschauen. Oder Simon. Sie machte sich sogar die Mühe, ihr eigenes und Zacks Bett neu zu beziehen. Ihr Bruder hatte wieder einmal ins Bett gemacht. Hatte Simon nicht seinen Zauberstab geschwungen und Zack davon geheilt?
Nein, hatte er nicht. Dieser Simon war nur ein Trugbild gewesen, das sie sich in ihrem Kopf zurechtgebastelt hatte. Manchmal benahm er sich zwar immer noch so, als sei er ihr Freund, aber wie konnte sie ihm jetzt noch trauen? Am Abend zuvor, ehe sie eingeschlafen war, hatte sie noch gehört, wie Simon seinen Freunden eingeschärft hatte, ja nicht in ihr oder in Zacks Schlafzimmer zu gehen.
Also paßte er irgendwie doch noch auf sie auf, oder etwa

nicht? Aber warum hatte er dann Warren und Earl in ihr Haus am Strand gebracht? Warum hatte er Daddy an jenem Abend so brutal zusammenschlagen lassen? Je länger sie über all die schrecklichen Dinge nachdachte, die Simon ihnen angetan hatte, desto mehr kam sie zu dem Schluß, daß den schlimmsten Teil davon ihr Daddy abbekommen hatte.
Darüber machte sie sich immer noch Gedanken, als sie das Gästezimmer betrat, in dem Warren und Earl in der Nacht abwechselnd geschlafen hatten. Eigentlich war es ja Simons Schlafzimmer, aber sie hatte nie gesehen, daß er darin geschlafen hätte. Oben auf der Kommode lag aber immer noch sein grüner Seesack, den er am Tag seiner Ankunft dorthin gelegt hatte.
Haley ging zur Tür und spähte nach unten – Earl staubsaugte gerade die Teppiche. Leise schloß sie die Tür, ging wieder zurück, holte den Seesack von der Kommode und trug ihn zum Bett. Dort zog sie den Reißverschluß auf und schaute hinein: ein rotbedrucktes Tuch, das Simon manchmal auf dem Kopf trug, eine Packung mit Pfefferminzbonbons, drei neue Rollen Kodak-Film und eine Kamera. Sie nahm den Fotoapparat heraus und fragte sich, ob Simon ihn wohl jemals benutzt hatte, seit er bei ihnen war. In dem Moment entdeckte sie den braunen Umschlag, der zugeklebt war.
Sie nahm ihn heraus und starrte ihn an. Sie kam fast um vor Neugierde, was er wohl enthielt. Was würde Simon tun, wenn sie ihn öffnete und er es bemerkte? Er würde bestimmt wissen wollen, wer ihn geöffnet hatte, und dann würde er den Betreffenden natürlich bestrafen ... Aber wahrscheinlich hatte er keinen Blick mehr in seinen Seesack geworfen, seit er ihn dorthin gelegt hatte. Warum sollte er also ausgerechnet jetzt hineinschauen?

Noch ehe sie es sich anders überlegen konnte, riß sie den Umschlag auf und holte tief Luft. Oh, Mann, sie hatte es tatsächlich getan; damit konnte sie sich ernsthaften Ärger einhandeln. Sie spähte in den Umschlag: jede Menge Fotografien, wie sie es sich gedacht hatte. Ein ganzer Stapel. Sie griff hinein, holte sie heraus ...

Daddy? Aber wann?

Er haßte es doch so, fotografiert zu werden. Sie fragte sich, wie Simon ihn dazu gebracht hatte, sich für ihn in Pose zu stellen, während sie und Mommy ihn jedesmal regelrecht bestechen mußten ... Als sie sich eine Aufnahme von ihm – er stand im Bad und rasierte sich – näher ansah, hatte sie jedoch gar nicht den Eindruck, als hätte Daddy sich dafür in Pose gestellt. Nein, im Gegenteil, es wirkte eher so, als hätte Simon ihn in einem unbeobachteten Moment erwischt.

Sie schaute sich das nächste Foto an. Wieder ihr Vater – dieses Mal mit der Fernbedienung in der Hand. Systematisch sah sie sich nun auch alle übrigen Fotos an: Daddy auf der Veranda, in einem Liegestuhl, beim Zeitunglesen, beim Öffnen einer Tür – dieses Mal hatte er beide Hände abwehrend und im Protest erhoben –, auf der Suche nach Eßbarem im Kühlschrank, beim Zerlegen einer Wassermelone, auf dem Boot, beim Essen eines Hot dogs, unter der Dusche, schlafend im Bett ...

Auf dem Boot? Aber er war doch gar nicht ... Sie sah sich das Bild noch einmal an, und in dem Augenblick traf sie die Erkenntnis, daß ihr Vater auf keinem dieser Fotos einen Gips am Bein hatte. Sie schaute sich daraufhin alle Aufnahmen noch einmal an und stellte fest, daß ihr Daddy auch irgendwie schlanker und jünger wirkte.

Aber das ergab doch alles keinen Sinn. Wenn Daddy Simon bereits vor diesem Abend in Chatfield Hollow gekannt hätte, hätte er ihnen das dann nicht gesagt? Obwohl ihr alles äußerst merkwürdig vorkam, war Haleys erster Impuls, die Fotos wieder in den Umschlag zurückzustecken, damit kein anderer unberechtigt in Simons Privatsphäre eindringen konnte. Aber dann wurde ihr plötzlich klar, wie sie ihn packen konnte. Sie würde diese Fotos ihren Eltern zeigen.

Cat hatte mehr als eine Stunde im Sand gelegen. Sie schaute zwar nicht in seine Richtung, spürte aber beinahe körperlich Warrens Gegenwart auf der Veranda, spürte seine Augen, die jede ihrer Bewegungen verfolgten. Da sie sich entschlossen hatte, alles, was um sie herum vor sich ging, mit wachem Verstand zu erleben, hatte sie die Tabletten abgesetzt. Natürlich verspürte sie Angst, doch seltsamerweise nicht mit derselben Intensität wie zuvor. Es war, als würde ihr Gehirn als Reaktion auf ihre Angst eine chemische Substanz ausschütten, die ihre Panik unter Kontrolle hielt.

Während sie so dalag, versuchte sie, sich an alles zu erinnern, was seit Beginn ihrer schrecklichen Heimsuchung passiert war, ganz egal, wie unwichtig es ihr auch erscheinen mochte. Falls es ihr gelänge, alle Teile dieses Puzzles vor ihrem geistigen Auge auszubreiten, dann fiele ihr vielleicht auch etwas ein, das ihnen aus ihrer Bedrängnis heraushalf.

Ihre Gedanken kehrten wieder zu Winnies Ermordung zurück. Cat war zwar mittlerweile sicher, daß Simon und seine Kumpane für ihren Tod verantwortlich waren, konnte sich aber nicht vorstellen, warum. War der Grund einfach der, daß Winnie Simon nicht gemocht hatte, und umgekehrt? Nicht gerade ein rationales Motiv für einen Mord, wenn man davon ausging, daß Mord überhaupt etwas Rationales an sich hatte. Aber einmal angenommen, Winnie hatte dem Vorhaben der drei aus irgendeinem Grund im Weg gestanden? Einmal angenommen, Winnie war dahintergekommen, welche Rolle Simon in diesem Spiel spielte ...

Die Idee wurde rasch beiseite geschoben, als sich überraschend ihre Tochter neben ihr im Sand auf die Knie fallen ließ. Sie trug einen Trainingsanzug und hatte eine Tasche umgeschnallt. Cat wollte sich aufrichten, aber Haley schüttelte rasch den Kopf. »Warte, lieber nicht. Ich lege mich neben dich. So kann er uns nicht beobachten«, sagte sie, wobei sie natürlich Warren meinte. Cat rückte ein Stück zur Seite, damit Haley genügend Platz auf dem Handtuch hatte. »Hatten sie denn nichts dagegen, daß du zu mir herausgekommen bist?« fragte Cat.

Haley schüttelte den Kopf. »Warren zwang mich, meine Tasche aufzumachen und ihm zu zeigen, was darin ist, bevor er mich gehen ließ«, erwiderte sie mit zittriger Stimme. »Mom, ich mußte auch das Fach mit dem Reißverschluß aufmachen. Du weißt schon, wo ich immer meine Binden aufbewahre.« Haley hatte wenige Monate zuvor zum erstenmal ihre Periode bekommen und trug seitdem für Notfälle immer eine Mini-Binde in ihrer Hüfttasche mit sich herum. Ohne Vorwarnung strömten nun dicke Tränen über ihre Wangen. Cat legte den Arm um ihre Tochter, zog sie an sich und küßte sie, aber das Schluchzen war nicht so leicht zu stoppen.

Haley reagierte äußerst sensibel auf dieses Thema, aber Cat bezweifelte, daß sie nur deswegen so heftig weinte. Zum Schutz vor ihren eigentlichen Ängsten hatte sie es sich zur Angewohnheit gemacht, irgendwelche Themen vorzuschieben und alles andere damit zu verdrängen. Wie erstaunlich es doch war, daß ihre Adoptivtochter ihr in diesem Punkt so sehr ähnelte.

»Es wird alles wieder gut, Liebling«, tröstete sie, unbewußt auf Lucas' Worte zurückgreifend; sie wußte, wenn sie überhaupt eine Chance haben wollten, dann mußten sie ganz fest daran glauben. »Wir werden das hier schon überstehen.«

»Ich habe ihn so gern gehabt, Mommy«, sagte Haley, die damit selbstverständlich Simon meinte. »Ich habe ihm vertraut. Und ich habe gedacht, daß er dasselbe für mich empfunden hat. Aber die ganze Zeit über hat er sich nur lustig gemacht über mich.«

»Wir haben ihm alle vertraut. Wir alle haben ihn gemocht – sogar dein Vater, der meines Wissens nach noch nie besonders leichtgläubig war. Simon ist ein wirklich überzeugend wirkender junger Mann. Wir sollten uns deswegen keine Vorwürfe machen.«

Haley wischte sich die Tränen aus dem Gesicht und blickte zu Cat hoch. »Mom, ich habe ein paar Fotos gefunden, die du dir mal ansehen solltest.« Stumm sah Cat sie fragend an. »Fotos von Daddy«, fügte ihre Tochter hinzu.

Nachdem sie sich erst einmal vorsichtig umgesehen hatte, griff Haley in eine der Seitentaschen ihrer Trainingshose und holte einen Stapel Fotografien heraus, die von einem Gummiband zusammengehalten wurden.

Immer noch unsicher, weshalb Haley sich gar so verstohlen verhielt, nahm Cat so unauffällig wie möglich ihrer Tochter die Fotos aus der Hand und löste das Gummiband. Während sie die Aufnahmen von Lucas eine nach der anderen betrachtete, verengten sich ihre Augen vor Erstaunen immer mehr. Keines dieser Fotos hatte sie jemals zuvor gesehen. Sie waren eindeutig aufgenommen worden, als Lucas noch jünger gewesen war, noch bevor sie ihn gekannt hatte. Und besonders eine Aufnahme fiel ihr auf: Sie war noch vor der Renovierung der Küche im Strandhaus gemacht worden. Völlig verwirrt sah sie Haley an. »Wo hast du die gefunden?«

»In einem verschlossenen Umschlag in Simons Seesack. Oben in dem leeren Gästezimmer.«

Cat hielt die Luft an. »O ja, das muß der Grund sein.« Sie hatte zwar keine Ahnung, wie sich dieses eine Stück Puzzle in das Gesamtbild fügte, wußte nur, daß es paßte. Diese Fotos waren mit Sicherheit der Grund für Simons Anwesenheit. Da er zu jung war, um sie selbst aufgenommen zu haben, mußte er sie von dritter Seite bekommen haben. Von jemandem, den er kannte und den auch Lucas kannte.

Und Winnie, die schon beinahe so lange wie Lucas selbst im Strandhaus war, mußte herausbekommen haben, wer diese Person war.

19

Als Simon, mit Lebensmitteltüten beladen, vom Einkaufen zurückkehrte, schlug die Stimmung im Haus von grimmigem Schweigen in hektische Betriebsamkeit um. Als ob sie sich auf einem Campingplatz befanden, sollten zum Mittagessen Steaks und Würstchen gebraten werden, und Simon und die Kinder halfen Cat, den Grill aufzustellen. Für den Nachmittag wurde eine lange Liste sportlicher Aktivitäten angesetzt: Schwimmen, Volleyball, Tischtennis, Segeln, Fischen, Motorradfahren.

Das alles hatte Simon bisher auch schon mit ihnen unternommen, aber jetzt sollten außer Haley und Zack auch Warren oder Earl daran teilnehmen. Bald fingen sie an, Bier in sich hineinzuschütten und Joints zu rauchen – wobei Haley sich dieses Mal nicht daran beteiligte. Irgendwie schien plötzlich alles, was Simon unternahm, von Hektik und Übertreibung gezeichnet zu sein.

Es war bereits später Nachmittag, als es Lucas endlich gelang, so etwas wie ein wiederkehrendes Muster in ihrem Verhalten festzustellen. So wechselte zum Beispiel alle vier Stunden die Wache. Einer der drei Männer zog sich dann von dem sportlichen Treiben zurück und begnügte sich damit, mit einer Pistole im Schulterhalfter und dem Handy am Gürtel, den anderen dabei zuzusehen. Für ihn als verantwortlichen Wachposten gab es dann auch keinen Alkohol oder sonstige Drogen. Er hielt sich entweder im Haus oder draußen auf der Veranda bei Lucas auf, der auf diese beiden Zonen beschränkt war. Obwohl natürlich auch Cat unter Aufsicht stand, hatte sie wesentlich mehr Freiraum und konnte je nach Belieben zum Wasser hinunter, sich an den sportlichen Aktivitäten beteiligen oder in ihr Zimmer gehen.

Simon ließ diesbezüglich keine Zweifel aufkommen – sollte sich zufälligerweise jemand dem Haus oder dem Grundstück nähern, wäre Lucas natürlich ihr Faustpfand, das sich dann auch in unmittelbarer Gefahr befände; das schloß bei Cat und den Kindern von vornherein jeden Gedanken an einen Versuch aus, irgend jemanden auf ihre Zwangslage aufmerksam zu machen. Am Abend zuvor hatte Simon die Anweisung gegeben, daß Lucas auf dem Sofa im Wohnzimmer schlafen sollte, wo derjenige, der Wache hatte, ihn ständig im Auge behalten konnte. Lucas hatte keinen Grund zu der Annahme, daß es in der kommenden Nacht anders sein würde.

Als Ergebnis seiner Beobachtungen kam Lucas jedoch zu dem Schluß, daß Cat und die Kinder sehr wohl die Gelegenheit hätten, diesem Belagerungszustand zu entkommen – falls die Umstände günstig wären und keiner damit rechnete. Und falls es ihm gelänge, den dann zuständigen Wachtposten in irgendeiner Form abzulenken.

Schließlich fing Lucas an, sich über die psychologischen Konstellationen innerhalb der Dreiergruppe Gedanken zu machen.

Statt verängstigt wie das Kaninchen vor der Schlange auf den Moment zu warten, wenn Simon, Warren und Earl endgültig aneinandergeraten würden, wäre es da nicht besser, diesen Zeitpunkt aktiv und ganz bewußt herbeizuführen? In der Zwischenzeit könnte er Cat und die Kinder entsprechend darauf vorbereiten, sich die Gelegenheit zunutze zu machen.

Aber was viel wichtiger war – er mußte seine Familie davon überzeugen, ohne ihn zu fliehen.
Warren war natürlich derjenige, der am meisten unter Druck stand; er befand sich kurz davor, zu explodieren. Wenn Lucas mit einem der drei Männer sein Spielchen treiben konnte, dann mit ihm.

Benny Cusack war Jahrgang fünfunddreißig und ein ehemaliger Nachtwächter der Firma Pratt & Whitney. Sieben Jahre zuvor hatte er zu arbeiten aufgehört, mit einer Rente, die nur auf dem Papier gut aussah. Um seine Finanzen aufzubessern, arbeitete er seitdem gelegentlich für Roger Davidson. Er erledigte vor allem die Überwachungen und fand heraus, wo sich die Leute verkrochen hatten, die entweder auf der Flucht vor Geldeintreibern oder Ehefrauen waren, die mehr Alimente und mehr Unterhalt für ihre Kinder wollten. Die Arbeit war einfach, man mußte nur fix und auf Draht sein. Zuerst mußte man die fragliche Person nach einer Fotografie identifizieren, ihr oder ihm nach Hause folgen und dann die Ergebnisse der Nachforschungen an Davidson weiterleiten.
Normalerweise meldete sich Benny immer am Tag nach einer Überwachung gegen neun Uhr morgens im Büro und erkundigte sich bei Davidson, ob er die Beschattung fortsetzen solle oder nicht. Wenn sein Boß nicht da war – was manchmal vorkam –, hinterließ Benny eine Nachricht auf dem Anrufbeantworter. Doch er konnte sich an keine einzige Gelegenheit erinnern, daß sein Boß nicht bis zum Mittag zurückgerufen hätte.
Da es mittlerweile fast fünf Uhr nachmittags war, rief Benny noch einmal an, hatte aber wieder nur den Anrufbeantworter an der Strippe und hinterließ erneut eine Nachricht. Er hatte

nicht die geringste Ahnung, welches weitere Vorgehen Davidson von ihm erwartete: Sollte er den Klub weiterhin überwachen oder nicht? Bisher hatte er noch kein Glück gehabt, vielleicht hatten sie auch einfach auf das falsche Pferd gesetzt. Vielleicht wollte der Kunde aber auch nicht noch mehr Geld in die Sache stecken. Und trotzdem ...

Manche Menschen haben den Ruf, zuverlässig zu sein, und das erwartet man dann auch von ihnen. Andere hingegen sind so unberechenbar wie die Wettervorhersage – etwas, worauf kluge Leute sich ohnehin nie verlassen. Davidson jedenfalls gehörte der Kategorie derer an, auf die man sich verlassen konnte; man hätte die Uhr nach ihm stellen können. Folglich war er auch einer von denjenigen, um die man sich Sorgen machte, wenn irgendwelche unvorhergesehenen Dinge geschahen.

Hätte er gewußt, wo, hätte Benny angerufen und sich erkundigt, ob alles in Ordnung war. Aber wen hätte er anrufen sollen? Es gab keine Sekretärin, keine Frau und, soweit Benny wußte, auch keine Freundin. Der Mann bewohnte ganz allein die beiden Zimmer hinter seinem Büro.

Seit all dieser Schrecken und Terror in ihr Leben getreten waren, hatte Cat ihre Intuition dafür verloren, was Lucas dachte oder fühlte. Doch jetzt schien dieses Band ihrer Beziehung wieder geknüpft zu sein, denn Cat war seit dem Nachmittag fest davon überzeugt, daß Lucas allein mit ihr reden wollte. Und auch sie mußte dringend mit ihm über diese Fotos sprechen.

Sie hatte die Aufnahmen mit ins Haus zurückgebracht, versteckt in ihrem Badehandtuch; als sie sich anschließend in ihrem Schlafzimmer umzog, hatte sie sie rasch in der Schublade ihres Nachttisches verschwinden lassen. Doch seitdem waren sie keine einzige Minute mehr allein gewesen. Simon hatte inzwischen Wache, und als das Handy an seinem Gürtel klingelte, nahm er es ab und gab es ihr. Dann holte er seine Pistole heraus und stellte sich damit vor Lucas.

»Okay, Cat«, fing er an, »wer immer das auch ist, sieh zu, daß du ihn wieder los wirst. Aber sei nicht unhöflich, ich möchte nicht, daß jemand mißtrauisch wird. Und auch keine weinerliche Stimme, okay? Ich möchte es noch einmal deutlich machen, es gibt keine Alternative.«

Bei diesen Worten drückte er den Lauf der Waffe Lucas an den Kopf. Cat atmete tief durch, und als sie schließlich den Anruf nach dem fünften Läuten entgegennahm und den Anrufer begrüßte, war nur ein leichtes Zittern in ihrer Stimme zu hören.

»Cat, bist du das?«

»Ja«, erwiderte sie fröhlich. Zu fröhlich.

»Ich dachte schon, ihr seid alle ausgeflogen.«

»Nein, nein, wir sind zu Hause. Du kennst uns alte Stubenhocker doch. Was kann ich für dich tun, Jack?«

»Ich dachte eigentlich, ich könnte etwas für dich tun.« Als sie keine Antwort gab, fuhr er fort: »Ich habe hier eine Nachricht von Shirley. Sie bittet mich darum, dich anzurufen, sobald ich wieder aus den Bergen zurück bin.«

»Oh, du meine Güte, ja. Ist so was zu glauben? Das habe ich doch tatsächlich völlig vergessen. Was ist nur los mit mir? Ich fürchte, in der letzten Zeit geht es mit meinem Gedächtnis ganz schön bergab.« Sie kicherte und dachte gleichzeitig, wie unnatürlich ihr Lachen klang. Sie warf Simon einen raschen Blick zu, der jedoch mit keiner Wimper zuckte, woraus sie schloß, daß sie es offenbar genau richtig machte. »Wie geht es denn Gary und seiner Familie?«

»Oh, gut, den Kindern geht es allen großartig. Sandi, die Jüngste, kommt im nächsten Jahr auf die High-School. Sie ist ein richtiges Mathegenie, und der Studienberater ihrer Schule rät uns, sie in eine mathematisch orientierte Klasse zu stecken. Aber jetzt habe ich genug mit meinen Enkelkindern angegeben, deshalb habe ich euch nicht angerufen. Also, was wolltest du mit mir besprechen, Cat?«

»Ach, das war nicht so wichtig.«

»Was soll das heißen? Wenn es dir einen Anruf wert war, muß es wichtig gewesen sein.«

»Ach, es ging immer noch um dieselbe alte Geschichte. Ich war eben immer noch besorgt um Lucas. Er schien mir eine Zeitlang entsetzlich deprimiert zu sein –«

»Hör mal, ich habe mir überlegt – das heißt, Linda und ich haben uns auf unserem Weg nach Hause nach New Hampshire Gedanken dazu gemacht. Mir ist auch schon aufgefallen, daß es Lucas nicht so gut zu gehen scheint. Deshalb haben wir uns gedacht, daß es vielleicht eine gute Idee wäre, mal bei euch vorbeizuschauen und ein paar Tage mit euch zu verbringen.«

Einen Moment lang kam ihr dieser Vorschlag wie ein Geschenk des Himmels vor – da wollte jemand kommen, um sie zu retten! Bis Cat sich die möglichen Auswirkungen überlegte und was wohl passieren würde, wenn Jack und Linda, nichtsahnend und völlig wehrlos, mitten in ihr häusliches Chaos hereinspaziert kämen ...

»Nein, warte, ehe du weitere Pläne machst«, warf sie schnell ein. »Ich meine, nicht, daß wir euch nicht gerne sehen würden. Aber ... na ja, aber gerade gestern erst ist Lucas wieder aus seiner Depression hervorgetaucht. Der Gips an seinem Bein soll nämlich bald herunterkommen, in ungefähr einer Woche hat er den Termin, und deswegen ist er jetzt auch wieder viel besserer Laune. Und außerdem ... wir waren uns in der letzten Zeit nicht sehr nahe, da habe ich mir eigentlich vorgestellt, daß in den nächsten paar Wochen ... Es ist schon so lange her, daß –«

»Jesus, was bin ich doch für ein Trottel! Sicher, jetzt verstehe ich, natürlich, ihr jungen Leute wollt lieber ein wenig allein sein«, meinte er spöttelnd. »Aber so schwer von Begriff bin ich nun auch wieder nicht, daß du mir das gleich schriftlich geben mußt.«

Wieder kicherte sie, was ihr dieses Mal schon leichter fiel. »Ich muß Lucas unbedingt ausrichten, daß du ihn einen jungen Mann genannt hast. Dafür wird er dir um den Hals fallen.«

Jetzt mußte Jack lachen. Aber als er anbot, ihr noch rasch Linda zu geben, reagierte sie ausweichend. »Ach, weißt du, wir sind gerade mitten in einer spannenden Partie Scrabble«, sagte sie. »Lucas und die Kinder massakrieren mich gleich, wenn ich nicht bald weitermache. Richte Linda doch bitte aus, daß ich mich bald bei ihr melden werde, okay? Und sag ihr, daß ich sie sehr mag. Und dich auch, Jack.«

Sie schaltete das Telefon aus und legte es auf den Couchtisch. Als sie zurücktrat, schimmerten ihre Augen feucht. Aber sie hatte sich wacker geschlagen, das konnte sie aus dem Blick schließen, mit dem Lucas sie bedachte. Und auch Simon ließ schließlich den Lauf der Pistole wieder sinken.

An diesem Abend schickte Simon die Kinder früh ins Bett und verkündete, daß die Männer eine Runde Poker spielen würden. »Das ist doch dein Spiel, Lucas, stimmt's?« Lucas nickte, und Simon fuhr fort: »He, Jungs, das ist eine richtige Herausforderung für uns. Lucas konnte früher gar nicht genug davon bekommen.« Wieder warf er Lucas einen Blick zu und grinste ihn an. »Habe ich recht?« Lucas spürte zwar genau, daß hier ein Spiel mit ihm getrieben werden sollte, aber ihm blieb keine andere Wahl, als zustimmend zu nikken.

»Das mag ich – Leute, die gewinnen wollen«, sagte Simon. Er schaute Warren, der gerade herunterkam, nachdem er die Kinder in ihre Zimmer gesperrt hatte, auffordernd an. »Geh und hol die Karten und die Spielmarken.« Earl, der mit der Wache an der Reihe war, schickte er in die Küche. »Bring was zum Essen mit. Du kannst auch mitspielen, aber kein Alkohol, kein Koks.«

Cat stand auf. »Ich bin müde. Also, wenn du nichts dagegen hast«, sagte sie und richtete ihre Frage an Simon, »dann gehe ich jetzt in mein Zimmer.«

Simon nickte. »Aber selbstverständlich, schöne Frau. Tun Sie, was immer Sie glücklich macht. Aber wenn du vielleicht in der Stimmung dazu wärst – nicht, daß ich dich drängen möchte, es ist nur ein Vorschlag –, dann könntest du doch dieses hübsche Negligé anziehen und es uns in einer Spielpause mal vorführen.« Um Bestätigung heischend, blickte er seine Kumpane an. »Wäre das nicht nett, Jungs?«

Sie ignorierte seinen Sarkasmus; sie wußte genau, daß er damit in erster Linie seine Kumpel bei Laune halten wollte. Sie pflichteten ihm natürlich heftig bei, grinsten und johlten und warfen ihr anzügliche Blicke zu. Aber sie versuchte, auch das zu ignorieren, und bemühte sich statt dessen, den richtigen Tonfall für ihre nächste Frage zu finden.

»Simon, außerdem wollte ich dich noch fragen, ob ich vielleicht mal kurz mit Lucas reden könnte. Es würde nicht lange dauern –«
»Tut mir leid«, fiel er ihr ins Wort, »aber dein Mann wird hier als Mitspieler gebraucht.« Dann nahm er Warren die Karten aus der Hand und fing zu mischen an. »Was ist dein Spiel, Lucas?«
Cat sah Lucas an, wie enttäuscht er darüber war, daß ihnen keine Zeit zugestanden wurde, aber Simon drängte zum Spiel, und so ließ sie die Angelegenheit auf sich beruhen und ging in ihr Schlafzimmer. Im Gehen spürte sie plötzlich eine Hand auf ihrem Hinterteil, und als sie hastig herumwirbelte, blickte sie direkt in Earls Gesicht, der sie angrinste.
Schmierig, bösartig und abstoßend. Sie machte einen Satz, als ob ein Insekt sie angefallen hätte, und schob seine Hand weg. Keiner sonst hatte den Vorfall mitbekommen. Rasch lief sie in ihr Schlafzimmer und schloß die Tür; sie kam sich schmutzig vor und war gleichzeitig erleichtert, außer Reichweite zu sein.
»Okay, sag an, Lucas«, hörte sie Simons Stimme. »Was möchtest du spielen, Mann?«

Stud-Poker, das sei sein Spiel, erklärte Lucas ihm, woraufhin Earl sofort zu jammern anfing, wie langweilig das doch sei.
»Earl spielt lieber um Kohle oder mit schwarzen Weibern«, erklärte Warren.
»Okay, keine Panik, Freunde. Das ist Lucas' Spiel, er sagt, was getan wird.« Simon fing an, die Karten auszuteilen.
Da er völlig unfähig war, seine Gedanken auf das Spiel zu konzentrieren, hatte Lucas innerhalb von zwei Stunden alle seine Chips verloren, und auch Earl hatte nur noch wenige.

Die restlichen Spielmarken waren ziemlich gleichmäßig auf Simon und Warren verteilt. Als die folgende Runde wieder an Simon ging, schob Lucas seinen Stuhl zurück und wollte aufstehen.
Warren streckte die Hand aus, packte ihn am Handgelenk und hielt ihn zurück. »He, hiergeblieben, Mann. Wo, zum Teufel, willst du hin?«
»Mein Geld ist alle«, antwortete Lucas.
»Na ja, es gibt außer Geld noch andere Dinge, die es wert sind, daß man um sie spielt.« Nicht gerade feinfühlig deutete er mit dem Kopf in Richtung Schlafzimmer, und es war klar, daß er Cat damit meinte. »Kapiert, worauf ich hinaus will?«
Lucas gab ihm keine Antwort, sondern sah fragend zu Simon hinüber. Er wußte nicht genau, welche Reaktion er sich von Simon erhoffte; bisher hatte er die Marshalls immer vor den Übergriffen seiner Komplizen beschützt – wenn auch auf seine Weise. Doch bei dem Ausdruck, der sich nun auf Simons Gesicht zeigte, zog sich ihm der Magen zusammen.
»Der Mann macht dir ein ehrliches Angebot, er hat noch Geld, du nicht. Er ist sogar so freundlich und erklärt sich bereit, sich auf andere Weise bezahlen zu lassen«, meinte Simon. »Das ist doch verdammt nett von ihm, oder?«
Lucas schluckte und spürte, wie der Kloß in seinem Hals immer dicker wurde. Näherte sich die Schonfrist, die Simon ihnen aus irgendeinem Grund zugestand, bereits ihrem Ende? »Du hast gestern erst versichert, daß keinem von uns weh getan würde«, sagte er.
Simon grinste. »Jetzt kapier doch endlich, Lucas, vögeln tut doch keinem Menschen weh, soweit ich weiß. Die betreffen-

de Dame hat mir selbst gesagt, wie gut es ihr getan hätte. Willst du, daß ich sie wecke und danach frage?«

Lucas verspürte ein überwältigendes Verlangen, auf dieses widerliche Grinsen auf Simons Gesicht einzuschlagen. Aber selbst wenn er verrückt genug gewesen wäre und seinem Wunsch nachgegeben hätte, was hätte er damit schon erreicht? Sicherlich nichts, das Cat geholfen hätte. Statt dessen startete Lucas einen Versuch, an Simons Gerechtigkeitssinn zu appellieren. Aber dabei mußte er sich einen Satz über die Lippen zwingen, an dem er fast erstickte.

»Nun, Simon, es hat ihr vielleicht deswegen gefallen, weil sie sich dir freiwillig hingegeben hat«, sagte er. »Du hast sie nicht einfach genommen, ohne vorher zu fragen.«

»Nein, das habe ich nicht, das stimmt«, meinte Simon nachdenklich, als mache er sich tatsächlich Gedanken über Lucas' Einwand. »Aber im Moment, Lucas, geht es doch nur darum, diese Sache hier offen und ehrlich zu regeln. Es ist doch niemand der Meinung, daß Warren einfach hergehen und sich nehmen soll, was ihm nicht gehört. So etwas nennt man doch Vergewaltigung, soweit ich weiß. Und das hieße wirklich, eine Grenze zu überschreiten.«

Grenzen. Es war völlig unmöglich zu beurteilen, wo Simons Grenzen lagen, das wurde Lucas zusehends klarer. Er dachte wieder an die Nacht in Chatfield Hollow zurück, als Earl sich fast an Cat vergangen hätte. Wo war das einzuordnen in Simons Wertesystem von Gut und Böse? Wäre er dazwischengegangen, um Earl aufzuhalten, wenn Lucas es nicht getan hätte?

»Aber wenn Warren sie gewinnt«, fuhr Simon nun fort, »dann steht sie ihm natürlich auch zur Verfügung. Zumindest für eine Zeit. Richtig?«

»Sie gehört mir nicht, also kann ich sie auch nicht verlieren, oder?« erwiderte Lucas.
»Tja, das stimmt natürlich auch wieder. Aber ich habe ja auch nur versucht, hilfsbereit zu sein, damit du etwas für sie tun kannst. Als eine Art Testamentsvollstrecker oder Stellvertreter. Damit meine ich, daß du schließlich mehr von Poker verstehst als sie. Und daß sie so bessere Chancen hätte.«
Lucas konnte es nicht glauben, daß er überhaupt ein derartiges Gespräch führte. Schließlich sagte er mit fester Stimme: »Vergiß es. Ich habe nicht die geringste Absicht, auf eine derartige Wette einzugehen. Geld, Klamotten, Grundstück – was immer du willst. Aber das nicht.« Er wollte gerade erneut seinen Stuhl vom Tisch zurückschieben, als Simon aufstand, zur Schlafzimmertür ging und seine Hand auf den Türknauf legte. »Was hast du vor?« fragte Lucas, obwohl er es bereits wußte.
»Wenn du schon nicht an ihrer Stelle spielen willst, wird sie für sich selbst spielen müssen. Und wenn sie sich weigert, ist es dasselbe, als ob sie verloren hätte. Ich versuche nur, mich fair zu benehmen, Lucas, und dafür zu sorgen, daß sich alle gut amüsieren. Aber wenn ihr, du und Cat, euch weigert, an den gemeinsamen Aktivitäten teilzunehmen, warum sollte ich dann weiter meinen Kopf für euch hinhalten?«
Simon, in dem Wissen, daß er Lucas jetzt fest am Haken hatte, verstummte für einen Moment, um ihm noch etwas Zeit zu lassen. Alle sahen Lucas abwartend an. Earls dunkle Augen glitzerten gefährlich, und Warren grinste wie ein Dorftrottel. Der Druck in Lucas' Magen war jetzt so stark, daß er das Gefühl hatte, er könnte jeden Augenblick platzen. Schließlich griff er nach den Karten und warf einen entschlossenen Blick über den Tisch.

»Okay, Warren, es ist dein Spiel. Aber nur du und ich. In Ordnung?«
»He, und was ist mit mir?« meldete Earl sich zu Wort, dem offensichtlich jetzt erst auffiel, daß man ihn völlig übergangen hatte.
Aber Simon erstickte die Beschwerde im Keim. »Schluß damit«, sagte er. »Jetzt ist Lucas an der Reihe.«
Warren rieb sich die großen, klobigen Hände und sah Lucas verschlagen an. »Tja, Mann. Nur du und ich. Kennst du As-und-Zwei?«
Lucas kannte es, ein simples Spiel, das er vor vielen Jahren oft gespielt hatte. Zuerst wurde der Einsatz pro Spiel festgesetzt, dann wurden zwei Karten offen aufgedeckt. War man an der Reihe, konnte man entweder passen oder aber reizen; man setzte dann darauf, daß die dritte Karte, die der Kartengeber ausgab, vom Wert her irgendwo zwischen den ersten beiden Karten lag, sich aber weder nach unten noch nach oben anschloß. Der Einsatz begann bei einem Cent und war nach oben offen. Abhängig davon, ob man gewann oder verlor, addierte man den Spieleinsatz entweder zu dem Gesamteinsatz oder zog ihn davon ab. Nachdem jeder Spieler einmal an der Reihe gewesen war, wurden die Karten neu ausgegeben.
Lucas nickte. »Wir fangen beide mit fünfhundert Dollar in Chips an; der Mindesteinsatz beträgt zehn Dollar, der Pot beginnt bei zwanzig Dollar. Wenn der Pot leer oder ein Spieler pleite ist – ganz egal, was zuerst passiert –, dann ist das Spiel zu Ende. Derjenige, der das meiste Geld in der Kasse hat, hat gewonnen. Einzige Bedingung ist, daß vorher mindestens zwei Runden gespielt worden sein müssen. Können wir uns darauf einigen?«

Warren nahm einen Zahnstocher, steckte ihn sich zwischen seine verfaulten Zähne, kippte mit seinem Stuhl zurück und ließ ein langgezogenes Geheul hören. »Abgemacht, Alter«, wieherte er. »Teufel aber auch, ich kann ihre Muschi schon von hier aus riechen.« Dann beugte er sich vor und sagte zu Lucas: »Ich bin jetzt schon so hart, daß ich ein Loch in einen Ziegelstein bohren könnte. Willst du mal fühlen?« Er und Earl stießen ein meckerndes Gelächter aus.
Simon war viel zu aufgedreht, als daß er seine Zeit mit Gelächter verschwendet hätte. Er nahm Lucas die Karten aus der Hand und verkündete, daß er als Kartengeber fungieren würde. »Ich muß schon sagen, das ist eine spannende Geschichte. Wie steht's mit dir, Lucas? In der letzten Zeit bist du doch etwas außer Form geraten, langweilig geworden. Das einzige, das sich bei dir noch verhärtet hat, waren bestimmt deine Arterien. Und was noch viel trauriger ist, in deiner Jugend warst du bestimmt ein ganz Wilder, das möchte ich wetten.«
Lucas hatte nur einen Gedanken: Was werde ich tun, wenn ich verliere? Dutzende von Antworten schossen ihm durch den Kopf, nicht eine davon war logisch oder lag auch nur annähernd im Bereich des Möglichen. Also würde ihm nichts anderes übrigbleiben, als vollen körperlichen Einsatz zu bringen und sich von ihnen bewußtlos prügeln zu lassen. Denn dann würde er nicht mit ansehen müssen, was mit Cat geschah.
Aber soweit war es noch nicht. Obwohl Lucas in den letzten Jahren nicht mehr ernsthaft Karten gespielt hatte, hatte er die wichtigste Regel beim Pokern nicht vergessen: Derjenige, der Angst hat, zu verlieren, der verliert auch. Er mußte einfach Vertrauen haben.
Leichter gesagt als getan.

Doch davon hing alles ab. Also zwang er sich, jeden Gedanken an Cat zu verdrängen und das Spiel einzig und allein unter dem Gesichtspunkt von Geld und Einsatz zu betrachten.
Und so wartete er auf die ersten Karten. Sein erstes Paar waren eine Neun und eine Königin. Nur mit einer Zehn und einem Buben hätte er gewonnen, deshalb paßte er. Warren bekam eine Drei und eine Acht – ebenfalls eine schlechte Ausgangslage, denn nur vier Karten konnten ihm zum Gewinn verhelfen. Trotzdem setzte er die ganzen zwanzig Dollar. Er zog einen Buben und verlor seinen Einsatz.
Jetzt waren also vierzig Dollar im Pot.

Benny traf schließlich die Entscheidung, ohne Davidsons Zustimmung die Überwachung nicht weiterzuführen. Gegen neun Uhr an diesem Abend rang er sich zu einem Anruf bei der Polizei von New London durch. Er kam sich zwar ein bißchen dumm dabei vor, aber ihm war wieder eingefallen, daß Davidson einige der Beamten auf dem Revier dort kannte. Was konnte es deshalb schaden, sie darüber zu informieren, wie besorgt er war? Vielleicht hatte Davidson ja einen Unfall gehabt, was die Polizei mit Sicherheit wissen würde.
Ein Lieutenant namens Lester Hutchins nahm den Anruf entgegen; Benny machte ihm den Sachverhalt klar und bemühte sich dabei, nicht so zu klingen, als messe er dem Ganzen allzuviel Gewicht bei, was ihn von vornherein als Spinner abgestempelt hätte.
»Haben Sie irgendeine Ahnung, an welchem Fall er gerade arbeitete?« fragte Hutchins, nachdem er seinen Namen und seine Telefonnummer notiert hatte.

»Ja, sicher. Er hat mich in dem Zusammenhang ja eine Überwachung durchführen lassen. Der Name des Klienten ist Marshall. Davidson war auf der Suche nach zwei Kerlen, die diesen Marshall vor ein paar Wochen zusammengeschlagen haben. Der Klient wohnt irgendwo drüben in Clinton. Den Vornamen weiß ich nicht.«

»Hören Sie, ich werde eine Mitteilung an unser Schwarzes Brett hängen«, sagte Hutchins. »Vielleicht hat ja einer der Kollegen von der Tagesschicht irgendwelche Informationen. Wenn nicht, dann kümmere ich mich darum, daß die Polizei in Clinton verständigt wird. Vielleicht wissen die etwas, das wir nicht wissen.«

Fünfzehn Minuten waren vergangen, eine lange Zeit für ein einziges Spiel. Aber Lucas hatte so etwas schon früher erlebt. Viele Spieler neigten dazu, auf jede Summe zu setzen, wenn die Einsätze noch niedrig waren, aber sobald mehr im Pot lag, machten sie den Fehler, sich bei ihren Einsätzen von der Geldsumme statt von den Karten leiten zu lassen.

Und noch ein Faktor spielte mittlerweile eine Rolle bei seinen Überlegungen: seine Fähigkeit, sich an bereits gezogene Karten erinnern zu können. Wie bei Siebzehnundvier wurden die Karten erst dann wieder neu gemischt, wenn sie vollständig aufgebraucht waren. Wenn ein Spieler also ein gutes mathematisches Gedächtnis hatte, war es sehr wahrscheinlich, daß er abschätzen konnte, welche Karten noch im Stapel lagen.

Lucas war auf diesem Gebiet immer schon sehr begabt gewesen – und er konnte warten. Er mußte nur so lange warten, bis die richtige Kombination kam, und dann das Spiel machen. Bis jetzt war seine Chance noch nicht gekommen. Der

Gesamteinsatz betrug inzwischen über siebenhundert Dollar, wobei das meiste davon Warren eingesetzt hatte. Würde er die Summe gewinnen, hätte er Lucas damit überholt.

Warren bekam eine Zwei und eine Zehn – eigentlich ein ziemlich gutes Blatt, da er mit sieben Karten gewinnen konnte. Aber Lucas' Schätzung nach mußte jetzt wieder mal ein Bildkarte an der Reihe sein. Und damit würde er alles verlieren, was im Pot war – und er wäre pleite. Lucas spürte, wie sein Herz zu hämmern begann.

Ja, nur zu, du Bastard, setz alles.

Warren schaute auf die Karten, warf einen Blick auf das Geld in der Mitte und überschlug in groben Zügen, was er noch auf dem Tisch liegen hatte. Die Schweißperlen, die zuvor wie Wachs auf seiner Stirn gestanden hatten, fingen nun an, über sein Gesicht zu laufen.

»Na los«, drängte Earl. »Das ist eine sichere Sache.«

Lucas zuckte die Schultern, als wollte er Earls Feststellung anzweifeln. Wie es seine Absicht war, fiel Warren darauf herein. »Was ist los, du Wichser. Meinst du, das ist kein gutes Blatt?«

»Hast du gehört, daß ich irgend etwas gesagt habe?«

»Nein, daß brauchst du auch gar nicht. Was glaubst du eigentlich, wer ich bin, irgend so ein Volltrottel? Du glaubst wohl, ich merke nicht, daß du versuchst, mich unsicher zu machen? Mein Kumpel hat recht, das ist eine sichere Sache.«

Lucas schaute auf Warrens geschrumpften Stapel Spielmarken und schüttelte den Kopf. »He, jeder hat seinen eigenen Stil zu spielen«, sagte er. »Du machst dein Spiel, also nimm eine Karte.«

Warren holte einen Fetzen Stoff aus seiner Tasche und wischte sich den Schweiß von der Stirn. »Okay, äh, vielleicht ... Vielleicht nehme ich eine Karte ... aber ich weiß nicht, ob ich die ganze Summe setze. Vielleicht –«

Die Art, wie Warren zögerte und herumdruckste, ließ darauf schließen, daß er eine Karte nehmen würde, aber es sah nicht so aus, als ob er den Mut hätte, die ganze Summe zu setzen. Bis Simon ein gackerndes Gelächter ausstieß.

»Okay, die Zeit läuft. Was willst du denn einsetzen, du Hühnerarsch, einen Zehner vielleicht?«

Es war Simons verächtliche Bemerkung, die schließlich den Ausschlag gab. Warren, der den Gedanken nicht ertragen konnte, daß Simon ihn für eine feige Memme halten könnte, knetete den Stofflappen in seiner Faust und leckte sich mit der Zunge über seine feisten Lippen. »Okay. Ich setze den ganzen verdammten Pot!«

Lucas hatte das Gefühl, als spielte sich alles in Zeitlupe ab, während er Simon dabei beobachtete, wie dieser sich anschickte, die oberste Karte herauszuziehen. Eine unheimliche Stille herrschte plötzlich im Raum, so, als legte sich ein großer Druck auf Lucas' Ohren. Simon ließ die Karte mit lautem Knall auf den Tisch schnalzen.

»Pik-König! Du bist erledigt!« rief Simon und sah Warren an. »Sieht so aus, als hättest du verloren.«

Warren, der seinen Zorn schlecht an Simon auslassen konnte, ging statt dessen auf Earl los, schrie ihn an und beschimpfte ihn wüst, während der arme Kerl immer weiter zurückwich. Simon nickte Lucas zu. »Ein gutes Spiel«, meinte er und streckte ihm die Hand entgegen, aber Lucas stand wortlos auf, ging in die Küche und drehte den Wasserhahn auf. Dann hielt er seinen Kopf ein paar Sekunden unter das kalte Wasser.

Schließlich nahm er das Küchenhandtuch vom Haken und

trocknete sich damit Haare und Gesicht ab. Er fühlte sich, als wäre gerade ein zwei Tonnen schwerer Lastwagen von seiner Brust gerollt.

Genau in diesem Augenblick fing Cat zu schreien an. Lucas lief Richtung Schlafzimmer, aber Warren, der sich mittlerweile genügend an Earl ausgetobt hatte, baute sich vor Lucas auf und versperrte ihm den Weg.

20

Eineinhalb Stunden waren vergangen, seit Cat sich in ihr Schlafzimmer zurückgezogen hatte. Sie hatte nicht richtig geschlafen, tat jetzt aber so, als hätte sie einen Alptraum gehabt. Als Simon ins Zimmer gerannt kam, richtete sie sich auf, blickte durch ihn hindurch, als wäre er Luft, und schrie einfach weiter. Es war nicht schwierig, die Angst in sich hochsteigen zu lassen, und sobald sie sich einmal überwunden und zu schreien angefangen hatte, war das einzige Schwierige nur, wieder damit aufzuhören.

Da er sie nicht beruhigen konnte, ging Simon rasch wieder hinaus, und ein paar Minuten später kam Lucas herein. Seine Gegenwart hatte sofort eine beruhigende Wirkung auf sie. Mit ihm allein zu sein, seine starken Arme um sich zu spüren, löschte für einen Augenblick allen Schrecken um sie herum aus. Nach ihrem Geständnis vom Abend zuvor war sie sich nicht mehr so sicher gewesen, ob sie jemals wieder Lucas' Arme um sich spüren würde. Aber gestern abend schien bereits Lichtjahre entfernt zu sein.

»Lucas, du bist ja ganz naß«, sagte sie, als sie seine Haare an ihrem Gesicht spürte. »Was ist passiert?« Aber er schüttelte nur den Kopf, als gäbe es nichts, weswegen sie sich Sorgen machen müßte; erleichtert ließ sie das Thema fallen. »Ich muß unbedingt mit dir reden«, sagte sie.

»Ich auch«, erwiderte er, und seine Lippen gruben sich in ihr Haar und küßten sie. Schließlich riß er sich von ihr los und sah sie eindringlich an. »Uns bleibt nicht viel Zeit zu reden,

Cat«, sagte er leise. »Vielleicht nur ein paar Minuten, bevor Simon an der Tür steht und mich wieder hinausschickt. Deshalb mußt du jetzt ganz genau aufpassen, was ich dir sage.«

Sie seufzte und nickte. »Ich höre.«

»Kleines, wenn wir hier raus wollen, dann müssen wir das ganz allein schaffen. Und wir müssen es tun, bevor es –« Er hielt inne, als hätte er die falsche Richtung eingeschlagen, und setzte von neuem an. »Cat, wenn du je stark sein mußtest, dann jetzt –«

Sie legte ihm die Hand auf die Lippen und brachte ihn zum Schweigen. »Was soll ich tun?«

»Ich habe keinen festen, ausgearbeiteten Plan – wir werden improvisieren müssen. Aber ich möchte versuchen, das einzusetzen, was ich bisher über die drei in Erfahrung gebracht habe, um eine für uns günstige Gelegenheit herbeizuführen. Ich will eine Situation schaffen, in der sie so sehr mit sich selbst beschäftigt sind, daß sie gar nicht mehr bemerken, was sonst noch vor sich geht. Und wenn diese Gelegenheit da ist, dann will ich, daß du mit den Kindern darauf vorbereitet bist, von hier zu verschwinden.«

»Wie willst du diese Situation herbeiführen?«

»Hauptsächlich, indem ich Warren bearbeite. Hoffentlich heute nacht schon, während er Wache hat und die anderen schlafen, spätestens aber morgen. Er ist das schwächste Glied in der Kette, Cat, er wird irgendwann die Beherrschung verlieren, so oder so. Ich werde diesen Prozeß nur etwas beschleunigen. Und wenn er dann explodiert, dann ist es hoffentlich Simon, auf den er losgehen wird, nicht wir.«

»Ich begreife aber immer noch nicht ganz –«

»Richte dich einfach nach dem, was von mir kommen wird,

Hauptsache, es gelingt dir, alles so natürlich wie möglich erscheinen zu lassen. Ich schätze, daß es bis morgen abend bei Einbruch der Dunkelheit soweit sein dürfte. Warren wird zwar zu dem Zeitpunkt, der mir vorschwebt, keine Wache haben, aber ich werde zusehen, daß ich das irgendwie ändern kann. Wenn ich es richtig anstelle, dann werde ich Warren so in Rage bringen, daß er das ganze Haus demoliert.«

»Okay, du willst mir damit also sagen, daß es zu einer Art Zusammenstoß zwischen den dreien kommen wird, richtig?«

Er nickte, und sie fügte hinzu: »Aber mir ist trotzdem noch nicht alles klar. Wie sollen wir von hier wegkommen?«

»Wie wäre es mit dem Jeep?«

»Hast du vergessen, daß Simon uns allen die Schlüssel abgenommen hat?«

Er öffnete seine Brieftasche, und als er den einzelnen Schlüssel für den Jeep herausnahm, fiel ihr wieder ein, wann er ihn dort hineingelegt hatte. Jetzt ließ er ihn rasch in die Schublade ihres Nachttisches gleiten. »Wenn du morgen früh aufstehst, dann nimm ihn an dich und behalte ihn bei dir.«

Sein Vorhaben erschien ihr völlig unausgegoren, waghalsig und unglaublich riskant. »Meinst du nicht, daß es Simon auffallen wird, wenn wir plötzlich alle aufstehen und einfach davonmarschieren? Selbst wenn er in dem Moment alle Hände voll mit Warren zu tun hat?«

»Die einfachen Pläne sind immer die besten. Du brauchst nur mein Signal abzuwarten. Wenn du es von mir bekommst, dann nimm die Kinder und lauf los. Überlaß es mir, ob Simon etwas bemerkt oder nicht.«

»Aber du wirst dann –«

Noch ehe er den Kopf schütteln konnte, wurde ihr klar, was er ihr damit sagen wollte. Er würde nicht mit ihnen mitkom-

men. »Nein«, sagte sie und schüttelte den Kopf. »Ich werde nicht ohne dich gehen.«
Er packte sie fest an den Oberarmen und grub seine Finger hart in ihr Fleisch. »Hör mir gut zu, Cat, du mußt. Wenn ich ihnen provozierend vor der Nase herumtanze, werden sie keinen Gedanken mehr an dich oder die Kinder verschwenden. Bitte, Schatz, vertraue mir. Du schaffst das.«
»Aber was ist mit dir?«
»Mir wird nichts passieren – das heißt, falls jemand kommt und mich rechtzeitig hier heraushol t. Und dabei verlasse ich mich voll auf dich. Du mußt nämlich unbedingt darauf achten, daß die Polizei auf dem Weg hierher keine unnötigen Boxenstopps einlegt.«
Sein halbherziger Versuch, humorvoll zu sein, zeigte keine Wirkung. »Aber einmal angenommen, ich kann nicht –«, setzte sie an, brach aber abrupt ab, als die Tür aufgerissen wurde. Simon stand unter dem Türrahmen.
»Was geht hier vor sich, Lucas? Ich sagte, du hast nur ein paar Minuten mit deiner Frau, und du warst einverstanden.«
Lucas wandte sich zu ihm um. »Stimmt, du hast recht. Aber sie war ziemlich mitgenommen. Noch eine Minute, okay, Simon?«
Simon warf ihnen einen zweifelnden Blick zu, schaute auf seine Uhr, seufzte und nickte. »Okay, einverstanden. Eine Minute. Aber nicht länger.« Er trat wieder zurück und schloß die Tür.
Jetzt blieb ihnen überhaupt keine Zeit mehr zum Reden. Deshalb zog sie schnell die Schublade des Nachttisches heraus, holte den Stapel Fotografien und streckte sie Lucas hin. »Schau dir die mal an, wenn du allein bist«, sagte sie. »Haley hat sie oben in Simons Rucksack gefunden.«

Er runzelte die Stirn. »Aber was ist das?« begann er.
»Noch dreißig Sekunden«, rief Simon von draußen.
»Jetzt nimm sie schon«, drängte sie ihn, der Panik nahe bei dem Gedanken, daß Simon die Tür wieder öffnen, dieses Mal aber nicht mehr schließen könnte.
Als er sah, wie aufgeregt sie war, nahm Lucas rasch die Fotos und schob sie in die Seitentasche seiner Shorts, wobei er darauf achtete, daß sein T-Shirt die Ausbuchtung verdeckte. Dann beugte er sich vor und küßte sie. »Wir haben es bald ausgestanden«, sagte er, aber seine belegte Stimme stand in merkwürdigem Gegensatz zu seinem gelassenen Tonfall. »He, Schatz, habe ich dir in der letzten Zeit eigentlich mal gesagt, wie sehr ich dich liebe?«
O ja, Lucas, viele, viele Male ... Sie sah ihm nach, wie er ging – der wichtigste Mensch in ihrem Leben. Sie mußte schlucken, und Tränen strömten über ihre Wangen. Was, wenn sie und die Kinder es schafften, sie aber nicht rechtzeitig zur Polizei käme? Was würden Simon und seine Kumpane Lucas dann antun?

* * *

Nachdem Lucas das Zimmer verlassen hatte, ging er zum Sofa, setzte sich und schaute sich die Party an, die mittlerweile in vollem Gang war. Simon und Earl schnupften Kokain. Warren, der eben erst mit seinem Wachdienst angefangen hatte und deshalb keine Drogen nehmen durfte, machte dieses Manko wieder wett, indem er üppig Essen in sich hineinstopfte. Mit der Waffe im Schulterhalfter, saß er am Tisch im Eßzimmer, eine Salami in der einen, eine halbe Stange mit Butter beschmiertes Baguette in der anderen Hand. Seine Lippen waren voller Fett, und er schmatzte laut.

Lucas wurde fast schlecht bei seinem Anblick, und er wünschte sich, er möge ersticken an dem Brot.
Schließlich stand Lucas auf und ging ins Bad. Warren griff nach seiner Waffe. »Wo gehst du hin, Alter?«
»Ich muß scheißen. Ist das okay?«
Warren, der seine Niederlage beim Kartenspiel offensichtlich schon wieder vergessen hatte, machte ihn auf primitive Weise an. »Klar. Ruf mich, wenn du Hilfe beim Arschabwischen brauchst.«
Nachdem er sich ins Bad gesperrt hatte, nahm Lucas die Fotografien aus seiner Tasche und fing an, sie durchzusehen. Es waren Aufnahmen von ihm, die offensichtlich bereits vor vielen Jahren gemacht worden waren. Wie hatte Simon die in die Finger bekommen? Das heißt, vielleicht hatte er sie ja auch aus Cats Fotoalbum gestohlen.
Er räusperte sich; nein, Cat hätte es erwähnt, wenn sie die Fotos schon mal gesehen hätte. Erst als er bei der fünften Aufnahme angelangt war – einen überraschten Ausdruck auf dem Gesicht, hielt er die Hände nach oben, als wollte er die Kamera zurückhalten –, erkannte er, was er sich da eigentlich ansah ...
Er hatte sich in jenem Winter eine schwere Lungenentzündung eingefangen, ungefähr zwei Jahre nachdem er das Anwesen am Strand erworben hatte. Das war jetzt zweiundzwanzig Jahre her. Obwohl im Frühjahr darauf die Lungenentzündung weitgehend auskuriert und er wieder auf den Beinen war, hatte er seine alte Stärke noch nicht völlig zurückerlangt. Auf Anraten des Arztes hatte er deshalb beschlossen, sich ein paar Wochen freizunehmen, sich zu erholen und sich im Strandhaus wieder in Form zu bringen.
Er hatte sich auch strikt an sein Programm gehalten: keine

Partys, keine Pokerpartien, keine Frauen, nichts Anstrengendes. Nur Strand, viel Sonne und jede Menge Spaß. Etwas Gutes zu essen, jeden Morgen und jeden Abend eine Runde Joggen, mit dem Boot hinausfahren, angeln, lesen, Sport im Fernsehen anschauen und viel, viel Ruhe.

Als er deshalb eines Morgens auf das Klopfen an der Küchentür hin öffnete und sich einer gutaussehenden Blondine gegenüberfand, die eine Kamera in der Hand hielt, brachte ihn das ziemlich aus der Fassung. Er wußte genau, daß er niemanden eingeladen hatte. Aber noch ehe er sie fragen konnte, was sie wollte, bohrte sich der Blitz der Kamera in seine Augen. Und er hob protestierend beide Hände.

»Was, zum Teufel –«, fing er an.

»O nein, nein. Werden Sie bitte nicht wütend. Ich habe unbedingt ein Foto von diesem Haus gebraucht.« Sie schlüpfte an ihm vorbei, marschierte durch die Küche und in den großen Wohnraum. Lucas sah sie noch wie damals vor sich: ein toller Hintern und tolle Brüste. Sie trug hochhackige Schuhe und ein schwarzweiß gestreiftes Kleid. »Du meine Güte, das ist ja wunderbar«, staunte sie. »Genauso, wie ich es mir vorgestellt habe.« Ihre Stimme war tief für eine Frau und irgendwie rauh. Wie die von Simon. Bestand hier eine Ähnlichkeit? Lucas verglich im Geist die beiden Gesichter und kam zu dem Schluß, daß es durchaus eine Ähnlichkeit gab. Und dann fiel es ihm wieder ein – zwei ihrer Zehen waren zusammengewachsen gewesen.

Jetzt wurde es Lucas heiß. Da es kein Fenster im Bad gab, streckte er die Hand aus und schaltete den Ventilator an. Dann ließ er sich wieder auf den Toilettensitz zurücksinken. Er drehte das Foto, das er gerade in der Hand hielt, um und schaute auf das Datum, das hinten aufgedruckt war. Ja, er hatte ganz

richtig gerechnet – es war zweiundzwanzig Jahre her, daß er sie kennengelernt hatte. Erleichtert über diese Bestätigung, kehrten seine Gedanken wieder zu jenem Tag zurück.
Sie hatte überhaupt nicht mehr aufgehört, Fotos von dem Haus zu machen, und Lucas, der mittlerweile mehr als nur ein wenig verärgert war, hatte ihr die Kamera aus der Hand nehmen wollen. Aber sie war ihm elegant ausgewichen.
»Hören Sie, möchten Sie mir nicht sagen, was das Ganze soll?«
Aber sie lächelte ihn vielsagend an, achselzuckend über seine Verstimmung hinweggehend. »Wenn ich dieses Haus hier in meinen Katalog aufnehmen will –«
»Würden Sie mir jetzt bitte sagen, worüber Sie überhaupt reden? Wenn Sie Immobilienhändlerin sind, dann suchen Sie sich besser ein geeigneteres Objekt. Ich habe nämlich nicht die geringste Absicht, zu verkaufen.«
»Aber ich könnte eine ganz schöne Stange Geld für das Haus hier bekommen.« Sie trat einen Schritt zurück und fing an, nun auch Fotos von ihm zu machen. »O ja, so mag ich das – Überraschung, Empörung, Wut. Ihr Mienenspiel ist grandios.«
»Würden Sie bitte endlich damit aufhören?« schimpfte er. »Ich nehme sonst Ihre verdammte Kamera und werfe sie auf den Boden!«
Endlich ließ sie die Kamera sinken und meinte achselzuckend: »Sie können es einer Frau doch nicht vorwerfen, daß sie es wenigstens mal versucht, oder?«
Er kannte Frauen gut genug, um ihre Körpersprache, ihre Koketterie auch als solche zu erkennen. Sie flirtete ganz eindeutig mit ihm. Aber er ging nicht darauf ein, sondern fragte statt dessen: »Stellen Sie Ihre Kataloge immer so zu-

sammen? Indem Sie einfach bei fremden Leuten in deren Häuser eindringen?«

»Sie wären überrascht, wie gut das funktioniert.« Sie warf einen Blick durch die Schiebetüren, hinaus auf den Ozean. »Das ist wirklich ein phantastischer Besitz. Aber ich weiß, daß ich Ihnen ziemlich auf die Nerven gegangen bin.« Sie wartete auf seinen Widerspruch. Als der nicht kam, fuhr sie fort: »Haben Sie was dagegen, wenn ich hinunter an den Strand zum Schwimmen gehe?«

»Das ist ein öffentlicher Strand«, erwiderte er und dachte noch, wie merkwürdig es doch war, daß sie unter ihrem Kleid einen Badeanzug trug. Die Dame war offensichtlich auf alles gut vorbereitet.

Sie ging zu den Schiebetüren, öffnete sie, drehte sich dabei aber noch einmal um. »Ich lasse meine Sache hier bei Ihnen auf der Veranda und hole sie mir dann ab, bevor ich gehe. Das heißt, wenn Sie nichts dagegen haben.« Er schüttelte den Kopf, und sie fügte hinzu: »Keine Angst, ich werde Sie nicht noch einmal belästigen.«

Dann schloß sie die Schiebetüren hinter sich, ging zu einem der Liegestühle auf der Veranda und legte dort ihre Kamera ab. Mit dem Rücken zu ihm stehend, zog sie ihre Schuhe aus und stellte sie neben den Fotoapparat. Dann hob sie schließlich ihr Kleid und zog es über ihren Kopf.

Sie hatte nichts darunter an ...

Hat ja nicht lange gedauert, meine Phase der Enthaltsamkeit, dachte er noch, als er die Tür hinaus auf die Veranda öffnete. Sie drehte sich nicht um, bis sie ihn direkt hinter sich hörte, und als sie sich dann doch umdrehen wollte, hielt er sie fest und ließ es nicht zu. »Du hast mich angelogen«, flüsterte er ihr ins Ohr.

»So?«
»Ich fühle mich durchaus belästigt.« Dann schob er sie auf den Tisch und drang von hinten in sie ein.
»Was treibst du da drin? Hast du Dünnschiß?« rief Warren vor der Badezimmertür und riß ihn damit aus seinen Gedanken. Schnell schob Lucas die Fotos wieder zurück in seine Tasche, aber die Erinnerungen konnte er nicht zurückdrängen.
Er hatte sie gebumst – draußen auf der Veranda, in der Küche und dann noch einmal im Bett, ehe er sie endlich nach ihrem Namen fragte. Pamela Bowerman. Sie sprach es mit einem langen O aus. Und sie war auch keine Immobilienhändlerin. Sie stammte aus dem Westen und verbrachte ihre Ferien an der Ostküste. Offensichtlich hatte sie Lucas beim Frühstück im Ocean Haven Diner gesehen, dort, wo Winnie bediente. Und war ihm dann zum Haus gefolgt.
Sie blieb neun Tage bei ihm, und sie hatten großartigen Sex. Aber sie war verrückt. Völlig durchgeknallt. Die ganze Zeit über machte sie Fotos von ihm; er konnte nicht einmal zum Pinkeln, ohne daß sie mit ihrer Kamera plötzlich aufgetaucht wäre, um es für die Nachwelt festzuhalten. Sie war so unsicher, daß sie bei geschäftlichen Anrufen einfach das Telefon wieder auflegte. Und dann diese blödsinnigen Blumen ... Ja, die Gladiolen im ganzen Haus. Sogar auf seinem Teller.
Es war verdammt schwierig gewesen, sie wieder loszuwerden. Zweimal danach brach sie noch ins Strandhaus ein, und er schwor ihr, daß er, falls es noch einmal passieren sollte, eine polizeiliche Verfügung gegen sie erwirken würde. Aber sie rief weiterhin unermüdlich bei ihm an. Schließlich mußte er sich eine Geheimnummer zulegen. Ungefähr einen Monat

später fing sie an, in seinem Büro in Massachusetts anzurufen, aber er hatte bereits Anweisungen gegeben, sie nicht zu ihm durchzustellen.

Gerade als er glaubte, sie nun doch endlich zum letztenmal gesehen zu haben, tauchte sie wieder im Strandhaus auf. Er war nur übers Wochenende dort, und da er nicht mit ihr rechnete, ging er an die Tür. An dem Abend teilte sie ihm mit, daß sie schwanger sei.

Die Tür wurde aufgerissen, und Simon stand vor ihm. »He, hättest du die Güte, mir mal zu sagen, was du hier treibst?«

Zum Glück erwartete Simon nicht ernsthaft eine Antwort auf seine Frage. Lucas folgte ihm wortlos aus dem Bad in den großen Wohnraum hinüber und setzte sich wieder auf das Sofa, während sich in seinem Kopf die Gedanken immer noch überschlugen. Er hatte Pamela Geld für eine Abtreibung gegeben. Sie hatte ihn heiraten wollen, aber er hatte ihr erklärt, daß das nicht in Frage käme. Er traute ihr nicht im geringsten über den Weg. Er war sich nicht einmal sicher, ob sie ihm wegen der Schwangerschaft die Wahrheit sagte, ganz zu schweigen davon, daß er nicht sicher sein konnte, daß es überhaupt sein Kind war. Außerdem war der Gedanke an eine Ehe mit ihr einfach lächerlich – er würde doch nicht versuchen wollen, einen Fehler mit einem anderen wieder gutzumachen ...

Aber man konnte die Sache drehen und wenden, wie man wollte – all das war vor zweiundzwanzig Jahren passiert, doch Simon war erst neunzehn Jahre alt; Lucas erinnerte sich ganz genau daran, daß er dies an seinem ersten Tag im Strandhaus erwähnt hatte. Doch warum hatte er es dann auf Lucas abgesehen? Vielleicht hatte Simon etwas durcheinandergebracht. War es möglich, daß er glaubte, Lucas sei sein Vater?

»Simon«, sagte er schließlich, und der Name war ihm bereits herausgerutscht, noch ehe er überhaupt wußte, daß er etwas sagen wollte. Simon, der sich eine CD angehört hatte, schien von den Drogen reichlich benebelt zu sein und schaute überrascht hoch, als er seinen Namen hörte. »Kann ich mit dir reden?« fragte Lucas.

»Klar, Lucas. Nur zu, sprich.«

»Nein. Allein. Können wir allein miteinander reden?«

Simon sah sich um, deutete dann mit dem Daumen auf die Schiebetüren und schickte seine Kumpane hinaus.

»Mist, da draußen ist es verdammt kalt«, schimpfte Warren.

»Darüber brauchst du dir doch keine Sorgen zu machen. Bei deiner Fettschicht wirst du bestimmt nicht erfrieren.«

Earl kicherte, aber Warren fand Simons Bemerkung nicht lustig. Trotzdem gab er Simon die Waffe und folgte Earl hinaus auf die Veranda. Simon schaltete den CD-Spieler aus.

»Okay, was hast du auf dem Herzen?«

»Du erinnerst mich an jemanden«, sagte Lucas, dem keine andere Art, das Gespräch zu eröffnen, einfiel.

»Na ja, vielleicht bin ich ja die Frau deiner schlaflosen Nächte.«

»Ich habe mal eine Frau gekannt –«

»Na, da schau an –«

»Wirst du mich jetzt ausreden lassen oder nicht?«

»Na klar, tut mir leid«, sagte er und sah tatsächlich zerknirscht aus. »Nur zu, rede.«

Schließlich wagte Lucas den entscheidenden Schritt und sagte: »Die Frau hieß Pamela Bowerman. Sie war deine Mutter, nicht wahr?«

Simon riß erstaunt die Augen auf. Er stellte seine Beine, die er zuvor lässig über die Lehne des Sessels hatte baumeln lassen, auf den Boden, beugte sich vor und fragte: »Du erinnerst dich an sie?«
Sie waren zwar nicht sehr angenehm, diese Erinnerungen, und bis zu diesem Abend hatte Lucas auch seit Jahren nicht mehr an sie gedacht, aber selbstverständlich erinnerte er sich an sie. Wie sollte er das nicht? Er nickte zustimmend. »Was ist aus ihr geworden?«
»Sie hat einen ziemlich dramatischen und unvergeßlichen Abgang hingelegt. Als ich sechs Monate alt war, hat sie sich die Pulsadern aufgeschlitzt und ist gestorben. Wahrscheinlich hat sie mich nicht mehr sehen können.«
Die lässige Art, wie Simon das sagte, hatte nur den einen Zweck, die Wirkung der Geschichte zu verstärken. Lucas spürte, wie ihm ein Schauer über den Nacken lief, und plötzlich kam er sich vor, als wäre er irgendwie für ihren Tod verantwortlich. Aber das war völlig übertrieben: Er hatte Pamela Bowerman ja kaum gekannt, und sie hatte erst drei Jahre nach ihrer kurzen Affäre Selbstmord begangen. Und ganz offensichtlich hatte sie seitdem noch andere Beziehungen gehabt.
»Das tut mir leid«, erwiderte Lucas schließlich.
»Ich schätze, etwas, das man nie hatte, kann einem auch nicht fehlen.«
Noch so ein Gemeinplatz, den die Leute vorschieben, um besser mit ihren Gefühlen fertig zu werden. Deshalb widersprach er dem Jungen auch nicht. »In welchem Jahr war das, was sagtest du?« fragte Lucas statt dessen.
»Ich habe gar nichts gesagt. Aber wenn du deswegen fragst, weil du wissen möchtest, ob du vielleicht mein alter Herr

bist, dann kannst du ganz beruhigt sein. Ich dachte, ich hätte dir schon bei unserem ersten Treffen gesagt, daß ich neunzehn bin, oder?«
»Das hast du, aber ... Es ist doch bestimmt kein Zufall, daß du jetzt ausgerechnet hier bist.« Als Simon keine Antwort gab, fuhr Lucas fort: »Ich erinnere mich, daß du sagtest, deine Tante hätte dich großgezogen. Was ist mit deinem Vater?«
Simon zuckte nur die Schultern. »Was soll mit ihm sein?«
»Wo ist er?«
»Er hat sie sitzenlassen. Ich habe ihn nie kennengelernt.«
Dem Jungen war also gleich zweimal sehr weh getan worden. Aber leider hatte Lucas auch vollstes Verständnis für jeden Mann, der eine Frau wie Pamela verließ. »Tja, nun, warum dann ausgerechnet ich, Simon? Wozu dieser ausgeklügelte Plan?«
»Du warst der wichtigste Mann in ihrem Leben. Der einzige, den sie wirklich geliebt hat.«
»Nein, ich glaube, da täuschst du dich. Dazu habe ich sie doch gar nicht lange genug gekannt, das ist die Wahrheit.«
»Sie hat mir Fotos hinterlassen. Jede Menge Bilder. Und sogar Filmaufnahmen. Willst du sie sehen?«
Lucas schüttelte den Kopf. Jetzt, da Simon es sagte, fielen ihm auch die Videofilme wieder ein. Mist, er erinnerte sich auch wieder daran, daß sie einmal eine Kamera hatte mitlaufen lassen, während sie miteinander schliefen. Hatte Simon auch diese Aufnahmen? »Simon, hast du dir schon mal überlegt, deinen Vater zu suchen? Wenn man genügend Geld hat, dürfte das nicht allzu schwierig sein.«
»Vergiß es. Ich verspüre kein unstillbares Verlangen, ihn kennenzulernen. Du warst derjenige, der ihr am liebsten war.«

Es schien sinnlos, ihm das ausreden zu wollen. Deshalb gab Lucas den Versuch auch gleich wieder auf und wählte eine andere Taktik. »Einmal angenommen, das würde stimmen, was nicht sehr wahrscheinlich ist, da sie offensichtlich danach noch eine Beziehung mit deinem Vater hatte – aber was erwartest du eigentlich von mir?«

Simon zuckte die Schultern. »Ich weiß es nicht, mich ihr nahefühlen vielleicht. Dich hat sie geliebt, mich nicht – wenigstens nicht genug, um meinetwegen am Leben zu bleiben. Also, in wessen Nähe könnte ich dann wohl am ehesten ein Gefühl für sie bekommen?«

»Das ist doch völlig verrückt.«

»Erzähl mir was von ihr.« Simon verschränkte die Arme vor der Brust und schaute Lucas abwartend an.

Lucas räusperte sich. Was soll man einem Kind über seine Mutter erzählen, die es nie gekannt hatte, einem Jungen, der ein Fall für den Psychiater ist? Und dabei auch noch einigermaßen bei der Wahrheit bleiben. »Als ich sie kennenlernte, war sie eine Frau, die vor Leben nur so sprühte«, entgegnete er schließlich. »Sie schien alles im Griff zu haben.«

»Sah sie gut aus?« fragte Simon versonnen lächelnd. In dem Moment war er wieder der schüchterne junge Mann, der drei Wochen zuvor zu ihnen ins Strandhaus gekommen war, der Junge, den Lucas sofort in sein Herz geschlossen hatte. Aber jetzt mußte er sich mit Gewalt daran erinnern, daß dieser Junge ein Mörder war.

Lucas nickte. »Du hast doch bestimmt Fotos von ihr gesehen. Sie war atemberaubend. Eine klassische Schönheit. Blond. Du siehst aus wie sie. Du hörst dich sogar an wie sie. Sie hatte eine einzigartige Stimme.«

»Aber das ist dir damals alles nicht aufgefallen, oder?«

»Das ist lange her, Simon.«
»Hast du sie geliebt?«
Verdammt. Auf diese Frage mit einer einigermaßen akzeptablen und der Wahrheit entsprechenden Antwort zu reagieren war nicht einfach. »Ich habe sie angebetet, Simon«, wich Lucas aus. »Deine Mutter schien vor nichts Angst zu haben. Sie war nicht wie andere Menschen – sie kannte keine Hemmungen, keine Furcht. Was immer sie wollte, das nahm sie sich. Manchmal mußte man direkt lachen. Nicht über sie, selbstverständlich. Aber sie hatte wirklich Mut. Ganz egal, diesen Mut konnte ihr keiner nehmen.«
»Du hast sie nicht geliebt?«
»Es war doch nur eine kurze Beziehung, Simon. Sie hat weniger als zwei Wochen gedauert.«
»Aber hast du sie geliebt?«
Natürlich wollte der Junge eine Bestätigung hören, aber so weit konnte Lucas die Wahrheit nicht dehnen. Als er deshalb keine Antwort gab, überging Simon die Frage und wechselte das Thema. »Winnie war diejenige, die zwischen euch beiden schließlich alles vermasselt hat«, sagte er. »Sie hat meine Mutter gehaßt.«
Die Tatsache, daß Simon Winnie in diesem neuen Zusammenhang erwähnte, ließ Lucas schmerzlich aufhorchen. War das der Grund, weshalb er seine Handlanger ausgeschickt hatte, sie zu töten? Weil er glaubte, daß Winnie Lucas' Beziehung zu seiner Mutter sabotiert hatte? »Wieso sagst du so etwas?« fragte er. »Abgesehen davon, daß sie sie vielleicht ein- oder zweimal gesehen hat, wenn sie zum Saubermachen kam, möchte ich bezweifeln, daß sich die beiden überhaupt kannten.«
»Nein, nein, da bist du nicht richtig informiert, Lucas.

Jedesmal, wenn meine Mutter versuchte, dich zu erreichen, hat es immer heftige Auseinandersetzungen mit Winnie gegeben. Als meine Mutter daraufhin Winnie eines Abends vor dem Diner zur Rede stellte, ist es ihr herausgerutscht, daß du sie nicht mehr sehen wolltest. Und daß sie dir besser nicht mehr unter die Augen kommen sollte. Dabei war Winnie natürlich selbst in dich verliebt und verfolgte ihre eigenen Pläne.«

Winnie hatte tatsächlich versucht, jede Belästigung von ihm fernzuhalten. Er hatte sie zwar nicht direkt darum gebeten, aber soweit er sich an die Situation von damals erinnern konnte, hätte er jede Hilfe angenommen, die man ihm anbot. Aber daß Winnie in ihn verliebt gewesen wäre? Da war es schon wahrscheinlicher, daß Pamela die Situation mißverstanden hatte. Auf jeden Fall konnte Simons falsche Einschätzung der Ereignisse nicht allein auf die Fotos seiner Mutter zurückzuführen sein. Doch wer hatte ihm diesen Unfug in den Kopf gesetzt?

»Deine Mutter ist doch gestorben, als du noch ganz klein warst, Simon. Woher weißt du dann so viel über die Zeit, die sie hier verbracht hat?«

»Das fing alles mit meiner Tante an. Sie hat es sehr geliebt, mich mit Geschichten über meine Mutter zu quälen. Sie war ein absolut verrücktes Haus.«

Die Tante mußte ein Ebenbild ihrer Schwester gewesen sein, dachte Lucas. Wenn das stimmte, dann war Simon noch ein drittes Mal verletzt und betrogen worden. Offensichtlich ahnte Simon, was Lucas in diesem Moment durch den Kopf ging, aber da er keinerlei Mitgefühl von ihm haben wollte, schob er dem schnell einen Riegel vor.

»Du kannst dir deine Tränen sparen. Als ich sechzehn war,

hat mich meine Tante auf die Straße gesetzt, und das war gut so. Ich habe das Haus mit den Kleidern verlassen, die ich am Leib trug, mit Rex und mit zwei Kartons voller Habseligkeiten meiner Mutter. Darin waren ihre Tagebücher, die Fotos und Videobänder. Alles über dich, Lucas.«

Lucas schwieg eine Weile. Wie sollte er jetzt weitermachen? Wie sollte er den Jungen überzeugen, seine zwanghafte Fixierung auf ihn und seine Mutter wieder aufzugeben? Schließlich stand er auf. »Vielleicht kann ich dir helfen.«

»Wie?«

»Ich weiß es nicht. Indem ich dir einen guten Anwalt besorge. Du bist noch jung, vor Gericht werden solche Aspekte in Betracht gezogen.« Während Lucas das sagte, ging er weiter auf Simon zu.

Simon zog seine Waffe und richtete sie auf Lucas. »Du bist kein schlechter Kerl, Lucas. Ich weiß nicht, ob dir das schon aufgefallen ist, aber das war der Grund, weshalb ich versucht habe, dir das Leben bisher nicht allzu schwer zu machen.« Als ob ein Vorhang vor seinen Augen niedergegangen wäre, machte er plötzlich einen völlig abwesenden Eindruck. »Trotzdem, wenn die Zeit gekommen ist, wirst du sterben müssen. Ihr alle werdet sterben.«

21

Der Junge hatte also alle Fotos, alle Filme gesehen und ihre Tagebücher gelesen. Da er jedoch nicht wußte, was seine Mutter für ein Mensch gewesen war und daß ihre Sicht der Dinge kaum jemals auf der Realität basierte, hatte er alle diese falschen Schlüsse gezogen. Höchstwahrscheinlich war sie an der Beziehung zu diesem anderen Mann zerbrochen, der ihr erst das Kind gemacht und sie dann sitzenlassen hatte. Simon sprach es zwar nicht offen aus, aber er mußte für sich zu dem Schluß gekommen sein, daß Lucas für den Selbstmord seiner Mutter verantwortlich war. Was sollte er sonst für Gründe haben, ihn in diese Falle zu locken? Oder seine Familie zu quälen? Aber als Lucas versucht hatte, ihn zu bewegen, dies zuzugeben, damit sie möglicherweise ihre Beziehung von vorn hätten beginnen können, da hatte Simon sofort abgeblockt.

Simon ging hinaus auf die Veranda, rief seine beiden Partner herein, händigte Warren die Pistole und das Telefon aus und hatte es sehr eilig, nach unten in den Keller, in den dreckigen und unbequemen Werkzeugraum, zu kommen, um sich dort in Gesellschaft einer Wühlnatter und einer Leiche aufzuhalten. Welche entsetzlichen Qualen mußte ein Kind erleiden und hatte dieser Junge wohl durchmachen müssen, um sich zum Trost an einen solchen Ort zu flüchten?

Earl ging mit einer Handvoll Kekse nach oben und ließ Lucas allein mit Warren zurück.

Plötzlich fühlte Lucas sich völlig erschöpft: Er war es leid, verzweifelt einen Sinn in etwas zu suchen, das keinen Sinn ergab. Er wünschte sich, er könnte sich eine Woche lang hinlegen und schlafen oder sich betrinken – ganz gleich, irgend etwas, nur um nicht mehr an all das denken zu müssen. Aber er mußte einen klaren Kopf bewahren. Er mußte jeden Gedanken, der nichts damit zu tun hatte, wie er Cat, Haley und Zack sicher aus dem Haus bekäme, rigoros beiseite schieben.

Trotzdem, wenn die Zeit gekommen ist, wirst du sterben müssen. Ihr alle werdet sterben.

Damit er nicht von unpassendem Mitgefühl für Simon überwältigt würde und am Ende noch auf die Idee käme, den Jungen für ungefährlich zu halten, durfte er diese Wort nicht vergessen.

Warren, der mittlerweile ein ärmelloses T-Shirt trug, holte sich ein Dose Seven up und eine Tüte Chips aus der Küche und trug sie hinüber in das Eßzimmer, wo er sich an den Tisch lümmelte. Die Luft war schwül und feucht, und Warrens Gesicht und Arme waren schweißbedeckt. »Ich möchte wetten, ein kühles Bier wäre dir jetzt lieber«, sagte Lucas.

»Was ist?« fragte Warren und neigte den Kopf, als hätte er die Bemerkung nicht richtig mitbekommen.

»Ein Bier, sagte ich. Das wäre jetzt genau das richtige.«

»Tja, man kriegt nicht immer alles, was man sich wünscht, alter Mann. Wenn du Durst hast, dann trink Wasser.«

»Nein, wahrscheinlich nicht. Offensichtlich trifft das auch auf dich zu.«

Warren blickte hoch. »Was soll das jetzt wieder heißen?«

Lucas zuckte die Schultern. »Och, nichts Besonderes. Nur habe ich irgendwie das Gefühl, daß so ein großer starker Kerl

wie du doch eigentlich sein Bier trinken sollte, wann immer er Lust dazu hat.«
»Aber das kann ich doch. Nur wenn ich Wachdienst habe –«
Lucas nickte verständnisvoll. »Ja, klar«, sagte er, »das weiß ich doch. Die Regeln. Damit werden wir heutzutage von allen Seiten ganz schön bombardiert. Da gibt es Leute, die sich immer wieder neue Regeln einfallen lassen, die dann andere Leute befolgen sollen. Das finden die offensichtlich toll, wie?«
Warren machte ein Gesicht, als würde er sich Lucas' Bemerkungen sorgfältig durch den Kopf gehen lassen. Dann antwortete er: »Na ja, ich schätze, das ist nun mal die gute alte amerikanische Art.«
»Tja, da hast du wahrscheinlich recht, Warren. Es gibt eben diejenigen, die die Regeln machen, und die anderen, die sie befolgen. Im Augenblick gehöre ich zu den Verlierern, die die Regeln anderer befolgen. Ein starker Kerl wie du sollte es aber doch geschafft haben.«
»Tja, das habe ich auch. Ich laß mir eigentlich nur wenig von anderen vorschreiben.« Lucas nickte zwar pflichtschuldig, dennoch konnte Warrens aufgesetzte Selbstsicherheit nicht über ein gewisses Zögern in seiner Stimme hinwegtäuschen.
»Du kennst Simon doch bestimmt schon ganz lange, oder?«
»Was geht das dich an?«
Lucas zuckte die Schultern. »Eigentlich nichts, ich versuche nur, mich ein bißchen nett mit dir zu unterhalten. Ihr drei macht einen recht eng befreundeten Eindruck auf mich.«
»Der äußere Eindruck kann täuschen. Earl und ich, wir zwei sind wirklich dicke Freunde, wir sind zusammen aufgewachsen. Simon haben wir beide erst vor drei, vier Monaten kennengelernt.«

»Tatsächlich? Das kapiere ich nicht ganz. Ich meine, auf mich macht das hier den Eindruck, als ginge es dabei nur um Simon. Nicht um euch. Was habt ihr eigentlich von der ganzen Sache?«
Warren trank ein paar Schluck von seinem Getränk und schaute ihn dann grinsend an. »Earl und ich haben unseren Anteil von dem Geld bekommen, das der Bronco gebracht hat.«
»Ich möchte wetten, der hat eine ganz schöne Stange eingebracht. Wieso habt ihr ausgerechnet meinen Wagen genommen?«
Warren fuhr sich mit dem Handrücken über den Mund und wischte feuchte Krümel weg. »Weil Simon uns gesagt hat, daß er genau den haben will, und deswegen haben wir uns den genommen. Uns war das egal. Ich meine, wer macht schon ein großes Geschiß wegen so einem Wagen?«
Lucas nickte. Wahrscheinlich sagte er sogar die Wahrheit. Für einen so einfältigen Menschen wie Warren war es weitgehend egal, hinter was oder hinter wem er her war oder was er im Laufe einer Transaktion zu tun hatte. Es ging nur darum, möglichst viel Spaß zu haben und möglichst viel Geld abzuzocken. Eigentlich ganz einfach. »Und wie sieht es jetzt aus?« fragte Lucas weiter.
»Wie meinst du das?«
»Ich meine, deinen Job hast du doch getan, und der Verkauf des Wagens hat dich für deine Mühe entschädigt. Das ergibt einen Sinn. Aber was kriegst du für das, was du jetzt machst?«
Als Antwort gestikulierte Warren mit dem Arm, in dem er die Getränkedose hielt, im Raum herum. »Dafür dürfen wir uns hier breitmachen, was gar nicht so übel ist.« Lucas schüttelte seufzend den Kopf. »Was paßt dir daran nicht?«

Jetzt hatte Lucas ihn am Haken und bohrte weiter. »Nichts. Ist auch gar nicht so wichtig.«
Unvermittelt stand Warren auf, kam zu ihm, packte ihn am Hemd und riß ihn auf die Beine. »Ich meine aber doch, daß das wichtig ist. Jetzt sag mir endlich, was dir durch den Kopf geht, du Wichser.«
»Okay, beruhig dich, kein Grund, gleich sauer zu werden. Ich habe mir nur gerade gedacht, daß mein Haus hier wesentlich besser ist als nur ›nicht übel‹. Aber da muß doch verdammt mehr dran sein, wenn sich so ein starker Typ wie du von einem jungen Bürschchen wie Simon wie ein Tanzbär an der Nase herumführen läßt.«
Die Tätowierung auf Warrens Schulter – Simons Name – brauchte er nicht anzusprechen, das war nicht mehr nötig. Als Lucas sah, wie sich die groben Gesichtszüge des Mannes vor Wut verzerrten, wußte er, daß er etwas zu weit gegangen war. Warrens Hände umklammerten Lucas' Hemdkragen und hoben ihn fast vom Boden; dann hielt er ihm seinen Mund vor die Nase und blies ihm seinen fauligen Atem ins Gesicht.
Schließlich holte Warren sein Messer heraus und drückte es Lucas zwischen die Beine; die Scheide durchbohrte den Stoff seiner dünnen Shorts, und die kalte Spitze drückte sich auf seine nackte Haut. Lucas erstarrte vor Schreck. »Du hast doch ein paar Eier in der Hose, Mister, stimmt's? Groß und reif und saftig, die würde ich mir gerne aufklopfen und mit etwas Butter zum Frühstück braten.« Lucas wagte weder, sich zu bewegen, noch, auch nur mit der Wimper zu zucken, aus lauter Angst, Warren könnte seine Drohung wahr machen. »Also, für heute abend möchte ich nichts mehr von dir hören! Ist das klar?«

Lucas nickte zaghaft, und Warren schob ihn zurück auf das Sofa. Die Kraft, mit der er dies tat, überrumpelte Lucas völlig und erzeugte ein dumpfes Pochen in seinem kranken Bein. Damit hatte ihre Unterhaltung ein abruptes Ende gefunden. Sehr viel später sah er jedoch, wie Warren zum Kühlschrank ging und sich ein kaltes Bier holte. Damit hatte er eine von Simons Regeln gebrochen – immerhin ein Fortschritt.

»Willst du einen Spaziergang mit mir machen?«
Es war sieben Uhr morgens, und Zack saß barfuß und mit hochgerollten Jeanshosenbeinen auf dem Anlegesteg, wo Earl ihn von der Veranda aus sehen konnte. Er hatte sich bisher mit seinem Gameboy beschäftigt, aber jetzt schaute er auf und sah Simon auf sich zukommen. Auch er war barfuß und trug einen Trainingsanzug. Zack schüttelte den Kopf.
»Ich hatte mir überlegt, zu den Klippen zu laufen.«
Zack gab keine Antwort.
»Jetzt komm, *kemosabe*. Was hat es schon für einen Sinn, sauer zu sein? Deswegen ändert sich gar nichts. So kommst du wenigstens mal wieder zu den Klippen. Es ist doch bereits eine Weile her, seit du das letztemal dort warst, hm? He, da war doch diese Bisamrattenfamilie, nach der du schauen wolltest, oder?« Simon nahm zwei Bananen aus der Tasche und streckte eine Zack hin.
Zack zögerte, schob dann aber seinen Gameboy in die Tasche und nahm die Banane. Als Simon anfing, den nassen Sand entlangzulaufen, beeilte Zack sich, ihn einzuholen. Gute zehn Minuten liefen sie wortlos nebeneinander her, ehe Zack das Schweigen zwischen ihnen brach.
»Warum tust du uns das an, Simon?«
Simon zuckte die Schultern, hob ein paar Kieselsteine auf

und ließ sie über das Wasser hüpfen. »Es gibt Dinge, die muß man eben tun.«
»Du warst mein bester Freund. Das habe ich dir zwar nie gesagt, aber ich habe es mir immer gedacht.«
Simon schaute ihn an und zerzauste ihm das Haar, wie er es manchmal getan hatte. »Weißt du, dann muß ich dir etwas sagen. Ich bin immer noch dein bester Freund.«
Zack schüttelte den Kopf. So einfach war das nicht, auch wenn Simon es gerne so hätte. »Nein, nein, das ist nicht mehr möglich für mich. Du bist ein Mörder. Ich könnte niemals mit einem Mörder befreundet sein.«
»Aha. Tja, so ist es eben manchmal«, erwiderte Simon, als ob damit alles gesagt wäre. Um das Thema zu wechseln, deutete er mit dem Kopf hinüber zu den Klippen, die vor ihnen lagen. »Wollen wir ein Wettrennen bis zu dem gelben Felsen machen?« Zack war nicht begeistert, und als Simon losrannte, trottete er einfach im Laufschritt hinter ihm her, so daß er erst lange nach ihm bei dem Felsen ankam.
Er kletterte auch nicht hinauf, um sich neben Simon zu setzen. Statt dessen machte er sich auf die Suche nach der Bisamrattenfamilie.

Nachdem sie geduscht hatte, schob Cat den Autoschlüssel in ihren Büstenhalter und zog Jeans und ein T-Shirt an. Lucas sah gar nicht gut aus, aber als sie ihn fragte, ob es ihm nicht gutgehe, verneinte er. Sie mußte unbedingt mit den Kindern sprechen, aber Haley schlief noch, und bei Zack schien ständig jemand in der Nähe zu sein. Gegen elf entdeckte sie ihn endlich allein im Sand sitzend, nicht weit weg vom Anlegesteg.
Earl hatte Wache, Simon machte eine Ausfahrt mit seinem

Motorrad, und Warren war unten in der Nähe des Anlegeplatzes und rauchte einen Joint. Cat ging hinüber zu Zack.
»Wie geht's dir?« fragte sie und setzte sich neben ihn.
Er hielt die Augen gesenkt. »Ich war vorhin bei den Klippen. Simon hat mich mitgenommen.«
»Ja, ich habe euch gesehen. Hör mal, ich muß mit dir reden –«
»Wann wird Daddy endlich etwas unternehmen?«
»Wir werden etwas unternehmen, Zack. Wir alle zusammen. Genau darüber wollte ich mit dir reden.«
Zacks Interesse war geweckt, und er blickte hoch zu ihr. In kurzen Worten erklärte sie ihm, was sie vorhatte. »Aber ich verstehe nicht«, erwiderte er. »Wieso kann Daddy nicht auch mitkommen?«
Sie erklärte es ihm so, wie Lucas es ihr zuvor erklärt hatte. Aber sie beeilte sich, Zack zu versichern, daß Lucas nichts geschehen, daß die Polizei im Handumdrehen kommen und ihn herausholen würde. Doch dabei wollte ihr nicht mehr aus dem Kopf, wie ihr Mann an diesem Morgen ausgesehen hatte – wie dunkel die Ringe unter seinen Augen gewesen waren, als ob er in der vergangenen Nacht kein Auge zugetan hätte. Und außerdem humpelte er wieder, viel schlimmer als in den letzten Tagen, so, als hätte er erneut Schmerzen. Zack ließ sich von Cat jedoch nicht im geringsten beschwichtigen, und auch sie verspürte nicht die geringste Zuversicht.
Gerade als Cat aufstehen wollte, spürte sie eine Hand auf ihrem Rücken, die sie zurück in den Sand schubste. Als sie hochsah, stand Warren hinter ihr.

Es geschah alles sehr schnell: Lucas hörte Cat schreien, und als er zu ihr hinsah, war Warren bereits über ihr und zerrte an ihrem T-Shirt. Zack hatte ebenfalls zu schreien angefangen und versuchte, Warren von ihr wegzureißen. Lucas humpelte den Anlegesteg entlang, mit Earl im Schlepptau, der ihm nachrief, daß er ihn erschießen würde, wenn er nicht stehenbliebe.

Aber er schoß nicht. Lucas erreichte die drei, und unter Aufbietung seiner ganzen Muskelkraft schaffte er es, Warren von Cat herunterzureißen. Vor Wut aufheulend, ging Warren jetzt auf ihn los. Er packte ihn am Hals und umklammerte ihn so fest, bis Lucas fast keine Luft mehr bekam. Er bekam gerade noch mit, daß Cat unaufhörlich schrie, bis Earl ihm schließlich zu Hilfe eilte und Warrens Hände von seinem Hals wegriß.

»Simon wird sauer sein!«

Aber Warren hatte seinem Ärger noch nicht genügend Luft verschaffen können. »Gib mir die Pistole«, fauchte er, Earl fordernd die Hand hinstreckend.

»Was hast du vor?«

»Ich werde mir einen Orden verdienen. Der Typ hier hat versucht davonzulaufen. Du hast gesehen, wie er vom Anlegesteg herunter ist, ich habe es auch gesehen. Also hatten wir keine andere Wahl, als zu schießen. Eine Kugel ins Bein wäre vielleicht ein netter Anfang. Wenn er die überlebt, kann er uns nicht mehr davonlaufen.«

Earl schien zu schwanken, gab Warren aber schließlich die Waffe. Cat streckte den Arm aus und fing an, schluchzend an Warrens Hosenbein zu zerren. »Bitte, nein, bitte, laß ihn zurückgehen!«

Brutal trat er nach ihr und schob sie beiseite. Dann packte er Lucas an den Schultern und drehte ihn so um, daß er in Richtung Straße blickte. »Los, setz dich in Bewegung.«

Zack war schlagartig die Wühlnatter eingefallen, denn ihm war klar, daß Warren ohne Simon nicht mehr zu bremsen war. Keiner vermißte den Jungen, als er sich schnell von dem Aufruhr entfernte, und auch als er wiederkam und den drei Meter langen Rex hinter sich herzog, bemerkte man ihn erst, als er direkt hinter Warren stand und ihn anschrie: »Paß auf!« Warren schaute irritiert zu dem Jungen hinunter, aber da hatte Zack die Schlange bereits losgelassen, die sich sofort auf den Mann stürzte, der die Waffe losließ und in den Sand fiel, mit Rex obendrauf. Lucas griff zwar noch nach der Pistole, bekam sie aber nicht mehr zu fassen.

Earl schnappte sie ihm vor der Nase weg und trat einen Schritt zurück. »Okay«, sagte er, reichlich nervös mittlerweile. »Jeder bleibt, wo er ist!«

Warren lag mit klappernden Zähnen, die Augen starr auf die Schlange gerichtet, die über seinen nackten Bauch kroch, auf dem Boden. »Schaff sie runter von mir«, flehte er leise.

»Nein, nie, ich werde mich hüten, das verdammte Vieh anzufassen«, antwortete Earl. »Steh doch einfach auf.«

»Ich kann mich nicht bewegen, ich habe einen Krampf.«

Die kleine Gruppe stand wie angewurzelt da, eine Ewigkeit lang, wie es schien, bis Simon endlich zurückkam und die Dinge wieder in die Hand nahm. Als erstes schickte er Lucas und Cat ins Haus zurück, und nachdem er Warren heftig beschimpft hatte, schlang er sich Rex um den Nacken und brachte die Schlange zusammen mit Zack wieder in den Keller.

Zuerst hielt Haley es für einen Zufall, daß ihr Daddy genau in dem Moment ins Badezimmer wollte, als sie herauskam. Aber dann dämmerte ihr, daß es vielleicht doch kein Zufall

war. Als er sich zu ihr hinunterbeugte, sah sie, daß er rote Striemen um den Hals hatte. Sie wunderte sich zwar, wie er dazu gekommen war, fragte aber nicht danach.
»Hör mir zu, ich habe nicht viel Zeit«, sagte er hastig.
Warren hatte Wachdienst, soweit Haley wußte. Wenn er nun sah, daß sie miteinander sprachen?
»Du, deine Mutter und dein Bruder, ihr werdet von hier verschwinden. Heute abend noch.«
Hatte Daddy total den Verstand verloren? Wußte er denn nicht, mit wem er es hier zu tun hatte?
»Vorher solltest du aber noch ein paar Dinge wissen, also hör mir gut zu. Wenn deine Mutter oder ich irgend etwas vorschlagen, dann sei einverstanden, tu von mir aus auch so, als seist du begeistert. Benimm dich ganz natürlich, laß deinen Charme spielen.«
Jetzt war sie sicher, daß er den Verstand verloren hatte. Bei wem sollte sie ihren Charme spielen lassen, bei Simon? Aber sie nickte und schluckte, da sie plötzlich eine trockene Kehle hatte. Klammheimlich diese Fotos aus Simons Tasche zu holen, war eine Sache – die würde er vielleicht gar nicht vermissen –, aber so mir nichts, dir nichts vor Simon aufzustehen und davonzulaufen?
Was, wenn er sie wieder erwischte? Und *natürlich* würde er sie erwischen. Er wußte viel über Menschen; er konnte in ihnen lesen wie in einem Buch und wußte genau, wie man mit ihnen umging. Das war wahrscheinlich der Grund, weshalb er immer genau wußte, wann sie einen Joint brauchte. Und bestimmt auch der Grund, weshalb es ihm gelang, einen großen und haarigen Affen wie Warren dazu zu bewegen, die Drecksarbeit für ihn zu erledigen. Wie kam Daddy also nur auf die Idee, daß einer von ihnen es mit Simon aufnehmen könnte?

Lucas konnte immer noch Warrens kräftige Hände spüren, die sich um seinen Hals schlossen. Hätte Zack nicht so rasch reagiert und ihm wichtige Minuten geschenkt, wer weiß, was dann passiert wäre.

Der Vormittag war noch nicht ganz vorbei. Warren hatte seit einer Stunde Wachdienst; er sagte nicht ein Wort, rauchte aber eine Zigarette nach der anderen. Vielleicht war er wütend, vielleicht auch verlegen, vielleicht versuchte er auch nur, die Erinnerung daran zu vertreiben, wie die Schlange über seinen Bauch gekrochen war. Cat saß auf dem Anlegesteg und starrte bereits seit zehn Minuten auf dasselbe Kästchen in einem Kreuzworträtselbuch; auch sie mußte die Ereignisse dieses Tages noch verdauen.

Lucas wußte nicht so recht, wie er wieder mit Warren ins Gespräch kommen könnte, und beschloß schließlich, es einfach irgendwie zu probieren, in der Hoffnung, daß sein Bewacher sich mittlerweile wieder beruhigt haben würde.

»He, sag mal, Warren«, fing er an, »bilde ich mir das nur ein, oder bist du tatsächlich immer der Pechvogel, den es mit Wacheschieben trifft?«

Warren ging zu den Schiebetüren und starrte auf den Strand hinunter. Simon, Earl und Haley hatten dort zusammen Marihuana geraucht, und jetzt alberten Simon und Earl herum und klatschten sich patschnasse Handtücher um die Ohren. Warren gab Lucas keine Antwort.

»Klar, Simon ist clever, der hält sich da vornehm raus.«

Jetzt endlich schaute Warren ihn an. »Wie meinst du das?«

»Ach, nur daß er sich bestimmt nicht allzuweit zum Fenster hinaushängt und sich auf Illegales einläßt.«

»Ich versteh nicht, was du meinst.«

»Simon ist schlau genug, um sich nicht selbst die Hände

schmutzig zu machen, das ist alles. Ich meine, was den Überfall auf den Wagen angeht, da hat er sich ja auch die beste Rolle auf den Leib geschrieben. Clever, wie er das alles arrangiert hat: Erst hat er mir geholfen, dann hat er den Rettungsdienst und schließlich auch noch die Polizei gerufen.«

Als Warren nichts darauf erwiderte, faßte Lucas das als Aufforderung auf, fortzufahren. »Nun, ich bin zwar kein Rechtsanwalt, aber ich würde sagen, daß es bestimmt verdammt schwierig sein dürfte, ihm nachzuweisen, daß er mit der Geschichte überhaupt etwas zu tun hatte. Und dann ist da natürlich noch der Mord an meiner Haushälterin. Ich bin zwar fest davon überzeugt, daß er dick mit drinsteckt, aber sein Alibi ist absolut wasserdicht. Im Gegensatz zu dir saß er an diesem Abend nämlich hier bei mir und meiner Familie. Wir haben zusammen Risiko gespielt.«

Lucas sah Warren an, wie die Information langsam in sein Gehirn einsickerte und dort Verwirrung und Unsicherheit stiftete. Schließlich brachte Warren doch noch einen Einwand vor. »Ich würde aber sagen, allein daß er hier in diesem Haus ist, ist doch schon illegal genug«, meinte er.

»Klar, das wäre bestimmt so, wenn er sich gewaltsam Zutritt verschafft hätte. Aber dafür ist er viel zu clever. Er hat mich schließlich soweit gebracht, daß ich ihn regelrecht angefleht habe, doch bei uns zu bleiben. Sicher, vielleicht kann man ihm irgendwelche minder schweren Delikte vorwerfen, das heißt, soweit man ihm die überhaupt nachweisen kann. Aber das ist nicht mit dem zu vergleichen, was ihr auf dem Kerbholz habt.«

Warren leugnete weder, noch gestand er, eigentlich sagte er überhaupt nichts. Er starrte nur weiterhin auf den Strand hinaus. Dabei nagte er an seiner Unterlippe, während ihm der Schweiß auf der Stirn ausbrach. Offensichtlich dachte er heftig über das nach, was Lucas zu ihm gesagt hatte, und versuchte, sich ein Bild von seiner Situation zu machen. Und was ihm dazu einfiel, schien ihm ganz und gar nicht zu gefallen.

»Hör mal, Warren, vielleicht hätte ich lieber meine Klappe halten sollen. Das letzte, was ich hier brauchen kann, ist noch mehr Ärger, als ich ohnehin schon habe. Ich schäme mich nicht, es zuzugeben, aber der Kerl macht auch mir angst.«

An diesem Punkt stürmte Warren auf ihn zu und zerrte ihn auf die Füße, was einen stechenden Schmerz in Lucas' Bein hervorrief. Dann versetzte er ihm zwei, drei Schläge mit der flachen Hand. Lucas faßte sich an seine Nase, die blutete. Schnell nahm er ein Taschentuch aus seiner Hose und preßte es an die Nase, um die Blutung zu stoppen, während Warren weiter drohend über ihm verharrte.

»Hör gut zu, ich will, daß du endlich dein Maul hältst!« fuhr Warren ihn an. »Vielleicht machst du dir ja seinetwegen vor lauter Angst in die Hose, ich nicht.«

Danach wurde nicht mehr über dieses Thema gesprochen, das heißt, bis Lucas später hörte, wie Warren mit Earl darüber redete. Er konnte zwar nicht genau verstehen, was zwischen den beiden besprochen wurde, nur, daß es dabei um Simon ging. Earls Gesten nach zu schließen versuchte dieser, Warren zu beschwichtigen. Nach einigen spannungsgeladenen Sekunden gelang es ihm auch, was durchaus Lucas' Intentionen entsprach. Er hatte fürs erste nur Zweifel und Unzufriedenheit wecken wollen.

Beim Mittagessen fiel Simon Lucas' blutverkrustete Nase

auf, und er wollte von Warren wissen, was los gewesen sei. Und als Warren ihn anlog und behauptete, das Nasenbluten hätte von selbst angefangen, unterstützte Lucas ihn in seiner Geschichte, schmückte diese sogar noch aus und meinte, daß er immer schon unter Nasenbluten gelitten hätte.
Ihn bei Simon zu verpetzen, hätte nichts gebracht. Außerdem wollte Lucas nicht, daß dieses Gespräch weiter fortgesetzt wurde, wodurch letzten Endes nur Warrens Wut wieder geschürt worden wäre. Offensichtlich ging es Warren ähnlich. Was bedeutete, daß er noch nicht ganz darüber hinweg war.

Um vier Uhr begann Lester Hutchins mit seiner Schicht im Polizeipräsidium von New London. Als erstes ging er zum Schwarzen Brett, um nachzusehen, ob vielleicht jemand etwas unten auf den Zettel mit seiner Anfrage über Roger Davidson geschrieben hatte. Da stand zwar nichts, aber er wandte sich trotzdem an den wachhabenden Beamten, der neben dem Brett am Schreibtisch saß.
»Irgendwelche Nachrichten, Lenny?«
Lenny nickte und reichte ihm einen kleinen Stapel. »Aber nichts dabei über diesen Davidson.«
Hutchins ging zu seinem eigenen Schreibtisch und wählte, wie versprochen, die Nummer der Polizei in Clinton. Ein Beamter namens Rudy meldete sich und erklärte ihm, daß Chief Cooper erst wieder am Abend Dienst habe. Der Lieutenant schilderte kurz die Situation und bat darum, daß Cooper ihn doch sofort zurückrufen solle, falls er etwas über den vermißten Detektiv in Erfahrung brächte. Vielleicht könne er sich sogar die Zeit nehmen und zu den Marshalls hinausfahren, die ihm eventuell helfen könnten. Wie seine

Hilfe auch aussehen möge, er wäre ihm deswegen sehr verbunden.
Schließlich legte Hutchins den Hörer wieder auf und fing an, seine Nachrichten durchzusehen.

Während des Mittagessens war Lucas auch auf die Tischtennisturniere zu sprechen gekommen, die sie in der Vergangenheit regelmäßig bestritten hatten und die im K.-o.-System gespielt wurden. Im Jahr zuvor hatte Cat nach zwölf heftig umstrittenen Partien Lucas überrundet und ihm die offizielle Siegerkrone abgenommen – einen kleinen, runden roten Hut mit einem Vogel obendrauf und den vorn auf der Krempe in weißen Buchstaben eingestickten Worten: »Pingpong-Champion«.
Gegen Ende des Abendessens kam er erneut auf dieses Thema zu sprechen, wobei sich dieses Mal auch Cat einmischte, obwohl sie von dem Zwischenfall mit Warren am Morgen immer noch recht mitgenommen war. In leicht ironischem Tonfall sagte sie, wie schade es doch sei, daß keiner von ihnen bisher dem Mumm aufgebracht hätte, ein Nachfolgeturnier vorzuschlagen.
Haley gab ihr recht und meinte, es sei wirklich an der Zeit für ein neues Turnier; Zack griff die Herausforderung sogar mit noch größerer Begeisterung auf. Cat schaute Lucas um Bestätigung heischend an: Hatte sie sich im richtigen Moment eingemischt, oder hatte er vielleicht etwas völlig anderes im Sinn? Seine Augen gaben ihr zu verstehen, daß sie auf das richtige Stichwort reagiert hatte, während er entschuldigend zu seinen Kindern sagte: »Tut mir leid, Kinder. So gerne ich die Chance ergreifen würde, eurer Mutter die Krone wieder abzujagen, so wenig sehe ich einen Sinn darin.

Sie ist mir in meinem jetzigen Zustand einfach haushoch überlegen.«
Er rechnete damit, daß Simon sich das Spiel nicht entgehen lassen würde, und er wurde auch nicht enttäuscht. »Halt, warte doch mal«, mischte Simon sich prompt ein, »warum kann ich nicht für dich einspringen?« Als keiner etwas dagegen einzuwenden hatte, fügte er hinzu: »Wir könnten doch gleich nach dem Abendessen damit anfangen.«
Alle hielten das für eine gute Idee – das heißt, bis auf Warren, der vor sich hin murrte, daß er noch nie Sinn darin gesehen hätte, einen kleinen Ball über ein Netz auf einem Tisch hin und her zu schlagen, und daß er seine Zeit auch jetzt nicht damit verschwenden würde. In dem Moment fiel Simon ein, daß er eigentlich mit Wachdienst an der Reihe wäre, der bis zehn Uhr abends dauern sollte. Er sah Warren an und nickte.
»Gut. Das paßt ja hervorragend. Dann kannst du ja meine Schicht übernehmen.«
Warren hatte sich bestimmt deswegen nicht um eine Teilnahme gerissen, weil er, wie Lucas dachte, viel lieber irgendwo im Haus oder am Strand herumgelegen wäre, sich mit Essen vollgestopft und Drogen genommen hätte. Deshalb war Lucas jetzt auch nicht überrascht, als er die wütende Grimasse sah, die Warren auf Simons Antwort hin zog, und hätte nicht zufriedener sein können.
»Hast du irgendein Problem damit?« wollte Simon wissen, dem Warrens Reaktion nicht entgangen war.
Warren gab einen Moment lang keine Antwort; obwohl bei ihm immer die Möglichkeit bestand, daß er schon bei der geringsten Kleinigkeit in die Luft ging, hoffte Lucas doch, daß er im Augenblick zu eingeschüchtert war. Er war es. Den

Kopf schüttelnd, blickte Warren zu Earl hinüber, der bereits sein Schulterhalfter, die Waffe und das Telefon ablegte, begierig, für eine Weile alles loszuwerden. Während er seine Ausrüstung an Warren übergab, schickte Simon Haley los, die Schläger und Tischtennisbälle aus dem Schuppen zu holen.

Es war noch nicht einmal halb acht und deshalb noch hell genug, als sie zu spielen begannen. Lucas wäre zwar am liebsten an den Strand hinuntergegangen, um näher am Schauplatz des Geschehens zu sein, damit er gleich eingreifen konnte, aber Simon gab Warren die Anweisung, zusammen mit Lucas auf der Veranda zu bleiben. Lucas hatte außerdem Probleme mit seinem Bein, das wieder zu schmerzen begann, was ihn zusätzlich in seiner Bewegungsfähigkeit und Schnelligkeit einschränkte. Doch wenn es soweit wäre, würde er nicht lange überlegen können – dann würde alles schnell gehen müssen.

Gegen neun Uhr mußten sie dann die Außenbeleuchtung einschalten, um die Umgebung der Tischtennisplatte zu erhellen; sie standen kurz vor Beginn des siebten Spiels: Cat und Simon, die jeweils gegen eines der Kinder und gegen Earl gespielt hatten, würden nun gegeneinander antreten müssen.

Bis zu diesem Zeitpunkt war Cat nervös und angespannt gewesen und hatte nicht viel Begeisterung aufbringen können. Da sie aber immer noch eine hervorragende Spielerin war, hatte sie es geschafft, alle Partien für sich zu entscheiden, wenn auch nur mit knappem Vorsprung. Doch jetzt hatte sie sich mit Simon zu messen, der seine bisherigen Spiele auch alle gewonnen hatte. Sie hatte zwar schon vorher gewußt,

daß er gut war – sie hatte ihn beim Spiel mit den Kindern beobachtet –, doch irgendwie war er plötzlich noch besser geworden. Es war natürlich nicht überraschend, daß Simon – wie Lucas auch – gerne seine Kräfte im Wettkampf maß.
Ehe sie ihre Position für das Spiel einnahm, warf sie noch einen Blick zur Veranda hinüber; Lucas und Warren waren immer noch in ein Gespräch vertieft. Einige Zeit zuvor war ihr aufgefallen, daß die beiden auf Simon hinuntergeblickt hatten, als würden sie über ihn reden. Das konnte nur bedeuten, daß Lucas weiter sein Eisen schmiedete, was für sie hieß, daß die Sache jeden Moment losgehen konnte.
Mit einem Gefühl, als müsse sie die Schwerkraft überwinden, zwang sie sich, ihre Augen von der Veranda abzuwenden und ihren Platz gegenüber von Simon einzunehmen. Sie wählte einen Ball aus und schlug auf.

22

Wollte man mit fünf Spielern ein komplettes K.-o.-System auf die Beine stellen, so wären dafür mindestens sechzehn Einzelpartien erforderlich, damit jeder gegen jeden spielen und am Schluß, falls nötig, noch ein Tie-Break stattfinden konnte. Obwohl das gesamte Entscheidungsspiel wohl kaum an einem einzigen Abend über die Bühne gehen konnte, zeigte Simon nicht die geringsten Ermüdungserscheinungen. Unterdessen war Lucas im Gespräch mit Warren immer wieder auf Simon zu sprechen gekommen und hatte dabei unaufhörlich dessen Pluspunkte hervorgehoben: seine attraktive Erscheinung, seine Führungsqualitäten, seine Kondition, seine Intelligenz. Warren bestritt keine dieser Eigenschaften, zeigte sich aber zusehends irritiert aufgrund einer Lobeshymne, die er nicht erwartet hatte.

»Obwohl ich diesen Kerl natürlich am liebsten auf kleiner Flamme rösten würde«, sagte Lucas, »kann ich ihm doch nicht ganz meine Anerkennung verweigern. Dem wenigen nach zu schließen, was er mir erzählt hat, muß er ja eine ziemlich harte Zeit hinter sich haben. Aber was sage ich da, er ist schließlich dein Häuptling, das solltest du wohl am besten wissen. Gibt es eigentlich irgend etwas, das er nicht kann? Und das auch noch besser als jeder andere?« Lucas deutete hinunter auf das Spiel, das eben erst begonnen hatte; doch bereits jetzt war Simon Cat haushoch überlegen. Er schüttelte den Kopf und lächelte ihr mit mildem Wohlwollen zu.

Vielleicht war es die Tatsache, daß er sich über sie lustig machte, vielleicht lag es aber auch an der hitzigen Auseinandersetzung, doch plötzlich spürte Cat, wie sie alle überflüssigen Gedanken beiseite schob. In ihrer ganzen Haltung machte sich eine überraschende Veränderung bemerkbar. Sie hielt einen Moment inne und holte tief Luft. Dann schob sie entschlossen ihr Kinn vor, trat ungefähr drei Meter vom Tisch zurück und nahm ihre Position ein. Cat war eine überragende Spielerin, wenn sie nur wollte.

Die nächsten fünf Aufschläge wurden Simon mit soviel Kraft und Geschwindigkeit um die Ohren geknallt, daß er kaum den Ball sehen, geschweige denn ihn mit seinem Schläger treffen konnte. Schließlich gelang es ihm doch, den nächsten Aufschlag zu treffen, aber da er dessen Drall völlig falsch einschätzte, schlug er den Ball über Cats Kopf hinweg in den Sand. Während sie losrannte, um ihn wieder aufzuheben, knallte er seinen Schläger auf die Platte.

Er war wütend.

Lucas warf Warren einen raschen Blick zu. Jetzt gab es hier nicht nur einen, der vor Wut kochte, jetzt waren sie bereits zu zweit.

War Lucas schon bereit, seine Trumpfkarte zu spielen? Die Frage lautete, ob Warren bereits genug Wut in sich angestaut hatte, um sich endlich mit Simon anzulegen. Aber da ihm keine andere Wahl blieb, mußte er sich eben darauf verlassen, und so bemühte er sich, Warrens Aufmerksamkeit wieder vom Spiel auf sich zu lenken.

»Er holt schon wieder auf, da bin ich sicher. Keiner macht einen Narren aus Simon. Ganz im Gegenteil, würde ich sagen.«

Er bekam keine Antwort, Warren war weiterhin auf das Spiel konzentriert.
»Weißt du, er ist auch handwerklich sehr geschickt«, fuhr Lucas fort. Dabei deutete er auf den Schuppen. »Dort drüben zum Beispiel. Da hat er ganze Arbeit geleistet – mit dem Dach, und auch innen. Klar, daß er sich seine Zeit entsprechend bezahlen läßt, versteht sich.«
Endlich hatte er Warren soweit, daß dieser ihm wieder seine Aufmerksamkeit schenkte, auch wenn er Lucas noch kurz zuvor deutlich zu verstehen gegeben hatte, daß er den Mund halten solle; doch jetzt war sein Interesse erneut geweckt, und er wollte noch mehr hören.
Lucas machte eine Kunstpause und hob die Hände in einer entschuldigenden Geste. »Himmel, vielleicht hätte ich besser meinen Mund gehalten. Also vielleicht –«
»Nein, ich will es wissen. Wie läßt er sich seine Zeit bezahlen?«
Lucas seufzte und rückte etwas näher. »Okay. Es ist nicht nur so, daß Simon sich bisher sklavisch an alle Buchstaben des Gesetzes gehalten und seine Hände in Unschuld gewaschen hat, während du mit Earl allein das Risiko getragen hast ... nein, auch was das Bare angeht, hat er sich ganz gut aus der Affäre gezogen. Das heißt, eigentlich tut er es noch. Und wenn ich das hinzufügen darf, dann nimmt er mich ganz schön aus.«
»Von welcher Summe ist hier die Rede?«
»Weißt du, ich dachte mir eigentlich, daß du und Earl darüber Bescheid wißt und euren Anteil bekommt. Er hat mir sogar zu verstehen gegeben ...«
»Zum Teufel mit dir, du Wichser!« fauchte Warren und stand von seinem Stuhl auf. »Ich habe dir eine Frage gestellt. Antworte mir, verdammt noch mal!«

Zum Glück übertönte der Jubel der Kinder Warrens Wutausbruch – Cat war nun nicht mehr zu bremsen und spielte Simon nach allen Regeln der Kunst aus –, während Lucas zum nächsten Schlag ausholte. »Zwei Riesen die Woche«, log er. »Und da er ja keine Ausgaben hat, möchte ich wetten, daß Simon bisher einiges auf die Seite geschafft hat. He, was hast du gesagt, wie hoch war dein Anteil dafür, daß du den Bronco verscherbelt hast?«
In dem Moment setzte bei Warren etwas aus, und er sah nur noch rot. Seine Augen wirkten plötzlich schmal und blutunterlaufen in seinem aufgedunsenen Gesicht. Während er an den Strand hinunterstürmte, um Simon zur Rede zu stellen, stand Lucas rasch auf, wobei der Druck auf sein Bein einen rasenden Schmerz bis hoch in seine Hüfte schickte.

Simon hatte vier Punkte und sie zehn – bei elf Punkten war das Spiel zu Ende, und deswegen war er entsprechend sauer. Er knallte seinen Schläger auf den Tisch, versetzte dem Sand Fußtritte und benahm sich wie ein enttäuschtes kleines Kind. Obwohl sich Cat innerlich den ganzen Abend darauf vorbereitet hatte, war sie jetzt, als es soweit war, viel zu sehr mit dem Spiel beschäftigt, als daß sie den Ausbruch hätte kommen sehen.
Plötzlich hatte sich nämlich Warren vor Simon aufgebaut; kaum noch in der Lage, seine Anschuldigungen einigermaßen artikuliert vorzubringen, griff er Simon wütend an. »Was für ein mieses Spiel treibst du hier?« wollte er wissen.
Simon begriff zwar nicht, worauf er hinauswollte, da aber auch er nicht gerade in allerbester Stimmung war, starrte er ihn düster an. »Wer hat dich eigentlich herausgelassen? Geh wieder in deinen Käfig zurück, wo du hingehörst!«

Warren antwortete mit einer Flut von Verwünschungen, die Simon nur noch wütender machten, bis er Warren schließlich beim Kragen packte. Jetzt mischte sich auch ein völlig entnervter Earl ein und versuchte, die beiden zu trennen.
Etwas unbeholfen, aber doch relativ behende, hatte Lucas es mittlerweile an den Strand hinunter geschafft und gab Cat das vereinbarte Zeichen. Mit einem Gefühl, als hätte man ihr alle Luft aus den Lungen gepreßt, nickte sie den Kindern zu. Sie fingen an, in Richtung Jeep zu laufen, und dann tat Cat etwas, was sie noch nie zuvor getan hatte und das ihr unendlich schwer fiel: sie wandte sich ab von Lucas.
Sie konnte es auch nicht glauben, daß sie tatsächlich um die Ecke des Strandhauses gebogen waren, ohne daß Simon darauf aufmerksam geworden wäre.
Doch beinahe hätte er sie gesehen, wie Zack bemerkte, als er um die Ecke des Hauses spähte, darauf wartend, daß seine Mutter sie einholte. Aber gerade als Simon sich in ihre Richtung drehen wollte, mischte sein Vater sich ein und zog Simons Aufmerksamkeit auf sich. Und plötzlich saß Daddy tief in der Tinte und war in eine richtige Schlägerei verwickelt. Zack zuckte innerlich zusammen, als Lucas zwei kräftige Schläge in den Magen verpaßt bekam, einen kurz nach dem anderen, die ihn beinahe zu Boden schickten.
»Schnell in den Wagen«, zischte seine Mutter, packte ihn am Arm und zog ihn mit sich.
»Aber was ist mit –«, fing er an und versuchte, sich loszureißen, aber sie hörte nicht auf ihn.
Statt dessen hob sie ihn hoch und schob ihn durch das Rückfenster in den Jeep. »Mach das Fenster hoch und verriegle die Tür«, befahl sie ihm, wobei sie schon auf dem Weg zur Fahrerseite war.

Haley kurbelte bereits vorn alle Fenster hoch und verriegelte die Türen, während ihre Mutter sich am Schloß zu schaffen machte; leise fluchend und schwer atmend, versuchte sie, den Schlüssel in das Zündschloß zu stecken. Deshalb fiel es weder seiner Mutter noch seiner Schwester auf, daß Zack wieder aus dem Rückfenster kletterte und sich zu Boden fallen ließ. Sekunden später fuhr der Wagen los und raste die Straße hinunter, während Zack zu der Schlägerei zurückrannte. Bis die Polizei zurückkam, würde sein Vater jede mögliche Unterstützung brauchen können.
Zack steckte seine Hand in die Tasche seiner Jeans und holte den kleinen Schraubenzieher heraus.

Zuerst hieß es jeder gegen jeden, aber dann kristallisierten sich zwei Paarungen heraus. Simon und Warren waren schwer ineinander verkeilt, wobei Simon, der kleinere von beiden, am schlechtesten wegkam. Und Lucas lag im Sand und tauschte Schläge mit Earl aus. Eine Weile war er ihm in diesem Ringkampf deutlich überlegen, bis Earl sich losriß und Lucas einen Tritt gegen sein Gipsbein versetzte.
Ein stechender Schmerz jagte sein Bein hinauf, und Earl nutzte den Augenblick, sprang auf seinen Rücken und legte ihm von hinten beide Hände um den Hals. Lucas hatte nicht genügend Kraft in den Armen, um ihn abzuschütteln, aber das war auf einmal auch gar nicht mehr nötig: denn plötzlich ließ Earl seinen Hals los, und das, wie es den Anschein hatte, auch noch völlig freiwillig. Dabei riß er den Mund weit auf und krümmte sich, als hätte er entsetzliche Schmerzen.
Lucas ergriff die Gelegenheit und stieß Earl von sich herunter. Obwohl ihn der Gips in seiner Bewegungsfähigkeit einschränkte, gelang es ihm, sich auf seinen Gegner zu rollen

und dessen Gesicht mit beiden Fäusten zu traktieren. Er schlug und schlug, bis er Zack neben sich stehen sah, der ihm interessiert dabei zuschaute. Jetzt war es kein Geheimnis mehr, woher die Hilfe gekommen war.
Lucas ließ schließlich völlig außer Atem beide Arme sinken und betrachtete Earl: Er war außer Gefecht gesetzt und würde ganz bestimmt nirgends mehr hingehen. Dann warf er kurz einen Blick zu Simon hinüber, der immer noch mit Warren kämpfte, mittlerweile aber eindeutig die Oberhand hatte. Rasch streckte Lucas Zack den Arm hin, damit der Junge ihm auf die Beine half, packte ihn fest an der Hand und rannte los mit ihm. Er kannte nur einen Gedanken: Zack hier herauszuschaffen, ganz gleich, wie, und ihn irgendwo zu verstecken, bis die Polizei eintraf.
Aber sie waren noch keine dreißig Meter weit auf der Straße gekommen, als Lucas Schritte hörte, die hinter ihnen herjagten, und dann Simons Stimme, die rief: »Bleib stehen, Lucas, oder ich erschieße den Jungen.«

Haley konnte nicht glauben, daß sie tatsächlich aus dem Strandhaus entkommen waren, weg von Simon und den anderen. Doch am meisten überraschte sie ihre Mutter. Sie war zwar weiß im Gesicht wie ein Gespenst und hatte schreckliche Angst, aber sie schien genau zu wissen, was sie tat. Sie schien sich die ganze Sache vorher gründlich überlegt zu haben, denn als Haley erwartete, daß sie die übliche Strecke einschlagen würde, tat sie dies nicht, sondern bog statt dessen in eine andere Straße ab.
»Für den Fall, daß sie uns verfolgen«, erklärte Cat. »Außerdem ist hier an dieser Straße eine Bar mit Grillrestaurant. Das müßte auch offen haben.«

Die Green Apple Road, fiel Haley wieder ein. Nur eineinhalb Meilen von ihrem Haus entfernt, ein Ort, an dem sie anhalten und um Hilfe telefonieren konnten. Das ginge schneller, als den ganzen Weg bis zur Polizeistation nach Clinton zu fahren. Mom bat Haley und Zack, auch auf das Straßenschild zu achten, damit sie es in der Dunkelheit nicht verpaßte. Deshalb drehte sich Haley erst in dem Moment nach ihrem Bruder um, als sie das Schild erspähte und ihre Mutter darauf aufmerksam machen wollte. Aber Zack war nicht mehr da!

Ihre Mutter stieß vor Schreck einen erstickten Schrei aus, als Haley es ihr sagte, bog aber trotzdem in die Green Apple Road ab. »Nein!« protestierte Haley. »Wir müssen zurück und ihn holen.«

»Dafür ist es jetzt zu spät, Schatz. Außerdem ist Daddy auch noch da und wird sich um ihn kümmern.«

Noch hundert Meter, und dann bogen sie auf den fast vollen Parkplatz des Apple-Grillrestaurants ein. Ihre Mutter fuhr vor bis an die Eingangstür, blockierte sie damit vollständig, und war bereits aus dem Jeep gesprungen, kaum daß dieser zum Stehen gekommen war; Haley rannte hinter ihr her.

* * *

Sie waren nur zu dritt, als sie auf den Anlegesteg zugingen. Wegen Lucas' Bein, das mittlerweile zwar nicht mehr schmerzte, dafür aber wie verrückt kribbelte und gefühllos geworden war, kamen sie nur quälend langsam voran. Mit Sicherheit brauchten sie länger, als es Simon lieb war. Aber er ließ sich keine Verärgerung anmerken. Ruhig und gelassen ging er hinter Lucas her und drückte ihm fest die Waffe zwischen die Rippen. Auf ihrem Weg kamen sie auch an

Warren und Earl vorbei, die beide bewußtlos und mit gespreizten Armen und Beinen im Sand lagen. Vielleicht waren sie auch tot.
»Wo fahren wir hin?« wollte Zack wissen, als sie am Anlegesteg angekommen waren und er sah, wie Simon das Boot losmachte. Die Angst davor, aufs Meer hinaus zu müssen, die deutlich in seiner Stimme mitschwang, war jedoch nichts im Vergleich zu den Befürchtungen, die Lucas hatte angesichts dessen, was Simon mit ihnen dort draußen vorhaben mochte.
»Bitte, laß Zack doch an Land bleiben, Simon«, flehte er ihn an; seine Gedanken überschlugen sich, während er hektisch hin und her überlegte, welches Angebot er ihm dafür machen könnte. Aber wie soll man jemandem ein Angebot machen, von dem man nicht weiß, was er überhaupt will? »Bitte. Du hast doch mich. Was bringt es dir, den Jungen auch noch mitzunehmen?«
Simon gab keine Antwort, sondern sah statt dessen Zack eindringlich an. »He, *kemosabe,* du hast mich reingelegt, wie?«
»Das hast du völlig falsch verstanden«, beeilte Lucas sich zu sagen. »Er ist in Panik geraten, hat Angst um mich bekommen. Ich weiß zwar, daß du sehr mutig bist, Simon, aber du hast es bestimmt auch schon das eine oder andere Mal mit der Angst zu tun bekommen.«
Simon zuckte betroffen zusammen, gab ihm aber keine Antwort. Er hielt statt dessen weiterhin die Waffe auf Lucas' Kopf gerichtet und befahl Zack, in den Kabinenkreuzer zu steigen. Obwohl der Junge aussah, als könnte er jeden Moment in Ohnmacht fallen, tat er, wie ihm geheißen wurde. Simon folgte ihm. Und dann streckte er den Arm aus und half Lucas an Bord.

Cat verschwendete nicht viel Zeit damit, ein öffentliches Telefon zu suchen, sondern stürmte direkt an die Theke und verlangte mit lauter Stimme von dem dortigen Barkeeper, daß er die Polizei verständige.
Der Barmann holte einen Apparat unter der Theke hervor und stellte ihn vor sich hin. Dann wählte er die Nummer der Polizei und reichte Cat den Hörer. Ein Polizeibeamter meldete sich, hörte sich an, was sie zu sagen hatte, und versicherte ihr, daß sie schon unterwegs wären. Erst dann schaute Cat sich die Gesichter an der Theke näher an – alle hatten mittlerweile voller Neugierde ihre Gespräche unterbrochen – und fragte: »Ist irgend jemand hier, der eine Waffe hat?«
Gleich zwei Volltreffer. Zwei Männer traten vor, und der eine fragte: »Was haben Sie denn vor damit, Lady?«
»Sie haben mich doch gehört – mein Mann und mein Sohn sind in Gefahr. Und ich bin schneller wieder bei ihnen als die Polizei.«
»Es sind drei Männer?«
»Zwei so Ende Zwanzig, der andere ist neunzehn. Einer von ihnen ist sehr kräftig.«
Sie fuhr als erste vom Parkplatz, und die beiden Männer folgten ihr in ihrem Wagen. Während sie die Straße hinunterrasten, meinte Haley: »Simon ist nicht neunzehn, er ist einundzwanzig.«
»Aber er hat doch gesagt –«
»Ich weiß, er hat gelogen. Als wir einmal draußen auf der Insel waren, ist er geschwommen, und ich habe in seiner Brieftasche geschnüffelt. Dabei habe ich auch seine Geburtsurkunde und seinen Führerschein gesehen.«

Simon saß auf der ovalen Bank hinter dem Steuerpult und gab Lucas und Zack die Anweisung, sich an das andere Ende zu setzen. Dann ließ er den Motor an, legte ab und steuerte das Boot hinaus auf das offene Meer. Nur die Bordlichter brannten. Sie fuhren in Richtung Mirra's Island. Was hatte er vor, wollte er sie auf die Insel hinüberschaffen, um sie dort umzubringen?

Lucas schaute zurück zum Ufer, konnte aber noch keine Spur von der Polizei entdecken. Oder von irgendeiner Menschenseele. Dann blickte er auf seinen kleinen Sohn hinunter und legte ihm tröstend den Arm um die Schulter. Er hatte noch nie zuvor gebetet – Himmel, er wußte nicht einmal, ob er an Gott glaubte. Aber wenn es einen gab, dann betete Lucas darum ... Er betete nicht für sich selbst, er hatte sein Leben gelebt. Aber für Zack.

Sie waren noch nicht weit gekommen, als Simon sich einen Joint anzündete und ein paar tiefe Züge nahm. Bald wurde er sichtlich entspannter. »Ich hatte früher immer Angst, im Keller zu schlafen«, fing er an, »aber das ist schon lange her.« Zuerst glaubte Lucas, daß er von seinem Werkzeugraum sprach, aber dann wurde ihm klar, daß er über die Zeit redete, die er im Haus seiner Tante verbracht hatte.

»Deine Tante hat dich gezwungen, da unten zu schlafen?«

Er nickte. »Sie wollte mich oben nicht haben, damit ich nichts schmutzig machte. Ich habe als Kind nämlich immer ins Bett gepinkelt. Weißt du noch, daß ich dir das erzählt habe, Zack?« Der Junge nickte. »Na, und da habe ich immer das ganze Zimmer vollgestunken. Also blieben mir nur der Keller oder der Abfallschuppen übrig. Die alte Wachtel hat mir die Wahl gelassen.« Er zuckte die Schultern, kicherte, legte die Waffe neben sich auf die Bank, nahm einen weite-

ren Zug von dem Joint und sog den Rauch tief in seine Lungen ein. Die Pistole ließ er neben sich liegen. »Aber ich habe mich schließlich daran gewöhnt. Irgendwann hat es mir sogar gefallen.«
»Das tut mir leid«, erwiderte Lucas, da er nicht wußte, was er sonst sagen sollte. Die Situation rief in ihm Erinnerungen an Beerdigungen und an den verlegenen Umgang mit den Trauergästen wach, wobei in diesem Fall die Trauergemeinschaft aus einem einzigen, jedoch ernsthaft kranken Jungen bestand, den nur noch ein schmaler Abgrund davor trennte, ihn und seinen Sohn umzubringen.
»Wäre meine Mutter noch am Leben gewesen, wäre das natürlich anders gekommen«, sagte Simon. »Dann wäre so etwas nie passiert. Man darf nicht vergessen, sie hätte mich schließlich leicht abtreiben können. Oder mich zur Adoption freigeben. Aber sie hat keines von beiden getan. Sie muß mich also gewollt haben. Richtig, Lucas?«
Während er sich die Situation von damals wieder ins Gedächtnis zurückrief, nahm Lucas seinen Arm von Zacks Schulter und ließ ihn langsam die Bank hinunterwandern. Jetzt war die Waffe schon fast in Reichweite seiner Hand. In dem Moment, in dem er Simons Analyse innerlich zustimmte, packte er die Pistole und sprang hoch.
In diesem Augenblick stürzte sich auch Simon auf die Pistole, so daß Lucas völlig überrumpelt war. Denn noch ehe er den Abzug drücken konnte, packte Simon sein Handgelenk und hielt es fest wie in einem Schraubstock. Miteinander kämpfend fielen beide zu Boden. Simon konnte Lucas' Finger zwar nicht von dem Abzug lösen, aber er drehte Lucas' Hand mit der Waffe so, daß sie in eine andere Richtung zeigte. Lucas spürte, wie sein Finger noch fester an den

Abzug gepreßt wurde, und dann ging plötzlich ein Schuß los.
Die Pistole flog in hohem Bogen über das Deck. Lucas schaute verblüfft auf Simon hinunter, der mit schmerzverzerrten Gesichtszügen am Boden lag und sich den Bauch hielt. Hatte Simon die Waffe mit Absicht auf sich selbst gerichtet?
Blut strömte aus seiner Bauchwunde. »Hol mir das Bettuch aus der Kabine, Zack, rasch.« Lucas streckte die Hand aus und brachte gleichzeitig das Boot zum Stehen. Mit einem Blick auf Simon meinte er: »Hör mir gut zu, es kommt alles wieder in Ordnung. Ich werde deine Blutung stoppen, und dann bringen wir dich ins Krankenhaus.«
Lucas' Gedanken kehrten zurück zu dem Abend, als Simon ihm geholfen, sich um ihn gekümmert und schließlich den Rettungswagen gerufen hatte. Natürlich hatte Lucas in dem Moment nicht gewußt, daß Simon derjenige war, dem er es zu verdanken hatte, daß er diesen Rettungswagen überhaupt brauchte.
»Ja, sicher«, erwiderte unbeteiligt Simon, dem offenbar alles egal zu sein schien oder der ihm vielleicht auch nicht glaubte. Aber dann fragte er Lucas noch einmal: »He, Lucas, hast du sie geliebt?«
Das war doch vollkommen verrückt – da lag dieser Junge vor ihm und hatte ein Loch im Bauch. Was konnte ihm die Beantwortung dieser Frage noch bedeuten? Zack kam mit dem Laken zurück, und Lucas zerriß es in schmale Streifen, die er um den Bauch des Jungen band. Aber sein Kreislauf sackte zusehends weg, und sein Puls wurde immer schwächer.
Lucas warf Zack, der leise vor sich hin weinte, einen fragen-

den Blick zu. »Meinst du, daß du das Boot allein steuern kannst, mein Sohn?«

Er nickte. »Wenn du mir sagst, in welche Richtung.«

Während Zack sich vor das Steuerpult setzte, löste Lucas die Bremse und richtete das Boot auf das Ufer hin aus. Dann legte er sich Simons Kopf in den Schoß und streichelte sein Gesicht. Für eine Weile traten die schrecklichen Ereignisse in Zusammenhang mit Simon, sogar der Schuß, der sich versehentlich gelöst hatte, völlig in den Hintergrund. Lucas sah nur noch einen kleinen Jungen vor sich, der in einem Keller gehalten wurde, einen einsamen Jungen, der nachts in sein Bett machte und sich mit einer Wühlnatter anfreundete.

Simon schloß seine Augen, als würde er aufgeben. »Simon?« rief Lucas. Dann noch einmal, dieses Mal etwas lauter. Er schlug seine Augen wieder auf. »Was deine Mutter angeht«, sagte Lucas schließlich, und Simon nickte, wartete. »Ich habe sie geliebt.«

Simon lächelte und schloß langsam die Augen.

Man hatte offensichtlich die Küstenwache verständigt und auch noch andere Männer, die Lucas jetzt draußen auf dem Strand neben Haley und Cat stehen sah. Aber Zack und Lucas brauchten keine Hilfe, um ihr Boot am Steg anzulegen. Zack, der rotgeränderte Augen hatte und unter Schock stand, reichte Lucas eine Brieftasche. »Daddy, die ist von Simon«, sagte er. »Die ist ihm aus der Tasche gefallen, als ihr miteinander gekämpft habt.« Dann sprang der Junge an Land; er konnte es kaum mehr erwarten, zu seiner Mutter und zu seiner Schwester zu kommen, die dort auf ihn warteten.

Aber Lucas blieb noch an Bord; er war noch nicht bereit, die

Ereignisse auf dem Boot hinter sich zu lassen, und seine Gedanken kehrten noch einmal zu dem Schuß zurück. Er stand da, hielt die Brieftasche fest und spürte das abgewetzte Leder in seiner Hand; er starrte sie an und wußte, daß er hineinschauen mußte. Denn langsam fing alles an, einen Sinn zu ergeben.

Schließlich schlug er die Brieftasche auf, nahm Simons Führerschein heraus und schaute sich sein Geburtsdatum an. Es verschlug ihm regelrecht den Atem. Er hatte zwar geglaubt, auf alles vorbereitet zu sein, aber dem war nicht so. Nichts auf der ganzen Welt hätte ihn jemals auf das vorbereiten können, was ihm dieses Datum offenbarte.

Tränen verschleierten seinen Blick, als er seine Augen zu dem Foto seines erstgeborenen Sohnes wandern ließ.

EPILOG

Sie hatten immer noch nicht entschieden, was mit dem Haus am Strand geschehen sollte. Sie waren noch nicht soweit, im nächsten Sommer wieder dorthin zurückzukehren. Vielleicht wären sie es sogar niemals mehr. Aber sie wollten das Haus auch nicht verkaufen, zumindest nicht, ehe sie sich noch eine Weile Zeit gegeben hätten, um über alles hinwegzukommen. Im kommenden Sommer würden sie irgendwohin reisen, wohin es sie eben verschlug. Deshalb war auch nur eine kurze Übernachtung geplant, als sie im Februar nach diesen Ereignissen noch einmal zurückkamen, in erster Linie, um noch ein paar Dinge zusammenzupacken, die sie wieder mit nach Hause nehmen wollten.

Nachdem sie die beiden Tüten mit Lebensmitteln aufgeräumt hatten, die sie unterwegs gekauft hatten, steckten die Kinder die Köpfe zusammen und gingen hinunter an den Anlegesteg. Cat stand vor dem Schrank im Schlafzimmer, einen Pappkarton in der Hand. Als sie auf das oberste Regal griff, um den Camcorder herunterzuholen, flatterten ein Dutzend lose Blätter aus dem Schrank und auf den Boden.

Sie legte die Videokamera beiseite und bückte sich, um die Papiere aufzuheben; als sie sah, daß darunter auch die beiden Phantomzeichnungen von Warren und Earl waren, setzte sie sich und betrachtete sie lange. Natürlich wußte sie mittlerweile Bescheid über den Privatdetektiv, den Lucas engagiert hatte; gleichzeitig hatte sie erfahren, daß er tot in ihrem Keller lag.

Warren und Earl hingegen waren äußerst lebendig, als sie in jener Nacht zum Haus zurückkamen. Die Männer aus der Grillbar sorgten dafür, daß die zwei nirgends mehr hingingen, bis die Polizei eintraf. Sie wurden des Mordes an Winnie Rawson und Roger Davidson angeklagt und in einem Gefängnis in Danbury festgesetzt – ohne Aussicht, gegen Kaution wieder freizukommen; das Verfahren gegen sie sollte jedoch erst im späten Frühjahr stattfinden. Dann würden auch sie und Lucas gegen die beiden Männer aussagen.
Der zuständige Staatsanwalt hatte die Marshalls jedoch bereits vorgewarnt, daß Warren und Earl ihre Verteidigung voll und ganz auf Simon aufbauen würden. Der smarte junge Anwalt, der ihren Fall übernommen hatte, habe die Absicht, den Sachverhalt so darzustellen, daß Simon zwei anständige und kreuzbrave, wenn auch nicht gerade sehr helle junge Männer von sich abhängig gemacht und völlig in seinen Bann gezogen habe. Der Alptraum war also noch nicht vorüber. Die Drohung, die beiden könnten vielleicht mit einem leichten Urteil davonkommen, schwebte wie ein Damoklesschwert über ihnen.
Vielleicht würden sie ja sogar ganz ohne Strafe davonkommen.

Lucas trat ein paar Schritte vom Anlegesteg zurück und vergrub die Hände in den Taschen seines Anoraks; er war nicht ganz so begeistert wie die Kinder von der Aussicht, sich von der Gischt naßspritzen zu lassen. Während er auf das Wasser hinausstarrte, stiegen unweigerlich Bilder von Simon in seiner Erinnerung hoch: Wie er bei ihrer ersten Begegnung ausgesehen hatte, und dann drei Wochen später, als er in seinen Armen starb.

Hatte Simon mehr gewollt, als sich nur an Lucas zu rächen? Hätte es vielleicht doch einen Weg gegeben, an den Jungen heranzukommen, wenn Lucas nur ein bißchen klüger gewesen wäre, ein wenig mehr Einfühlungsvermögen besessen hätte? Oder hatte Simon dem Ganzen von Anfang an keine Chance gegeben? Zwei Morde gingen auf sein Konto. Hatte es zuvor bereits andere gegeben?
Jetzt kam der Schmerz, und mit dem Schmerz kamen die Schuldgefühle. Plötzlich war Lucas' ganzes Leben in Frage gestellt worden, und darauf war er nicht vorbereitet gewesen. Bis dahin war er immer stolz darauf gewesen, ein fairer, verantwortungsbewußter und respektabler Mensch zu sein, hatte geglaubt, all jene positiven Charakterzüge zu besitzen, die jeder Mann gerne hätte.
Doch was für ein Leben hatte sein eigener Sohn geführt? Wenn er doch nur gewußt hätte, daß es überhaupt einen Simon gab ... Aber hatte er Pamela damals nicht deutlich zu verstehen gegeben, daß er es am liebsten sähe, wenn sie und ihr Problem für immer aus seinem Leben verschwänden?
Als die Behörden Simons Tante über dessen Tod informierten, fiel sie aus allen Wolken und behauptete, sich immer nach bestem Wissen und Gewissen um den Jungen gekümmert, den Kontakt zu Simon aber bereits Jahre zuvor verloren zu haben. Deshalb traf Lucas alle nötigen Arrangements, um Simons Leichnam mit zurück nach Massachusetts zu nehmen. Das Begräbnis fand im engsten Familienkreis statt, die Beerdigung auf einem Friedhof in ihrer Nähe. Simon – sein Sohn, Cats Stiefsohn und Zacks und Haleys großer Bruder: selbst jetzt noch, nachdem er so oft darüber nachgedacht hatte, war er völlig überwältigt von diesem Gedanken. Doch am allermeisten löste dieser Gedanke Trauer in ihm

aus. Und wie immer, wenn er in diesen Zustand geriet, war Cat der Mensch, dessen Nähe er dann am meisten benötigte. Lucas rief den Kindern zu, daß er ins Haus zurückkehren und ihrer Mutter beim Packen helfen würde. Haley lächelte; ihre Fröhlichkeit und offene Ausstrahlung, die er eine ganze Weile schmerzlich vermißt hatte, war endlich wieder zurückgekehrt. Aber Zack bedachte ihn mit einem sorgenvollen Blick. Lucas hatte in seinem rechten Bein eine Schädigung der Nerven davongetragen, so daß er ein leichtes Hinken zurückbehalten hatte. Es war weder schmerzhaft, noch behinderte es ihn in irgendeiner Weise, aber in letzter Zeit hatte Zack sich angewöhnt, sich ständig Gedanken um seinen Dad zu machen.

Sie standen einander jetzt sehr nahe; sie waren fähig, einander zu stützen und sich gegenseitig aufzubauen. Wie Vater und Sohn es eben tun sollten. Dafür war er Simon dankbar.